国家社科基金项目"六朝骈文文体研究"（编号：11CZW026)

河南师范大学学术专著出版基金资助项目

六朝骈文
文体研究

陈
鹏
著

社会科学文献出版社
SOCIAL SCIENCES ACADEMIC PRESS (CHINA)

前　言

　　六朝骈文与楚骚、汉赋、唐诗、宋词、元曲并称为"一代之文学"，其中，关于六朝骈文的研究相对要冷寂得多。之所以造成这种局面，原因是多方面的，人们习惯于把骈文看成言之无物、绮靡华丽的"颓废"文体是重要的一端。中国古代的文学批评往往将文章价值与国运兴衰联系起来。由于六朝是一个分裂动乱的时代，被认为是衰世，六朝骈文就被初唐史臣视为"亡国之音"，如《隋书·文学传序》云：

　　　　梁自大同之后，雅道沦缺，渐乖典则，争驰新巧。简文、湘东，启其淫放，徐陵、庾信，分路扬镳。其意浅而繁，其文匿而彩，词尚轻险，情多哀思。格以延陵之听，盖亦亡国之音乎！周氏吞并梁、荆，此风扇于关右，狂简斐然成俗，流宕忘反，无所取裁。①

　　这种"轻骈、拒骈"的偏见到了中唐萧颖士、柳冕、韩愈那里更是变本加厉。韩愈主张"非三代两汉之书不敢观，非圣人之志不敢存"（《答李翊书》）。其《荐士》诗曰"齐梁及陈隋，众作等蝉噪。搜春摘花卉，沿袭伤剽盗"，将六朝骈文一笔否定。北宋古文运动后，骈文失去了往日的文坛主流地位，主要施于制诰表启。在古文经典化的过程中也出现了一些为骈文张目的声音，只是过于弱小，更多的是沿袭韩愈的批评之声，贬抑不遗余力。如陈师道《后山诗话》云："余以古文为三等：周为上，七国

---

　　① （唐）魏徵等：《隋书》，中华书局，1973，第1730页。

次之，汉为下。周之文雅；七国之文壮伟，其失骋；汉之文华赡，其失缓；东汉而下无取焉。"① 南宋开始出现专门的骈文理论著作，如王铚《四六话》、谢伋《四六谈麈》。许多诗话、随笔中也包含丰富的骈文评点资料，如杨万里《诚斋诗话》、洪迈《容斋随笔》等。这些著作或多或少论及六朝骈文，但较为零碎，不成系统。

正如郭绍虞《中国文学批评史》所论："没有一种比较特殊的足以称为清代的文学，却也没有一种不成为清代的文学。盖由清代文学而言，也是包罗万象而兼有以前各代的特点的。"② 清代是骈文的复兴时期，清代骈文的创作正如《清史稿·胡天游传》所论："俪体文自三唐而下，日趋颓靡。清初陈维崧、毛奇龄稍振起之，至天游奥衍入古，遂臻极盛。而邵齐焘、孔广森、洪亮吉辈继起，才力所至，皆足名家。"③ 清代学者对骈文的编纂和评论也蔚然成风，不仅涌现出流传广泛、影响深远的骈文选本，如李兆洛《骈体文钞》、王先谦《骈文类纂》，而且骈文理论日趋成熟，产生了诸如孙梅《四六丛话》这样系统的集大成式的理论专著。崇尚六朝骈文，以之为正宗，是清代骈文复古取向的主要内容。如章藻功自述"徐庾温邢，引为同调"（《上祭酒汪东川先生书》），胡天游的骈体文被誉为"直掩徐、庾"（齐召南《石笥山房集序》）。

到了民国时期，尤其是二三十年代，六朝骈文研究出现非常兴盛的局面，其中成就最大的当数孙德谦的《六朝丽指》。该书对六朝骈文研究之全面、论述之精辟非前代骈文理论所能比拟，至今仍为六朝骈文研究者案头必备之作。至于在著作中论及六朝骈文的就更多了，如刘师培《中国中古文学史讲义》，钱基博《骈文通义》，谢无量《骈文指南》，瞿兑之《中国骈文概论》，金钜香《骈文概论》，刘麟生《骈文学》《中国骈文史》，蒋伯潜、蒋祖怡《骈文与散文》，等等。这些学者大都于骈文创作与批评实有会心，非泛泛而论。此外，这一时期还产生了如王文濡《南北朝文评注读本》、王仁溥《评注骈文笔法百篇》等一些以指导初学者为主要目的的骈文选本。

---

① （清）何文焕辑《历代诗话》，中华书局，1981，第 305 页。
② 郭绍虞：《中国文学批评史》（下），百花文艺出版社，1999，第 11 页。
③ （清）赵尔巽等：《清史稿》，中华书局，1977，第 13382 页。

　　自五四新文化运动和平民文学理念勃兴以后，骈文由雕琢的、阿谀的贵族文学的声音逐渐成为文学批评的主流。六朝骈文研究在新中国成立以后的 30 年间处于停滞状态。直到 80 年代，学界才开始注意六朝骈文在文学史上的应有地位，并进行较为全面、深入的研究，取得了许多可喜的成果，如姜书阁《骈文史论》，莫道才《骈文通论》，钟涛《六朝骈文形式及其文化意蕴》《六朝骈文与六朝社会》，丁红旗《魏晋南北朝骈文史论》。这些论著主要采取史论结合的方法，从纵、横两个方面入手，阐析六朝骈文的文体特征、衍生发展、美学风格、文化蕴涵及历史地位。台湾地区 20 世纪 70 年代以后，出版关于骈文的专著十余种。其中，用力最勤、成就最大的是张仁青教授，其《中国骈文发展史》《骈文学》等著作多处论及六朝骈文。

　　学界对六朝骈文名家的别集整理也取得了丰硕的成果，如赵幼文《曹植集校注》，戴明扬《嵇康集校注》，陈伯君《阮籍集校注》，曹融南《谢宣城集校注》，丁福林《鲍照集校注》《江文通集校注》，陈庆元《沈约集校笺》，俞绍初《昭明太子集校注》，肖占鹏、董志广《梁简文帝集校注》，许逸民《徐陵集校笺》，牛贵琥《王褒集校注》，等等。这些别集的校勘笺注大都做到了参稽群书，纠谬辨异，烛幽探微，为深入研究六朝骈文奠定了坚实的基础。

　　近年来，学界还涌现出不少研究六朝时期各类文体的论著。如李士彪《魏晋南北朝文体学》、黄金明《汉魏晋南北朝诔碑文研究》、仇海平《秦汉魏晋南北朝奏议文史》、王京州《魏晋南北朝论说文研究》、马立军《北朝墓志文体与北朝文化》等。这些著作注重文体研究与文化阐释、文本解读与史料考辨、通史视野与断代考察的结合，为深入研究六朝骈文的各种文类提供了新的视角和思路。

　　尽管六朝骈文研究逐渐向纵深方向跃进，并已开始注重与相关学科的联系，发掘六朝骈文的独特底蕴，但尚存在一些不足。

　　1. 学界主要以六朝骈文作为研究对象的专著并不多，只有孙德谦《六朝丽指》，钟涛《六朝骈文形式及其文化意蕴》《六朝骈文与六朝社会》，丁红旗《魏晋南北朝骈文史论》，陈鹏《六朝骈文研究》等寥寥几种，有关六朝骈文研究的论文也仅有数十篇，这直接说明了六朝骈文研究的薄弱。

2. 大多数骈文研究著作是"史"和"概论"居多，通常把六朝骈文作为其中的某一章节，并且常仅就徐陵、庾信、王融等几位名家进行个案分析。一些论著集中于少数名篇，陷入作家、作品列举式的研究窠臼和材料的堆砌。

3. 已有研究的主要成绩集中在文献的整理以及与六朝骈文有关的社会、政治、文化等方面，关于六朝骈文文体特征和修辞手法的研究则相对薄弱，已有研究尚未完全摆脱评点式的批评模式，少有宏观把握、融会贯通之作，还有深入开掘的空间。

作为"一代之文学"，六朝骈文是六朝文人多层面文化生活的一种载体，具有不可忽视的功能和价值。六朝骈文形式上的创新因素，比其表现的内容更为独特，在文学史上具有更为重要的意义。六朝诗、赋乃至小说等文体的研究，全面细致，成果丰富，骈文研究则相对滞后，这无疑影响了对六朝文学的总体深入研究。著名学者顾随说："为文不可不会用骈句，此乃中国文字特长。"① 日本学者吉川幸次郎《中国文章论》也说，骈文"用固定形态表现出来的对音律和谐的追求，在以反对'四六文'而兴起的古文中，也以非固定形态而活动着"②。吸取六朝骈文对形式美的追求所取得的艺术经验，并从中引出必要的历史教训，对于当代的诗文创作仍有很强的现实意义。

本书旨在从文体学的角度出发，广泛吸取古今中外文体学研究的成果，对六朝骈文进行历史描述与理论探讨相结合的研究。骈文是一个大文体概念，笼统地研究六朝骈文，不能切合骈文这种文学体式在当时渗透并且改变了众多类别文章写作的实际状况，因此本书力争在总体把握的宏观视野之下，细致考察六朝时期各种文体的具体骈化进程和艺术得失，兼及对文学批评和文化思想的整体考察；借鉴和吸收语言学、音韵学的研究成果，将对六朝骈文名家的知人论世与对骈文文体特征的研究结合起来，以期为深入认识六朝骈文发展的内部规律及其文体功能提供新的视角。

---

① 顾随讲述，叶嘉莹记录，顾之京整理《驼庵诗话》，天津人民出版社，2007，第187页。
② 王水照、吴鸿春编选《日本学者中国文章学论著选》，吴鸿春译，上海古籍出版社，1994，第284页。

目　录

第一章
骈文文体辨析

第一节 骈文文体名称和特征考辨

中国古代文体往往是先有创作之实，再有文体之名，骈文亦是如此，其文体名称远滞后于创作实际，名实相应则更为晚近。正如黄侃先生所论："详夫文体多名，难可拘滞，有沿古以为号，有随宜以立称，有因旧名而质与古异，有创新号而实与古同。"[①] 骈文在发展演变过程中被冠以许多文体名称，如四六、今体、时文、应用等。台湾学者张仁青在《中国骈文发展史》中胪列文体名称二十五种之多[②]。孔子曰："必也正名乎……名不正，则言不顺。"（《论语·子路》）因此，本书首先对一些重要的骈文文体名称进行辨析。

一 丽辞

骈文在六朝并没有一个确定的文体名称，有学者认为《文心雕龙》中的"丽辞"即指骈文。如孙德谦《六朝丽指》云："骈文之名，……以《文心》言则谓之'丽辞'。"[③] 周振甫《文心雕龙注释》则直接认为"《丽辞》

[①] 黄侃：《文心雕龙札记》，上海古籍出版社，2000，第71页。

[②] 张仁青：《中国骈文发展史》，浙江大学出版社，2009，第23～27页。

[③] 孙德谦：《六朝丽指》，四益宦刊本，第100条。按：该书共一百篇，并无序号，为了检索方便，按次序加以编号，下同。

即骈文"①。其实他们以"丽辞"指代六朝骈体文，并不确切。《文心雕龙》体系周密，结构分明。如果《丽辞》篇是论述骈文的，则应放在文体论范围中，而不是放在创作论中论述。另外，该篇所举对偶句例，有诗，有赋，有文，不同于其他专论文体之篇，可见刘勰是将"丽辞"作为一种修辞方式来论述的。当然，骈文也不能离开"丽辞"这种修辞方式。正如纪昀所评："骈偶于文家为下格，然其体则千古不能废。其在六代，犹为时尚，故别作一篇论之。"②

二 四六

"四六"之名始于唐代。孙梅在《四六丛话·凡例》中说：

> 骈俪肇自魏晋，厥后有齐梁体、宫体、徐庾体，工绮递增，犹未以四六名也。唐重《文选》学，宋目为词学，而章奏之学，则令狐楚以授义山，别为专门。今考《樊南甲乙》始以四六名集，而柳州《乞巧文》云"骈四俪六，锦心绣口"，又在其前。《辞学指南》云："制用四六，以便宣读。"大约始于制诰，沿及表启也。③

孙德谦《六朝丽指》也说："自唐而后，李义山自题《樊南四六》。宋王铚所著为《四六话》，谢伋又有《四六谈麈》，明王志坚所选之文亦言《四六法海》，当是并以'四六'为名矣。"④"四六"从而成为唐代以后最为通行的骈文文体名称。孙德谦《六朝丽指》云：

> 骈体与四六异。四六之名，当自唐始，李义山《樊南甲集序》云："作二十卷，唤曰《樊南四六》。"知文以四六为称，乃起于唐，而唐以前则未之有也。且序又申言之，曰："四六之名，六博、格五、

① （南朝梁）刘勰著，周振甫注《文心雕龙注释》，人民文学出版社，1981，第389页。
② 转引自（南朝梁）刘勰著，周振甫注《文心雕龙注释》，人民文学出版社，1981，第385页。
③ （清）孙梅著，李金松校点《四六丛话》，人民文学出版社，2010，第10页。
④ 孙德谦：《六朝丽指》，四益宧刊本，第100条。

四数、六甲①之取也。"使古人早名骈文为四六，义山亦不必为之解矣。《文心雕龙·章句篇》虽言"四字密而不促，六字格而非缓"，此不必即谓骈文。不然，彼有《丽辞》一篇，专论骈体，何以无此说乎？吾观六朝文中，以四字作对者，往往只用四言，或以四字、五字相间而出。自徐庾两家，固多四六语，已开唐人之先，但非如后世骈文，全取排偶，遂成四六格调也。彦和又云："今之常言，有文有笔，以为无韵者笔也，有韵者文也。"可见文章体制，在六朝时但有文、笔之分，且无骈、散之目，而世以四六为骈文，则失之矣。②

今人蒋伯潜等说："一般人以为四六即是骈文，这是不对的。……骈文较为自由，四六却更为工整，骈文未必一定即用四字一句、六字一句的。"③台湾学者张仁青则认为："骈文较自由，四六更工整，骈文不必尽为四六句，而四六文实为骈俪之文无疑，故南北朝与宋之骈语，虽形貌有别，而要不得谓四六与骈文为二体也。如明王志坚辑《四六法海》，上起魏晋，下逮赵宋，历朝骈语，兼容并包，是其证。然而孙氏强取四六骈文而二之者，亦可代表一家之见，非孙氏之虑有未周也。"④可见，四六强调的是四六句式，而四六句式大多形式精巧，隶事用典，声律谐美；骈文强调的是"骈"⑤，即普通的对仗。正因有这样的区别，顾随才会说"'四六'太匠气"，"骈文成为'四六'，实是骈文的堕落"⑥。

---

① 按：所谓六博，就是指两人用十二棋子对博，六黑六白，每人六棋，取"六"字；所谓格五，就是古代的一种棋，走棋时碰到五，即不能前进，格就是阻塞的意思，实指不用"五"字句；所谓四数，是指古代启蒙教育六岁孩童时，先教东、南、西、北四方，取"四"字；所谓六甲，是指教育九岁孩童以干支记日，因干支配伍有六十个组合，其中有六个甲字，这里取"六"字。这无非说明骈体文已基本上运用四六句式。
② 孙德谦：《六朝丽指》，四益宧刊本，第2条。
③ 蒋伯潜、蒋祖怡：《骈文与散文》，上海书店出版社，1997，第55～56页。
④ 张仁青：《中国骈文发展史》，浙江大学出版社，2009，第27页。
⑤ 按：许慎《说文解字》曰："骈，驾二马也。从马，并声。"段玉裁曰："骈之引伸，凡二物并曰骈。"（汉）许慎撰，（清）段玉裁注《说文解字注》，上海古籍出版社，1981，第465页。
⑥ 顾随讲述，叶嘉莹记录，顾之京整理《驼庵诗话》，天津人民出版社，2007，第186页。

三 今体

文章、诗歌、书法都有今体，以别于古体，所以今体常指代骈文。如《梁书·庾肩吾传》云："远则扬、马、曹、王，近则潘、陆、颜、谢，而观其遣辞用心，了不相似。若以今文为是，则古文为非；若昔贤可称，则今体宜弃。"① 李商隐《樊南甲集序》亦云："以古文出诸公间。后联为郓相国、华太守所怜，居门下时，敕定奏记，始通今体②。……仲弟圣仆，特善古文，居会昌中进士为第一二，常表以今体规我，而未焉能休。"③ 今体与古文相对，即指骈文。唐时章奏等公私文书，例用骈体。

四 时文

时文本指流行于一个时期、一个时代的文体，在不同时期所指涉的内容不尽相同。如欧阳修《记旧本韩文后》追忆自己年轻时的文坛风气："是时天下学者杨、刘之作，号为时文，能者取科第，擅名声，以夸荣当世。"④ 唐宋时期主要指当时通常应用的骈文和科举考试采用的律赋。如清人包世臣云："唐以前无古文之名，北宋科举业盛，名曰时文。而文之不以应科举者，乃自目为古文。"⑤（《雩都宋月台古文钞序》）明清时期所谓时文则指八股文，也称制艺，但有时也指代骈文。如明艾南英《答夏彝仲论文书》云："盖昔人以东汉末至唐初，偶排摘裂、填事粉泽、宣丽整齐之文为时文，而反是者为古文。"⑥

五 骈语

骈语指骈偶之词，并不具备文体意义。宋林希逸《后村先生刘公行

---

① （唐）姚思廉：《梁书》，中华书局，1973，第 690~691 页。

② 按：《旧唐书·李商隐传》："商隐能为古文，不喜偶对。从事令狐楚幕，楚能章奏，遂以其道授商隐，自是始为今体章奏。"

③ 刘学锴、余恕诚：《李商隐文编年校注》，中华书局，2002，第 1713 页。

④ （宋）欧阳修撰，李逸安点校《欧阳修全集》，中华书局，2001，第 1056 页。

⑤ （清）包世臣：《艺舟双楫》，中国书店出版社，1983，第 51 页。

⑥ （明）艾南英：《重刻天佣子全集》卷五，清道光十六年（1836）刻本。

状》云："至于骈语，虽祖半山、曲阜，而隐显融化，健奥机沉。表制之外，诰启尤妙，自成一家。他人或相仿效，神气索然矣。甲子以来，又为浑深简到之语。尝语余曰：'吾四六又一变矣。'"① 作者以四文为文体名称，以骈语作语句的修辞手法。王国维《宋元戏曲史》将"六代之骈语"与楚骚、汉赋、唐诗、宋词、元曲并称为"一代之文学"②。学界一般认为骈语即指骈文，但有学者认为王国维之所以不用"骈文"，而用"骈语"，是指六朝时期各种文体的全面骈化③，而非仅指骈文。

六 骈体

骈体一般被认为是骈体文的简称，如清代别集有吴锡麒《有正味斋骈体文》、刘开《孟涂骈体文》、胡敬《崇雅堂骈体文钞》等，总集有曾燠《国朝骈体正宗》、张鸣珂《国朝骈体正宗续编》、李兆洛《骈体文钞》等。近年来，骈体小说逐渐得到学界的关注。如袁进《鸳鸯蝴蝶派》、陈平原《中国现代小说的起点——清末民初小说研究》等论著都论及了民国盛行一时的骈体小说，但他们使用的都是骈文小说这个概念。郭战涛《民国初年骈体小说研究》一书虽然使用骈体小说这个概念，但却认为骈文与骈体"在内涵与外延方面并无区别，属于异词而同意，也即二者实际上通用"④，即认为骈体小说等同于骈文小说。其实，骈文与骈体这两个概念并不完全等同。尽管骈体可以作为骈体文的简称，但它还可以表示一种与散体相对的修辞方式。正因如此，骈体可以修饰其他文体，如骈体赋（亦简称骈赋）、骈体表文、骈体檄文等，而作为文类的骈文却不可以。

七 应用

以"应用"指代骈文始于宋代。在宋代之前，"应用"已与骈文体有

---

① （宋）刘克庄著，辛更儒校注《刘克庄集笺校》，中华书局，2011，第7563页。
② 王国维：《宋元戏曲史》，华东师范大学出版社，1996，第1页。
③ 参见莫道才《六朝诗赋文的同步骈化与文体互融》，《求索》2017年第4期。
④ 郭战涛：《民国初年骈体小说研究》，广西师范大学出版社，2010，第4页。

密切关联。如晚唐李商隐《樊南乙集序》云："其关记室者，记室假，故余亦参杂应用。"① 陈振孙《直斋书录解题》卷十六《樊南甲乙集》提要云："皆表章启牒四六之文。既不得志于时，历佐藩府，自茂元、亚之外，又依卢弘正、柳仲郢，故其所作应用若此之多。"② 罗隐《湘南应用集序》亦云，咸通间"河南公按察长沙郡，隐因请事笔砚，以资甘旨"，十二年，"乞假归觐，阻风于洞庭青草间，因思湘南文书，十不一二，盖以失落于马上军前故也"③。《湘南应用集》今已不传，陈振孙《直斋书录解题》卷十六罗隐《湘南集》④ 提要云："《湘南集》者，长沙幕中应用之文也。"⑤《四库全书总目》卷一五一《罗昭谏集》提要云："其《湘南集》仅存自序一篇，列于卷中。序谓湘南文失落于马上军前，仅分三卷，而举业、祠祭亦与焉。今杂文既无长沙应用之作，亦无举业、祠祭之文。惟诸启多作于湖南，或即《湘南集》中之遗欤？"⑥ 罗隐工于骈体，所撰启文几乎全为骈四俪六，从中可见骈文与应用之关系。疑唐时已以应用称骈体表状书启。五代以后，四六与应用常并称使用。如五代王定保《唐摭言》云："（崔橹）复能为应用四六之文，辞亦深侔章句。"⑦ 宋周辉《清波杂志》云："四六应用，所贵翦裁。"⑧ 有些则直接将骈文称为应用，如谢伋《四六谈麈序》云："四六之艺，咸曰大矣。下至往来笺记启状，皆有定式，故谓之应用。"⑨ 宋末元初刘埙《隐居通议》云："然朝廷制诰，缙绅表启，犹不免作对。……终宋之世不废，谓之四六，又谓之敏博之学，又谓之应用。"⑩

---

① 刘学锴、余恕诚：《李商隐文编年校注》，中华书局，2002，第2177页。
② （宋）陈振孙著，徐小蛮、顾美华点校《直斋书录解题》，上海古籍出版社，1987，第483页。
③ 李定广系年校笺《罗隐集系年校笺》，人民文学出版社，2013，第972页。
④ 按：即《湘南应用集》。
⑤ （宋）陈振孙著，徐小蛮、顾美华点校《直斋书录解题》，上海古籍出版社，1987，第486页。
⑥ （清）永瑢等：《四库全书总目》，中华书局，1965，第1303页。
⑦ （五代）王定保：《唐摭言》，上海古籍出版社，1978，第110页。
⑧ （宋）周辉撰，刘永翔校注《清波杂志校注》，中华书局，1994，第150页。
⑨ （宋）谢伋：《四六谈麈》，王水照编《历代文话》（第一册），复旦大学出版社，2007，第33页。
⑩ （元）刘埙：《隐居通议》，《丛书集成初编》本，中华书局，1985，第21页。

八　骈文

"骈文"一词最早出现于南宋孙奕的《履斋示儿编》："《昭帝赞》言周成'有管、蔡四国流言之变',夫举四国,则管、蔡已在其中矣,乃四字而骈文。"① "骈文"在这里指语意重复,还不具备文体意义。昝亮认为明代福建徐𤏡《徐氏家藏书目》著录有叶枢《骈文玉楮》,这是最早使用骈文文体名称的②。据陈庆元《明代作家徐𤏡生卒年详考》一文考证,徐𤏡生于1570年,卒于1642年③,可见叶枢是晚明以前的人,但这只是个案。文体意义上的骈文名称的普遍运用要等到清代中期以后,如姚燮《皇朝骈文类苑》、王先谦《骈文类纂》等总集,钱振伦《示朴斋骈文续存》、孙德谦《四益宦骈文稿》等别集。

也有学者对骈文这个文体名称存有异议,如近人夏敬观云："骈文义本柳宗元骈四俪六一语,顾未以名文也。《说文》驾二马为骈,《庄子》骈拇与枝指对举,于义皆未美。大抵唐以后,韩柳之学大倡,承其流者各囿门户之私,务标异以示轩轾,治偶文辈又苟习庸滥,取便笺奏,不能求端往古,以尊其体,而骈义之非,遂无辩之者。李商隐且以四六诬其集,其颠尤甚。清李兆洛昌言复古,汇选汉六朝文树之圭臬而不悟立名之误。"④(《翦厂文稿序》)由于以上原因,文体意义上的"骈文"概念在民国以前并没有得到普遍的认同和广泛使用,从而形成了多种文体概念并行不悖的局面。这一名与实之间的缝隙,形成某种张力,但以"骈文"来指称这种文类,庶几可实现黄侃先生所说的"不为名实玄纽所惑,而收以简驭繁之功"⑤。

关于骈文文体特征的界定,学界也有争议。正如曹道衡先生所论："有人把骈文看得广泛一些,包括汉魏人的一些文章;也有人把骈文看得

---

① (宋)孙奕撰,侯体健、况正兵点校《履斋示儿编》,中华书局,2014,第101页。
② 昝亮:《清代骈文研究》,博士学位论文,杭州大学,1997,第4页。
③ 陈庆元:《明代作家徐𤏡生卒年详考》,《文学遗产》2011年第2期,第108页。
④ 黄孝纾:《翦厂文稿》,沈云龙主编《近代中国史料丛刊》(第73辑),台北:台湾文海出版社,第8~9页。
⑤ 黄侃:《文心雕龙札记》,上海古籍出版社,2000,第71页。

狭一些，只包括南北朝，特别是齐梁以后和唐代某些人的文章。"① 如果将影响较大的古文选本《古文辞类纂》和骈文选本《骈体文钞》进行比较，就会发现两者都收录了秦汉时期的许多文章。兹列表如下②：

《古文辞类纂》	文体类别	《骈体文钞》	文体类别
贾生《过秦论》	论辨类	贾生《过秦论》	论类
刘子政《战国策序》	序跋类	刘子政《上战国策叙》	序类
李斯《谏逐客书》	奏议类	李斯《上秦王书》	奏事类
贾山《至言》	奏议类	贾山《至言》	奏事类
司马长卿《谏猎书》	奏议类	司马长卿《上书谏猎》	奏事类
刘子政《条灾异封事》	奏议类	刘子政《上灾异封事》	奏事类
匡稚圭《上政治得失疏》	奏议类	匡稚圭《上政治得失疏》	奏事类
匡稚圭《论治性正家疏》	奏议类	匡稚圭《上元帝疏》	奏事类
匡稚圭《戒妃匹劝经学威仪之则疏》	奏议类	匡稚圭《上成帝疏》	奏事类
扬子云《谏不许单于朝书》	奏议类	扬子云《谏不受单于朝书》	奏事类
诸葛孔明《出师表》	奏议类	诸葛孔明《出师表》	奏事类
司马子长《报任安书》	书说类	司马子长《报任安书》	书类
庶子王生《遗盖宽饶书》	书说类	王生《与盖宽饶书》	书类
《秦始皇二十八年泰山刻石文》	碑志类	李斯《泰山刻石》	铭刻类
《秦始皇琅邪台立石刻文》	碑志类	李斯《琅玡台刻石》	铭刻类
《秦始皇二十九年之罘刻石文》	碑志类	李斯《之罘立石》	铭刻类
《秦始皇东观刻石文》	碑志类	李斯《东观刻石》	铭刻类
《秦始皇三十二年刻碣石门》	碑志类	李斯《碣石刻石》	铭刻类
《秦始皇三十七年会稽立石刻文》	碑志类	李斯《会稽刻石》	铭刻类
班孟坚《封燕然山铭》	碑志类	班孟坚《封燕然山铭》	铭刻类
扬子云《州箴十二首》	箴铭类	扬子云《十二州箴》	箴类
扬子云《酒箴》	箴铭类	扬子云《酒箴》	杂颂赞箴铭类
崔子玉《座右铭》	箴铭类	崔子玉《座右铭》	杂颂赞箴铭类

---

① 曹道衡：《关于魏晋南北朝的骈文和散文》，《中古文学史论文集》，中华书局，1986，第31页。
② 参见曹虹《阳湖文派研究》，中华书局，1996，第98~100页。

续表

《古文辞类纂》	文体类别	《骈体文钞》	文体类别
张孟阳《剑阁铭》	箴铭类	张孟阳《剑阁铭》	箴类
汉景帝后二年《令二千石修职诏》	诏令类	汉景帝后六年《令二千石修职诏》	诏书类
汉武帝元朔元年《议不举孝廉者罪诏》	诏令类	汉武帝元朔元年《议不举孝廉者罪诏》	诏书类
汉武帝元狩二年《报李广诏》	诏令类	汉武帝元狩二年《报李广诏》	诏书类
汉光武帝建武二十七年《报臧宫诏》	诏令类	后汉光武帝《报臧宫马武诏》	诏书类
司马长卿《谕巴蜀檄》	诏令类	司马长卿《喻巴蜀檄》	檄移类
扬子云《赵充国颂》	颂赞类	扬子云《赵充国颂》	颂类
司马长卿《封禅文》	辞赋类	司马长卿《封禅文》	杂扬颂类
淳于髡《讽齐威王》	辞赋类	淳于髡《讽齐威王》	设辞类
宋玉《对楚王问》	辞赋类	宋玉《对楚王问》	设辞类
枚叔《七发》	辞赋类	枚叔《七发》八首	七类
东方曼倩《客难》	辞赋类	东方曼倩《答客难》	设辞类
东方曼倩《非有先生论》	辞赋类	东方曼倩《非有先生论》	设辞类
扬子云《解嘲》	辞赋类	扬子云《解嘲》	设辞类
扬子云《解难》	辞赋类	扬子云《解难》	设辞类

其实，骈文在不同时期的发展变迁所呈现的审美风格不尽相同。古人对此也有所认识，如清人李绂认为："四六骈体，其派别有三种：平仄不必尽合，属对不必尽工，貌拙而气古者，六朝体也；音韵无不合，对仗无不工，句不过七字，偶不过二句者，唐人体也；参以虚字，衍以长句，萧散而流转者，宋人体也。体不必拘，惟性所近，然调不可弱，意不可乱，词不可堆垛，一气浑成，读去似散文乃佳。"①（《秋山论文》）清末胡念修《国朝骈体文家小传叙》也说："自奇而耦，自耦而奇，文体之变正未有极。何以见之？曰：于国朝见之。盖国朝文学大昌，无体不具。……学耦之文，其名亦四，曰汉魏，曰齐梁，曰唐，曰宋。"②

综观学术界对骈文文体概念的界定，还是以台湾学者张仁青的论述较

---

① 王水照编《历代文话》（第四册），复旦大学出版社，2007，第4002～4003页。
② 王水照编《历代文话》（第七册），复旦大学出版社，2007，第6249页。

为通达："凡通篇以偶句连缀成文者，是为广义之骈文，六朝末期以前之对偶文章属之。而狭义之骈文，通称为四六文，六朝末期以后之对偶文章属之。四六文构成之要件有五：1. 对偶精工；2. 用典繁夥；3. 辞藻华丽；4. 声律谐美；5. 句法灵动。此五者缺一不可，缺其任何一项，则不得谓为纯粹之四六文矣。"① 从骈文名称的演变和骈文创作的实际来看，骈文最重要的文体特征在于对偶，用典、辞藻、声律等不过是骈文一些重要的修辞手法，在骈文发展的不同阶段呈现或强或弱的特征。

第二节　骈赋与骈文关系辨析

一　骈赋文体名称和特征辨析

有关赋的起源问题，自古论说不一，可大致概括为四类：源于《诗经》、源于《楚辞》、源于纵横家言辞和综合起源说（或谓多源说）。赋在先秦时期就具有铺排陈述、体物描写的特点，所以它在诸种文体中最早呈现骈偶化的倾向。朱光潜在《诗论》中就认为赋在"意义的排偶和声音的对仗"方面都先于诗和散文。"赋侧重横断面的描写，要把空间中纷陈对峙的事物情态都和盘托出，所以最容易走上排偶的路。"② "意义的排偶和声音的对仗都发源于词赋，后来分向诗和散文两方面流灌。散文方面排偶对仗的支流到唐朝为古文运动所挡塞住，而诗方面排偶对仗的支流则到唐朝因律诗运动（或则说'试帖诗'运动，试帖诗以律诗为常轨，自唐已然）而大兴波澜，几夺原来词赋正流的浩荡声势，这种演变的轨迹非常明显，细心追索，渊源来委便一目了然了。"③ 两汉的辞赋创作中已较多地使用对偶，尤其是东汉后期的赋作带有明显的骈偶化倾向。但总的来说，作为修辞手法的对偶在文中所占比例不大，且不甚工整。日本著名学者铃木虎雄《赋史大要》云："实至后汉，对句为少，虽有对句，而单句为多。

---

① 张仁青：《骈文学》，台北：文史哲出版社，1984，第 91 页。
② 朱光潜：《诗论》，上海古籍出版社，2001，第 175 页。
③ 朱光潜：《诗论》，上海古籍出版社，2001，第 186 页。

魏以后，始累用对句，又求其工丽矣。……故至晋，因以单对与长隔对杂用，亦用之散文中。"① 这段话较为准确地描述了赋的骈化进程。

虽然赋发展到魏晋之际已经进入骈赋阶段，但骈赋名称的出现却非常晚。在清代以前，较为通行的是"俳赋"这个文体名称。如明徐师曾《文体明辨序说》将俳赋与古赋、文赋、律赋并置为赋之四体，并批评"俳赋尚辞，而失于情"②。直到康熙年间，陆葇编纂《历朝赋格》才首次使用骈赋这个文体概念。陆葇认为历来赋选"条缕太繁、与类书无别"，遂将该书分为"文赋""骚赋""骈赋"三格，其中"凡属词俪事比偶成文者，列为骈赋一格"（《历朝赋格·凡例》）。稍后，孙梅《四六丛话》这部系统的集大成式的骈文理论批评著作也开始使用骈赋这个名称。曹明纲《赋学概论》认为，"如从显示赋的体式特点而言"，骈赋显然比先前较多使用的俳赋这个名称"更为准确可取"。于是，骈赋便逐渐取代了"俳赋"这个概念。"'俳'字本义虽与偶对无涉，但其所指戏言，在形式上却多连耦者。"③ 但正如章太炎先生所论："宋代以来，言文章者皆谓俪语为俳。"④ 可见，无论是俳赋还是骈赋，其着眼点仍在俪辞偶句，而用典隶事、藻饰华丽、声韵谐美，只是骈赋在发展过程中形成的非本质性文体特征。

二 骈赋与骈文文体特征的异同

关于骈赋与骈文之间的关系，自明清以来就有两种截然对立的观点。一派主张骈文囊括骈赋，如清屠寄《国朝常州骈体文录》、姚燮《皇朝骈文类苑》、王先谦《骈文类纂》，今人刘麟生《中国骈文史》、姜书阁《骈文史论》、于景祥《中国骈文通史》，等等；另一派则认为骈赋不属于骈文，如清李兆洛《骈体文钞》、曾燠《国朝骈体正宗》，今人钟涛《六朝骈文形式及其文化意蕴》、周悦《论骈文骈赋之异同》，等等。主张骈文囊

---

① 〔日〕铃木虎雄：《赋史大要》，殷石臞译，正中书局，1947，第 92 ~ 94 页。
② （明）徐师曾著，罗根泽校点《文体明辨序说》，人民文学出版社，1962，第 101 页。
③ 曹明纲：《赋学概论》，上海古籍出版社，1998，第 110 页。
④ 章太炎撰，庞俊、郭诚永疏证《国故论衡疏证》，中华书局，2011，第 356 页。

括骈赋的以姜书阁的观点最具有代表性。他从文学史的发展态势出发，认为"以赋为一代文学的代表或主要成就，在中国文学史上只有汉代，特别是西汉，所以在论述汉代骈文发展史时，有必要特别提出赋的骈化过程"。而到了其他时代，赋已"没有影响别的文学体裁的作用了"，"只是骈俪的一体"①。对该问题持鲜明反对意见的则以周悦《论骈文骈赋之异同》一文论述得最为详尽：

> 骈文骈赋在造句形式及文体孕育发展演变历程上固然不无相同相近之处。但是由于体裁不同，句式不同，结构不同，用途不同，理所当然地应该分为两种不同的文体，不可以一种文体视之。②

正如周悦所论，骈文与骈赋之间是有一定差别的。骈赋需要押韵，而骈文完全可以不押韵。骈文经常使用的"马蹄韵"虽以"韵"相称，却并不是用于韵，而是用于显示平仄的一种声律规则。③ 骈赋主要还是用来或颂美教化，或抒情咏怀，其应用范围相对狭窄一些，而骈文的使用领域非常广泛。从宋代开始，骈文"成为无事无人不用的专门写作需求，应用领域极为广泛"，"上自朝廷命令、诏册，下而缙绅之间笺、书、祝、疏，无所不用"④。"而在民间日用范围内，青词、疏文等宗教文体，上梁文、婚书、联语等民俗文体，无一不用四六，可见宋代骈俪之体已渗透并扎根于普通民众的生活中。"⑤ 到了明清时期，"小说、戏曲等新兴文体与骈体的融合，则说明骈文不仅是传统文人抒情写意的工具，同时也是老百姓日常生活中重要内容，是他们交流思想、传播文化的重要手段"。⑥

骈赋的结构一般是"于始有序，次位于中间者，有赋之本部，于终有

---

① 姜书阁：《骈文史论》，人民文学出版社，1986，第 268 页。
② 周悦：《论骈文骈赋之异同》，《中国文学研究》2004 年 1 期，第 72 页。
③ 参见拙文《论六朝骈文中的"马蹄韵"》，《徐州师范大学学报》（哲学社会科学版）2009 年第 4 期。
④ （宋）洪迈撰，孔凡礼点校《容斋随笔》，中华书局，2005，第 517 页。
⑤ 黄威：《〈四六谈麈〉的文学批评价值》，《求索》2012 年第 10 期，第 139 页。
⑥ 颜建华：《试论清代骈文艺术上的新变》，《求索》2011 年第 5 期，第 206 页。

乱、系、重、歌、讯等"，其中"序与乱亦不必备"①，正文往往采取主客问答的方式来展开描写，而骈文的结构形式远较骈赋丰富多彩，没有固定的模式可循。尽管骈文的对句有三言至十言不等，但还是以四六句式为主，甚至几乎或全是由四六句式组成。且不说那些篇幅短小的骈体谢物小启、判词、连珠等，就连许多长篇大作，如名篇徐陵《玉台新咏序》、庾信《哀江南赋序》几乎通篇由四六句式组成，极尽四六变化之能事。骈赋可以使用较多的五、七言诗句和骚体句式，形式更为自由活泼。正如谢榛《四溟诗话》所说："庾信《春赋》，间多诗语，赋体始大变矣。"② 南朝及以后初唐时期的许多骈赋都使用较多的五、七言诗句，甚至出现了通篇由五、七言诗句组成的赋作。在诸种骈偶文体中，骈赋使用四六句式的比例算是比较小的了。

但这只是大体而言，并不是绝对的。骈文包含大量韵文，如骈体颂、赞、箴、铭、诔以及连珠等；可以采用主客问答的形式，其中名篇有刘孝标《广绝交论》、黄庭坚《跛奚移文》等；可以使用较多骚体句式，如许多骈体哀、诔、祭文等。骈赋大量使用五、七言句式的诗化倾向主要集中在齐梁初唐时期，在其他时代并不是很明显。清人王芑孙《读赋卮言》就极力反对骈赋使用五、七言句式，称："七言五言，最坏赋体，或谐或奥，皆难斗接；用散用对，悉碍经营。"③ 以庾信的创作为例，其具有浓厚诗化色彩的骈赋全创作于梁朝。进入北朝以后，除《枯树赋》有一首五、七言短歌外，其他骈赋基本上没有出现五、七言诗句，反而开始较多地使用四六隔对，呈现四六化的倾向。④

另外，骈赋这种文体有时是很难界定文体性质的。关于赋体文学的界定，学术界的意见仍不统一。有学者认为由实定名，凡是具有赋体文学某些体制特征的作品，悉视为赋。另有学者认为由题定名，唯名是从，以赋名篇者方为赋。若依前一种观点，则赋的变类很多，很难一一区分，若依

---

① 〔日〕铃木虎雄：《赋史大要》，殷石臞译，正中书局，1947，第45页。
② 丁福保辑《历代诗话续编》，中华书局，1983，第1163页。
③ 何沛雄编著《赋话六种》，生活·读书·新知三联书店香港分店，1982，第4页。
④ 参见拙文《论六朝赋的骈化及其艺术成就》，《湖北社会科学》2009年第9期。

后一种观点，则又过于狭隘。正如台湾学者简宗梧所说："后世有的执着于题称，有的重视其内容，有的强调其形式，有的斤斤于异相，有的放眼于共相，于是赋体客观的认定，难以取得共识，赋的范畴也就大小不一了。"① 郭绍虞先生甚至认为："中国文学之诸种文体，其性质最不明显者即是赋。"② 这无疑增加了界定骈赋内涵的难度。如清李兆洛的《骈体文钞》尽管不录骈赋，但其卷三"杂扬颂类"、卷二十七"设辞类"、卷二十八"七类"，也收入了不少有时亦被认为是骈赋的作品。

三　骈赋与骈文关系的再审视

一般来说，如果要将两种事物分门别类，那么它们必须具有决定各自性质的本质特征。正如上文所论，无论是俳赋还是骈赋，其着眼点仍在俪辞偶句，而用典隶事、藻饰华丽、声韵谐美，只是骈赋在发展过程中形成的非本质性文体特征。骈文文体的特征也在于对偶，用典、辞藻、声律等不过是骈文一些重要的修辞手法。骈文与骈赋具有相同的本质特征，即通篇都是以对偶句式为主。

关于骈文文体的界定，学界还有一种观点，即骈文和散文的区别，不仅在于对偶句式在文中所占的比例，还在于审美追求的差异。如清蒋士铨云："古文如写意山水，俪体如工画楼台。"③ 孙德谦《六朝丽指》云："昌黎谓'惟其气盛，故言之高下皆宜。'斯古文家应尔，骈文则不如此也。"又云：

> 六朝文之可贵，盖以气韵胜，不必主才气立说也。《齐书·文学传论》曰："放言落纸，气韵天成。"此虽不专指骈文言，而文章之有气韵，则亦出于天成，为可知矣。余尝以六朝骈文譬诸山林之士，超逸不群，别有一种神峰标映、贞静幽闲之致，其品格孤高，尘氛不染，古今亦何易得？是故作斯体者，当于气韵求之，若取才气横溢，

---

① 简宗梧：《汉赋史论》，台北：东大图书股份有限公司，1993，第6页。
② 陶秋英：《汉赋研究》，浙江古籍出版社，1986，第1页。
③ （清）蒋士铨：《忠雅堂评选四六法海总论》，光绪乙亥年寄螺斋藏本。

则非六朝真诀也。……彼时诸名家文，有不以气韵见长者乎？①

今人钱基博在孙氏观点的基础上，论述得更为简洁明了："（骈文）主气韵，勿尚才气，则安雅而不流于驰骋，与散行殊科。（散文）崇散朗，勿矜才藻，则疏逸而无伤于板滞，与四六分疆。"② 他们另辟蹊径，以美学风格探讨散文与骈文的区别，对研究骈文的文体特征不无启发。即使从这种意义上来说，骈赋与骈文在审美风格的追求上也是近乎一致的。可见骈文与骈赋虽然在句式、结构、声韵等方面或多或少地存在一些差异，但这种差异并不影响两者根本的区别。

吕双伟《清代骈文对辞赋的扩容》一文不仅认为"骈文以句式对偶为主要特征，辞赋则讲究押韵、排偶等，两者不是同一层次的文体概念，具有层级性特征"，而且还从清代骈文对辞赋的扩容来说明两者之间的动态关系：

> 唐宋元明的骈偶之文名为"四六"，与辞赋平行发展，并行不悖。清代的骈偶之文演进为"俪体""骈体""骈文"等，多包括讲究排偶的辞赋，实现了对辞赋的扩容。清人既用"骈体""骈文"超越唐宋元明"四六"概念，将诗词曲之外的各类骈偶文章，包括辞赋纳入其中，又拓展原有"四六"内涵，多用之代指"骈体""骈文"，辞赋也可纳入"四六"文集。但因为辞赋不追求四六隔对，明以前"四六"文集不收辞赋，因此清代也有《国朝骈体正宗》等少数选本延续此意。今天，我们笼统地说两者是交叉或平行，都不符合文学史的事实。对它们的关系梳理，不能抛开"四六"演进与骈文历史，不能脱离具体的语境与时代。③

该文切中肯綮、考辨周详，足可启人深思。

---

① 孙德谦：《六朝丽指》，四益宧刊本，第15条。
② 钱基博：《近百年湖南学风　骈文通义》，上海古籍出版社，2012，第116页。
③ 吕双伟：《清代骈文对辞赋的扩容》，《中国文学研究》2017年第4期，第28页。

"文"在我国古代的内涵非常丰富，可以包含多种文体，如《全上古三代秦汉三国六朝文》《全唐文》《唐文粹》《六朝文絜》以及今人所编的《全宋文》《全元文》等文集或文选都收录有赋体。日本学者儿岛献吉郎认为，骈文"既不是纯粹散文，也不是完全韵文了。似文非文，似诗非诗，介于韵文散文之间，有不即不离的关系，乃不得不称之为律语或骈文了"①。作为一种介于散文和韵文之间的文类，骈文是一个大文体概念，包含很多文体。如明王志坚《四六法海》将骈文分为敕、诏、册文、制、令、策问、表等41类。清李兆洛《骈体文钞》辑入先秦至隋的作品，共包括31个子类，大凡铭刻、颂扬、哀诔、诏策、章表、移檄、书论、碑志、连珠、笺牍、杂文等，只要是以对偶为主，就将其归入"骈文"。

青年学者谷曙光把当代人类学、民族学研究中的热门关键词——"族群"引入文体研究，认为诗歌、散文、骈文、小说、戏曲等是古代文体系统中较突出的几大族群，其实赋也是古代文体系统中较为突出的一大族群。这些族群又处于一个大系统之中，"相依存，通有无。任何族群或文体如果坚壁清野，不与其他族群或文体往来，也就失去了生机和活力"②。骈文与赋这两大文体族群相互影响，便产生了骈赋。明吴讷云："大抵箴、铭、赞、颂，虽或均用韵语而体不同。"③ 就如同骈体箴、铭、赞、颂、诔等韵文虽"体不同"但仍属骈文一样，不能因为骈赋是具有一定独特文体特征的韵文，就把它排除在骈文这种大文类之外。所以，本书认为骈文应当包括骈赋。

第三节　连珠与骈文关系辨析

在中国古代众多文体中，连珠形式独特，而且几乎全为骈体，所以引发了一个问题，即其与骈文的关系。明代徐师曾探讨过这个问题，认为连

---

① 〔日〕儿岛献吉郎：《中国文学概论》，胡行之译，上海北新书局，1930，第172页。
② 谷曙光：《文体系统与文体族群》，《中国社会科学报》2016年5月16日，第5版。
③ （明）吴讷著，于北山校点《文章辨体序说》，人民文学出版社，1962，第46页。

珠为"四六之所始"①。20世纪20年代，张之纯《中国文学史》称"骈俪之文，肇始于陆机之连珠。嗣后葛洪、郭璞辈，好为此体，如博喻广譬诸篇，辞采不逮士衡，而摹仿毕肖，风气大开"②。20世纪40年代王瑶《徐庾与骈体》一文则认为：

> 连珠并不是扬雄的发明，也不是首"兴于汉章帝之世"，这种说理方式的起源是很早的。后来逐渐为文人所采用，如扬雄、班固等，便成了骈体的滥觞。到骈文成立以后，这便成了属文的初步练习，好像现在练习造句一样。③

王瑶先生认为连珠的兴起促进了骈文的产生，骈文"以事配辞"和"取理析义"的功夫，"都需要连珠式的句法才能表现"④，"这就是为什么骈文作者必须习作连珠的道理"⑤。

今人莫道才认为就今天所能考索到的材料来看，最早关于骈文的名称应是"连珠"，"因为连珠是骈文的初始形态，或称准骈文形态。因此，'连珠'之名，亦即是骈文的乳名"⑥。连珠"并不是中国古代文学中的一种独立文体。它只是骈文的变体。它的兴衰与骈文的兴盛基本重合，兴于汉魏，盛于六朝，衰于唐宋。连珠是作为习骈文者的练笔之用的"⑦。连珠与骈文之间究竟是什么关系？这就是本节试图加以探讨并寻求解答的问题。

一 连珠文体溯源

关于连珠的起源，西晋傅玄《叙连珠》最早探讨了这个问题。他认为

---

① （明）徐师曾著，罗根泽校点《文体明辨序说》，人民文学出版社，1962，第55页。
② 张之纯：《中国文学史》，商务印书馆，1915，第97页。
③ 王瑶：《徐庾与骈体》，《中古文学史论》，北京大学出版社，1986，第297页。
④ 王瑶：《徐庾与骈体》，《中古文学史论》，北京大学出版社，1986，第299页。
⑤ 王瑶：《徐庾与骈体》，《中古文学史论》，北京大学出版社，1986，第300页。
⑥ 莫道才：《骈文名称的演变与骈文的界说》，《广西师范大学学报》（哲学社会科学版）1991年第4期，第66页。
⑦ 莫道才：《骈文名称的演变与骈文的界说》，《广西师范大学学报》（哲学社会科学版）1991年第4期，第66页。

连珠体"兴于汉章之世","班固、贾逵、傅毅三子受诏作之"①。南朝梁任昉《文章缘起》认为连珠的创始者是扬雄。其实,两者并不矛盾。与任昉同时代的沈约在《注制旨连珠表》中更具体地阐述道:"窃寻连珠之作,始自子云。放易象论,动模经诰,班固谓之命世,桓谭以为绝伦。"② 刘勰亦云:"扬雄覃思文阁,业深综述,碎文琐语,肇为《连珠》。"(《文心雕龙·杂文》)

或认为"连珠"之体兆于韩非子。如明代杨慎《丹铅总录》云:

> 《北史·李先传》:"魏帝召先读《韩子连珠论》二十二篇。"韩子,韩非子,韩非书中有连语,先列其目,而后著其解,谓之连珠。据此,则连珠之体,兆于韩非。③

明代陈懋仁、茅坤、方以智和清代章学诚都赞同杨慎的说法。

不可否认韩非《储说》"比事征偶"的特色,与连珠"不指说事情,必假喻以达其旨"的文体特征有着相似之处,但毕竟尚未以连珠名篇。《韩非子》中亦无所谓的"连珠"二十二篇。清人梁玉绳认为:"所谓二十二篇,疑是《六反》《八说》《八经》也。"(《瞥记》)范文澜先生"疑二十二为三十三之误","此三十三条,《韩非子》皆称之曰经,李先嫌其称'经',故改名为论;又以其辞义前后贯注,扬雄拟之称《连珠》,因名为《连珠论》"④。其实,一个"疑"字就道出他们论点的牵强之处。明胡应麟早就指出:"韩非书若《内储》《外储》等篇,皆先列其目为经而传以解之,然文体与连珠不甚类。"⑤

近人刘师培《论文杂记》认为连珠"盖荀子演《成相》之流亚也","《成相》篇已近于赋体,其考列往迹,阐明事理,已开后世之连珠"⑥。

---

① (南朝梁)萧统编,(唐)李善注《文选》,中华书局,1977,第 760 页。

② (南朝梁)沈约著,陈庆元校笺《沈约集校笺》,浙江古籍出版社,1995,第 89 页。

③ (明)杨慎撰,王大淳笺证《丹铅总录笺证》,浙江古籍出版社,2013,第 468 页。

④ (南朝梁)刘勰著,范文澜注《文心雕龙注》,人民文学出版社,1958,第 259 页。

⑤ (明)胡应麟:《少室山房笔丛》,上海书店出版社,2001,第 249 页。

⑥ 刘师培:《论文杂记》,陈引驰编校《刘师培中古文学论集》,中国社会科学出版社,1997,第 229 页。

今人程章灿《魏晋南北朝赋史》认为连珠"是一篇精粹的微型赋，它短小的体制与对问、七体形成鲜明对照"，"实为赋的旁衍，所谓貌异而心同，应算在赋的范围内"①。崔军红《连珠文体探源》[《郑州大学学报》（社会科学版）2000 年第 3 期] 认为连珠起源于隐语，马世年《连珠体渊源新探》（《甘肃社会科学》2008 年第 6 期）认为连珠体源于西周以来祝、史之官诫勉君主的垂戒之辞。这些都是刘师培观点的流波余绪，但连珠与赋铺陈扬厉的审美风格还是有明显差别的。因此，不论是文学总集《文选》《宋文鉴》《明文在》，还是类书《艺文类聚》《太平御览》《文苑英华》等都单独列"连珠"一体，没有将其纳入赋的文体范围。

孙德谦《六朝丽指》认为连珠之体始于《邓析子》："连珠之体，彦和谓肇始扬雄，此说不然，或谓源于《韩非·储说》，斯得之矣。以吾考之，其体创于《邓析子》，又非出自《韩非》也。"②其以《邓析子·无厚篇》为例："夫负重者患途远，据贵者忧民离。负重途远者，身疲而无功；在上离民者，虽劳而不治。故智者量途而后负，明君视民而出政。""猎黑虎者，不于外圂，钓鲸鲵者，不居清池。何则？圂非黑虎之窟也，池非鲸鲵之泉也。楚之不溯流，陈之不束麾，长卢之不士，吕子之蒙耻。"孙德谦从语体特点出发，认为"连珠一体，在春秋已有矣"。但《邓析子》一般被认为是后人伪托之书，如《四库全书总目》对该书的提要："其书《汉志》作二篇，今本仍分《无厚》《转辞》二篇，而并为一卷，然其文节次不相属，似亦掇拾之本也。"③吕思勉认为"此书有采掇先秦古书处，又有后人们已意窜入处。核其词意，似系南北朝人所为。如'在己为哀，在他为悲''患生于宦成，病始于少瘳，祸生于懈慢，孝衰于妻子'等，皆绝非周、秦人语也。伪窜处固已浅薄；采掇古书处，亦无精论；无甚可观。"④范文澜认为："《邓析子》出战国时人假托，今之存者，又节次不相属，掇拾重编而成。孙氏所举两条，玩其文辞，不特非春秋战国时人

---

① 程章灿：《魏晋南北朝赋史》，江苏古籍出版社，2001，第 13 页。
② 孙德谦：《六朝丽指》，四益宧刊本，第 84 条。
③ （清）永瑢等：《四库全书总目》，中华书局，1965，第 848 页。
④ 吕思勉：《国学纲要》，金城出版社，2014，第 134 页。

所能作，即扬雄连珠，亦视此为质木，安可据以为连珠之体春秋时已有之哉。"①

笔者认为一种文体的肇始应是由多种因素造成的，不能简单地断定其源于某位作家的某首作品。正如王瑶先生所论，连珠说理方式的起源是很早的，所以"诸子中常有其体"②，如"臣所闻古之道，凡用兵攻战之本在乎壹民。弓矢不调，则羿不能以中微；六马不和，则造父不能以致远；士民不亲附，则汤武不能以必胜也。故善附民者，是乃善用兵者也。故兵要在乎善附民而已"。（《荀子·议兵》）"故先王不恃其强而恃其势，不恃其信而恃其数。今夫飞蓬，遇飘风而行千里，乘风之势也；探渊者，知千仞之深，县绳之数也。故托其势者，虽远必至；守其数者，虽深必得。"（《商君书·禁使》）清沈赤然《寒夜丛谈》就尝"刺取诸史诸子精言而发明之，体类连珠，而不作骈俪语"③。但不能以此就推断出连珠起源于《韩非子》或先秦其他子书。相对而言，还是刘永济先生论述得准确，即"韩非《储说》，著连语之文"，只是隐肇连珠之体。"扬雄饰之，比事征偶，所以宣究文趣也，于是有连珠之篇。"④ 考察一种文体的起源，最重要的是确定最早使用该文体名称、最早确立其文体特征、引领创作风气的具体作品。以此来观照扬雄的连珠作品，我们可以将其视为连珠文体的开端。

二　连珠与骈文关系的再审视

早期的连珠在内容上以议论说理为主。如陆机的《演连珠》五十首，《文选》收在"论"体。郑樵《通志》"艺文略"也将连珠列入"论"类。连珠的论说方式曾给骈文创作以启发，如刘孝标曾注陆机的《演连珠》，其名篇《广绝交论》《辨命论》就受其影响。清代谭献认为："文字之用，不外事理，骈俪词句，不能尽理之精微、事之曲折，乃为谈古文者所鄙

---

① （南朝梁）刘勰著，范文澜注《文心雕龙注》，人民文学出版社，1958，第 260 页。
② 钱锺书：《管锥编》，中华书局，1986，第 1136 页。
③ （清）吴庆坻撰，张文其、刘德麟点校《蕉廊脞录》，中华书局，1990，第 151 页。
④ 刘永济：《十四朝文学要略》，武汉大学出版社，2013，第 88 页。清方以智也认为："韩子比事，初立此名，而组织短章之体则子云也"（《通雅》，上海古籍出版社，1988，第 176 页），但今本《韩非子》没有"连珠"之名，没有刘永济说得准确。

夷。承学之士，先学陆、庾《连珠》，沈思密藻，析理述事，充之海河所滞，庶有达者，识予卮言？"① 凌廷堪曾称其"欲学为文，苦无途径。窃谓连珠之体，编金错绣，比物喻情，而对偶声韵，靡所弗备，于初学为近，时方读《三国志》，遂组织事之相类者，姑拟为之"②。直到清代末年，俞樾仍以连珠教课童蒙③，以其能启发思理、锻炼文笔。以连珠教孩童练习写作，可能已成为俞氏家传的教学方法。俞樾的曾孙，现代著名文人、学者俞平伯在《燕郊集》里就收录了一篇《演连珠》，如：

盖闻云飞水逝，物候暄寒。春鸟秋虫，心声哀乐。是以荒坟回首，歔欷过客之琴。日暮怀人，恻怆善邻之笛。

盖闻思无不周，虽远必察。情有独钟，虽近犹迷。是以高山景行，人怀仰止之心。金阙银宫，或作溯洄之梦。

盖闻游子忘归，觉九天之尚隘。劳人反本，知寸心之已宽。是以单枕闲凭，有如此夜。千秋长想，不似当年。④

连珠在俞氏家族文学创作传承中的重要性可见一斑。近代严复也认为"连珠者，持论证理最要之器也"⑤，用其来翻译西方术语"Syllogism"（《三段论》）。因此，古代文人在创作骈文时，也自觉或不自觉地运用一些连珠式的句法，如：

---

① （清）李兆洛选辑《骈体文钞》，上海书店出版社，1988，第659页。按："充之海河所滞"疑当作"充之复何所滞"。
② （清）凌廷堪著，王文锦点校《校礼堂文集》，中华书局，1998，第183页。
③ 按：俞樾有《左传连珠》一卷，自序云："《宋史·艺文志》所载《春秋赋》有崔升、裴光辅诸家，今皆未之见。独徐晋卿《春秋类对赋》一卷刻入《通志堂经解》。其赋数联一韵，而不求事之相类……未知《宋志》所载崔升《春秋分门属类赋》、王霄《春秋囊括赋》，其体例何如也？余谓止取两事之相类，则不宜作赋，而以连珠为宜，孙儿陞云方读《左传》，余因作《左传连珠》一卷，如陆士衡《演连珠》之数，聊以示陞云，使他日稍知用古之法于经义，固无当也。"［（清）俞樾著，赵辉贤点校《俞楼杂纂》，《俞樾全集》（第9册），浙江古籍出版社，2017，第200页。］
④ 《俞平伯全集》（第2卷），花山文艺出版社，1997，第413页。
⑤ 〔英〕约翰·穆勒：《穆勒名学》，严复译，台湾商务印书馆，1981，第4页。

　　臣闻出豫为象，钧天之乐张焉。时乘既位，御气之驾翔焉。是以得一奉宸，逍遥襄城之域，体元则大，怅望姑射之阿。然宵眇寂寥，其独适者已。至如夏后两龙，载驱璇台之上，穆满八骏，如舞瑶水之阴。亦有绘云，固不与万民共也。（王融《三月三日曲水诗序》）

　　臣闻六辔沃若，不策玄黄之马；九成轮奂，无求拥肿之材。何则？蹐踢之路已穷，梁栋之用斯阙。（刘潜《为安成王让江州表》）

　　如果把骈文中这些类似连珠论说方式的句式摘检出来，那么它们就成为独立的连珠作品。如钱锺书先生认为："《抱朴子》外篇《博喻》，稍加裁剪，便与陆机所《演》同富；刘昼《刘子》亦往往可拆一篇而为连珠数首。"① 又如清陆继辂非常嗟赏刘开的骈文，因而"检取数联，成连珠之妙制"②。

　　但笔者认为并不能由此推导出"连珠是作为习骈文者的练笔之用的"。不可否认，早期的连珠可能是当时文人为模拟奏章而作的练习，正如元代郝经所说，"亦奏议之体也"（《续后汉书·文艺传》），故每首皆以"臣闻"开头。但连珠发展到齐梁以后已偏离了说理的轨道，表现范围不断扩大。自南朝开始，便产生了艳体连珠，如刘孝仪《探物作艳体连珠》二首。连珠以女子口吻道出，"臣闻"也变成了"妾闻"。这些艳体连珠虽为正统文人所不屑，但到了晚明，一些才女也尝作艳体连珠展现自己的才华。如叶小鸾与其母沈宜修都作有《艳体连珠》③：

　　盖闻光可鉴人，谅非兰膏所泽；鬓余绕匝，岂由脂沐而然？故艳陆离些，曼鬋称矣；不屑髢也，如云美焉。是以琼树之轻蝉，终擅魏主之宠；蜀女之委地，能回桓妇之怜。（叶小鸾《发》）

---

① 钱锺书：《管锥编》，中华书局，1986，第1136页。
② （清）陆继辂：《合肥学舍札记》卷五，清光绪四年兴国州署刻本。
③ （清）虫天子编，董乃斌等校点《中国香艳全书》（第1册），团结出版社，2005，第57～59页。

盖闻含娇起艳，乍微略而遗光；流视扬清，若将澜而讵滴。故李称绝世，一顾倾城；杨著回波，六宫无色。是以咏曼睩于楚臣，赋美眄于卫国。（叶小鸾《目》）

盖闻流水题红，无非柔荑写恨；盈襜采绿，亦因纤素书情。故春日回文，逞掺掺于机锦；秋风捣练，响皎皎于砧声。是以魏殿神针，更夸巧制；玉奴绚索，不负时名。（沈宜修《手》）

盖闻袅袅纤衣，非关结束而细；翩翩约素，天生柔弱无丰。故飘若春云，常愁化彩；轻如秋雁，还恐随风。是以色冠昭阳，裙有留仙之襞；巧推绛树，舞传回雪之容。（沈宜修《腰》）

甚至有些连珠根本不用"臣闻""盖闻""吾闻""妾闻"这类发语词，在形式上更为自由，如苏颋、徐铉、晏殊、宋庠等人的连珠：

夫恩至深而必报，言至信而罔遗。系于我者深不可夺，牵于彼者信不可欺。故操刀而割，岂为他人所污；书扇而殒，竟还夫氏之尸。（苏颋《为人作连珠》二首之二）

道不可以权行，终则道丧，情不可以苟合，久则情疏。是以兵谏爱君，君安而忠敬已失，同舟济险，险夷而取舍自殊。（徐铉《连珠词》五首之三）

时平德合，秉均者续隐于几先；运极道消，享位者誉隆于事外。是以房、杜之恩勤莫二，无迹可寻；郭、裴之退黜居多，其名益大。（晏殊《演连珠》）

山有楩梓之材，居山者菱草而舍；田有禾稷之实，力田者半菽而饱；厩有骐骥之乘，掌厩者羸股而步。此所谓役于物者，智不逮乎物也。无木者，有华榱之荫；无田者，有嘉谷之享；无厩者，有上驷之御。此所谓役物者，智包乎物也。故君子逸于用德，小人劳于用力。（宋庠《连珠》）

到了清代，连珠还成为颂圣祝寿的应酬之作，如清童槐《万寿演连珠》《御制大阅诗分联恭演连珠》，王嗣槐《姜紫垣先生七十寿》《祝黄太夫人七秩》，刘逢禄《圣驾再幸盛京谒陵恭纪连珠四十章》，等等。甚至还有人尝试以连珠来论文，如唐才常《论文连珠》10 首：

盖闻清角奏而风雨至，琴之感以末；铜山倾而洛钟应，机之发盖神。声者，天地之自然；气者，造化之枢纽。是以托缠绵于尺素，《风》《雅》传正变之音；发忠孝为文章，屈、贾乃精诚之泄。

盖闻玉生于山，雕之则华缛；冰出于水，凿之则纷纶。惟不雕者完其太璞，惟不凿者顺其天真。是以西汉雄深，卓然典谟之制；东京藻俪，渐伤风骨之廋。①

连珠文体功能的拓展还表现在以骈俪声律吟咏情性。如南齐刘祥"少好文学，性韵刚疏，轻言肆行，不避高下"②（《南齐书·刘祥传》），其创作连珠只是桀骜不驯、刚肠嫉恶、针砭时俗、不平而鸣。而且除连珠外，他并无一篇骈文存世，可见其创作连珠绝不是属文的初步练习。其他如清钮琇创作《竹连珠》感慨"以矢弗谖知我者，其此君乎"，王嗣槐《锦带连珠》模仿萧统的《锦带书十二月启》抒发"人生忽忽，为欢几何"之感，等等，皆是此类。直到现代，著名文人俞平伯仍以 34 首《演连珠》抒发对当时社会的悲愤之情：

---

①　王水照编《历代文话》（第七册），复旦大学出版社，2007，第 6210 页。

②　（南朝梁）萧子显：《南齐书》卷三十六《刘祥传》，中华书局，1972，第 639 页。

盖闻罗帐飘零，同几家欢愁之色。山丘华屋，异百年歌哭之场。是以塞雁城乌，画屏自暖。单衾小簟，一舸分寒。

盖闻唯兵不祥，为仁不富。是以朱门肉臭，无裨道路之饥寒。甲帐歌残，谁问军前之生死。

盖闻恓纬忧周，宁止青灯之嫠。覆巢完卵，难欺黄口之孺。是以苹末风飘，而苇苕暝宿。梨花雨勒，则鸥鹙晨归。①

中国古人在生命行将结束之际，常发言为诗，从而形成了中国古代诗苑中独具一格的临终诗。受其影响，也有一些古人在临终时用连珠来言志抒情。据《梁书·简文帝纪》载：萧纲被侯景幽絷期间，曾"题壁自序云：'有梁正士兰陵萧世缵，立身行道，终始如一。风雨如晦，鸡鸣不已。弗欺暗室，岂况三光，数至于此，命也如何！'又为《连珠》二首，文甚凄怆"②。又据《南史·梁本纪》载：简文帝崩后，王伟观其在狱中所作，"恶其辞切，即使刮去。有随（王）伟入者，诵其《连珠》三首，诗四篇，绝句五篇，文并凄怆云"③。萧纲今存《连珠》三首，是否即为被幽絷时所作，未可得知。其中一首云："吾闻道行则五福俱凑，运闭则六极所锺。是以麟出而悲，岂唯孔子；途穷则恸，宁止嗣宗。"④这首连珠颇能道出大限将近的悲伤，应为其被侯景幽囚时所作。萧纲此时深知途穷命尽，感慨万千，黯然神伤。这首作品可视为他的临终诗，凄怆哀婉。又如唐太宗妃徐氏在太宗崩后，"追思顾遇之恩，哀慕愈甚，发疾不自医。病甚，谓所亲曰：'吾荷顾实深，志在早殁，魂其有灵，得侍园寝，吾之志也。'因为七言诗及连珠以见其志"⑤（《旧唐书·后妃传》）。这些临终而作的连珠自然不是为了习作骈文。

连珠创作还常呈现为成组写作的特色，即姜书阁先生所说的"定格联

---

① 《俞平伯全集》（第2卷），花山文艺出版社，1997，第412页。
② （唐）姚思廉：《梁书》卷四《简文帝纪》，中华书局，1973，第108页。
③ （唐）李延寿：《南史》卷八《简文帝纪》，中华书局，1975，第234页。
④ （清）严可均校辑《全上古三代秦汉三国六朝文》，中华书局，1958，第3025页。
⑤ （后晋）刘昫等：《旧唐书》卷五十一《后妃传》，中华书局，1975，第2169页。

章"，这一点与习作骈文也没有什么关系。如陆机《演连珠》之所以创作有五十首，就与《周易》的观念密切相关，即"大衍之数五十"（《周易·系辞上》）。又据上文所论，梁武帝萧衍"作《联珠》五十首，以明孝道"。他还曾作有"《周易讲疏》，及六十四卦、二《系》、《文言》、《序卦》等义"（《梁书·武帝纪》），可见其创作连珠仍是受"大衍之数五十"的影响，以更为系统地阐明孝道。再者，萧衍还创作有《孝思赋》，并没有使用类似连珠的句式，这更加说明他创作连珠并非为练笔之用。又如清潘世恩撰写连珠六十四首，是为了"拟列卦以成文，象循环之无极，敷陈实事，援古为证"（《皇上五旬万寿恭纪谨序》）。

有些作家创作的连珠虽然从表面上看没有什么系统，但实质上是一个有机整体，是作者精心构思而成，而不是作为练笔之用。如庾信《拟连珠》虽然只有 44 首，但有着明显的时间线索和明确的逻辑关系，是对梁朝兴亡和自己命运的写照，可以与《哀江南赋》互为表里。正是由于这 44 首《拟连珠》"但叙身世，无关理要"，才被李兆洛评为"连珠之别格也"①。

作为一种古老而独特的文体，连珠有其相对独立的演变过程，与骈文的发展进程并不完全一致。学界一般认为唐宋时期是骈文的新变期。这一时期，虽然古文运动对骈文创作形成了巨大的冲击，但骈文并没有衰落，不仅产生了陆贽、李商隐、汪藻等骈文名家，而且"两宋古文家几乎都同时擅长骈文，以欧、苏、王三大家为例：《欧阳文忠公集》中有《外制集》3 卷、《内制集》8 卷、《表奏书启四六集》7 卷，共 18 卷，约占其全部散文的五分之一强；《东坡七集》中散文 81 卷，骈体占 20 卷，而《王文公集》中散文 56 卷，骈体占 15 卷，都在四分之一左右。可见，宋文中虽然古文居优，但骈体仍占相当的比重"②。但在这一时期，只有苏颋、王维、司空图、徐铉、晏殊、刘敞、宋庠、黄庭坚等极少数文人创作了少量连珠，而且这些连珠也没有什么特色，湮没于诗词的辉煌之中。而在明代这个骈文衰落的时代，却涌现出刘基《拟连珠》68 首、王祎《演连珠》50

---

① （清）李兆洛选辑《骈体文钞》，上海书店出版社，1988，第 655 页。
② 朱迎平：《唐宋散文研究刍议》，《上海财经大学学报》2000 年第 1 期，第 50 页。

首、王世贞《演连珠》12 首、张凤翼《演连珠》24 首、沈一贯《仿连珠》32 首、张时彻《连珠》52 首、郑晓《连珠》30 首等，且不乏名篇。

就具体作家而言，连珠创作与骈文创作仍然呈现不一致的情形。虽然陆机、庾信、洪亮吉、皮锡瑞等骈文名家创作了较多数量的连珠，但绝大多数骈文名家却没有涉及连珠的创作。而一些几乎不创作骈文的文人反而撰写了许多连珠，如刘基创作有 68 首《拟连珠》，但其文集中几乎没有骈体文章，又如清马荣祖"工古文"，却创作有 86 首《演连珠》，可见他们绝不是从连珠入手习练骈文。

正如前文所论，作为一种与散文相对的文类，骈文是一个大文体概念，"并不与诗歌、辞赋、小说、戏曲等一样是一种文学体裁，而是与散体文相区别的一种不同表达方式"，"是中国文学中的一种体类"①。明王志坚《四六法海》将骈文分为 41 类，其中包括"连珠"类。清李兆洛《骈体文钞》分 3 门 31 个子类，连珠被归为"缘情托兴之作"一门。不仅这些文章总集收有连珠一类，清代的一些骈文别集，如金兆燕《棕亭骈体文钞》、孔广森《骈俪文》、皮锡瑞《师伏堂骈文》、姚燮《复庄骈俪文榷》都收录有连珠文体。

综上所论，连珠对骈文的说理方式有所启发，但并非骈文的初始形态，也并非全为属文的初步练习，只是"俪语韵文，不沿奇语，亦俪体中之别成一派者"②。

---

① 褚斌杰：《中国古代文体概论》，北京大学出版社，1990，第 146 页。
② 刘师培：《论文杂记》，陈引驰编校《刘师培中古文学论集》，中国社会科学出版社，1997，第 229 页。

第二章
六朝骈文文体分类研究

　　中国古代文体非常丰富，并各自形成相对独立的演变历程、独特的审美修辞和特定的社会功能。著名学者刘永济指出："文无类也，体增则类成。体无限也，时久而限广。类可旁通，故转注而转新；体由孳乳，故迭传而迭远。旁通之喻，如琴瑟异器，而音理相贯；孳乳之喻，如祖孙共系，而骨相渐乖。"① 郭建勋认为："从文体发展的角度看，中国古代文学史可以视为各种文类孕育形成和发展演变的历史，也是各种文类之间互相作用、互相渗透，不断衍生出新品种的历史。正是这种经由各时代创作活动所引发的文学体类的自动与互动，促进了文学形式的创新、繁衍，并与它们所承载和表现的历史事件、作家情感等内容一起，共同构成缤纷复杂的中国古代文学的发展历史。"②

　　先秦时期是中国古代文体发展的源头。刘勰《文心雕龙·宗经》云："论说辞序，则《易》统其首；诏策章奏，则《书》发其源；赋颂歌赞，则《诗》立本；铭诔箴祝，则《礼》总其端；纪传铭檄，则《春秋》为根；并穷高以树表，极远以启疆，所以百家腾跃，终入环内者也。"③ 颜之推《颜氏家训》"文章"篇所论，与此略同。如果说刘勰、颜之推说得还比较笼统粗略，那么明黄佐《六艺流别》则论述得更为具体："以六艺

---

① 刘永济：《十四朝文学要略》，武汉大学出版社，2013，第 4 页。
② 郭建勋：《楚辞的文体学意义——兼论楚辞与几种主要的中国古代韵文》，《中国文学研究》2001 年第 4 期。
③ （南朝梁）刘勰著，范文澜注《文心雕龙注》，人民文学出版社，1958，第 22~23 页。

8

之源皆出于经，因采摭汉魏以下诗文，悉以六经统之。凡诗之流五，其别二十有一。书之流八，其别四十有九。礼之流二，其别十有六。乐之流二，其别十有二。易之流十二，而无所谓别。"① 他们从宗经的角度，把《五经》看作中国古代文体的渊源。不可否认，这些论述都有一定的道理。如《尚书》中的文体就比较丰富，唐孔颖达在孔安国"六体说"的基础上提出了"十体说"："一曰典，二曰谟，三曰贡，四曰歌，五曰誓，六曰诰，七曰训，八曰命，九曰征，十曰范。"② 后世很多文体的发展演变的确受到五经的影响，但这种影响是有限的，不能将其无限扩大化。正如四库馆臣所评："刘勰作《文心雕龙》，始以各体分配诸经，指为源流所自。其说已涉于臆创。（黄）佐更推而衍之，剖析名目，殊无所据，固难免于附会牵合也。"③

　　清章学诚说："盖至战国而文章之变尽，至战国而著述之事专，至战国而后世之文体备；故论文于战国，而升降盛衰之故可知也。……后世之文，其体皆备于战国。"④（《文史通义·诗教》）为了证明自己的观点，他以《文选》收录的七种文体，"以征战国之赅备"。如"《上林》《羽猎》，安陵之从田，龙阳之同钓也"⑤，"《客难》《解嘲》，屈原之《渔父》《卜居》，庄周之惠施问难也。韩非《储说》，比事征偶，《连珠》之所肇也。"⑥。何诗海《"文体备于战国"说平议》一文认为章学诚的"文体备于战国"说，"并非单纯、孤立地考察文体问题，而是有着丰富的意蕴。它不仅为传统文体学注入了崭新的内容，更在研究视角与方法上给当时及后世文体学以丰富的启迪"⑦。尽管如此，章学诚的观点仍有可商榷之处。

---

① （清）永瑢等：《四库全书总目》卷一九二《六艺流别》，中华书局，1965，第1746页。
② （汉）孔安国传，（唐）孔颖达疏，廖名春、陈明整理《商书正义》，北京大学出版社，1999，第19页。
③ （清）永瑢等：《四库全书总目》卷一九二《六艺流别》，中华书局，1965，第1746页。
④ （清）章学诚著，叶瑛校注《文史通义校注》，中华书局，1985，第60页。
⑤ 按：叶瑛认为："《文选》司马相如《上林赋》、扬雄《羽猎赋》，皆赋畋游之作。与下《战国策》'从畋'相似，下'同钓'作陪衬。"［（清）章学诚著，叶瑛校注《文史通义校注》，中华书局，1985，第70页。］
⑥ （清）章学诚著，叶瑛校注《文史通义校注》，中华书局，1985，第61～62页。
⑦ 何诗海：《"文体备于战国"说平议》，《文学评论》2010年第6期。

《文选》所录文体近四十类①，而章学诚只以其中七类文体为代表论述，未免以偏概全，而且这七种文体也未必始于战国，如连珠②。

在文体起源的探讨上，胡朴安《论文杂记》的思路类似于章学诚，但他认为战国时期由于"篇名未立，体裁未备"，"文之缘起当溯源于两汉之世"③。今人谭家健也认为"严格意义上的众体皆备实始于汉代，而非战国"④。刘师培进而提出："文章各体，至东汉而大备。"⑤ 郭英德曾以中华书局校点本《后汉书》为依据，进行全面系统的整理，发现《后汉书》共著录了 44 种文体名称，即"诗、赋、碑（含碑文）、诔、颂、铭、赞、箴……"⑥ 这也印证了刘师培所言不虚。

随着文体创作的繁盛，东汉末年刘熙《释名》和蔡邕《独断》虽然重在典章制度和名物解释⑦，但对文体已有一定程度的辨析。遗憾的是，它们对文体的辨析多停留在公文格式和语义学的层面。⑧

刘师培称："汉魏之际，文家承其体式，故辨别文体，其说不淆。"⑨并举例魏文帝《答卞兰教》："赋者，言事类之所附也。颂者，美盛德之形容也。"（《三国志·卞皇后传》注引）又陈思王《上卞太后诔表》曰："臣闻铭以述德，诔尚及哀。"尤其是曹丕在《典论·论文》提出"文本同而末异。盖奏议宜雅，书论宜理，铭诔尚实，诗赋欲丽"，首次对文章

---

① 按：关于《文选》收录的文体种类，学术界主要有三十七、三十八、三十九类之说。笔者从傅刚三十九类说，参见其《〈昭明文选〉研究》，中国社会科学出版社，2000，第 185～192 页。

② 参看第一章第三节"连珠与骈文关系辨析"。

③ 王水照编《历代文话》（第九册），复旦大学出版社，2007，第 9115 页。

④ 谭家健：《中国古代散文史稿》，重庆出版社，2006，第 160 页。

⑤ 刘师培：《中国中古文学史讲义》，陈引驰编校《刘师培中古文学论集》，中国社会科学出版社，1997，第 19 页。

⑥ 郭英德：《中国古代文体学论稿》，北京大学出版社，2005，第 73～74 页。

⑦ 按：《四库全书总目·释名》提要云："其书二十篇。以同声相谐，推论称名辨物之意，中间颇伤于穿凿。然可因以考见古音。又去古未远，所释器物，亦可以推求古人制度之遗。"（中华书局，1965，第 340 页）《释名》第四卷《释言语》、第六卷《释书契》《释典艺》也论及多种文体，如奏、檄、策书、启、书、告、表、敕、令、诏书、论、赞、叙、铭、诔、碑等。

⑧ 参见第二章相关各节的论述。

⑨ 刘师培：《中国中古文学史讲义》，陈引驰编校《刘师培中古文学论集》，中国社会科学出版社，1997，第 19 页。

体裁的审美风格加以分类区别，推动了对文体特征的深入探索。①

陆机《文赋》开始有意识地区分文体之间的精微差别，如认识到诗赋这两种文体具有不同的审美特征，"诗缘情而绮靡，赋体物而浏亮"。在此基础上，陆机还较为细致地梳理了赋在不同类别题材中的发展演变过程，如：

> 昔崔篆作诗，以明道述志，而冯衍又作《显志赋》，班固作《幽通赋》，皆相依仿焉。张衡《思玄》，蔡邕《玄表》，张叔《哀系》，此前世之可得言者也。崔氏简而有情，《显志》壮而泛滥，《哀系》俗而时靡，《玄表》雅而微素，《思玄》精练而和惠，欲丽前人，而优游清典，漏幽通矣。班生彬彬，切而不绞，哀而不怨矣。崔、蔡冲虚温敏，雅人之属也。衍抑扬顿挫，怨之徒也。岂亦穷达异事，而声为情变乎！②（《遂志赋序》）

其他如傅玄《七谟序》论七体：

> 昔枚乘作《七发》，而属文之士若傅毅、刘广世、崔骃、李尤、桓麟、崔琦、刘梁、桓彬之徒，承其流而作之者，纷焉《七激》《七兴》《七依》《七款》《七说》《七蠲》《七举》《七设》之篇。于是通儒大才马季常（融）、张平子（衡）亦引其源而广之。马作《七厉》，张造《七辨》，或以恢大道而导幽滞，或以黜瑰奢而托讽咏，扬辉播烈，垂于后世者，凡十有余篇。自大魏英贤迭作，有陈王《七启》、王氏《七释》、杨氏《七训》、刘氏《七华》、从父侍中《七诲》，并陵前而邈后，扬清风于儒林，亦数篇焉。世之贤明，多称《七激》工，余以为未尽善也。《七辨》是也，非张氏至思，比之《七激》，未为劣也。《七释》金曰妙哉，吾无间矣。若《七依》之卓轹一致，

---

① 按：徐公持《魏晋文学史》认为："曹丕论文体之差异，并非独立命题，而是作为文人相轻原因之一来谈，是文人相轻大论题中的一个论证环节。"（人民文学出版社，1999，第 66 页。）
② （晋）陆机著，刘运好校注整理《陆士衡文集校注》，凤凰出版社，2007，第 120 ~ 121 页。

《七辨》之缠绵精巧,《七启》之奔逸壮丽,《七释》之精密闲理,亦近代之所希也。①

据《晋书·挚虞传》记载,挚虞"撰《文章志》四卷,注解《三辅决录》,又撰古文章,类聚区分为三十卷,名曰《流别集》,各为之论,辞理惬当,为世所重"。《隋书·经籍志》曰:"晋代挚虞,苦览者之劳倦,于是采摘孔翠,芟剪繁芜,自诗赋下,各为条贯,合而编之,谓为《流别》。是后文集总钞,作者继轨,属辞之士,以为覃奥,而取则焉。"② 从"自诗赋下,各为条贯"可以看出挚虞以文体类别编纂总集,表现出自觉的文体分类意识。《隋书·经籍志》著录挚虞《文章流别集》四十一卷,又引阮孝绪《七录》曰:"梁六十卷,志二卷,论二卷。"方孝岳《中国文学批评 中国散文概论》认为:"总集之为批评学,还在诗文评专书发生之先。挚虞可以算得后来批评家的祖师。他一面根据他所分的门类,来选录诗文;一面又穷源溯流,来推求其中的利病。这是我国批评学的正式祖范。"③ 此后,谢混《文章流别本》十二卷、孔宁《续文章流别》④ 三卷,亦沿袭这种体例。从现今搜集裒聚到的《文章流别论》佚文可以看出,该书涉及十余种文体,如诗、赋、颂、七、铭、箴、碑、诔、哀策、哀辞等。《文章流别论》论述文体性质与源流,"充分显示文体分类意识与方法的成熟。以体论文,乃至具体批评,非徒徘徊于文学外缘,而深探文章意蕴。涵盖文体论中体裁、体要、体貌三大重要范畴,为魏、晋文体论成熟的标志"⑤,对后来的《文心雕龙》等论文体有一定的影响。

东晋李充《翰林论》类同于《文章流别论》。《隋书·经籍志》著录李充《翰林论》三卷,又引阮孝绪《七录》曰:"梁五十四卷。"所以有

---

① (清)严可均校辑《全上古三代秦汉三国六朝文》,中华书局,1958,第1720页。
② (唐)魏徵等:《隋书》,中华书局,1973,第1089~1090页。
③ 方孝岳:《中国文学批评 中国散文概论》,生活·读书·新知三联书店,2007,第19页。
④ 按:北齐颜之推《观我生赋》自注云:"齐武平中,署文林馆待诏者仆射阳休之、祖孝征以下三十余人,之推专掌,其撰《修文殿御览》《续文章流别》等皆诣进贤门奏之。"孔宁或为文林馆待诏者。
⑤ 邓国光:《文章体统中国文体学的正变与流别》,上海古籍出版社,2013,第207页。

学者认为"疑李充原撰有《翰林》一书，系文章总集，久佚；《翰林论》乃是其中的论述部分"①。《翰林论》在宋代以后就已亡佚，今仅存十余则。从这些佚文可以看出，其大多是结合文体来评论作品的，只是比较疏略，所以被钟嵘讥为"疏而不切"（《诗品序》）。值得注意的是，当时已有关于"文笔之辨"的分集撰录，如葛洪"凡著《内篇》二十卷，《外篇》五十卷，碑、颂、诗、赋百卷，军书、檄移、章表、笺记三十卷"②。

到了梁代，六朝文人对文体的辨析日趋深入。任昉《文章缘起》③探讨了先秦至东晋时期的 85 种文体，大大超过之前曹丕等人论述的文体数量。尽管《文章缘起》对文体分类与文体起始时代的界定还或多或少存在一些问题④，但其具有独特的价值。这主要表现在任昉"关注的重点是脱离经学束缚之后个体的文章创作，它创造性地以簿录的方式，简省地记录了任昉心目中具有一定独立性与典范性的文章学谱系"⑤。

自颜延之云"竣得臣笔，测得臣文"（《宋书·颜竣传》），以文笔并称后，"文笔之辨"在齐梁年间被不断地深化和完善⑥。刘勰称："今之常言，有文有笔，以为无韵者'笔'也，有韵者'文'也。"（《文心雕龙·总术》）从"今之常言"来看，"文笔之辨"在当时已成为文人们有意识

---

① 王运熙、杨明：《魏晋南北朝文学批评史》，上海古籍出版社，1989，第 149 页。

② （晋）葛洪撰，杨明照校笺《抱朴子外篇校笺》，中华书局，1991，第 698 页。

③ 按：四库馆臣认为任昉《文章缘起》今传本为后人依托之作，吴承学、李晓红《任昉〈文章缘起〉考论》（《文学遗产》2007 年第 4 期）一文对四库馆臣疑为依托的主要理由一一加以考辨，认为它们不能成立，其结论不可采信，并主张以审慎的态度尊重唐宋以来的传统说法。

④ 按：《四库全书总目·文章缘起》提要云："如今检其所列，引据颇疏。如以表与让表分为二类。骚与反骚别立两体。挽歌云起缪袭，不知《薤露》之在前。《玉篇》云起《凡将》，不知《苍颉》之更古。崔骃《达旨》，即扬雄《解嘲》之类，而别立旨之一名。崔瑗《草书势》，乃论草书之笔势，而强标势之一目。皆不足据为典要。至于谢恩曰章，《文心雕龙》载有明释，乃直以谢恩两字为文章之名，尤属未协。"[（清）永瑢等《四库全书总目》，中华书局，1965，第 1780 页。] 当然，四库馆臣的批评也有一些苛责之处。

⑤ 吴承学、李晓红：《任昉〈文章缘起〉考论》，《文学遗产》2007 年第 4 期，第 14 页。

⑥ 按：胡大雷《"文笔之辨"与中古政治、文化——中古"文""笔"地位升降起伏论》（《文学评论》2015 年第 6 期）认为：随着"文笔之辨"的深入，"文""笔"的撰作手法相互渗透，最终导致"文"与"笔"在"政治地位、文化品位以及文体地位上，都可以平起平坐、鼎足而立了"。

的追求①。刘勰《文心雕龙》极为重视文体研究，从《明诗》②到《谐隐》十篇是论有韵之"文"，从《史传》到《书记》十篇是论无韵之"笔"，在分析具体文体时注重"原始以表末，释名以章义，选文以定篇，敷理以举统"（《文心雕龙·序志》），其研究思路和方法给后世文体研究以丰富启迪。萧统《文选》编纂体例是"凡次文之体，各以汇聚。诗赋体既不一，又以类分。类分之中，各以时代相次"（《文选序》）。从分类的实际情况来看，大致划分为赋、诗、文三大类，合计 39 类文体。

近些年文体研究逐步得到学界的重视，涌现了一批高质量的研究成果，成为中国古代文学研究中最富有活力的研究领域。青年学者叶晔指出，现代一些学者撰写分体文学史，"会不自觉地用整体文学史中的发展脉络和名家个案来套用"，其实，很多文学名家也并非十八般武艺样样精通的文学全才。"在某种程度上，学者们正在用自己的限知视角，无意识中创造着文学上的虚假神话。而事实上，每一种文体都有它独特的体式特征和发展脉络，非整体文学史所能涵盖。正因为体式上的独特，有些专攻一路的文学家，或许未能在整体文学上崭露头角，却可以在分体文学史上独领风骚；也因为时段差异的缘故，就像文学时段的划分不应该等同于政治时段的划分，分体文学的演进脉络，也与整体文学的发展主线多有错落。只有承认这种独特性，我们对单类文体的把握才能更加合理和到位，不至于千篇一律，泛泛而谈。"③ 吴承学高屋建瓴地提出"凡解释一体即是作一部文化史"这一命题，认为"中国古代文体的生成、发展与演化，不仅具有语言、文学的意义，也具有丰富的文化史意义"④。

骈文研究亦是如此。骈文是一个大文体概念，笼统地研究六朝骈文，

---

① 按：〔日〕遍照金刚《文镜秘府论·西卷·文笔十病得失》引《文笔式》说："制作之道，唯笔与文。文者，诗、赋、铭、颂、箴、赞、吊、诔等是也；笔者，诏、策、移、檄、章、奏、书、启等也。即而言之，韵者为文，非韵者为笔。"据王利器校注《文镜秘府论校注》考证，《文笔式》是隋人所作，当是南朝人普遍观点的反映。

② 按：有学者认为《辨骚》亦属文体论。

③ 叶晔：《明代中央文官制度与文学》，浙江大学出版社，2011，第 12 页。

④ 吴承学：《凡解释一体即是作一部文化史——专栏导语》，《中山大学学报》（社会科学版）2022 年第 3 期，第 31 页。

不能切合骈文这种文学体式在当时渗透并且改变了众多类别文章写作的实际状况。如清人程杲就认为："第四六之兴，不一代矣；四六之作，又不一体矣。"①（《〈四六丛话〉序》）因此，笔者接下来在总体把握的宏观视野之下，分别细致考察六朝时期代表文体的具体骈化进程和艺术得失，兼及文学批评和文化思想的整体考察，将对六朝骈文名家的知人论世与对骈文文体特征的研究结合起来。当然，这种分体研究的难度在于文体之间的交叉。各种文体在发展演变过程中不可避免地存在交叉，最重要的是唐前的许多作品在被后来的选本、总集等收录时，命名存在不同程度的差异，从而导致文体归属的困难和混乱②。

本章之所以选择以下文体，一方面是因为它们具有很强的代表性。如程章灿在《论"碑文似赋"》一文中指出："在魏晋南北朝时期人们的文学观念中，碑和赋两种文体确实同样占有举足轻重的文学地位。如果一个作家有能力创作高水平的碑铭或赋颂，那便足以证明其文学实力。"③ 清人王之绩曾说："概论诗文，当先文而后诗。专以文论，又当先序而后及他文。……自古迄今，文章用世，惟序为大，更无先于此者。"④ 当然，本章没有论述的其他文体也并非不重要，只是笔者在之前已有所论及⑤，如没

---

① （清）孙梅著，李金松校点《四六丛话》，人民文学出版社，2010，第 5 页。

② 按：孙少华认为：文学作品出于"人"的写作，其接受者、阅读者也是"人"，由于"人"的思维是不断变化的，所以在不同的时代、文化背景下，人们对"文"的理解、阐释、再解读、再改编，也是不断变化的。这就会造成文学文本处于一个不断变化的过程中。同理，"文体"也是出于"人"的创造，并且其最初的意义就在于"应用"，而处于不同历史时代与文化背景下，尤其是易代之际，同一种文体会表现出"双重性"。进而言之，文体也会具有"流动性"特征，以适应变化了的时代与文化的要求。参见孙少华《试论中古文学的"文体流动"现象——以萧统、刘勰"吊文"分类认识为中心》（《铜仁学院学报》2019 年第 4 期）、《"拟作传统"与"文学缺席"——郦正〈释讥〉的文体考察与文学史定位》［《中山大学学报》（社会科学版）2017 年第 2 期］。

③ 程章灿：《论"碑文似赋"》，《东方丛刊》2008 年第 1 期，第 134 页。

④ 王水照编《历代文话》（第四册），复旦大学出版社，2007，第 3653 页。虽然王之绩所言有夸大之处，但也可看出序文在中国古代文体谱系中的地位。

⑤ 按：可参看拙作《论六朝论文的骈化及其艺术得失》［《五邑大学学报》（社会科学版）2009 年第 1 期］，《论六朝诔文的骈化及其艺术成就》（《嘉兴学院学报》2008 年第 4 期），《论六朝书牍文的骈化及其艺术得失》（《大庆师范学院学报》2009 年第 2 期），《论六朝启文的骈化及其艺术得失》（《楚雄师范学院学报》2008 年第 11 期），《论六朝颂文的骈化及其艺术得失》［《盐城工学院学报》（社会科学版）2008 年第 4 期］，等等。

有在原来基础上进行较多的深入探讨，这里便不兹论述。

第一节　序文

一　序文的起源及其在六朝之前的发展

《说文解字·广部》："序，东西墙也。从广，予声。"段玉裁注曰："《释宫》曰：'东西墙谓之序。'按堂上以东西墙为介。《礼经》谓阶上序端之南曰序南，谓正堂近序之处曰东序、西序。古假杼为序，《尚书大传》：'天子贲庸，诸侯疏杼。'郑注云：'墙谓之庸，杼亦墙也。'……又攵部曰：'次弟谓之叙。'经传多假序为叙。《周礼》《仪礼》'序'字，注多释为次第是也。"① 可见序的本义是东西墙。由于东西墙具有分别内外亲疏的作用，故引申为分别、次序。序与叙常相通借。

后人考察序文的产生时间，往往都追溯到先秦典籍，或言始于《易经》。如刘勰《文心雕龙》和颜之推《颜氏家训》都将序的源头追溯到《易》，只是过于笼统，语焉不详。清人卢文弨说得较为具体："古书目录往往置于末，《淮南》之《要略》，《法言》之十三篇序皆然，吾以为《易》之《序卦传》，非即六十四卦之目录欤？《史》《汉》诸序殆昉于此。"② 清人姚鼐进一步阐释说："昔前圣作《易》，孔子为作《系辞》《说卦》《文言》《序卦》《杂卦》之传，以推论本原，广大其义。《诗》《书》皆有《序》，而《仪礼》篇后有记，皆儒者所为。其余诸子，或自序其意，或弟子作之，《庄子·天下》篇、《荀子》末篇，皆是也。"③（《古文辞类纂·序目》）

或言始于《诗大序》。如明吴讷《文章辨体序说》云："《尔雅》云：'序，绪也。'序之体，始于《诗》之《大序》，首言六义，次言《风》《雅》之变，又次言"二南"王化之自。其言次第有序，故谓之序也。"④

---

① （汉）许慎撰，（清）段玉裁注《说文解字注》，上海古籍出版社，1981，第444页。
② （清）卢文弨：《钟山札记 龙城札记 读史札记》，中华书局，2010，第100页。
③ （清）姚鼐、王先谦选编《正续古文辞类纂》，浙江古籍出版社，1998，第5页。
④ （明）吴讷著，于北山校点《文章辨体序说》，人民文学出版社，1962，第42页。

或以《尚书序》最早，如陈骙《文则》云："自孔子为《书》作序，文遂有序。"① 但是《诗大序》《尚书序》的成书时间，自汉代以来，就聚讼纷纭②，"作者既难确指，则时代亦未可质言"。③ 虽然《易》有序卦，但未以"序"名篇，尚不能称之为序。

先秦典籍中之所以没有出现序文，主要是由于"古者政教不分，书在官府……大凡典册深藏官府，则有承传，无发展，谨世守，乏研究"④，自然无须撰写序文以明作者之意。作为先秦后期集大成式的杂家著述，《吕氏春秋》在体例纲目上有很强的创新性。这一点张舜徽先生论述得非常精到："我国先秦古书，多无大题，大半由后人所纂录，故篇章次第，多无伦叙。至于形式整齐，体例缜密，篇题书名，均由前定，依预定规划撰成之书，则实以《吕氏春秋》为第一部，前此所未有也。有此一书，而著述之体，为之一变。"⑤ 正因如此，有学者认为《吕氏春秋》"序意"篇当是现存最早的序文。只是该篇篇名一作"廉孝"，且非完璧，有较多的残缺错篇。"文章前半部分只言十二纪，不及八览、六论；后半部分是与本篇无关的豫让刺赵襄子事，明显为他篇错入，而有关八览、六论的部分已佚。后人将它从书末移置于此的原因就在

---

① （宋）陈骙撰，刘彦成注译《文则注译》，书目文献出版社，1998，第 24 页。

② 按：如《四库全书全目提要》云："《诗序》之说，纷如聚讼。以为《大序》子夏作，《小序》子夏、毛公合作者，郑玄《诗谱》也。以为子夏所序《诗》即今《毛诗序》者，王肃《家语注》也。以为卫宏受学谢曼卿、作《诗序》者，《后汉书·儒林传》也。以为子夏所创，毛公及卫宏又加润益者，《隋书·经籍志》也。以为子夏不序《诗》者，韩愈也。以为子夏惟裁初句，以下出于毛公者，成伯玙也。以为诗人所自制者，王安石也。以《小序》为国史之旧文，以《大序》为孔子作者，明道程子也。以首句即为孔子所题者，王得臣也。以为毛《传》初行尚未有《序》，其后门人互相传授，各记其师说者，曹粹中也。以为村野妄人所作，昌言排击而不顾者，则倡之者郑樵、王质，和之者朱子也。然樵所作《诗辨妄》一出，周孚即作《非郑樵诗辨妄》一卷，摘其四十二事攻之。质所作《诗总闻》，亦不甚行于世。朱子同时如吕祖谦、陈傅良、叶适皆以同志之交，各持异议。黄震笃信朱学，而所作《日钞》，亦申《序》说。马端临作《经籍考》，于他书无所辨驳，惟《诗序》一事，反覆攻诘至数千言。自元明以至今日，越数百年，儒者尚各分左右袒也。岂非说经之家第一争诟之端乎？"

③ 余嘉锡：《目录学发微 古书通例》，中华书局，2009，第 90 页。

④ 罗根泽：《战国前无私家著作说》，罗根泽编《古史辨》第 4 册，上海古籍出版社，1982，第 62 页。

⑤ 张舜徽：《广校雠略 汉书艺文志通释》，华中师范大学出版社，2004，第 330 页。

于此。"① 因此,《吕氏春秋》"序意"篇只能视为序文的滥觞。

正如王应麟《辞学指南》所论:"序者,序典籍之所以作也。"② 序文的产生与大规模的古籍整理有着密切的关系。"传说中的孔子整理六经,不妨说是这种工作的滥觞。但真正大规模的整理,当在汉代。这是因为经过秦火,典籍残缺,书籍有赖于发现,从而整理工作应运而兴。"③ 据史书记载:"至成帝时,以书颇散亡,使谒者陈农求遗书于天下。诏光禄大夫刘向校经传诸子诗赋,步兵校尉任宏校兵书,太史令尹咸校数术,侍医李柱国校方技。每一书已,向辄条其篇目,撮其指意,录而奏之。"④ (《汉书·艺文志》)

余嘉锡认为:"周、秦人之书,若其中无书疏问答,自称某某,则几全书不见其名,或并姓氏亦不著。门弟子相与编录之,以授之后学,若今之用为讲章;又各以所见,有所增益,而学案、语录、笔记、传状、注释,以渐附入。其中数传以后,不辨其出何人手笔,则推本先师,转相传述曰:此某先生之书云耳。既欲明其学有师法,又因书每篇自为起讫,恐简策散乱,不可无大题以为识别,则于篇目之下题曰某子,而后人以为皆撰人姓名矣。古书既多不出一手,又学有传人,故无自序之例。"⑤ "汉以后惟六艺立博士,为禄利之途。学者负笈从师,受其章句,大儒之门,著籍者辄数千人。而所自著之书,则无人肯受。于是有于篇末为之叙,自显姓名者,如太史公、扬雄自序是也。"⑥ 所以,司马迁《史记》有《太史公自序》,班固《汉书》有《叙传》,扬雄《法言》有《法言序》。他们之所以注重创作自序,一个重要的原因则是"惧身名之偕灭"(《抱朴子·自序》)。

这一时期也产生了诗序、赋序等。清人王芑孙认为,《文选》所选西汉《甘泉》《长门》《羽猎》《长杨》《鹏鸟》诸赋,"其题作序者,皆后人

---

① (战国)吕不韦著,廖名春、陈兴安译《吕氏春秋全译》,巴蜀书社,2004,第129页。
② (宋)王应麟:《辞学指南》,王水照编《历代文话》,复旦大学出版社,2007,第1021页。
③ 李学勤、郭志坤:《中国古史寻证》,上海科技教育出版社,2002,第87页。
④ (汉)班固撰,(唐)颜师古注《汉书》,中华书局,1962,第1701页。
⑤ 余嘉锡:《目录学发微 古书通例》,中华书局,2009,第208~209页。
⑥ 余嘉锡:《目录学发微 古书通例》,中华书局,2009,第209页。

加之，故即录史传以著其所由作，非序也"，赋序实则"始于东京"①
（《读赋卮言·序例》）。东汉班固《两都赋序》，尤其是冯衍《显志赋序》
开长篇赋序之先河。东汉赋序数量在增多的同时，逐渐形成了"序以建言，
首引情本，乱以理篇，迭致文契"（《文心雕龙·诠赋》）的创作模式。

东汉其他各体序文也有了较大的发展②，如张衡《应间序》、班固《封
燕然山铭序》。值得注意的是，颂文前序后颂的体式逐渐固定下来。刘勰
《文心雕龙》云："至于班、傅之《北征》《西征》，变为序引。"③（《文
心雕龙·颂赞》）傅毅《西征颂》今仅存四句，属颂之正文，其序无可考究。
班固《北征颂》颂文仅六句，序文有韵且极长，以致喧宾夺主，被刘勰讥
为颂文之"谬体"。此后，崔瑗《南阳文学颂》、蔡邕《京兆樊惠渠颂》
"并致美于序，而简约乎篇"。尤其是后者序文的篇幅近乎颂文的四倍。这
种文体模式被后来的六朝颂文创作所采用。

总的来说，两汉序体作品数量仍旧有限，而且两汉文人对序文的观念
还未细致辨析，如刘向《战国策书录》《管子书录》等其实与序无二，但
不以序名篇。范晔《后汉书·文苑传》记载许多文士以所谓"文章显"，涉
及文体二十余种，却无"序"体，如《后汉书·冯衍传》言及冯衍"所著
赋、诔、铭、说、《问交》、《德诰》、《慎情》、书记说、自序、官录说、策
五十篇"。东汉末年刘熙《释名》所释者有几十种文体，其中就有序体。如
《释言语》云："序，抒也，曳抒其实也。"又《释典艺》云："叙，杼也，
杼泄其实，宣见之也。"曳抒犹杼泄。叶德炯注曰："太史公《史记》后有自
序，班固《汉书》有叙传，皆曳抒其书之实也。"④但刘熙对序体的论述仍局

---

① 何沛雄：《赋话六种》，生活·读书·新知三联书店香港分店，1982，第 16 页。
② 按：当然，这里面仍包含一些伪作，如张衡《四愁诗序》。宋王观国《学林》辨之甚详：
"观国详此序，非衡所作也。岂有为相而斥言国王骄奢、不遵法度，又自称下车治威严，
郡中大治者？案：《后汉书·张衡传》曰：'阳嘉元年，造候风地动仪，后迁侍中。永和
初，出为河间相。时国王骄奢，不遵典宪，又多豪右，共为不轨。衡下车，治威严，整
法度，阴知奸党名姓，一时收禽，上下肃然，称为政理。视事三年，上书乞骸骨，召拜
尚书。永和四年卒，以知《四愁诗序》乃史辞也。辞有不同者，盖撰《后汉书》者非一
家，后之编集衡诗文者，增损之耳。"
③ （南朝梁）刘勰著，范文澜注《文心雕龙注》，人民文学出版社，1958，第 157 页。
④ （汉）刘熙撰，（清）毕沅疏证，（清）王先谦补《释名疏证补》，中华书局，2008，第 217 页。

限于产生言辞的具体行为，并以之为文体命名的基本依据，不免失之简略。

二 六朝序文的发展及骈化

魏晋时期序文创作开始呈现繁盛的景象。传统经典著作序文在两汉序文的基础上也有了较大的发展，如曹操《孙子兵法序》，郭象《庄子序》，葛洪《抱朴子序》，郭璞《山海经叙》《尔雅叙》《方言叙》。尤其是杜预作有《春秋左氏传序》和《春秋左氏传后序》，可见其对书序创作的重视。

据王琳《魏晋"赋序"简论》统计："在 750 篇（包括残篇及存目）魏晋赋中，有序的近 210 篇，这个数字是汉代赋序的 5 倍。其中曹丕、曹植、傅玄、陆机、嵇含等的赋序都在 10 篇以上，傅咸则多至 27 篇；更有甚者，陆云、陶渊明的赋篇篇都有序。"[①] 这一时期的赋序开始注重倩他人为序，如"左太冲作《三都赋》初成，时人互有讥訾，思意不惬。后示张公。张曰：'此二京可三。然君文未重于世，宜以经高名之士。'思乃询求于皇甫谧，谧见之嗟叹，遂为作叙。于是先相非贰者，莫不敛衽赞述焉"[②]。

受时代风气的影响，两晋的赋序已经开始骈化。如陆机的《豪士赋序》"夫我之自我"一段：

> 夫我之自我，智士犹婴其累。物之相物，昆虫皆有此情。夫以自我之量，而挟非常之勋，神器晖其顾眄，万物随其俯仰，心玩居常之安，耳饱从谀之说，岂识乎功在身外，任出才表者哉！且好荣恶辱，有生之所大期；忌盈害上，鬼神犹且不免；人主操其常柄，天下服其大节，故曰天可雠乎。而时有祛服荷戟，立于庙门之下，援旗誓众，奋于阡陌之上；况乎代主制命，自下财物者哉！广树恩不足以敌怨，勤兴利不足以补害，故曰代大匠斫者必伤其手。且夫政由宁氏，忠臣所为慷慨；祭则寡人，人主所不久堪。是以君奭鞅鞅，不悦公旦之举。高平师师，侧目博陆之势。[③]

---

① 王琳：《魏晋"赋序"简论》，《山东师范大学学报》（社会科学版）1999 年第 3 期，第 15 页。
② （南朝宋）刘义庆撰，（南朝梁）刘孝标注，余嘉锡笺疏《世说新语笺疏》，中华书局，2011，第 292 页。
③ （晋）陆机著，刘运好校注整理《陆士衡文集校注》，凤凰出版社，2007，第 79~80 页。

借古证今，侃侃而谈，且多用四六复对，韵律铿锵。又如孙绰《游天台山赋序》云：

> 天台山者，盖山岳之神秀者也。涉海则有方丈蓬莱，登陆则有四明天台，皆玄圣之所游化，灵仙之所窟宅。夫其峻极之状，嘉祥之美，穷山海之瑰富，尽人神之壮丽矣。所以不列于五岳、阙载于常典者，岂不以所立冥奥？其路幽迥，或倒景于重冥，或匿峰于千岭，始经魑魅之途，卒践无人之境，举世罕能登陟，王者莫由禋祀。故事绝于常篇，名标于奇纪，然图像之兴，岂虚也哉？非夫遗世玩道、绝粒茹芝者，乌能轻举而宅之？非夫远寄冥搜、笃信通神者，何肯遥想而存之？余所以驰神运思，昼咏宵兴，俯仰之间，若已再升者也。方解缨络，永托兹岭，不任吟想之至，聊奋藻以散怀。①

序文大量使用骈句，并出现像"非夫遗世玩道、绝粒茹芝者，乌能轻举而宅之？非夫远寄冥搜、笃信通神者，何肯遥想而存之"这样的长句隔对。据《世说新语》记载，孙绰作此赋初成，曾急不可待地给友人范荣期看，云"卿试掷地，要作金石声"②，从中可以看出其对声韵的自觉追求。

这一时期，其他各体序文也带有很强的骈俪色彩，如陆机《吊魏武帝文序》多用骈句：

> 夫始终者，万物之大归；死生者，性命之区域。是以临丧殡而后悲，睹陈根而绝哭。今乃伤心百年之际，兴哀无情之地，意者无乃知哀之可有，而未识情之可无乎？
>
> 夫日食由乎交分，山崩起于朽壤，亦云数而已矣。然百姓怪焉者，岂不以资高明之质，而不免卑浊之累，居常安之势，而终婴倾离之患故乎？夫以回天倒日之力，而不能振形骸之内；济世夷难之智，

---

① （清）严可均校辑《全上古三代秦汉三国六朝文》，中华书局，1958，第1806页。
② （南朝宋）刘义庆撰，（南朝梁）刘孝标注，余嘉锡笺疏《世说新语笺疏》，中华书局，2011，第292页。

而受困魏阙之下。已而格乎上下者，藏于区区之木；光于四表者，翳乎蕞尔之土。雄心摧于弱情，壮图终于哀志。长算屈于短日，远迹顿于促路。呜呼！岂特瞽史之异阙景，黔黎之怪颓岸乎？观其所以顾命家嗣，贻谋四子，经国之略既远，隆家之训亦弘。①

序文深情婉恻，寄托缠绵，正如刘勰所论"序巧而文繁"（《文心雕龙·哀吊》）。又如潘尼《释奠颂》虽非骈体，但其序文却多用俪句：

　　夫子位于西序，颜回侍于北墉。宗伯掌礼，司仪辨位……设樽篚于两楹之间，陈罍洗于阼阶之左。几筵既布，钟悬既列……于是牲馈之事既终，享献之礼已毕，释玄衣，御春服，弛斋禁，反故式……抑淫哇，屏郑卫，远佞邪，释巧辩……皆延颈以视，倾耳以听，希道慕业，洗心革志，想洙泗之风，歌来苏之惠。然后知居室之善，著应乎千里之外；不言之化，洋溢于九有之内。②

南朝刘宋以来，骈体序文开始普遍应用于各体文章和典籍，其中以宴集序和集序最为明显。自建安以来，曹丕等人经常进行雅会，诗酒流连，所谓"傲雅觞豆之前，雍容衽席之上，洒笔以成酣歌，和墨以藉谈笑"（《文心雕龙·时序》）。魏晋时期金谷、兰亭盛会，名士尽显诗酒风流，产生了石崇《金谷诗序》③、王羲之《兰亭集序》、孙绰《三月三日兰亭诗序》④ 等名作。尤其是后者带有较强的骈俪色彩：

---

① （晋）陆机著，刘运好校注整理《陆士衡文集校注》，凤凰出版社，2007，第903~904页。
② （清）严可均校辑《全上古三代秦汉三国六朝文》，中华书局，1958，第2002页。
③ 按：余嘉锡《世说新语笺疏》对此文分析甚详："《御览》九百七十九引石崇《金谷诗序》曰：'吾有庐在河南金谷中，去城十里，有田十顷，羊二百口，鸡猪鹅鸭之类莫不毕备。'字句多出孝标注所引之外。案本书《企羡篇》曰：'王右军得人以《兰亭集序》方《金谷诗序》，又以己敌石崇，甚有欣色。'若如此注所引，寂寥短章，远不如《兰亭序》之情文兼至，右军何取而欣羡之哉？以《御览》证之，知其所刊削多矣。"［（南朝宋）刘义庆撰，（南朝梁）刘孝标注，余嘉锡笺疏《世说新语笺疏》，中华书局，2011，第629页。］
④ 按：《初学记》卷四题作"诗序"，《诗纪》卷四三题作"兰亭集诗后序"，《百三家集》题作"兰亭集后序"，《全晋文》卷六一题作"三月三日兰亭诗序"。

古人以水喻性，有旨哉斯谈！非以停之则清，混之则浊邪？情因所习而迁移，物触所遇而兴感，故振辔于朝市，则充屈之心生；闲步于林野，则辽落之志兴。仰瞻羲唐，邈已远矣，近咏台阁，顾深增怀。为复于暧昧之中，思萦拂之道，屡借山水，以化其郁结，永一日之足，当百年之溢。以暮春之始，禊于南涧之滨，高岭千寻，长湖万顷，隆屈澄汪之势，可为壮矣。乃席芳草，镜清流，览卉木，观鱼鸟，具物同荣，资生咸畅。①

到了刘宋以后，诗酒宴集之风愈演愈烈，如"宋明帝博好文章，才思朗捷，常读书奏，号称七行俱下。每国有祯祥，及行幸宴集，辄陈诗展义，且以命朝臣，其戎士武夫，则托请不暇，困于课限，或买以应诏焉。于是天下向风，人自藻饰，雕虫之艺，盛于时矣"（裴子野《雕虫论》）。风气所及，就连一些赳赳武夫也能写出不凡的作品：

景宗振旅凯入，帝于华光殿宴饮连句，令左仆射沈约赋韵。景宗不得韵，意色不平，启求赋诗。帝曰："卿伎能甚多，人才英拔，何必止在一诗。"景宗已醉，求作不已，诏令约赋韵。时韵已尽，唯余竞病二字。景宗便操笔，斯须而成，其辞曰："去时儿女悲，归来笳鼓竞。借问行路人，何如霍去病。"帝叹不已。约及朝贤惊嗟竟日。②

文化水平较低的曹景宗，出口便能吟出如此诗作，令梁武帝嗟叹不已，沈约等人"惊嗟竟日"，可见当时宴会作诗风气的浓厚。

正如骆鸿凯所说："颜延年《三月三日曲水诗序》用字避陈翻新，开骈文雕绘之习。李申耆谓织词之缛，始于延之。即以此篇为例。"③ 永明九年，齐武帝在芳林园禊宴群臣，命王融作《曲水诗序》，其文藻富丽较颜

---

① （清）严可均校辑《全上古三代秦汉三国六朝文》，中华书局，1958，第3262页。
② （唐）李延寿：《南史》卷五十五《曹景宗传》，中华书局，1975，第1356页。
③ 骆鸿凯：《文选学》，中华书局，1989，第311页。

序有过之而无不及，名扬异域①。颜延之、王融《三月三日曲水诗序》对于《曲水诗》的创作习俗与艺术得失，无只字论及，通篇辞藻华丽，刻意排偶，颂美帝王。此后，此风愈演愈烈，如：

> 太子释奠于太学，宫臣并赋诗，命瑜为序，文甚赡丽。(《陈书·陆瑜传》)

> 游宴赋诗，勒成卷轴，伯阳为其集序，盛传于世。(《陈书·徐伯阳传》)

关于文集的产生，章学诚论之甚详：

> 自东京以降，讫乎建安、黄初之间，文章繁矣。然范、陈二史，所次文士诸传，识其文笔，皆云所著诗、赋、碑、箴、颂、诔若干篇，而不云文集若干卷，则文集之实已具，而文集之名犹未立也。自挚虞创为《文章流别》，学者便之，于是别聚古人之作，标为别集；则文集之名，实仿于晋代。②

到了南朝时期，文集创作愈加盛行。"其区分部帙，则江淹有《前集》，有《后集》；梁武帝有《诗赋集》，有《文集》，有《别集》；梁元帝有《集》，有《小集》；谢朓有《集》，有《逸集》，与王筠之一官一集，沈约之《正集》百卷，又别选《集略》三十卷者，其体例均始于齐梁，盖集之盛，自是始也。"③因此，南朝文人越发重视文集序文的创作。如：

---

① 按：永明十一年，齐武帝以王融才辨，使兼主客，接待北魏使者房景高、宋弁。宋弁对王融说："在朝闻主客作《曲水诗序》。"房景高也说："在北闻主客此制，胜于颜延年，实愿一见。"(《南齐书·王融传》)
② (清) 章学诚著，叶瑛校注《文史通义校注》，中华书局，1985，第296页。
③ (清) 永瑢等：《四库全书总目》，中华书局，1965，第1271页。

（陆从典）幼而聪敏。……从父瑜特所赏爱，及瑜将终，家中坟籍皆付从典，从典乃集瑜文为十卷，仍制集序，其文甚工。（《陈书·陆从典传》）

刘涛《南朝抒情序文析论》① 一文曾对南朝序文创作进行统计：

	诗序	赋序	文序	文集序	纪、志、传序	自序	其他类序	总数
宋	12	12	21	2	16	0	4	67
齐	4	5	7	1	0	2	7	26
梁	6	24	74	25	22	5	31	187
陈	1	1	19	3	0	1	7	32

从中可见序文创作在萧梁时期达到高峰。这与萧梁皇室对序文创作的重视有着密切的关系。如：

时昭明太子好士爱文，孝绰与陈郡殷芸、吴郡陆倕、琅邪王筠、彭城到洽等，同见宾礼。……太子文章繁富，群才咸欲撰录，太子独使孝绰集而序之。（《梁书·刘孝绰传》）

初，简文在雍州，撰《法宝联璧》，罩与群贤并抄掇区分者数岁，中大通六年而书成，命湘东王为序。（《南史·陆罩传》）

又据《广弘明集》记载，萧衍曾敕令沈约撰《佛记序》：

去岁令虞阐等撰《佛记》，并令作序。序体不称，频治改，犹未尽致。寻佛教因三假以寄法，藉二谛以明理。达相求宗，不著会道，论其旨归，似未至极。乃不应以此相烦，亦是一途善事，可得为属笔

———————

① 刘涛：《南朝抒情序文析论》，《文艺评论》2013 年第 2 期。

不？以故指敕阐等，结序未体，又似小异。①

另外，沈约《武帝集序》② 也当是萧衍敕令其所作。萧衍父子都创作有序文，且不乏名篇，如萧统《文选序》《陶渊明集序》，萧纲《昭明太子集序》，萧绎《金楼子序》，等等。

随着序文创作的繁荣，这一时期文人对序体的探究开始从文本层次上升到文体层面。曹丕《典论·论文》、陆机《文赋》都没有涉及序体，刘勰《文心雕龙》虽没有像诗赋那样单独地论述序体③，但在论述其他文体时多次涉及序体。任昉《文章缘起》论及 85 种文体，其中就涉及序体的缘起，并将其追溯到"汉沛郡太守作《邓后序》"。只是由于《邓后序》今已不存，我们很难深入探讨任昉对序体的独特理解。萧统《文选》收录 38 种文体，其中包含序体，收录 9 篇序文，分别为子夏《毛诗序》、孔安国《尚书序》、杜预《春秋左氏传序》3 篇典籍序，皇甫谧《三都赋序》、陆机《豪士赋序》2 篇赋序，石崇《思归引序》1 篇诗序，颜延之《三月三日曲水诗序》、王融《三月三日曲水诗序》2 篇宴集序，任昉《王文宪集序》1 篇文集序。另外，《文选》收录的其他文体也带有一些序文。作为现存最早的一部总集，《文选》首次收录序体，这在序体发展史上具有重要意义，此后总集大都沿袭《文选》的体例。

正如《北史·文苑传》所论：

> 既而中州板荡，戎狄交侵，僭伪相属，生灵涂炭，故文章黜焉。其能潜思于战争之间，挥翰于锋镝之下，亦有时而间出矣。……然皆迫于仓卒，牵于战阵，章奏符檄，则粲然可观。体物缘情，则寂寥于

---

① （清）严可均校辑《全上古三代秦汉三国六朝文》，中华书局，1958，第 2974 页。
② 按：沈约作此集序当在梁初，"武帝"系后人追书。
③ 按：孙德谦《六朝丽指》云："吾独怪彦和论文，诸体悉备，而遗此序体，何哉？"孙梅在《四六丛话·叙序》中解释说："尝考《文心》，论列诸体，独不及序。惟《论说》篇有'序者次事'一语，岂以序为议论之流乎？夫序之与论，故属悬殊。序譬之衣裳之有冠冕，而论则绘象之九章也；序比于网罟之有纲维，而论则鸟罗之一目也。"

世。非其才有优劣，时运然也。①

据黄志立《中古赋序发微》统计：严可均《全上古三代秦汉三国六朝文》收录两汉赋作 293 篇，其中赋序 31 篇；三国赋作 146 篇，其中赋序 42 篇；全晋赋作 508 篇，其中赋序 140 篇；南朝赋作 254 篇，其中赋序 39 篇；北朝赋作 45 篇，其中赋序 7 篇。两汉至南北朝赋作 1246 篇，其中赋序 259 篇。② 虽然统计的只是赋序，但北朝序文创作的寥落从中可见一斑。

十六国北魏初期政治环境较为恶劣，所以只有颂序相对发达。如高允《征士颂序》颂述昔年同征之群贤三十五人的德行，长一千余言，其中已有较多对句，如：

夫百王之御世也，莫不资仗群才，以隆治道，故周文以多士克宁，汉武以得贤为盛。此载籍之所记，由来之常义。魏自神麚以后，宇内平定，诛赫连积世之僭，扫穷发不羁之寇，南摧江楚，西荡凉域，殊方之外，慕义而至。于是偃兵息甲，修立文学，登延俊造，酬谘政事。梦想贤哲，思遇其人，访诸有司，以求名士。咸称范阳卢玄等四十二人，皆冠冕之胄，著闻州邦，有羽仪之用。亲发明诏，以征玄等。乃旷官以待之，悬爵以縻之。其就命三十五人，自余依例州郡所遣者，不可称记。尔乃髦士盈朝，而济济之美兴焉。昔与之俱蒙斯举，或从容廊庙，或游集私门，上谈公务，下尽忻娱，以为千载一时，始于此矣。日月推移，吉凶代谢，同征之人，凋歼殆尽。在者数子，然复分张。往昔之忻，变为悲戚。张仲业东临营州，迟其还返，一叙于怀，齐衿于垂没之年，写情于桑榆之末。其人不幸，复至殒殁。在朝者皆后进之士，居里者非畴昔之人，进涉无寄心之所，出入无解颜之地。顾省形骸，所以永叹而不已。③

① （唐）李延寿：《北史》卷八十三《文苑传序》，中华书局，1974，第 2778 页。
② 黄志立：《中古赋序发微》，《北方论丛》2016 年第 3 期。
③ （清）严可均校辑《全上古三代秦汉三国六朝文》，中华书局，1958，第 3654 页。

在当时较为险恶的政治生态下，高允不为文长达二十年，之所以洋洋洒洒写下此文，与颂序这一文体相对安全有关。此后元苌《振兴温泉颂序》、申嗣邕《陇东王感孝颂序》、唐瑾《华岳颂序》等都沿着骈化的道路继续前进。除邢邵《甘露颂》外，上举颂文愈加重视序文的创作。

北魏中期还出现了宴集序。据史书记载，北魏孝文帝曾"飨侍臣于悬瓠方丈竹堂，道昭与兄懿俱侍坐焉。乐作酒酣，高祖乃歌曰：'白日光天无不曜，江左一隅独未照。'彭城王勰续歌曰：'愿从圣明兮登衡会，万国驰诚混江外。'郑懿歌曰：'云雷大振兮天门辟，率土来宾一正历。'邢峦歌曰：'舜舞干戚兮天下归，文德远被莫不思。'道昭歌曰：'皇风一鼓兮九地匝，戴日依天清六合。'高祖又歌曰：'遵彼汝坟兮昔化贞，未若今日道风明。'宋弁歌曰：'文王政教兮晖江沼，宁如大化光四表。'高祖谓道昭曰：'自比迁务虽猥，与诸才俊不废咏缀，遂命邢峦总集叙记。当尔之年，卿频丁艰祸，每眷文席，常用慨然。'"① （《魏书·郑道昭传》）由于邢峦集叙之文已亡佚，无法得知其是否已经骈化。

到了北齐时期，书序创作渐为繁盛，并开始骈化。如杨衒之《洛阳伽蓝记序》② 已有较多精美俪句："三坟五典之说，九流百代之言，并理在人区，而义兼天外。至于一乘二谛之原，三明六通之旨，西域备详，东土靡记，自顶日感梦，满月流光，阳门饰豪眉之像，夜台图绀发之形。"又如邢邵《萧仁祖集序》云："昔潘陆齐轨，不袭建安之风。颜谢同声，遂革太原之气。自汉逮晋，情赏犹自不谐。江北江南，意制本应相诡。"③ 序文虽是残篇，但从中也可看出浓厚的骈俪色彩。

西魏、北周的序文更为寂寥。直到周武帝时期，才开始重视序文的创作。据史书记载："（周）武帝又以佛、道、儒三教不同，诏（韦）夐辨其优劣。夐以三教虽殊，同归于善，其迹似有深浅，其致理殆无等级。乃

---

① （北齐）魏收：《魏书》，中华书局，1974，第 1240 页。

② 按：序中有云："至武定五年，岁在丁卯，余因行役，重览洛阳。"王建国《〈洛阳伽蓝记〉的作者及创作年代辨证》（《江汉论坛》2009 年第 10 期）一文认为，《洛阳伽蓝记》的创作当始于东魏孝静帝武定元年（543）至武定五年（547）的七、八月之间完成。

③ （北朝）邢邵撰，康金声、唐海静注译《邢邵集笺校全译》，山西古籍出版社，2006，第 65 页。

著《三教序》奏之。帝览而称善。"（《周书·韦敻传》）庾信、王褒入北极大地推动了序文的创作，尤其是庾信在北周所作《伤心赋》《三月三日华林园马射赋》《哀江南赋》皆有序。他还作有《赵国公集序》《宇文顺集序》。① 受其影响，北周皇室也注重序文的创作，如滕王宇文逌作有《庾信集序》②《道教实花序》，骈四俪六，明显受到庾信文风的影响。

三　六朝骈体序文的艺术特质

陶东风认为"文类文体的延续与转化途径是多种多样的，比较简单的一种是在相同的文类名称下产生各种各样的亚类（subgenre），这些亚类从文类中相对独立，但又保持了'家族相似'性"③。中国古代序体的发展也是如此。正如上文所论，序文在发展演变中也产生了很多亚类。近人张相《古今文综》第二编序录类"博观众制"，"分三章述焉"，即"著述之序""杂序""序录之其余各体"。"著述之序"又分为自序著述、序人著述、序古书、序译书、序图、序表、序谱、后序和上下序，共九体；"杂序"分序人、序物、序宴集、序身世；"序录之其余各体"则分谱、录、跋、题、读、引、书后、记后等体。张相的分类无疑有些琐碎，且无法涵盖所有亚类，因此，他又在第二部书牍赠序之属列入赠序类。正如姚鼐所论："唐初赠人，始以序名，作者亦众。"（《古文辞类纂·序目》），六朝时期还没有产生赠序，但已产生赠诗序，如陆机《赠弟士龙诗序》、潘尼《赠二李郎诗序》。另外，汉魏六朝时期还产生了序赞、序论、序传等文体亚类，如：

（萧衍）又造通史，躬制赞序，凡六百卷。④（《梁书·武帝本纪》）

---

① （北周）庾信撰，（清）倪璠注，许逸民校点《庾子山集注》附录许逸民《庾信集佚文辑存》，宋郭知达《新刊校定集注杜诗》卷十七《奉赠太常张卿均二十韵》注、《戏为六绝句》注辑有两句"章表健笔，一付陈琳"。

② 按：此序为大象元年滕王在新野时作。所撰止魏、周著述，不及梁时。盖以太清罹乱，江陵兵燹之故。今集中多杂南朝旧作，又非滕王故本矣。

③ 陶东风：《文体演变及其文化意味》，云南人民出版社，1994，第37页。

④ （唐）姚思廉：《梁书》，中华书局，1973，第96页。

　　（崔鸿）乃刊著赵、燕、秦、夏、凉、蜀等遗载，为之赞序，褒贬评论。① （《魏书·崔鸿传》）

　　正如陶东风所说："有时，各亚类之间的文体差异相去甚远，以致于有人认为文类的名称只有徒有其名。"序赞、序论、序传等基本上都已脱离序体的范围，因此本节不兹论述。

　　法国理论家热拉尔·热奈特曾提出副文本这个概念。他认为副文本包括"出版商的内文本、作者名、标题、插页、献词和题记、序言交流情境、原序、其他序言、内部标题、提示、公众外文本和私人内文本"②。这些副文本"包围并延长文本，精确说来是为了呈示文本，用这个动词的常用意义而且最强烈的意义：使呈示，来保证文本以书的形式（至少当下）在世界上在场、'接受'和消费"③。作为常见的副文本，序文是正文本重要的有机组成部分，主要交代创作动机等相关背景，附属于正文本。中国古人对序体的这种副文本的特性也有所认识，如孔安国《尚书序》云："序所以为作者之意，昭然义见，宜相附近。"孔颖达疏曰："既义见由序，宜各与其本篇相从附近。"

　　热奈特局限于西方的文学创作，认为副文本相对于正文是处于边缘的位置，但是就六朝骈体序文而言，有些序文却在艺术成就上不亚于甚至超越正文。如萧统《文选》收录了石崇《思归引序》，却没有收录诗作。又如陆机《豪士赋》才28句，而赋序则长达152句；萧统《昭明文选》、房玄陵《晋书》、李兆洛《骈体文钞》都只选序，而不选赋，可见序的艺术成就远远大于赋，正如清人方伯海所评："篇中将功不可独专，位不可自擅二意，夹行到底，宏论崇议，有上下古今之识，有驰骋一世之才。"④

　　司马迁《太史公自序》"高古庄重，其中精理微旨，更奥衍宏深，一

---

① （北齐）魏收：《魏书》，中华书局，1974，第1505页。

② （法）热拉尔·热奈特：《热奈特论文集》，史忠义译，百花文艺出版社，2001，第71~72页。

③ 金宏宇等：《文本周边——中国现代文学副文本研究》，武汉大学出版社，2014，第2~3页。

④ （清）于光华辑《重订文选集评》，乾隆四十三年锡山启秀堂重刻本。

部史记，精神命脉俱见于此"①。此后，自序创作逐渐成为一种独特的文体门类。六朝时期的自序基本上都类似于传记。如钱锺书先生认为刘峻《自序》只存末节，相对于已亡佚之正文，"概观平生，发为深喟，略如史传末之有论、赞或碑志末之有铭词"②，可见孝标自序全如列传，其体盖本之司马迁、扬雄。正因六朝自序以叙事为主，而骈体在叙事方面有着一定的局限，所以这些自序基本上以散体为主。

刘知几《史通·序例》云："降逮《史》《汉》，以记事为宗，至于表志杂传，亦时复立序。文兼史体，状若子书，然可与诰誓相参，风雅齐列矣。"影响所及，有些集序也带有史传的色彩。关于这一点，余嘉锡先生论之甚详：

自汉以后，为人编集者，大抵有序一篇，或直录史传，或记所见

---

① （清）牛运震撰，崔凡芝校释《空山堂史记评注校释》，中华书局，2012，第 823 页。
② 钱锺书《管锥编》，中华书局，1979，第 1455 页。按：余嘉锡认为：《梁书》本传实即采其《自序》之文，特不能如《汉书》司马迁、扬雄传之例，叙明为峻之《自序》云尔，而但录其一节，标为《自序》，遂使人忽焉不察。然本传于自比冯敬通句上固有"峻又尝为《自序》，其略曰云云"，略之为言，明其非全篇也。《史通·核才篇》曰："孝标持论谭理，诚为绝伦，而《自叙》一篇过于烦碎。"若仅"三同四异"，简亦甚矣，何烦碎之有乎？容甫、爱伯不加深考，以为峻之《自序》文尽于此，并其传前所引两句亦熟视无睹，遂纷然列举同异，以为《自序》。不知自汉魏以来，凡为《自序》者未尝有此体也。摹拟古人文中之一节，首尾不具，号称名笔可乎？（余嘉锡：《余嘉锡论学杂著》下册，中华书局，2007，第 677 页）。钱锺书先生又在余氏观点的基础上进一步论述：《梁书·文学传》："（峻）又尝为《自序》，其略曰：'余自比'"云云，明言所录非全文。《南史》本传末亦录《自序》，全同《梁书》，而传首言其"少年鲁钝"，曰："故其《自序》云：'黉中济济皆升堂，亦有愚者解衣裳'"，严氏已辑；愈见全文必详于今存者多许。余观《文选》峻《重答刘秣陵沼书》李善注："刘峻《自序》曰：'峻字孝标，平原人也。生于秣陵县，期月归故乡，遇桑梓颠覆，身充仆圉'"；此等语亦显出《自序》，可补严辑。善注以下尚有数句，词气不同。刘知几《史通》内篇《自叙》上溯承学之年，下止著书之岁，终之曰："昔梁征士刘孝标作叙传，其自比于敬通者有三；而予窃不自揆，亦窃比于扬子云者有四"；益见《梁书》所录，亦即峻《自序》之末节，概观平生，发为深喟，略如史传末之有论、赞或碑志末之有铭词；至若峻《自序》载述遇处，当已酌采入本传中而不一一标识来历矣。《史通》内篇《核才》又云："孝标持论析理，诚为绝伦，而《自序》一篇，过为烦碎"；倘峻原作仅如《梁书》所录，寥寥才二百许字，牢骚多而事迹少，岂得目以"烦碎"？且既病其"烦碎"矣，又何以尤而效之乎？汪中《述学·补遗》有《自序》一首，师《梁书》峻述此篇一节，文笔之妙，青胜于蓝，而误一斑为全豹，亦缘未究司马相如、马融下至刘氏同时江淹《自序》格制也。

闻，皆以叙作者之行事为主，即刘向《叙录》之意。其直录史传者，如《古文苑》有《董仲舒集叙》一篇，即节钞《汉书》本传。《北堂书钞》所引《刘向集序》，《刘歆集序》，皆《汉书》中语。此与《管子·小匡》篇用《齐语》者何以异？其记所见闻者，如无名氏之徐幹《中论序》、缪袭《上仲长统昌言表》、陈寿《上诸葛亮故事表》之类，皆详叙作者始末，此与子书内后人记述行事者又何以异？但明题为序、表，不编入本书卷数，则体例更明矣。至初唐人作序，犹多用列传之体。[1]

六朝时期这些带有列传色彩的集序同自序一样多用散体，但也有作者驰骋文才，力图克服骈体叙事的局限，如虞炎《鲍照集序》、王僧孺《詹事徐府君集序》、宇文迪《庾信集序》等。其中当以任昉《王文宪集序》为代表。

据史书记载：

> 王俭领丹阳尹，复引为主簿。俭每见其文，必三复殷勤，以为当时无辈，曰："自傅季友以来，始复见于任子。若孔门是用，其入室升堂。"于是令昉作一文，及见，曰："正得吾腹中之欲。"乃出自作文，令昉点正，昉因定数字。俭抚几叹曰："后世谁知子定吾文！"其见知如此。[2]（《南史·任昉传》）

王俭奖掖知遇之恩，让任昉感激备至。这在序中也有鲜明的表现："昉行无异操，才无异能，得奉名节，迄将一纪。一言之誉，东陵侔于西山；一眄之荣，郑璞逾于周宝，士感知己，怀此何极！出入礼闱，朝夕旧馆，瞻栋宇而兴慕，抚身名而悼恩。"再加之王俭"固以理穷言行，事该军国，岂直雕章缛采而已哉"，并不以文学名世，所以书序交代作者的文学创作和文集

---

① 余嘉锡：《目录学发微 古书通例》，中华书局，2009，第291页。
② （唐）李延寿：《南史》，中华书局，1975，第1452页。

编纂情况只有寥寥数语："表启酸切，义感人神""自幼及长，述作不倦。……若乃统体必善，缀赏无地。虽楚赵群才，汉魏众作，曾何足云！曾何足云！"文章绝大篇幅都是叙述王俭的生平和德行，表现其"江左风流宰相"（《南齐书·王俭传》）的风度和雅量，即"不叙其文而叙其人"。无怪乎清人何焯认为该文"直是一篇四六行状"①。孙月峰评述得更为具体："挨年顺去，首尾总摹写数语，犹稍似其人，中间道某事某官，辄复标以套语，不必与人相当，但取官及事相合，颇似编就华语，一例填凑，碑状文集序，概用此体，千篇一律，直至唐末皆然。"② 相对而言，方伯海虽然批评该文"次序整齐，词旨繁复，而味同嚼蜡，声似叩缶，排偶文所以不足贵也"，但也客观地指出骈体序文叙事的客观局限，即"盖文既用偶，不得胪入实事，势必取其近似，依类以肖形，前后皆可展转相袭。袭之不已，陈言腐句，套格肤词。何殊一幅衣冠画像，皆可随意指为某某也"。相较后来韩愈等人的散体序传"直序其所序之事，移向他事不得""直传其所传之人，移向他人不得"③，骈体序文在叙事方面无疑有着先天的缺陷。

虽然六朝集序在叙事上的确存在一些不足，但孙月峰等人的评批未免以今律古，责之过严。其实，这种论调是一种普遍的现象，与明清叙事文体的发达有着密切的关系。如明徐师曾《文体明辨序说》指出序文"为体有二：一曰议论，二曰叙事"④。吴讷《文章辨体序说》云："大抵序事之文，以次第其语，善叙事理为上。"⑤ 清王之绩《铁立文起》曰："序之体，议论如周卜商《诗序》，叙事如汉孔安国《尚书序》，变体如韩愈《送李愿归盘谷序》。有谓序文，叙事者为正体，议论者为变体。此说亦可救《明辨》先议论后叙事之偏。"⑥ 这些批评者都有意或无意地忽略了六朝是一个叙事文体相对边缘化的时代。如萧统《文选》不录史传，所选只有"碑文""墓志""行状"三种类似叙事文体。孙月峰等人对六朝集序的批

---

① （清）何焯著，崔高维点校《义门读书记》，中华书局，1987，第963页。
② （清）于光华辑《重订文选集评》，乾隆四十三年锡山启秀堂重刻本。
③ （清）于光华辑《重订文选集评》，乾隆四十三年锡山启秀堂重刻本。
④ （明）徐师曾著，罗根泽校点《文体明辨序说》，人民文学出版社，1962，第135页。
⑤ （明）吴讷著，于北山校点《文章辨体序说》，人民文学出版社，1962，第42页。
⑥ 王水照编《历代文话》（第四册），复旦大学出版社，2007，第3654~3655页。

评与对这些叙事文体的批评如出一辙。如方伯海批评任昉《齐竟陵文宣王行状》"虽征引繁富，而失之浮；虽颂美盈幅，而失之诬。盖事迹既无，则形貌俱丧，华而不实，率而无味，不异台上傀儡，头面衣冠，略加改移，便可称张称李，所以文愈靡而愈失其真也"①。

其实，六朝骈体序文的艺术成就不在于叙事方面，而在于以赋为序。清代有些学者对此也有清醒的认识，如何焯评王融《三月三日曲水诗序》"遂与辞赋混为一途"。他还指出"虎视龙超，雷骇电逝。轰轰隐隐，纷纷轸轸"等句，"并用赋家音节"②。李兆洛《骈体文钞》卷三杂扬颂类将颜延之《三月三日曲水诗序》、王融《三月三日曲水诗序》、沈约《梁武帝集序》、李德林《霸朝杂集序》，与司马相如《封禅文》、扬雄《剧秦美新》、班固《典引》等并列，从中可见李兆洛认识到有些六朝骈体序文类同于赋颂。孙德谦对此论述得更为深入：

> 颜延之、王元长《曲水诗序》两篇，一自"有诏掌故，爰命司历"以下，一自"芳林园者"以下，其中词句，皆近赋体，盖可见矣。刘彦和《诠赋》云："六艺附庸，蔚为大国。"是殆风骚而后，汉之文人，胥工于赋，而猎其材华者，不能不取赋为规范。故六朝大家，宜其文有赋心也。③

其实六朝骈体序文有赋心者不止上述两篇，其他如鲍照《河清颂序》、徐陵《玉台新咏序》等诸多名篇皆可作如是观。正因六朝骈体序文具有独特的审美风格，所以我们需要换一种视角来重新审视。如清人孙梅在梳理六朝集序时，就高度赞誉《玉台新咏序》"美意泉流，佳言玉屑。其烂漫也，若蛟蜃之嘘云；其鲜新也，如兰茝之集翠。洵足仰苞前哲，俯范来兹矣"④，以其为"徐集之压卷"，甚至六朝集序之压卷。江山渊评论说："孝穆兹序，亦为精心结撰之作。虽藻采纷披，辉煌夺目，而华不离实，腴不伤

---

① （清）于光华辑《重订文选集评》，乾隆四十三年锡山启秀堂重刻本。
② （清）何焯著，崔高维点校《义门读书记》，中华书局，1987，第963页。
③ 孙德谦：《六朝丽指》，四益宦刊本，第19条。
④ （清）孙梅著，李金松校点《四六丛话》，人民文学出版社，2010，第399页。

雅。丽词风动，妙语珠圆。乾坤清气，欲沁于心脾；脂墨余香，常存于齿颊。斯亦骈文之雄军、艳体之杰构也。"①

如果说孙梅等人的评价如同大多数中国古代文学批评一样显得有些笼统模糊，那么许梿的分析就带有类似西方新批评理论所强调的细读。其评"其中有丽人焉"以下数句："名妃淑媛，声妓孽妾，搜奇抉奥，了了如数指上螺纹。"又评"南都石黛"以下四句："黛痕欲滴，脂晕微烘，如汰腻妆而出靓面。"又评"惊鸾冶袖"二句："态冶思柔，香浓骨艳，飘飘乎恐留仙裙捉不住矣。"又评"真可谓倾城倾国"二句："自'五陵豪族'至此，总为佳丽，如彼一语，极意形容。"又评"三台妙迹"以下四句："纸醉金迷，鲜华朗映，唐人惟王子安有此雕饰。"又评"至如青牛帐里"四句："摹拟入骨。当令西子南威，涤几奉席，安得青琴绛树，拂卷抽缃。"②正因有此细致入微的解读，我们才能充分认识到六朝骈体序文"五色相宜，八音迭奏""炼格炼词，绮绾绣错"的审美特质。

第二节　诏令

诏令是指古代社会以"王言"，即用帝王名义颁布的以命令为主的下行公文。正如欧阳修所论"王者尊居万民之上，而诚意能与下通，奄有四海之大，而惠泽得以遍及者，得非号令告诏发挥而已哉"③（《谢知制诰表》），诏令在中国古代的文体谱系中地位尊崇。随着中国古代文书行政系统的日益发达，其所包含的文体，大致呈现愈加扩大化的趋势。如刘勰《文心雕龙·诏策》④ 论述了诏、策、敕、教、令等文体；《文选》卷三十

---

① 王文濡：《南北朝文评注读本》，文明书局，1916，第28页。

② （清）许梿评选，（清）黎经诰笺注《六朝文絜笺注》，上海古籍出版社，1982，第142～149页

③ （宋）欧阳修撰，李逸安点校《欧阳修全集》，中华书局，2001，第1319页。

④ 按：诏策两种文体并称，有学者认为是语言学意义上的同义连用，其所指用的内涵指向一种文体，即诏书。汉魏史书中诏策经常同义连用，如《汉书·晁错传》《三国志·诸葛亮传》等。张立斋《文心雕龙注订》认为："本篇论诏、策、制、敕四体，只称诏策者，概言之，因四者性相近也。皆上发而下行，一命字庶总之矣。"转引自（南朝梁）刘勰著，詹锳义证《文心雕龙义证》，上海古籍出版社，1989，第722页。

五、卷三十六收录诏、册、令、教四种文体；唐代武则天名曌，与诏同音，特改诏为制，又改策作册。唐宋时期诏令的类别及其文体功能进一步细化。《旧唐书》曰："凡王言之制有七：一曰册书，二曰制书，三曰慰劳制书，四曰发敕，五曰敕旨，六曰论事敕书，七曰敕牒，皆宣署申覆而施行之。凡大祭祀群神，则从升坛以相礼。享宗庙，则从升阼阶。亲征纂严，戒敕百僚，册命亲贤，临轩则使读册。若命之于朝，则宣而授之。凡册太子，则授玺。凡制诏宣传，文章献纳，皆授之于记事之官。"①

宋马端临《文献通考》亦云："凡命令之体有七：曰册书，立后妃，封亲王、皇子、大长公主，拜三师、三公、三省长官，则用之。曰制书，处分军国大事，颁赦宥德音，命尚书左右仆射、开府仪同三司、节度使，凡告廷除授则用之。曰诰命，应文武官迁改职秩、内外命妇除授及封叙、赠典，应合命词则用之。曰诏书，赐待制、大卿监、中大夫、观察使以上则用之。曰敕书，赐少卿监、中散大夫、防御使以下则用之。曰御札，布告登封、郊祀、宗祀及大号令则用之。曰敕榜，赐酺及戒励百官、晓谕军民则用之。"②

清姚鼐《古文辞类纂》分文体为十三大类，其中诏令类包括号令、告谕、令、诏、赐书、策、敕、玺书、檄等文体。曾国藩《经史百家杂钞》诏令类与之大同小异。近代吴曾祺《文体刍言》、张相《古今文综》则较为繁琐，把诏令类详分为诏、令、谕、教、玺书、御札、德音、敕、制、批答、册文、赦文、口宣、策问、诰、檄、九锡文、铁券文等，共三十余种文体。综合各家观点，参照六朝诏令创作的实际情况，本节主要论述该文类的代表文体诏、令、教③等。

---

① （后晋）刘昫等：《旧唐书》，中华书局，1975，第1849页。
② （宋）马端临：《文献通考》，中华书局，2011，第1456页。
③ 明徐师曾《文体明辨序说》论"令"云："按刘良云：'令，即命也。七国之时并称曰令；秦法，皇后太子称令。'至汉王有《赦天下令》，淮南王有《谢群公令》，则诸侯王皆得称令矣。意其文与制诏无大异，特避天子而别其名耳。"又该书论"教"云："按刘勰云：'教者，效也，言出而民效也。'李周翰云：'教，示于人也。'秦法，王侯称教；而汉时大臣亦得用之，若京兆尹王尊出教告属县是也。故陈绎曾以为大臣告众之词。"见（明）徐师曾著，罗根泽校点《文体明辨序说》，人民文学出版社，1962，第120页。

一　诏令的起源及其在六朝之前的发展

刘勰《文心雕龙·宗经》云："诏策章奏，则书发其源。"吴讷《文章辨体序说》则进一步阐述说："三代王言，见于《书》者有三：曰诰，曰誓，曰命。"① 出土的甲骨文，尤其是周代铭文，如《大盂鼎铭文》也有类似的王言记载。许同莘《公牍学史》说："民之初生，其卧徐徐，其觉于于；饥则求食，饱则弃余。当此之时，无所谓生令政教也。有睿知者出，为之君长焉，为之号令焉。有君长，有号令，则非口舌语言可以遍喻而尽晓也，于是文字生焉。"② 这些记录王言的文字，仍然带有很强的口语性。如《尚书》记言之处，多在句首置"都""咨""吁""於""噫""俞""嗟""呜呼"等语助词，"不少篇章絮絮叨叨，予人繁琐重复之感，有些地方甚至迹近唛喋"，"有评论说《尚书》要言不烦，这在'誓'文或许如此，而'诰'文则是通过反复叮咛，再三再四地申明大义和强调理据，来加深受述者的印象。繁琐在《盘庚》《康诰》《酒诰》《多士》《无逸》等篇章中表现得最为突出"③。可见《尚书》中的王言多是现场讲话。这种王言风格对后世影响很大，如宋代高似孙《纬略》就将其"温醇简尽"④ 的风格作为诏令的典范。

日本学者永田英正认为："中国古代的文书行政，是由于其官僚制度的发达和完备以及文字的统一而成为可能的一种行政系统。"⑤ 到了秦汉时期，由于大一统帝国的形成、君臣等级关系的日益强化等因素，这一制度得以更广泛地实施。正因如此，蔡邕《独断》才会说："诏犹诰也，三代无其文，秦汉有也。"南朝梁任昉《文章缘起》也将诏的起源定为秦代。明人黄佐云："诏者何也？以言召也。人有所不知，以言召而示之，使其

---

① （明）吴讷著，于北山校点《文章辨体序说》，人民文学出版社，1962，第35页。
② 许同莘：《公牍学史》，档案出版社，1989，第1页。
③ 傅修延：《先秦叙事研究：关于中国叙事传统的形成》，东方出版社，1999，第169页。
④ （宋）高似孙著，王群栗点校《高似孙集》，浙江古籍出版社，2015，第508页。
⑤ 〔日〕永田英正：《文书行政》，〔日〕佐竹靖彦主编《殷周秦汉史学的基本问题》，中华书局，2008，第224页。

心昭然也，乃通用之辞。汉以后天子涣号，始专以诏名矣。"① 即认为到了汉代，诏书才从日常通用之辞变成帝王的专用文体。

秦汉诏书的写作和使用已经较为规范。秦始皇统一天下后，接受王绾、李斯等人的建议，"命为'制'，令为'诏'，天子自称曰'朕'"（《史记·秦始皇本纪》）。汉代则在秦制的基础上，将天子令群臣之文分为四类，即策书、制书、诏书、戒书。关于它们的体式，当时都有细致周密的规定：

> 策书。策者，简也。《礼》曰："不满百丈，不书于策。"其制长二尺，短者半之，其次一长一短，两编。下附篆书，起年月日，称皇帝曰，以命诸侯王、三公。其诸侯王、三公之薨于位者，亦以策书诔谥其行而赐之，如诸侯之策。三公以罪免，亦赐策。文体如上策而隶书，以一尺木两行，唯此为异者也。

> 制书，帝者制度之命也。其文曰制，诏三公、赦令、赎令之属是也。刺史太守相劾奏，申下土，迁书文，亦如之。其征为九卿，若迁京师近宫，则言官具言姓名，其免若得罪，无姓。凡制书者，有印使符，下远近皆玺封。尚书令印重封。唯赦令、赎令、召三公诣朝堂受制书，司徒印封，露布下州郡。

> 诏书者，诏诰也。有三品，其文曰告某官，官如故事，是为诏书。群臣有所奏请，尚书令奏之，下有制曰，天子答之曰："可。"若下某官（云云），亦曰诏书。群臣有所奏请，无尚书令奏制之字，则答曰："已奏。"如书本官下所当至，亦曰诏。

> 戒书，戒敕刺史大守及三边营官，被敕文曰："有诏敕某官。"是为戒敕也。世皆名此为策书，失之远矣。②

---

① （明）黄佐：《六艺流别》，《四库全书存目丛书》（第300册），齐鲁书社，1997，第195页。

② 按：蔡邕《独断》的版本较多，尚未有今人整理本出版，本书引文依据台湾商务印书馆，《景印文渊阁四库全书》（第850册），第78页。关于这段文字，不同版本有着一定的差别，后来学者根据自己的理解，对这段文字的断句也有一定的出入。本书的断句主要参考跃进《〈独断〉与秦汉文体研究》，《文学遗产》2002年第5期。

《后汉书·光武帝纪》建武元年九月李贤注引《汉制度》对策书、制书、诏书、戒敕的论述与蔡邕《独断》相近，可见这些文体已经形成一套较为规范的尊君卑臣的话语体系。

赵翼认为汉代诏令多为天子自作，其《廿二史札记》"汉帝多自作诏"条举了很多例证①。青年学者代国玺甚至认为"人臣草诏之制是东汉初期才完全确立的"②。正因如此，汉代诏令的艺术成就往往与帝王个人的文化素养有着密切的关系。

西汉初年，"当秦焚书之后，侍从之臣皆不习文史，萧曹之辈又乏儒墨之用，每封功臣，建子弟，其辞多天子为之。纵委于执翰者，亦非彰灼知名之士"（郑亚《太尉卫公会昌一品制集序》），因此，"文景以前，诏体浮杂"③（《文心雕龙·诏策》），即文景以前的诏书直言事状，不重缘饰。就两汉而言，帝王文化素养最优的当数汉武帝。公孙弘曾上奏武帝，强调"诏书律令下者，明天人分际，通古今之义，文章尔雅，训辞深厚，恩施甚美"④（《史记·儒林列传》）。汉武帝的诏令讲究文辞，广博渊懿⑤。如其元封五年《求贤诏》云：

> 盖有非常之功，必待非常之人，故马或奔踶而致千里，士或有负俗之累而立功名。夫泛驾之马，跅弛之士，亦在御之而已。其令州郡察吏民有茂材异等，可为将相及使绝国者。⑥

诏文开篇两句当本于司马相如《难蜀父老》中的"盖世必有非常之

---

① 参见（清）赵翼撰，王树民校证《廿二史札记校证》，中华书局，1984，第86~87页。
② 代国玺：《由"记王言"而"代王言"：战国秦汉人臣草诏制度的演生》，《文史哲》2015年第6期，第100页。
③ （南朝梁）刘勰著，范文澜注《文心雕龙注》，人民文学出版社，1958，第358页。
④ （汉）司马迁：《史记》，中华书局，1959，第3119页。
⑤ 按：《汉书·淮南王传》记载"时武帝方好艺文，以（刘）安属为诸父，辩博善为文辞，甚尊重之。每为报书及赐，常召司马相如等视草乃遣。"正如高步瀛《文章源流》所论"使非武帝自为，则径使相如等属草可矣，何必但令视之耶？"参见余祖坤编《历代文话续编》，凤凰出版社，2013，第1428页。
⑥ （汉）班固撰，（唐）颜师古注《汉书》，中华书局，1962，第197页。

人，然后有非常之事；有非常之事，然后有非常之功”，横空而来，颇有气势。正如清浦起龙所评“精悍奇矫，武帝雄略本色”①。西汉元成之后，“皇帝诏书，群臣奏议，莫不援引经义，以为据依”②，如汉元帝初元元年四月诏书引《尚书·皋陶谟》之辞“书不云乎？'股肱良哉！庶事康哉'”，即其一例。

宋林虑编《西汉诏令》辑录了401篇诏令，而宋楼昉所续编《东汉诏令》只辑录了252篇诏令。“光武中兴，笃好文雅，明、章继轨，尤重经术。”（《隋书·经籍志一》）刘勰虽然肯定了光武帝刘秀“留意斯文”，但对其诏书多加批评：“造次喜怒，时或偏滥。诏赐邓禹，称司徒为尧；敕责侯霸，称黄钺一下。若斯之类，实乖宪章。”（《文心雕龙·诏策》）其实，刘勰的批评未免有失公允，所谓“称司徒为尧”等，“必非代言者之所敢道矣”（楼昉《〈东汉诏令〉后序》），正说明光武帝对诏书特加留意，多是自己撰写，如其“与隗嚣、公孙述、窦融等书，则有以见心事之磊落焉；敕邓禹、冯异、岑彭等书，则有以见机神之英悟焉；头须为白之言，平定安辑之训，与夫责刘尚以斩将吊人之义，有以见不得已之心焉”③（楼昉《〈东汉诏令〉后序》）。此后，“明章崇学，雅诏间出。安和政弛，礼阁鲜才，每为诏敕，假手外请”（《文心雕龙·诏策》）。东汉明、章以后的帝王大都享祚日短，朝政被外戚和宦官交替把持，这自然影响了诏书的写作，正如姚鼐所论：“人主虽有善意，而辞气何其衰薄也。”④（《古文辞类纂·序目》）

受时代创作习气的影响，东汉诏书更为重视语言的典丽。如安帝永宁年间，尚书陈忠上疏荐举周兴，着重强调“古者帝王有所号令，言必弘雅，辞必温丽，垂于后世，列于典经。故仲尼嘉唐虞之文章，从周室之郁

---

① （清）浦起龙：《古文眉诠》卷三一，清乾隆九年（1744）三吴书屋钞本。
② （清）皮锡瑞著，周予同注释《经学历史》，中华书局，1959，第103页。
③ （宋）林虑、（宋）楼昉续编《两汉诏令》，《景印文渊阁四库全书》（第426册），台湾商务印书馆，1986，第1113页。按：光武帝刘秀《敕岑彭书》云：“每一发兵，头须为白”；《敕冯异》云：“征伐非在远战掠地，多得城邑，要在平定安集之耳”；《下诏让刘尚》云：“良失斩将吊人之义也。”
④ （清）姚鼐、王先谦选编《正续古文辞类纂》，浙江古籍出版社，1998，第7页。

郁"。光禄郎周兴之所以被认为能够胜任为帝王属文，不仅在于他"孝友之行，著于闺门，清厉之志，闻于州里"，最重要的则是"蕴椟古今，博物多闻，三坟之篇，五典之策，无所不览。属文著辞，有可观采，尚书出纳帝命，为王喉舌"，而"诸郎多文俗吏，鲜有雅才，每为诏文，宣示内外，转相求请，或以不能而专己自由，辞多鄙固"①（《后汉书·周荣传》）。结果，诏许之，拜周兴为尚书郎。正因这种愈加注重文采的创作风尚，东汉诏令中的对句逐渐增多，如清李兆洛《骈体文钞》就收录了东汉光武帝、明帝、章帝、和帝、邓太后的 7 篇诏令。

汉代刘熙《释名·释典艺》论及诏令，"诏书。诏，照也。人暗不见事宜，则有所犯。以此示之，使昭然，知所有由也"②。"令，领也，理领之，使不得相犯也。"刘熙以同声相训，释"诏"为"照"，释"令"为"领"，还停留在语义学的层面。

二　六朝诏令的发展及骈化

曹魏时期，曹操为文清峻通脱，疏朗简约，其《让县自明本志令》《求贤令》等言简意明，不重辞藻。曹丕的诏令被刘勰誉为"辞义多伟"（《文心雕龙·诏策》），已带有一定的骈偶色彩，如其《以郑称为武德侯傅令》开端"龙渊太阿，出昆吾之金；和氏之璧，由井里之田"，被认为"直是齐梁人手笔"③。又如《伐吴诏》开篇云"昔轩辕不为涿鹿之师，则蚩尤之妖不灭；唐尧不兴丹水之阵，则南蛮之难不平；汉武不行吕嘉之罚，则横浦之表不附；光武不加嚣述之诛，则陇蜀之乱不清。故曰非威不服，非兵不定"④，运用较多骈句，在当时是较为罕见的。

西晋统一天下，晋武帝司马炎在位长达 24 年，现存诏书近 300 篇⑤，

---

①　（南朝宋）范晔撰，（唐）李贤等注《后汉书》，中华书局，1965，第 1537 页。

②　（汉）刘熙撰，（清）毕沅疏证，（清）王先谦补《释名疏证补》，中华书局，2008，第 216～217 页。

③　孙学濂：《文章二论》，余祖坤编《历代文话续编》，凤凰出版社，2013，第 878 页。

④　（清）严可均校辑《全上古三代秦汉三国六朝文》，中华书局，1958，第 1079 页。

⑤　按：本书对六朝帝王诏令作品数量的统计，主要依据（清）严可均校辑《全上古三代秦汉三国六朝文》，中华书局，1958。

大多篇幅短小，不尚修饰。司马炎晚年的荒淫昏庸导致了此后的八王之乱，西晋王朝很快分崩离析。东晋偏安一隅，皇权不彰，"号令威权多出强臣"（《晋书·范弘之传》）。君主诏令失去了威严，权臣的号令倒取而代之。据史书记载：

> 玄左右称玄为"桓诏"，桓胤谏曰："诏者，施于辞令，不以为称谓也。汉魏之主皆无此言，唯闻北虏以符坚为'符诏'耳。愿陛下稽古帝则，令万世可法。"玄曰："此事已行，今宣敕罢之，更为不祥。必其宜革，可待事平也。"①（《晋书·桓玄传》）

刘宋开国君主刘裕"少事戎旅，不经涉学"，文化程度不高，但"颇慕风流"②。在彭城举行的北伐誓师大会上，他就"命纸笔赋诗"③。他还在彭城组织群臣赋诗，保存在《文选》中的谢瞻和谢灵运的两篇《九日从宋公戏马台集送孔令诗》，就是二人在饯送孔靖时奉刘裕之命而作的。这一时期傅亮的诏令文书开始注重用典和对仗的精巧。如其《为宋公修张良庙教》"抚事怀人，永叹实深"之后，即可接"可改构栋宇，修饰丹青"等句，不会影响文意的表达，但作者却在中间加入一联四六隔对，即"过大梁者，或伫想于夷门；游九京者，亦流连于随会"，从而造成不即不离的艺术效果，耐人回味。又如《为宋公修楚元王墓教》亦运用同样的艺术手法，以一联四六隔对"夫爱人怀树，甘棠且犹勿翦；追甄墟墓，信陵尚或不泯"，精切表达出对前贤的缅怀和钦敬之情，疏宕有致。

宋文帝刘义隆自称"少览篇籍，颇爱文义"（《诏群臣》），而且"好为文章，自谓人莫能及"（《南史·鲍照传》）。他曾有文集10卷，今存诏书百余篇。孝武帝刘骏"读书七行俱下，才藻甚美"（《南史·孝武帝纪》），"英采云构"（《文心雕龙·时序》），以至于当时有"宋孝武好文章，天下悉以文采相尚"（《南史·王俭传》）的说法。他曾有文集31卷，

---

① （唐）房玄龄等：《晋书》，中华书局，1974，第2599~2600页。
② （南朝梁）沈约：《宋书》，中华书局，1974，第1696页。
③ （唐）李延寿：《南史》，中华书局，1975，第522页。

今亦存诏令百余篇。宋明帝刘彧有文才，爱文义，撰《晋江左文章志》，另编有《赋集》《诗集》各四十卷，亦有文集传世，现存诏书 62 篇。以庐陵王刘义真、临川王刘义庆、江夏王刘义恭和南平王刘铄为代表的刘宋诸王，也表现出良好的文化素养和爱好文义的特点。

相较刘宋，南齐皇室自高帝萧道成起就有较高的文化素养。萧道成"博涉经史，善属文，工草隶书，弈棋第二品"①（《南齐书·高帝纪》），表现出较高的文化素养。齐武帝萧赜对文学也有较浓厚的兴趣，据王融《三月三日曲水诗序》记载，他曾和群臣四十五人于曲水禊宴，下诏说："今日嘉会，咸可赋诗"，并命王融作序。皇室成员中，随郡王萧子隆"好辞赋，数集僚友，（谢）朓以文才，尤被赏爱，流连晤对，不舍日夕"（《南齐书·谢朓传》）。尤其是竟陵王萧子良"少有清尚，礼才好士，居不疑之地，倾意宾客，天下才学皆游集焉"（《南齐书·萧子良传》）。他开西邸，延才俊，招文学，与萧衍、沈约、谢朓、王融、萧琛、范云、陆倕等并游焉，号曰"八友"，对永明文学的发展起到了很大的推动作用。

受这种浓厚尚文风气的影响，当时的诸体文学都在迅速地骈化。由于诏令具有"王言"的性质，无疑更受时人的重视。除上述所举帝王外，当时的一些知名文士谢朓、江淹等都曾参掌诏册。在当时众多文体中，诏令的骈化程度算是较高的了。如《南齐书》载有萧遥光与徐孝嗣、江祏、刘暄等人联名弹劾谢朓的奏章：

> 谢朓资性险薄，大彰远近。王敬则往构凶逆，微有诚效，自尔升擢，超越伦伍。而溪壑无厌，著于触事。比遂扇动内外，处处奸说，妄贬乘舆，窃论宫禁，间谤亲贤，轻议朝宰，丑言异计，非可具闻。无君之心既著，共弃之诛宜及。臣等参议，宜下北里，肃正刑书。②

史书紧接着收录的就是东昏侯萧宝卷的诏书：

---

① （南朝梁）萧子显：《南齐书》，中华书局，1972，第38页。
② （南朝梁）萧子显：《南齐书》，中华书局，1972，第827页。

公等启事如此，朓资性轻险，久彰物议。直以雕虫薄伎，见齿衣冠。昔在渚宫，构扇蕃邸，日夜纵谍，仰窥俯画。及还京师，翻自宣露，江、汉无波，以为己功。素论于兹而尽，缙绅所以侧目。去夏之事，颇有微诚，赏擢曲加，逾迈伦序，感悦未闻，陵竞弥著。遂复矫构风尘，妄惑朱紫，诋贬朝政，疑间亲贤。巧言利口，见丑前志，涓流纤蕣，作戒远图。宜有少正之刑，以申去害之义。便可收付廷尉，肃明国典。①

如果将两者相比较，就会发现构陷之辞大同小异，但后者对句明显增多，较为整饬，文辞更胜一筹。

唐李延寿《南史·文学传序》云："降及梁朝，其流弥盛。盖由时主儒雅，笃好文章，故才秀之士，焕乎俱集。于时武帝每所临幸，辄命群臣赋诗，其文之善者赐以金帛。是以缙绅之士，咸知自励。"②梁武帝萧衍"及登宝位，躬制赞、序、诏诰、铭、诔、说、箴、颂、笺、奏诸文，又百二十卷"③（《南史·武帝纪》）。其子昭明太子萧统、简文帝萧纲、元帝萧绎等，亦引纳文学之士，奖掖不倦。

陈代开国之初，承梁季之乱，文学创作远不及梁代之盛，然从陈文帝陈蒨始就已"崇尚儒术，爱悦文义"（《陈书·世祖纪》），尤其是陈后主"雅尚文词，傍求学艺，焕乎俱集。每臣下表疏及献上赋颂者，躬自省览，其有辞工，则神笔赏激，加其爵位，是以缙绅之徒，咸知自励矣"④（《陈书·文学传序》）。由梁入陈的文士是陈代文学创作的主体，其中影响最大的当数一代文宗徐陵。"自有陈创业，文檄军书及禅授诏策，皆陵所制"，"世祖、高宗之世，国家有大手笔，皆陵草之。其文颇变旧体，缉裁巧密，多有新意。每一文出手，好事者已传写成诵，遂被之华夷，家藏其本"⑤

---

① （南朝梁）萧子显：《南齐书》，中华书局，1972，第827页。
② （唐）李延寿：《南史》，中华书局，1975，第1762页。
③ （唐）李延寿：《南史》，中华书局，1975，第223页。
④ （唐）姚思廉：《陈书》，中华书局，1972，第453页。
⑤ （唐）姚思廉：《陈书》，中华书局，1972，第335页。

（《陈书·徐陵传》）。

据《隋书·经籍志》著录，六朝时期的诏令总集很多。自晋代以后，南朝宋、齐、梁等王朝都有数量可观的诏令总集。很多总集直接以年号命名，如《晋咸康诏》四卷，《宋元熙诏令》五卷，《齐建元诏》五卷，《永明诏》三卷，《齐建武二年副诏》九卷，《梁天监元年至七年诏》十二卷，《天监九年、十年诏》二卷。有些甚至多达数十卷，如《宋元嘉诏》六十二卷、《宋大明诏》七十卷等①，从中可见东晋以来南朝帝王对于诏书的重视程度以及当时诏书创作的繁盛。

北魏前期保留了极浓厚的少数民族色彩，强烈排斥和抵制各种汉文化的影响。北魏孝文帝亲政后实行了一系列的汉化政策，如迁都洛阳、禁鲜卑语、定姓族、举礼仪等。魏孝文帝"雅好读书，手不释卷""才藻富赡，好为文章"（《魏书·高祖纪》），欲"以颉颃汉彻，掩踔曹丕"（《魏书·文苑传序》）。尤其是太和十年以后，诏册皆其亲自操笔，"自余文章，百有余篇"（《魏书·高祖纪》）。这在北魏帝王中是绝无仅有的。此后，北魏诸帝亦多爱好文义，如孝明帝和胡太后幸华林园，"宴群臣于都亭曲水，令王公以下各赋七言诗"（《魏书·宣武灵皇后胡氏传》）。

东魏至北齐初期，虽然朝野上下一度盛行"大鲜卑主义"，但没有影响到文化的繁荣。"邺京之下，烟霏雾集，河间邢子才、巨鹿魏伯起、范阳卢元明、巨鹿魏季景、清河崔长儒、河间邢子明、范阳祖孝征、乐安孙彦举、中山杜辅玄、北平阳子烈并其流也。复有范阳祖鸿勋亦参文士之列。"②（《北齐书·文苑传序》）文宣帝高洋非常重视诏令的写作。天保八年，高洋"游东山，敕收作诏，宣扬威德，譬喻关西，俄顷而讫，词理宏壮。帝对百僚大嗟赏之"（《北齐书·魏收传》）。风气所及，时人自然愈

① 按：《隋书·经籍志》的著录也不乏舛误之处。如《泰元、咸宁、宁康副诏》二十二卷，姚振宗《隋书经籍志考证》云："晋孝武帝即位，改元宁康，凡三年。又改元太元，凡二十一年。宁康在太元之前，而此处颠倒在后。又咸宁为武帝年号，远在晋初，此乃叙于太元之后，舛误弥甚。"又如《永初二年五年诏》三卷，"永初"无"五年"，"五"疑当作"三"。参见（清）姚振宗撰《隋书经籍志考证》，清华大学出版社，2014，第2231～2232页。

② （唐）李百药：《北齐书》，中华书局，1972，第602～603页。

加重视诏令的创作。据史书记载："李愔、陆邛、崔瞻、陆元规并在中书，参掌纶诰。……河清、天统之辰，杜台卿、刘逖、魏骞亦参知诏敕。自愔以下，在省唯撰述除官诏旨，其关涉军国文翰，多是魏收作之①。及在武平，李若、荀士逊、李德林、薛道衡为中书侍郎，诸军国文书及大诏诰俱是德林之笔，道衡诸人皆不预也。"②（《北齐书·文苑传序》）

西魏大统十一年，为改变有晋以来的"文章竞为浮华"（《周书·苏绰传》）之风，宇文泰"从苏绰之言，官制仿《周礼》，诏诰亦仿《尚书》"，"自是之后，文笔皆依此体"（《周书·苏绰传》），但这种矫枉过正的复古运动随着宇文泰的离世也就没有多大影响了。正如赵翼《廿二史札记》所论："时会所趋，积而难返，及宣帝即位，修洛阳之诏，传位太子之诏，已用当时文体。……则周时虽暂用古体，而世之为文者骈俪自如，风会所开，聪明日启，争新斗巧，遂成世运，固非功令所能禁也。"③ 如著名文士王褒"有器局，雅识治体"，深受北周统治者赏识，"建德以后，颇参朝议。凡大诏册，皆令褒具草"④（《周书·王褒传》）。遗憾的是王褒的诏册文今已不存。

相对南朝诏令总集编纂的繁盛，《隋书·经籍志》著录的北朝诏令总集只有寥寥三种，即《后魏诏集》十六卷、《后周杂诏》八卷、后周兽门学士宗干撰《诏集区分》四十一卷。尽管如此，北朝现存诏令的数量仍相当可观。

徐师曾《文体明辨序说》云："夫诏者，昭也，告也。古之诏词，皆用散文……六朝而下，文尚偶俪，而诏亦用之，然非独用于诏也。"⑤ 即使到了六朝后期，诏令仍没有完全骈化。诏令的一个重要功能就是具有仪式

---

① 按：今存魏收文章以诏书为主，严可均《全上古三代秦汉三国六朝文》收录魏收《为魏孝静帝伐元神和等诏》《为孝静帝下诏禅位》《为文宣帝出师诏》《为武成帝以三台宫为大兴圣寺诏》四篇诏书。日藏弘仁本《文馆词林》还收录有《后魏节闵帝伐尔朱文畅等诏》（按：尔朱文畅等人谋划刺杀高欢在东魏孝静帝武定三年正月，此作节闵帝，当误）、《后魏孝静帝立皇太子大赦诏》、《北齐文宣帝大赦诏》、《北齐废帝即位改元大赦诏》、《北齐武成帝即位改元大赦诏》、《北齐后主大赦诏》等十篇诏书。

② （唐）李百药：《北齐书》，中华书局，1972，第603页。

③ （清）赵翼著，王树民校证《廿二史札记校证》，中华书局，2013，第348页。

④ （唐）令狐德棻等：《周书》，中华书局，1971，第731页。

⑤ （明）徐师曾著，罗根泽校点《文体明辨序说》，人民文学出版社，1962，第112页。

性。仪式普遍存在于政治生活中，没有仪式和象征，就没有国家和政治。正如前文所论，《尚书》中的王言大都是在王朝大典上呈现的琅琅之音。到了秦汉以后，"仪式的反复演练与儒家的礼治精神从理论到实践都是相辅相成、共融再生的关系"①。相较散体，音韵谐美的骈体诏令更适用于服务隆重的政治仪式，这也是六朝以后诸多文体虽渐复古文，但诏令仍沿用骈体的主要原因。大体而言，诏令在六朝政治中的写作应用，有一定的规律性，帝王往往因政治仪式色彩的浓淡不同而做出骈散程度不同的选择。

三　六朝骈体诏令的艺术得失

关于六朝的骈体诏令，历来评价并不高。唐宋以来所推崇的多为两汉诏令，尤其是西汉诏令②。如明黄佐《六艺流别》以汉代诏令为该文体的代表。该书只收录两汉诏令，而不及其他时代。清姚鼐《古文辞类纂》认为西汉文景时期的诏书"意与辞俱美矣，后世无以逮之"③。林纾《春觉斋论文》也说"以文体言之，汉诏最为渊雅"，"至于六朝，则纯以藻缋胜矣"④。不仅古文家推崇两汉诏令，甚至孙梅《四六丛话·叙制敕诏册》梳理汉代至六朝诏策文演变时也认为："汉初去古未远，犹有浑噩遗风。入关求贤诸诏，落落不支，巍巍共仰。意表豁达之渊衷，辞拟《大风》之雄唱，岂高祖所自为欤？文、景宽仁，太和在抱；武、宣严峻，督责时加。应张弛之异用，乃温肃之迭乘。东京诏辞，矩矱未失。永平、永元之间，辟雍养老，更白虎述经义，披艺观之礼意备矣！魏、晋而下，华缛递增，然琢句弥新，而遹文间发。下及陈、隋，益事排偶矣。"⑤

相较而言，能被后世适度认可的六朝骈体诏令主要集中在刘宋时期。

---

① 马敏：《政治仪式对帝制中国政治的解读》，《社会科学论坛》2003 年第 4 期，第 19 页。

② 按：当然也有更为极端的复古主义者，对汉代诏令颇多批评。如朱熹认为"自汉以来，诏令之稍可观者，不过数个。如高帝《求贤诏》虽好，又自不纯。文帝《劝农》，武帝《荐贤》《制策》《轮台》之悔，只有此数诏略好，此外尽无那壹篇比得典谟训诰。便求一篇如《君牙》《冏命》《秦誓》也无"。［（宋）黎靖德编《朱子语类》，中华书局，1986，第 3256 页。］

③ （清）姚鼐、王先谦选编《正续古文辞类纂》，浙江古籍出版社，1998，第 7 页。

④ （清）林纾著，舒芜校点《春觉斋论文》，人民文学出版社，1959，第 62 页。

⑤ （清）孙梅著，李金松校点《四六丛话》，人民文学出版社，2010，第 131 页。

其原因正如《四库全书总目·宋文纪》提要所论："宋之文，上承魏晋，清俊之体犹存；下启齐梁，纂组之风渐盛。于八代之内，居文质升降之关，虽涉雕华，未全绮靡。"① 这一时期的诏令文虽多用骈句，但仍有古朴质实之气。除前文所举傅亮之作外，其他如刘裕《与臧焘敕》：

> 顷学尚废弛，后进颓业，衡门之内，清风辍响。良由戎车屡警，礼乐中息，浮夫恣志，情与事染，岂可不敷崇坟籍，敦厉风尚。此境人士，子侄如林，明发搜访，想闻令轨。然荆玉含宝，要俟开莹，幽兰怀馨，事资扇发，独习寡悟，义著周典。今经师不远，而赴业无闻，非唯志学者鲜，或是劝诱未至邪。想复弘之。②

该文骈偶自然，不尚用典，文气畅达。明王志坚《四六法海》将其置于全书首篇。清人许梿评曰："丽语能朴，隽语能淳，忘其骈偶诰敕之文如此，奈何轻议六朝。"③ 近人江山渊也赞誉道："古质渊雅，浑然大璞"，"气凌九霄，响振千载。此种文词，六朝中惟宋有之，齐梁后不复觏矣"④。另外，方伯海认为傅亮《为宋公修张良庙教》《为宋公修楚元王墓教》这两篇文章"皆是有意临摹东汉间人笔意，语俱炼而流"⑤。这也是刘宋时期诏令能被适度认可的原因。

刘宋以后的六朝骈体诏令之所以备受苛责，其主要原因在于不合乎后世"轻议六朝"者所崇尚的诏令美学风格。如宋人罗大经认为诏令"贵于典重温雅，深厚恻怛，与寻常四六不同"，若"或似启事诔词，雕刻求工，又如宾筵乐语，失王言之体矣"⑥。孙梅《四六丛话》论述得更为详细："表启之类，宜尚才华；制册之文，先觇器识。为此者必深明乎帝王运世之原，默契乎日昃勤民之旨。宁朴而无华，宁简而无浮，选言于训诰之

---

① （清）永瑢等：《四库全书总目》，中华书局，1965，第 1721 页。
② （南朝梁）沈约：《宋书》，中华书局，1974，第 1544 页。
③ （清）许梿评选，（清）黎经诰笺注《六朝文絜笺注》，上海古籍出版社，1982，第 55 页。
④ 王文濡：《南北朝文评注读本》，中华书局，1936，第 48 页。
⑤ （清）于光华辑《重订文选集评》卷八，乾隆四十三年锡山启秀堂重刻本。
⑥ （宋）罗大经撰，王瑞来点校《鹤林玉露》，中华书局，1983，第 59 页。

区，探赜乎皇唐之域。"① 综合他们的观点，诏令的审美追求应是气象宏阔、庄严典重，而非益事排偶、雕刻求工。以此来衡量，六朝骈体诏令的确存在一些不足。如太清六年②正月萧绎《耕种令》云：

> 军国多虞，戎旆未静，青领虽炽，黔首宜安。时惟星鸟，表年祥于东秩；春纪宿龙，歌岁取于南畯。况三农务业，尚看夭桃敷水；四人有令，犹及落杏飞花。化俗移风，常在所急；劝耕且战，弥须自许。岂直燕垂寒谷，积黍自温，宁可堕此玄苗，坐餐红粒，不植燕颔，空候蝉鸣。可悉深耕概种，安堵复业，无弃民力，并分地利。班勒州郡，咸使遵承。③（《梁书·元帝纪》）

古代中国是一个农业国家，历代王朝都很注重劝农政策的制定和实施。侯景之乱后，江南繁华之地饿莩遍野，民不聊生。劝导农业、促进农业生产已成为萧绎政权的当务之急，但该诏令却有失庄重严肃。宋人叶适《习学记言序目》对文中"三农务业，尚看夭桃敷水""岂直燕垂寒谷，积黍自温"等句非常不满，称"帝之文章所以润色时务者如此，岂《载芟》《良耜》之变者耶"④！钱锺书也讥讽此令"'看夭桃、及落杏'等语，真所谓'娱耳目'也"，"直似士女相约游春小简，官样文章而佻浮失体⑤。又如任昉《宣德皇后令》被孙月峰批评为"辞非不工，第太涉纤巧，失诏令之体"⑥。与之类似的还有丘迟《永嘉郡教》，文中有云：

> 曝背拘牛，屡空于畎亩；绩麻治丝，无闻于窀巷。其有耕灌不修，桑榆靡树，遂游廛里，酣酺卒岁，越伍乖邻，流宕忘返。才异相

---

① （清）孙梅著，李金松校点《四六丛话》，人民文学出版社，2010，第131页。
② 按：太清六年即梁简文帝大宝三年（552），是年十一月，萧绎即帝位于江陵，改元承圣，史称梁元帝。梁元帝之所以一直沿用太清年号，主要是他认为简文帝萧纲受制于侯景，大宝年号不具备政治合法性。
③ （唐）姚思廉：《梁书》，中华书局，1973，第121～122页。
④ （宋）叶适：《习学记言序目》，中华书局，1977，第470页。
⑤ 钱锺书：《管锥编》，中华书局，1986，第1397页。
⑥ （清）于光华辑《重订文选集评》卷八，乾隆四十三年锡山启秀堂重刻本。

如，而四壁独立；高惭仲蔚，而三径没人。①

据史书记载，"天监三年，（迟）出为永嘉太守，在郡不称职，为有司所纠，高祖爱其才，寝其奏"（《梁书·丘迟传》），从中可以看出这只是篇辞采华美的官样文章而已。钟嵘《诗品》评丘迟诗歌云："点缀映媚，似落花依草。"其实，这篇骈文亦有此种风格。孙德谦《六朝丽指》甚至认为钟嵘品丘迟诗"即从此处悟出其诗境耳"②，可谓独具只眼。

相较而言，亡国之君陈后主的《课农诏》倒还得体一些。诏曰：

躬推为劝，义显前经，力农见赏，事昭往诰。斯乃国储是资，民命攸属，丰俭隆替，靡不由之。夫入赋自古，输藁惟旧，沃饶贵于十金，硗确至于三易，腴墝既异，盈缩不同。诈伪日兴，簿书岁改。稻田使者，著自西京，不实峻刑，闻诸东汉。老农惧于祗应，俗吏因以侮文。辍耒成群，游手为伍，永言妨蠹，良可太息。今阳和在节，膏泽润下，宜展春耰，以望秋畎。其有新辟塍畎，进垦蒿莱，广袤勿得度量，征租悉皆停免。私业久废，咸许占作，公田荒纵，亦随肆勤。傥良守教耕，淳民载酒，有兹督课，议以赏擢。外可为格班下，称朕意焉。③（《陈书·后主纪》）

诏文对仗工整，典雅肃穆，强调农事关系国计民生，不论土地类型，皆停免征租，以促进农业生产，增强国力。明张溥《汉魏六朝百三家集·陈后主集题辞》虽对一些诏文有所批评，但又较为公允地指出："史称后主标德储宫，继业允望，遵故典，弘六艺，金马石渠，稽古云集④……辞

---

① （清）严可均校辑《全上古三代秦汉三国六朝文》，中华书局，1958，第3283页。
② 孙德谦：《六朝丽指》，四益宦刊本，第80条。
③ （唐）姚思廉：《陈书》，中华书局，1972，第106~107页。
④ 按：《陈书·后主纪》："史臣曰：'后主昔在储宫，早标令德。及南面继业，实允天人之望矣。至于礼乐刑政，咸遵故典。加以深弘六艺，广辟四门。是以待诏之徒，争趋金马；稽古之秀，云集石渠。且梯山航海，朝贡者往往岁至矣。'"〔（唐）姚思廉：《陈书》，中华书局，1972，第106~107页。〕

虽夸诩,审其平日,固与郁林东昏殊趣矣"①,确实看到陈后主与南朝其他荒唐之主的不同之处。郭预衡也说:"这样的诏令,似与世间所传后主言行颇不一致。古来的统治者,坏事作尽,好话说尽者,是大有其人的。但后主为人,尚非此类。诏书所言,虽不可尽信,也未可尽废。"②

其实六朝诏令中像这样华实并茂的作品还有很多,如陈文帝天嘉六年《修治古忠烈坟冢诏》③:

> 梁室多故,祸乱相寻,兵甲纷纭,十年不解,不逞之徒虐流生气,无赖之属暴及徂魂。江左肇基,王者攸宅,金行水位之主,木运火德之君,时更四代,岁逾二百。若其经纶王业,缙绅民望,忠臣孝子,何世无才,而零落山丘,变移陵谷,或皆剪伐,莫不侵残。玉杯得于民间,漆简传于世载,无复五株之树,罕见千年之表。自大祚光启,恭惟揖让,爰暨朕躬,聿修祖武,虽复旗旗服色,犹行杞、宋之邦,每车驾巡游,眇瞻河、雒之路,故乔山之祀,蘋藻弗亏,骊山之坟,松柏恒守。唯戚藩旧垒,士子故茔,掩殣未周,樵牧犹众。或亲属流隶,负土无期,子孙冥灭,手植何寄。汉高留连于无忌,宋祖惆怅于子房,丘墓生哀,性灵共恻者也。朕所以兴言永日,思慰幽泉。维前代王侯,自古忠烈,坟冢被发绝无后者,可检行修治,墓中树木,勿得樵采,庶幽显咸畅,称朕意焉。④

孙德谦《六朝丽指》论述"骈散合一乃为骈文正格"时,曾引该文作为例证⑤。其实该诏不仅文气舒缓、不伤平滞,而且辞义轩爽,用典贴切。"汉高留连于无忌"典出《史记·魏公子列传》:"高祖始微少时,数闻公

---

① (明)张溥著,殷孟伦注《汉魏六朝百三家集题辞注》,人民文学出版社,1960,第328~329页。
② 郭预衡:《中国散文史》,上海古籍出版社,2000,第528页。
③ 按:该诏标题依严可均《全上古三代秦汉三国六朝文》,王志坚《四六法海》标题为《修前代墓诏》,误以作者为陈宣帝,孙德谦《六朝丽指》亦承《四六法海》之误。
④ (唐)姚思廉:《陈书》卷三《文帝纪》,中华书局,1972,第59页。
⑤ 参见孙德谦《六朝丽指》,四益宦刊本,第34条。

子贤。及即天子位，每过大梁，常祠公子。高祖十二年，从击黥布还，为公子置守冢五家，世世岁以四时奉祠公子。"① "宋祖惆怅于子房"典出《宋书·武帝纪》："十三年正月，帝以舟师进讨，留彭城公义隆镇彭城。军次留城，经张良庙"②，下令以时修饰栋宇致荐焉。陈文帝通过这两个典故，以汉高祖刘邦、宋武帝刘裕自比，其气度胸怀不同寻常。《陈书》对文帝评价甚高，称其"天资睿哲，清明在躬，早预经纶，知民疾苦，思择令典，庶几至治。德刑并用，戡济艰虞，群凶授首，强邻震慑"③。从此诏可见一斑。

又如任昉《为齐竟陵王世子临会稽郡教》云："富室兼并，前史共蠹。大姓侵威，往哲攸嫉。而权豪之族，擅割林池。势富之家，专利山海。至乃水称峻岩。"④ 此文乃是残篇，但"权豪之族，擅割林池。势富之家，专利山海"这一联四四隔对生动形象地揭示出南朝历代王朝都难以解决的土地兼并问题。

尽管如此，并不能以之来否定六朝骈体诏令中一些无关军国大事、政治仪式色彩较淡的至情至性之作。如萧纲《与刘孝仪令》是为悼念刘遵而作的⑤，悲情凄怆，感人至深。该令开篇主要赞美刘遵的品行才学：

> 其孝友淳深，立身贞固，内含玉润，外表澜清。美誉嘉声，流于士友，言行相符，终始如一。文史该富，琬琰为心，辞章博赡，玄黄成采。既以鸣谦表性，又以难进自居，未尝造请公卿，缔交荣利。

通过这些语句，刘遵的德行和风姿历历可见。作者接下来追忆当年与

---

① （汉）司马迁：《史记》卷七十七《魏公子列传》，中华书局，1959，第2385页。
② （南朝梁）沈约：《宋书》卷二《武帝纪中》，中华书局，1974，第41页。
③ （唐）姚思廉：《陈书》卷六《后主纪》，中华书局，1972，第118页。
④ （清）严可均校辑《全上古三代秦汉三国六朝文》，中华书局，1958，第3193页。按：《艺文类聚》卷五十"水称峻下"旧有"岩岩我君"十句，当是碑颂之文，误跳在此耳。今别归入知时代文中。
⑤ 按：刘遵字孝陵，"少清雅，有学行，工属文"，"遵自随藩及在东宫，以旧恩，偏蒙宠遇，同时莫及"。大同元，刘遵去世，萧纲"深悼惜之，与遵从兄阳羡令孝仪令"（《梁书·刘遵传》）。[（唐）姚思廉：《梁书》，中华书局，1973，第593页。]

刘遵一起流连诗酒的欢快情景：

> 吾昔在汉南，连翩书记，及忝朱方，从容坐首。良辰美景，清风月夜，鹢舟乍动，朱鹭徐鸣，未尝一日而不追随，一时而不会遇。酒阑耳热，言志赋诗，校履忠贤，摧扬文史，益者三友，此实其人。……而此子溘然，实可嗟痛。"惟与善人"，此为虚说；天之报施，岂若此乎！想卿痛悼之诚，亦当何已。往矣奈何，投笔恻怆。①

文词表面写诗酒风流之乐，实则寄寓了作者沉痛的伤悼之情，是典型的以乐衬哀的艺术手法。这部分在遣词造句上明显模拟曹丕的《与吴质书》。两者在表情达意上的确存在相通之处。作者身份都是太子，一则怀念建安诸子，一则哀悼刘遵，同时表达出岁月迁逝之悲，倾诉衷肠，情真意切。该令更为骈偶工整②，但用事较少，自然晓畅，情真意切，无怪乎谭献评曰："称心而言，文致自胜。"③ 又萧纲《与湘东王论王规令》大旨与《与刘孝仪令》略同④：

> 威明昨宵奄复殂化，甚可痛伤。其风韵道正，神峰标映，千里绝迹，百尺无枝。文辩纵横，才学优赡，跌宕之情弥远，濠梁之气特多，斯实俊民也。一尔过隙，永归长夜，金刀掩芒，长淮绝涸。去岁冬中，已伤刘子，今兹寒孟，复悼王生，俱往之伤，信非虚说。⑤

---

① （唐）姚思廉：《梁书》卷四十一《刘遵传》，中华书局，1973，第593页。

② 按：孙德谦《六朝丽指》云："六朝文士引前人成语，必易一二字，不欲有同钞袭。……梁简文《与刘孝仪令》'酒阑耳热，言志赋诗'，此用魏文帝《与吴质书》'酒酣耳热，仰而赋诗'，'酣'易为'阑'，'仰而'则易'言志'矣。……凡若此者，悉数难终。盖引成语而加以剪裁，以见文之不苟作，斯亦六朝所长耳，彼宋人则异是。"孙德谦：《六朝丽指》，四益宧刊本，第31条。

③ （清）李兆洛选辑《骈体文钞》，上海书店出版社，1988，第145页。

④ 按：王规字威明，王褒之父。大同二年卒，萧纲"出临哭，与湘东王绎令"（《梁书·王规传》）。由于王规与刘遵的身份、经历非常相似，因此后世诸选本多有错讹之处，或混淆二人卒年，或张冠李戴彼此事迹。

⑤ （唐）姚思廉：《梁书》卷四十一《王规传》，中华书局，1973，第582～583页。

此令篇幅短小，不足百字，却意蕴丰厚，故谭献称其"情至，简贵胜刘孝仪篇"①。开篇即表达对王规去世的悲痛之情，继而转入对王规风度才学的颂美。"百尺无枝"出自枚乘《七发》"龙门之桐，高百尺而无枝"，喻指王规无与伦比的才华。"金刀掩芒，长淮绝涧"连用两个典故②形容天妒英才，斯人已矣，才华俱没。该令言辞简练，语意丰赡，新意迭出。同上文一样，虽以四言句式为主，但毫不板滞，文气畅达，蒋士铨评曰："寥寥短幅，气韵自佳。若徒掇其警语，则失之矣。"③ 江山渊也赞誉道："文辞纵横，风韵跌宕，渊渊如寸管有神，矫矫若百尺无枝，而哀怨之情，亦复凄其无尽。"④清人彭兆荪曾说："骈体至梁而极盛，简文诸制，尤美不胜收。"⑤ 从萧纲的这两篇令文，就可看出其所言不虚。

其实，六朝骈体诏令不乏气势恢宏、刚健凌厉之作，后世往往有意或无意地忽略了这一点。刘勰《文心雕龙·诏策》就主张诏策应根据其不同的使用场合和功能展现相应的审美风格，即"授官选贤，则义炳重离之辉；优文封策，则气含风雨之润；敕戒恒诰，则笔吐星汉之华；治戎燮伐，则声有洊雷之威；眚灾肆赦，则文有春露之滋；明罚敕法，则辞有秋霜之烈：此诏策之大略也"⑥。遍照金刚《文镜秘府论》则强调"叙宏壮，则诏檄振其响"，"宏则可以及远，壮则可以威物"⑦。当然，关于诏檄文体的关系，也有不同的声音，如明袁宗道严守文体藩篱，"诏不得类檄，笺不得类疏，状不得类志，此犹楉之异榱，梲之异节也。其体相离亦相近，不可不辨也"⑧（《刻文章辨体序》），但类似的观点并未成为主流。清代一些重要的文章选本，如姚鼐《古文辞类纂》、曾国藩《经史百家杂钞》、吴曾祺《文体刍言》、张相《古今文综》诏令类都收录了檄体。李兆洛《骈

---

① （清）李兆洛选辑《骈体文钞》，上海书店出版社，1988，第 146 页。
② 按：黎经诰《六朝文絜笺注》这两句注引《西京杂记》："东海人黄公，少时为术，能治蛇御虎，佩赤金刀。"《说文》："淮水出南阳平氏桐柏大复山，东南入海。"
③ （清）蒋士铨：《忠雅堂评选四六法海》卷一，光绪乙亥年（1875）重刊寄螺斋藏版本。
④ 王文濡：《南北朝文评注读本》，中华书局，1936，第 51 页。
⑤ （清）彭兆荪辑《南北朝文钞》，商务印书馆，1936，第 4 页。
⑥ （南朝梁）刘勰著，范文澜注《文心雕龙注》，人民文学出版社，1958，第 360 页。
⑦ 〔日〕遍照金刚著，周维德校点《文镜秘府论》，人民文学出版社，1975，第 151 页。
⑧ （明）袁宗道撰，钱伯城标点《白苏斋类集》，上海古籍出版社，2007，第 81 页。

体文钞》虽将诏书类与檄移类分开，但对所收录的蜀汉后主刘禅《策丞相诸葛亮诏》评价很高，誉其为"以诏为檄，辞严义正，誓诰遗风"①。其实，如果从文体互渗的角度来看，以诏为檄也是文学发展的必然趋势，正如钱锺书先生所论："名家名篇，往往破体，而文体亦因以恢弘焉。"②

六朝时期以诏为檄的骈体作品较多，如梁武帝萧衍《北伐诏》。据史书记载：天监四年十月，梁武帝"以中军将军、扬州刺史临川王宏都督北讨诸军事，尚书右仆射柳惔为副"（《梁书·武帝纪》），进行北伐。萧衍亲作诏文，以昭示军威，鼓振士气。文中有云：

> 舟徒雷骇，熊武百万，投石拔距之力，招关扛鼎之威，岳动川移，风驰电迈，铁马方原，戈船千里，百道并驱，同会洛邑。戡翦逋丑，馘扫鲸鲵，被仁风于两周，抚遗黎于赵魏，将令溥天之下，于斯大同，偃伯灵台，何远之有。③

诏文笔挟风雷，力若千钧，威势逼人。其他如江淹《北伐诏》、齐明帝萧鸾《遣陈显达北伐诏》、北魏孝武帝《南征诏》、北齐文宣帝高洋《征长安诏》、周武帝宇文邕《伐北齐诏》等亦是此种风格，从而为后人苛责颇多的六朝骈体诏令输入了刚劲有力的新鲜血液。

清蒋湘南《唐十二家文选序》云："三代以后之文，或毗于阳，或毗于阴，升降之枢，转自唐人。唐以后之文主奇，毗于阳而道敧，此欧、苏、曾、王之派所以久而愈漓。唐以前之文主偶，毗于阴而道怑，此潘、陆、徐、庾之派所以浮而难守。"④ 以阴阳来区别文章的风格，明显受到清代桐城派文论的影响。姚鼐提出的阳刚阴柔之说是桐城派散文理论中的一个重要论题。近人孙德谦《六朝丽指》在此基础上又阐释说："六朝骈文即气之阴柔者也。……《易》曰：'一阴一阳之谓道。'斯岂道为然哉？六

---

① （清）李兆洛选辑《骈体文钞》，上海书店出版社，1988，第113页。
② 钱锺书：《管锥编》（第三册），中华书局，1979，第890页。
③ （清）严可均校辑《全上古三代秦汉三国六朝文》，中华书局，1958，第2958页。
④ （清）严可均校辑《全上古三代秦汉三国六朝文》，中华书局，1958，第2958页。

朝文体盖得乎阴柔之妙矣。"① 中国台湾学者张仁青也说:"若以桐城派之阴阳刚柔况之,散文得之于阳刚之美,即今世所谓壮美者也;而骈文得之于阴柔之美,即今世所谓优美者也。"② 另一位中国台湾学者吕兴昌甚至借用尼采的观点,以日神阿波罗、酒神狄奥尼索斯两种精神来分别代表古文与骈文的世界。③ 他们以美学风格来探讨散文与骈文的差异,可谓另辟蹊径,不无意义。但若先入为主,忽视或无视六朝诏令中以诏为檄之作,一概斥之为纤巧,难免有失客观公允。只有摆脱这种笼络印象式的批评模式,才能在总体把握的宏观视野之下,更为贴近骈文这种文学体式在六朝渗透并且改变众多类别文章的丰富创作实际。

第三节　表奏

表奏是中国古代臣子向君王进言的上行公文的统称。刘勰《文心雕龙》分"章表""奏启""议对"三篇来论述这类文体。梁萧统《文选》分文体为三十九类,包含"表""上书""启""奏记"四类,其中"启"类收任昉《奉答敕示七夕诗启》《为卞彬谢修卞忠贞墓启》《启萧太傅固辞夺礼》三篇,皆为"奏启",与友朋间往来之书启明显是有区别的。明代徐师曾《文体明辨序说》细分文体为一百二十七类,"上书""章""表""奏疏"各自为类,其中"奏疏"一类包括奏、奏疏、奏对、奏启、奏状、奏札、封事、弹事等文体。徐师曾云:"奏疏者,群臣论谏之总名也。奏御之文,其名不一,故以奏疏括之也……魏晋以下,启独盛行。唐用表状,亦称书疏。宋人则监前制而损益之,故有札子,有状,有书,有表,有封事,而札子之用居多;盖本唐人牓子、录子之制而更其名,乃一代之新式也。"④ 正如吴曾祺所言:"后世体制日增,盖亦不胜其繁矣。"⑤ 其实,这类文体内

---

① 孙德谦:《六朝丽指》,四益宦刊本,第10条。
② 张仁青:《骈文学》,台北:文史哲出版社,1984,第45页。
③ 吕正惠:《抒情传统与政治现实》,华中师范大学出版社,2011,第45页。
④ (明)徐师曾著,罗根泽校点《文体明辨序说》,人民文学出版社,1962,第123~124页。
⑤ 吴曾祺:《涵芬楼文谈》,金城出版社,2011,第102页。

容基本是相通的，差别也不是特别明显，若在细枝末节方面详加辨析，则不免失之琐屑，逐末弃本。六朝文人也认识到这一点，刘勰《文心雕龙·章表》就不像《颂赞》《檄移》诸篇那样分而言之。在进行具体论述时，刘勰也常将它们合而论之，如"章表奏议，经国之枢机"（《文心雕龙·章表》），"章表奏议，则准的乎典雅"（《文心雕龙·定势》）。姚鼐《古文辞类纂》、曾国藩《经史百家杂钞》、吴曾祺《文体刍言》将这类性质相近的文体统称为"奏议类"，以简驭繁，更为简明扼要。①

刘勰《文心雕龙·章表》所举例证以表文为多，章体仅列汉代左雄、胡广二人的文章，根本没有涉及六朝。刘勰更多的是将表奏并称，如"自晋来盛启，用兼表奏""表奏确切，号为谠言"（《文心雕龙·奏启》），"庾元规之表奏，靡密以闲畅"（《文心雕龙·才略》）。史书记载六朝文士创作此类文体时也常以表奏并称，如"（任昉）雅善属文，尤长载笔，才思无穷，当世王公表奏，莫不请焉"（《梁书·任昉传》），"（颜晃）表奏诏诰，下笔立成，便得事理，而雅有气质。有集二十卷"（《陈书·颜晃传》），"（王）伟之，少有志尚，当世诏命表奏，辄手自书写"（《南史·王韶之传》），"（徐勉）省中事，未尝漏泄，每有表奏，辄焚藁草"（《梁书·徐勉传》）。另外，王书才《唐前上书奏疏研究》一书对严可均《全上古三代秦汉三国六朝文》所录篇章之题目加以统计，唐前上行类文章文体有 44 类，共 4545 篇，其中篇数位居前三的文体分别是表类、议类、奏类，② 因此，本书以表奏为题，主要论述上书、疏、表、议、启等文体③。

---

① 按：姚鼐《古文辞类纂》、曾国藩《经史百家杂钞》、吴曾祺《文体刍言》"奏议类"所包括的文体不尽相同。《古文辞类纂》《经史百家杂钞》大同小异，"奏议类"均收录了书、疏、对策、议、表等文体；吴曾祺《文体刍言》"奏议类"则收录了奏、议、驳议、谥议、册文、疏、上书、上言、章、书、表、贺表、谢表、降表、遗表、策、折、札子、启、笺、对、封事、弹文、讲义、状、谟、露布等近三十种文体。

② 王书才：《唐前上书奏疏研究》，学苑出版社，2018，第 5～6 页。

③ 按：六朝后期盛行的谢物小启，在内容和表达方式上与表奏有很大的差别，因此本书所论文体不包括谢物小启。

一　表奏的起源及其在六朝之前的发展

关于表奏的产生时间，没有明确的记载①。《文选》李善注曰："三王已前，谓之敷奏，故《尚书》云'敷奏以言'，是也。"② 明吴讷《文章辨体序说》云："唐虞禹皋陈谟之后，至商伊尹、周姬公，遂有《伊训》《无逸》等篇，此文辞告君之始也。"③ 姚鼐《古文辞类纂》也说："奏议类者，盖唐虞三代圣贤陈说其君之辞，《尚书》具之矣。"④ 他们所言甚是。早在商周时期，就产生了奏议类的文辞。曾国藩《经史百家杂钞》将《无逸》置于"奏议之属"之首，就是为了明其源流所自。

日本学者永田英正认为："中国古代的文书行政，是由于其官僚制度的发达和完备以及文字的统一而成为可能的一种行政系统。"⑤ 战国时代的上行公文"言事于主，皆称上书"（《文心雕龙·章表》）。到了秦朝，君臣等级制度随着专制皇权的巩固而变得更加严格，文书行政系统愈加完备，于是，"秦初定制，改书曰奏"（《文心雕龙·章表》）。《汉书·艺文志》"春秋"类著录《奏事》二十篇，原注曰："秦时大臣奏事及刻石名山文也。"⑥ 只是该书早已亡佚，其内容不得而知。秦代的奏文，除李斯《上书谏逐客》外，都质朴少文，不尚修饰。正如刘勰《文心雕龙·奏启》所论："秦始立奏，而法家少文。观王绾之奏勋德，辞质而义近；李斯之奏骊山，事略而意诬。故无膏润，形于篇章矣。"

"汉所以能制九州者，文书之力也。"⑦ 正因汉代"以文书御天下"，所以表奏写作逐渐形成相对固定的格式，制式化倾向鲜明。东汉蔡邕《独

---

① 按：严可均《全上古三代秦汉三国六朝文》收录最早的表文为《上勒那跋弥王送太子表》，严可均把它归入《全上古三代文》中。其实，此表出自《贤愚因缘经》，并非三代作品，而是由元魏慧觉等从国外传来的经书中译辑的。
② （南朝梁）萧统编，（唐）李善注《文选》，中华书局，1977，第515页。
③ （明）吴讷著，于北山校点《文章辨体序说》，人民文学出版社，1962，第39页。
④ （清）姚鼐、王先谦选编《正续古文辞类纂》，浙江古籍出版社，1998，第5页。
⑤ 〔日〕永田英正：《文书行政》，〔日〕佐竹靖彦主编《殷周秦汉史学的基本问题》，中华书局，2008，第224页。
⑥ （汉）班固撰，（唐）颜师古注《汉书》，中华书局，1962，第1714页。
⑦ 黄晖：《论衡校释》，中华书局，1990，第591页。

断》就记录了章、奏、表、议等上行公文的规范格式：

> 凡群臣上书于天子者有四名：一曰章，二曰奏，三曰表，四曰驳议。
>
> 章者，需头，称稽首，上书谢恩陈事诣阙通者也。
>
> 奏者亦需头，其京师官但言稽首，下言稽首以闻，其中有所请，若罪法劾案公府送御史台，公卿校尉送谒者台也。
>
> 表者不需头，上言臣某言，下言臣某诚惶诚恐，顿首顿首，死罪死罪。左方下附曰某官臣某甲上，文多用编两行，文少以五行，诣尚书通者也。公卿校尉诸将不言姓，大夫以下有同姓官别者言姓，章曰报闻，公卿使谒者，将大夫以下至吏民，尚书左丞奏闻报可，表文报已奏如书。凡章表皆启封，其言密事得皂囊盛。
>
> 其有疑事，公卿百官会议，若台阁有所正处，而独执异意者曰驳议。驳议曰某官某甲议以为如是，下言臣愚戆议异。其非驳议，不言议异。其合于上意者，文报曰某甲某官议可。①

陈直《居延汉简研究》曾对居延汉简所见汉代典章及公牍中的习俗语做了较为深入的考释。② 如果与之相印证，就会发现蔡邕所论当非虚言。

尽管如此，秦汉时期上书的数量仍占很大的比重。吴讷《文章辨体序说》："汉高惠时，未闻有以书陈事者。迨乎孝文，开广言路，于是贾山献《至言》，贾谊上《政事疏》。自时厥后，进言者日众，或曰上疏，或曰上书，或曰奏札，或曰奏状。虑有宣泄，则囊封以进，谓曰封事，考之于史可见矣。"③ 西汉奏疏以贾谊、晁错的作品为代表，如《治安策》《贤良对策》《言兵事疏》《守边劝农疏》等，被鲁迅誉为"西汉鸿文，沾溉后人，

---

① 按：（东汉）蔡邕《独断》的版本较多，尚未有今人整理本出版，本书引文依据台湾商务印书馆《景印文渊阁四库全书》（第850册），第78～79页。这段文字的不同版本有一定的差别，后来由于学者理解不同，对这段文字的断句也有一定的出入。本书的断句主要参考跃进《〈独断〉与秦汉文体研究》，《文学遗产》2002年第5期。

② 陈直：《居延汉简研究》，天津古籍出版社，1986，第127～137页。

③ （明）吴讷著，于北山校点《文章辨体序说》，人民文学出版社，1962，第39页。

其泽甚远"①。其他表奏尤著者，如"东方朔之诙谐、疏广之高洁、丙魏之持国、霍光之托孤、陈遵之游侠、赵充国之屯田、苏武之奉使、甘陈之攘夷，言人人殊，各底其极。真如咸英韶濩之奏，听之者心融；青黄黼黻之彩，观之者目骇"②。

刘勰《文心雕龙·章表》云："及后汉察举，必试章奏。左雄奏议，台阁为式；胡广章奏，天下第一；并当时之杰笔也。观伯始谒陵之章，足见其典文之美焉。"据《后汉书·左雄传》记载："阳嘉元年……雄又上言：……请自今孝廉，年不满四十不得察举，皆先诣公府，诸生试家法，文吏课笺奏。"察举指令郡国举孝廉等，笺奏指章奏。左雄的建议得到汉顺帝的诏许，于是阳嘉元年（132）十一月辛卯，"初令郡国举孝廉，限年四十以上，诸生通章句，文吏能笺奏，乃得应选"（《后汉书·顺帝纪》）。正因朝廷对于表奏的重视，当时很多不擅文辞的大臣上书时往往让人捉刀代笔，如葛龚"善为文奏。或有请龚奏以干人者，龚为作之，其人写之，忘自载其名，因并写龚名以进之。故时人为之语曰：'作奏虽工，宜去葛龚'"③。东汉奏疏中名家辈出，除上述刘勰《文心雕龙》所举，其他如"杨秉耿介于灾异，陈蕃愤懑于尺一，骨鲠得焉；张衡指摘于史职，蔡邕铨列于朝仪，博雅明焉"（刘勰《文心雕龙·奏启》）。正如刘熙载所说"东汉文浸入排丽"④，东汉奏疏开始追求句式的整齐和辞藻的华丽，如：

> 自去年已来，灾谴频数，地坼天崩，高岸为谷。修身恐惧，则转祸为福；轻慢天戒，则其害弥深。愿陛下亲自劳悧，研精致思，勉求忠贞之臣，诛远佞谄之党，损玉堂之盛，尊天爵之重，割情欲之欢，罢宴私之好。帝王图籍，陈列左右，心存亡国所以失之，鉴观兴王所以得之，庶灾害可息，丰年可招矣。⑤（翟酺《上安帝疏谏宠外戚》）

---

① 鲁迅：《汉文学史纲要》，上海古籍出版社，2005，第35页。
② （明）凌稚隆《汉书评林》引卢舜治语，转引自朴宰雨《〈史记〉〈汉书〉比较研究》，中国文学出版社，1994，第298～299页。
③ （南朝宋）范晔《后汉书》李贤注引《笑林》，中华书局，1965，第2618页。
④ （清）刘熙载撰，袁津琥校注《艺概注稿》，中华书局，2009，第82页。
⑤ （南朝宋）范晔撰，（唐）李贤等注《后汉书》，中华书局，1965，第1604～1605页。

臣闻唐虞以师师咸熙，周文以济济为宁；区区之楚，犹用贤臣为宝；卫多君子，季札知其不危。由此言之，忠臣贤士，国家之元龟，社稷之桢固也。昔孝文愠匈奴之生事，思李牧于前代；孝宣忿奸邪之不散，举张敞于亡命。① （蔡邕《荐皇甫规表》）

或许这正是姚鼐《古文辞类纂》出于门户之见，"奏议类"不取东汉奏议的原因②。

二　六朝表奏的发展及骈化

到了曹魏时期，曹丕《典论·论文》提出"奏议宜雅"，即认为表奏要典雅庄重。就创作而言，以曹植的创作数量最多、成就最大。曹植的表奏今存 30 余篇，有陈情的，如《求通亲亲表》《求自试表》；有谢恩的，如《谢初封安乡侯表》《谢鼓吹表》；有献物的，如《献文帝马表》《上九尾狐表》；等等。不仅内容丰富，而且取得了很高的艺术成就，开六朝骈俪文字的先河。如其《陈审举表》云：

臣闻天地协气而万物生，君臣合德而庶政成。五帝之世非皆智，三季之末非皆愚，用与不用，知与不知也。既时有举贤之名，而无得贤之实，必各援其类而进矣！谚曰："相门有相，将门有将。"夫相者，文德昭者也。将者，武功烈者也。文德昭则可以匡国朝，致雍熙，稷、契、夔、龙是也。武功烈则可以征不庭，威四夷，南仲、方叔是矣。昔伊尹之为媵臣，至贱也；吕尚之处屠钓，至陋也。及其见举于汤武、周文，诚道合志同，玄谟神通，岂复假近习之荐，因左右之介哉！③

---

① （清）严可均校辑《全上古三代秦汉三国六朝文》，中华书局，1958，第 862 页。

② 按：曾国藩《经史百家杂钞》"奏议之属"也仅收刘陶《上桓帝书》等寥寥几篇。

③ （三国魏）曹植著，赵幼文校注《曹植集校注》，人民文学出版社，1984，第 444 页。

表文对仗工整，音节浏亮，"体赡而律调，辞清而志显"①。其他如孔融《荐祢衡表》等都非常讲究句式整饬、词采华茂。曹道衡说"魏晋文章的骈俪化倾向，最先开始于应用文字，特别是章表"②，是切合表奏发展实际的。

李充《翰林论》认为"表宜以远大为本，不以华藻为先。若曹子建之表，可谓成文矣；诸葛亮之表刘主，裴公之辞侍中，羊公之让开府，可谓德音矣"，"驳不以华藻为先，世以傅长虞每奏驳事，为邦之司直矣"。议奏"宜以远大为本，陆机《议晋断》，亦名其美矣"③。这些代表了晋人对表奏写作特点的认识。刘勰《文心雕龙·章表》云："晋氏多难，灾屯流移。刘颂殷勤于时务④，温峤恳恻于费役⑤，并体国之忠规矣。"尤其是温峤的《奏军国要务七事》：

> 其一曰：祖约退舍寿阳，有将来之难。今二方守御，为功尚易。淮、泗都督，宜竭力以资之。选名重之士，配征兵五千人，又择一偏将，将二千兵，以益寿阳，可以保固徐、豫，援助司土。……
> 其七曰：罪不相及，古之制也。近者大逆，诚由凶庆。凶庆之甚，一时权用。今遂施行，非圣朝之令典，宜如先朝除三族之制。⑥

奏文切中时弊，诚恳痛切，不尚辞藻。这一时期其他的表奏名篇，如李密《陈情表》、羊祜《让开府表》、刘琨《劝进表》等皆忠恳雅致，不尚雕饰。

---

① （南朝梁）刘勰著，范文澜注《文心雕龙注》，人民文学出版社，1958，第 407 页。
② 曹道衡：《关于魏晋南北朝的骈文和散文》，《中古文学史论文集》，中华书局，2002，第 40 页。
③ （清）严可均校辑《全上古三代秦汉三国六朝文》，中华书局，1958，第 1767 页。
④ 按：《晋书·刘颂传》："（刘颂）除淮南相，在官严整，甚有政绩。……在郡上疏曰：'……振领总纲，要在三条：凡政欲静，静在息役，息役在无为；仓廪欲实，实在利农，利农在平籴；为政欲著信，著信在简贤，简贤在官久。'……又上疏论律令事，为时论所美。"
⑤ 按：《晋书·温峤传》："时太子起西池楼观，颇为劳费。峤上疏，以为朝廷草创，巨寇未灭，宜应俭以率下；务农重兵。太子纳焉。……明帝即位，拜侍中，转中书令。"
⑥ （唐）房玄龄等：《晋书》，中华书局，1974，第 1785 页。

值得注意的是，这一时期"用兼表奏"①（《文心雕龙·奏启》）的启文开始兴起。其具有独特的文体特征和功能，"敬谨之忱，视表为不足；明慎之旨，傃书为有余"②，得到当时很多文士的青睐。如山涛"所奏甄拔人物，各为题目，时称《山公启事》"③。《隋书·经籍志》著录有《山公启事》三卷、《范宁启事》三卷。

曹道衡先生认为："刘宋初年人的骈文，从句子的字数比较整齐，文章比较华美和对仗逐步增加等现象来看，基本上可以归入骈文的范畴。然而比起齐梁以后的骈文来，不但散句还较多，对仗也不如后人讲究，更重要的是四声说还没有被明确地提出来，所以对文章的声律限制，也不像后来人那么严格。"④ 傅亮的表文鲜明地体现出这一时期骈文发展的特点，如其《为宋公至洛阳谒五陵表》《为宋公求加赠刘前军表》作为刘宋时期表文的典范被收入萧统《文选》。这两篇表文都是骈散交融，不尚雕饰，笔力劲健，文气畅达，哀感动人。清人何焯评曰："叙致曲折，复日遒紧。季友章表，故有专长，犹有东汉风味。若使宋不代晋，则读此文者有不感激涕下者乎？"⑤ 许梿亦曰："不甚斫削，然曲折有劲气，六朝章奏，季友不愧专门。"⑥ 这一时期只有谢庄《上搜才表》骈化色彩较浓。该文云：

> 臣闻功照千里，非特烛车之珍；德柔邻国，岂徒秘璧之贵⑦。故诗称珍悴，誓述荣怀，用能道臻无积，化至恭己。伏惟陛下膺庆集图，缔宇开县，夕爽选政，戾旦调风，采言厮舆，观谣反远，斯实辰阶告平，颂声方制。⑧

---

① （南朝梁）刘勰著，范文澜注《文心雕龙注》，人民文学出版社，1958，第424页。

② （清）孙梅著，李金松校点《四六丛话》，人民文学出版社，2010，第280页。

③ （唐）房玄龄等：《晋书》，中华书局，1974，第1226页。

④ 曹道衡：《关于魏晋南北朝的骈文和散文》，《中古文学史论文集》，中华书局，2002，第43页。

⑤ （清）何焯著，崔高维点校《义门读书记》，中华书局，1987，第952页。

⑥ （清）许梿评选，（清）黎经诰笺注《六朝文絜笺注》，上海古籍出版社，1982，第74页。

⑦ 按：此四句《南史》作"臣闻功倾魏后，非特照车之珍；德柔秦客，岂徒秘璧之贵"，对仗更为精工。

⑧ （南朝宋）沈约：《宋书》，中华书局，1974，第2169页。

相比之前建议君王广招贤才的表奏，这篇表文并无太多新意，但却表现出自觉地讲究词句的雕琢和对仗的精工。

齐梁以来的表奏进一步骈化。江淹历仕宋、齐、梁三朝。如齐高帝萧道成诸表奏多为其所作。近人张相《古今文综》收有江淹 13 篇表奏，数量居于此类文体首位，从中可见其艺术成就。又如任昉，"当时王公表奏无不请焉""沈约一代辞宗，深所推挹"①，其章表可谓艺冠群彦、横绝一代。其他如王融、沈约、徐陵等人的表奏亦是文采斐然、偶对精工、流韵绮靡。

《北史·文苑传》论述北朝文学整体风貌时说："章奏符檄，则粲然可观。"② 所言不虚。据严可均《全上古三代秦汉三国六朝文》，北魏的表奏文多达 400 余篇。这一方面是因为魏收《魏书》注重对表奏的收录，另一方面是由于北朝文士对表奏创作的重视。北魏初期的表奏大都关乎政要，尚质少文。许多文士虽然也提出了很多关系北魏王朝历史命运的重大决策，但不少是奏言形式，而未形诸文章。如张衮"常参大谋，决策帷幄，太祖器之，礼遇优厚"③，但今仅存《疾笃上明元帝疏》一篇。

到了北魏中期，官员文士们开始重视表奏的写作，如：

> 太和中，（李义徽）以儒学博通，有才华，补清河王怿府记室。笺书表疏，文不加点，清典赡速，当世称之。（《北史·李先传》）

> （袁跃）后迁车骑将军、太傅、清河王怿文学，雅为怿所爱赏。怿之文表多出于跃。（《魏书·袁跃传》）

> 任城王澄为司空，表议书记，多出普惠。（《魏书·张普惠传》）

此后，东魏、北齐亦是如此，如：

---

① （唐）李延寿：《南史》卷五十九《任昉传》，中华书局，1975，第 1453 页。
② （唐）李延寿：《北史》卷八十三《文苑传序》，中华书局，1974，第 2778 页。
③ （北齐）魏收：《魏书》卷二十四《张衮传》，中华书局，1974，第 613 页。

（卢询祖）有术学，文章华靡，为后生之俊。举秀才入京。李祖勋尝宴文士，显祖（高洋）使小黄门敕祖勋母曰："茹茹既破，何故无贺表？"使者伫立待之。诸宾皆为表，询祖俄顷便成。后朝廷大迁除，同日催拜。询祖立于东止车门外，为二十余人作表，文不加点，辞理可观。（《北齐书·卢询祖传》）

（杨）遵彦即命（李）德林制让尚书令表，援笔立成，不加治点。因大相赏异。（《隋书·李德林传》）

与之同步的是，表策骈句渐多、散句减少，沿着骈化的方向迅猛发展。以"北地三才"为例，他们的表奏绝大多数为骈体，有些甚至通篇由四六句式组成，如：

昔子长命世伟才，孟坚冠时特秀，宪章前哲，裁勒坟史，纪、传之间，申以书、志，绪言余迹，可得而闻。叔峻删缉后刘，绍统削撰季汉，十志实范迁、固，表盖阙焉。曹氏一代之籍，了无具体；典午终世之笔，罕云周洽。①（魏收《上〈魏书〉十志启》）

臣闻宝剑未砥，犹乏切玉之功；美箭阙羽，尚无冲石之势。况才非会稽之竹，质谢昆吾之金。至于敷教东序，流训上庠，置樽候酌，必须蕴朱蓝以成彩，立规矩以为式，垂三行于贵游，扬六艺于胄子。而臣学愧聚沙，问惭攻木，虽历文史，不治章句，于兹旷官，青衿何仰。②（温子昇《为安丰王延明让国子祭酒表》）

大江设隘，实限夷华。前魏观涛而退，后魏登山而反。声教不

---

① （北齐）魏收：《魏书》，中华书局，1974，第2331页。
② （北魏）温子昇撰，康金声注译《温子昇集笺校全译》，山西古籍出版社，2000，第30页。按：温子昇、邢邵的表奏篇幅大都较短小，可能是《艺文类聚》收录他们的表文时，都有所删节。

通，多历年代。今苍雉奉职，灵龟自梁，折苇为舟，凭力可渡。始知德通于物，孟门失险；道清将顺，剑阁自开。行举洞庭之乐，放畜长洲之苑，会玉帛于涂山，树铜柱于南极。①（邢邵《百官贺平石头表》）

尤其是邢邵"雕虫之美，独步当时，每一文初出，京师为之纸贵，读诵俄遍远近"，"每洛中贵人拜职，多凭邵为谢表"②，据史书记载，当时的知名文士袁翻甚至因此嫉恨他。邢邵出于戒备和畏惧，不得不以求外任③，可见时人对于骈体表文的热衷。

西魏迫于当时的政治军事形势，积极倡导古朴文风。西魏名臣苏绰认为"近代以来，文章华靡，逮于江左，弥复轻薄。洛阳后进，祖述不已"④。为了以革前弊，其《奏行六条诏书》开表奏复古的先河。因此，西魏至北周早期的表奏多尚实用，文风质朴，对于政权的巩固、国力的增强以及后来的灭齐起到重要的辅助作用。建德四年，周武帝"令上书者并为表，于皇太子以下称启"（《周书·武帝纪下》），从中可以看出其对表文的重视。严可均《全后周文》所收庾信 12 篇和王褒的 4 篇上行公文全为表体，当是受周武帝政令的影响。这些表文华美整饬、典雅密丽，对北周表奏的骈化起到了很大的推动作用。

三　六朝骈体表奏的艺术得失

孙梅《四六丛话》云"四六为用，表奏为长"，具体来说，表奏可以用来陈谢、请乞、荐达等⑤。徐师曾认为表奏"汉晋多用散文，唐宋多用

---

① （北朝）邢邵撰，康金声、唐海静注译《邢邵集笺校全译》，山西古籍出版社，2006，第 25 页。
② （唐）李百药：《北齐书》卷三十六《邢邵传》，中华书局，1972，第 476 页。
③ 按：《北齐书·邢邵传》："尝有一贵胜初受官，大集宾食，翻与邵俱在坐。翻意主人托其为让表。遂命邵作之。翻甚不悦，每告人云：'邢家小儿尝作章表，自买黄纸，写而送之。'邵恐为翻所害，乃辞以疾。属尚书令元罗出镇青州，启为府司马，遂在青土，终日酣赏，尽山泉之致。"
④ （唐）令狐德棻等：《周书》卷二十二《柳庆传》，中华书局，1971，第 370 页。
⑤ （清）孙梅著，李金松校点《四六丛话》，人民文学出版社，2010，第 205 页。

四六"，又将"汉以下名家诸作，分为三体"，即古体、唐体和宋体①，几乎是将六朝骈体表奏一笔抹杀。其实六朝骈体表奏也有其独特的艺术成就。

明吴讷《文章辨体序说》云："汉晋皆尚散文，盖用陈达情事，若孔明《前后出师》，李令伯《陈情》之类是也。唐宋以后，多尚四六。其用则有庆贺、有辞免、有陈谢、有进书、有贡物，所用既殊，则其辞亦各异焉。"② 元人陈绎曾《文筌》云："贺表、谢表、进表皆用四六。"③关于个中缘由，陈绎曾并未道出。笔者认为这几类表文已成为仪式的有机组成部分，它们的一个重要功能表现在仪式性方面。仪式普遍存在于政治生活中，没有仪式和象征，就没有国家和政治。汉武帝"罢黜百家，独尊儒术"以后，"仪式的反复演练与儒家的礼治精神从理论到实践都是相辅相成、共融再生的关系"④。相较散体，音韵谐美的骈体表文更适于服务隆重的政治仪式，这也是六朝以后这几类表文仍沿用骈体的主要原因。

清人赵翼《陔余丛考》云："古人授官，例有让表。刘寔谓本唐、虞、禹让稷、契、皋陶之遗意。《文心雕龙》曰：昔晋文受册，三辞从命。是以汉末让表，以三为断。曹操著令，表不必三让，又勿得浮华，所以魏初表章，指事造实。"⑤ 南北朝仍盛行上表三让的风气⑥。据史书记载，谢朓

---

① （明）徐师曾著，罗根泽校点《文体明辨序说》，人民文学出版社，1962，第122页。

② （明）吴讷著，于北山校点《文章辨体序说》，人民文学出版社，1962，第37页。

③ 王水照编《历代文话》（第二册），复旦大学出版社，2007，第1271页。

④ 马敏：《政治仪式：对帝制中国政治的解读》，《社会科学论坛》2003年第4期，第18页。

⑤ （清）赵翼：《陔余丛考》，中华书局，1963，第544页。按：刘勰《文心雕龙·章表》云："汉末让表，以三为断。曹公称为表不必三让，又勿得浮华。所以魏初表章，指事造实，求其靡丽，则未足美矣。"曹操语无考，《艺文类聚》卷五十一载曹操建安元年上书让增封曰："臣虽不敏，犹知让不过三。所以仍布腹心，至于四五，上欲陛下爵不失实，下为臣身免于苟取。"

⑥ 按：当然也有一些特立独行之人不为饰让。如《宋书·王华传》云："宋世惟华与南阳刘湛不为饰让，得官即拜，以此为常。"《魏书·郭祚传》记载："高祖以李彪为散骑常侍，祚因入见，高祖谓祚曰：'朕昨误授一人官。'祚对曰：'陛下圣镜照临，论才授职，进退可否，黜陟幽明，品物既彰，人伦有序，岂容圣诏一行而有差异。'高祖沉吟曰：'此自应有让，因让，朕欲别授一官。'须臾，彪有启云：'伯石辞卿，子产所恶，臣欲之已久，不敢辞让。'高祖叹谓祚曰：'卿之忠谏，李彪正辞，使朕迟回不能复决。'遂不换彪官也。"

迁尚书吏部郎，上表三让，"中书疑朓官未及让，以问祭酒沈约"。沈约
曰："宋元嘉中，范晔让吏部，朱修之让黄门，蔡兴宗让中书，并三表诏
答，具事宛然。近世小官不让，遂成恒俗，恐此有乖让意。王蓝田、刘安
西并贵重，初自不让，今岂可慕此不让邪？孙兴公、孔觊并让记室，今岂
可三署皆让邪？谢吏部今授超阶，让别有意，岂关官之大小？执让之美，
本出人情。若大官必让，便与诣阙章表不异。例既如此，谓都自非疑。"①
沈约甚至认为不论官之大小，皆应让官。另据史书记载："高祖宠诞，每
与诞同舆而载，同案而食，同席坐卧。彭城王勰、北海王详，虽直禁中，
然亲近不及。十六年，以诞为司徒。高祖既深爱诞，除官日，亲为制三让
表并启，将拜，又为其章谢。"② 魏孝文帝亲自为不擅文辞的宠信大臣撰写
让表，也可见当时的崇让之风。

　　在这种社会风气下，让表的写作自然越发受到时人的重视。史书相关
记载如下：

　　　　会稽孔觊粗有才笔，未为时知，孔珪③尝令草让表以示朓。朓嗟
　　吟良久，手自折简写之，谓珪曰："士子声名未立，应共奖成，无惜
　　齿牙余论。"（《南史·谢朓传》）

　　　　（陆慧晓）三子：僚、任、倕并有美名，时人谓之三陆。初授慧
　　晓兖州，三子依次第各作一让表，辞并雅丽，时人叹伏。（《南史·陆
　　僚传》）

　　　　（刘之遴）辟为太学博士。（任）昉曰："为之美谈，不如面试。"
　　时张稷新除尚书仆射，托昉为让表，昉令之遴代作，操笔立成。（《南
　　史·刘之遴传》）

---

① （南朝梁）萧子显：《南齐书》卷四十七《谢朓传》，中华书局，1972，第826页。
② （北齐）魏收：《魏书》卷八十三《冯诞传》，中华书局，1974，第1821页。
③ 按：孔珪即孔稚珪，《南齐书》有传，此避唐高宗小名而省。

吏部尚书徐陵时领著作，复引为史佐，及陵让官致仕等表，并请察制焉，陵见叹曰"吾弗逮也"。(《陈书·姚察传》)

府长史汝南周确新除都官尚书，请贞为让表，后主览而奇之。(《陈书·谢贞传》)

另外，萧统《文选》"表"体收录有羊祜《让开府表》，庾亮《让中书令表》，任昉《为齐明帝让宣城郡公第一表》《为范尚书让吏部封侯第一表》《为褚谘议蓁让代兄袭封表》，共计 5 篇让表，占《文选》"表"体总数的近三分之一，这也反映出让表在时人心目的地位。

六朝骈体让表最重要的特点是典雅得体，用事贴切。以六朝骈体表文代表作家任昉为例，其《为褚谘议蓁让代兄袭封表》代褚蓁上表让封与其兄褚贲①，其来龙去脉非常敏感复杂②，但任昉非常恰当地使用了两个典故："昔武始迫家臣之策，陵阳感鲍生之言。张以诚请，丁为理屈"③。《文选》李善注引《东观汉纪》曰："张纯，字伯仁，建武初先诣阙，封武始侯。子奋，字稚通。兄根，常被病。纯病困，敕家臣翕：'司空无功，爵不当传嗣。'纯薨，大行移书问嗣，翕上书夺诏封奋。奋上书曰：'根不病，哀臣小称病，今翕移臣。臣时在河南冢庐，臣见纯前告翕语，自以兄

---

① 按：李善和吕向对该文的本事做出了两种不同的解释。李善注引萧子显《齐书》曰："褚蓁字茂绪，为义兴太守，改封巴东郡，表让封贲子霁，诏许之。官至前将军卒。"吕向注曰："蓁，南康郡公，褚渊嫡子。少出外继，有庶兄贲袭爵。蓁既长大，贲上表请归封于蓁，天子许焉，而蓁上此表让于贲也。"胡耀震《任昉代褚蓁表和相关的〈文选〉旧注》[《山东大学学报》(哲学社会科学版) 1998 年第 4 期] 一文认为李善注其本事不合史实，而吕向注较为确切，该文与《艺文类聚》卷五十一《为褚蓁代兄袭封表》不是同一篇文章。"它们是同作于永明六年的两篇，前者表让封，后者表受封。《又表》是永明九年任昉褚蓁让封还与褚贲之子褚霁所作，不能被理解为'又为褚谘议蓁让代兄袭封表'或'又为褚蓁代兄袭封表'；李善注《为褚谘议蓁让代兄袭封表》本事的错误，在于李善将《为褚谘议蓁让代兄袭封表》和《又表》看作同一篇表的不同稿本了。"
② 按：《南史·褚贲传》曰："（褚渊）长子贲字蔚先，少耿介。父背袁粲等附高帝，贲深执不同，终身愧恨之，有栖退之志。位侍中。彦回薨，服阕，见武帝，贲流涕不自胜。上甚嘉之，以为侍中、领步兵校尉、左户尚书。常谢病在外，上以此望之，遂讽令辞爵，让与弟蓁，仍居墓下。"从中可以看出，褚贲是拒绝与萧齐政权合作的。
③ (南朝梁) 萧统编，李善注《文选》卷三十八，中华书局，1977，第 541 页。

弟不当蒙爵土之恩，愿下有司。'"此典表明张根长年卧病，其弟犹不肯袭封，何况褚贲只是"谢病"而已。李善注又引《东观汉纪》曰："丁綝为陵阳侯，薨。长子鸿，字季公，让位于弟盛，逃去。鸿初与九江鲍骏友善，及鸿亡，骏遇于东海，阳狂不识骏。骏乃止让之曰：'今子以兄弟私恩，而绝父不灭之基，可谓智乎。'鸿感悟垂涕，乃还就国。"此典说明褚贲作为兄长理应受袭封，不应以"兄弟私恩，而绝父不灭之基"。这两个典故非常贴切地表达出褚蓁让封既合乎情理，又有先例可循。骆鸿凯《文选学》赞誉道："似此援古况今，精确不浮。为文敷典者，所不易及也。"①胡耀震《任昉代褚蓁表和相关的〈文选〉旧注》一文说得更为具体："任昉在这种情势下，将代褚蓁所作之表写得博雅堂皇，照顾到齐武帝的尊威，不伤褚蓁和褚贲、褚霁的亲情与体面，而又合情合理，恰到好处，如褚蓁本人之所欲言，确实能显示出任昉这个文章宗匠生花妙笔凌云纵横的力量。"② 又如任昉《为范尚书让吏部封侯第一表》之所以被孙月峰誉为"笔端天机，良不可及"，主要就在于"撮得句巧，炼得意透，点得明，应得响，其趣味全在用事中"，"不觉其堆铺，但见其圆妙"③，"在行文中能够游刃有余地处理文章内容所涉及的各方面较难处理的政治关系和人际矛盾，典雅得体地表情达意，这正是任昉文章当时获得巨大声誉、后世长期为人们所仿效的重要原因"④。

曹魏时期刘寔《崇让论》云："魏代以来，登进辟命之士，及在职之吏，临见受叙，虽自辞不能，终莫肯让有胜己者。夫推让之风息，争竞之心生。"⑤ 清人赵翼《陔余丛考》也说让官"固是难进易退之意，然沿习日久，虚伪成风"⑥，六朝人此类行为大多是矫情造作、虚

---

① 骆鸿凯：《文选学》，中华书局，1989，第561页。

② 胡耀震：《任昉代褚蓁表和相关的〈文选〉旧注》，《山东大学学报》（社会科学版）1998年第4期，第56页。

③ （清）于光华辑《重订文选集评》卷九，乾隆四十三年锡山启秀堂重刻本。

④ 胡耀震：《任昉代褚蓁表和相关的〈文选〉旧注》，《山东大学学报》（社会科学版）1998年第4期，第56页。

⑤ （唐）房玄龄等：《晋书》，中华书局，1974，第1192页。

⑥ （清）赵翼：《陔余丛考》，中华书局，1963，第545页。

饰钓誉①，这无疑从根本上影响了让表的艺术质量。上举任昉、徐陵皆为当时的文坛领袖，他们之所以让刘之遴、姚察捉刀代写，固然有奖掖后进的意味，更主要的是骈体让表已沦为一种程式化的写作，追求的只是创作敏速、用典贴切、辞藻华美，大多是"语皆饰让，故有貌而无神"②。反之，如果写得过于率直忠忱，则会触犯让者本人。如任昉《为齐明帝③让宣城郡公表》云：

　　虽嗣君弃常，获罪宣德，王室不造，职臣之由。何者？亲则东牟，任惟博陆，徒怀子孟社稷之封，何救昌邑争臣之讥，四海之议，于何逃责？且陵土未干，训誓在耳，家国之事，一至于斯，非臣之尤，谁任其咎？将何以肃拜高寝，虔奉武园，悼心失图，泣血待旦，宁容复徼荣于家耻，宴安于国危？④

　　何焯《义门读书记》对些文评价甚高："彦升表章，此篇颇健，不减傅季友也。"⑤ 但文中"王室不造，职臣之由""四海之议，于何逃责""非臣之尤，谁任其咎"等语，都是大权在握、急于篡位的萧鸾所不乐意看到的。萧鸾"恶其辞斥，甚愠"，任昉也因此表"终建武中，位不过列校"⑥。

---

① 按：如《魏书·崔光传》云："光初为黄门，则让宋弁；为中书监，让汝南王悦；为太常，让刘芳；为少傅，让元晖、穆绍、甄琛；为国子祭酒，让清河王怿、任城王澄；为车骑、仪同，让江阳王继，又让灵太后父胡国珍。皆顾望时情，议者以为矫饰。"当然也有一些例外，确为出自至诚。如《陈书·姚察传》云："（太建）三年，迁尚书左仆射，陵抗表推周弘正、王劢等，高宗召陵入内殿，曰：'卿何为固辞此职而举人乎？'陵曰：'周弘正从陛下西还，旧藩长史，王劢太平相府长史，张种帝乡贤戚，若选贤与旧，臣宜居后。'固辞累日，高宗苦属之，陵乃奉诏。"又如《魏书·彭城王传》云："世宗固以勰为宰辅。勰频口陈遗旨，请遂素怀。世宗对勰悲恸，每不许之。勰频烦表闻，辞义恳切。世宗难违遗敕，遂其雅情，犹逼以外任，乃以勰为使持节、侍中、都督冀定幽瀛营安平七州诸军事、骠骑大将军、开府、定州刺史。勰仍陈让，又面申前意，世宗固执不许，乃述职。"
② 李兆洛评江淹《为萧公三让扬州表》语，（清）李兆洛选辑《骈体文钞》，上海书店出版社，1988，第278页。
③ 按："齐明帝"三字显然系后人所改，明帝乃是萧鸾的谥号。
④ （清）严可均校辑《全上古三代秦汉三国六朝文》卷四十二，中华书局，1958，第3193页。
⑤ （清）何焯著，崔高维点校《义门读书记》，中华书局，1987，第952页。
⑥ （唐）姚思廉：《梁书》卷十四《任昉传》，中华书局，1973，第253页。

与让表类似的还有谢表、贺表、劝进表等，它们也颇受时人的重视。据史书记载：

> 甘露降乐游苑，诏赐安都，令伯阳为谢表，世祖览而奇之。(《陈书·谢贞传》)

> 及简文遇害，四方岳牧皆上表于江陵劝进，僧辩令炯制表，其文甚工，当时莫有逮者。(《陈书·沈炯传》)

前文所举的袁翻和邢邵因贵人雇作谢表之事不谐，也应是二人在这方面擅场和自负。六朝骈体谢表、劝进表等多是官样文章，虚应故事，但也不乏出自至诚之作，如陆机《谢平原内史表》。关于这篇表文的创作背景，李善注引臧荣绪《晋书》曰："成都王表理机，起为平原内史，到官上表。"又据《晋书·陆机传》记载："伦之诛也，齐王冏以机职在中书，九锡文及禅诏疑机与焉，遂收机等九人付廷尉。赖成都王颖、吴王晏并救理之，得减死徙边，遇赦而止。"陆机作此表时的确充满感激之情。表文结构井然，意脉流畅，"不悟日月之明，遂垂曲照，云雨之泽，播及朽瘁""猥辱大命，显授符虎，使春枯之条，更与秋兰垂芳；陆沉之羽，复与翔鸿抚翼。虽安国免徒，起纡青组；张敞亡命，坐致朱轩。方臣所荷，未足为泰"① 等句骈偶自然，用典贴切，情感激越，动人心魄。王志坚《四六法海》评曰："此文体之初变者也，今读之犹有汉人风味。"②

当异族入侵、社会动乱时，整个王朝都在呼唤中兴之主能挽狂澜于既倒、扶大厦之将倾，也能产生一些披肝沥胆、感人至深的骈体劝进表文，如刘琨《劝进表》。据史书记载："刘琨作劝进表，无所点窜，封印既毕，对使者流涕而遣之。"③ 对于该文，清人方伯海评论甚详："司马氏手足相

---

① (晋)陆机著，刘运好校注整理《陆士衡文集校注》，凤凰出版社，2007，第895~898页。
② (明)王志坚编《四六法海》卷二，《景印文渊阁四库全书》本。
③ 《文选》李善注引《晋纪》，(南朝梁)萧统编，(唐)李善注《文选》卷三十七，中华书局，1977，第526页。

残，屠灭略尽，故外寇得而乘之，东西二京相继失陷，怀愍二帝，相继就虏。自古国家厄运，未有不再传如此之甚者。但中原群盗割据，四分五裂，除却江左，无可立国，若非急正位号，更何以系中原之望？表中将位号当正，于事理形势利害，反复指陈，真堪一字一泪。但此表虽与匹磾同劝进，而匹磾首鼠两端，岂是可与同事之人！琨特欲感之以义、结之以诚耳。"①

经梁末侯景之乱后，江南繁华不复存在，满目疮痍，民不聊生。官员民众都把解民倒悬的希望寄托在萧绎身上。这一时期的劝进表大都自觉地以刘琨《劝进表》为典范，慷慨激昂、情真意切，如沈炯"劝进三表，长声慷慨，绝近刘越石"②。又如徐陵《劝进梁元帝表》有云：

> 伏愿陛下因百姓之心，拯万邦之命。岂可逡巡固让，方求石户之农；高谢君临，徒引箕山之客！未知上德之不德，惟见圣人之不仁。率土翘翘，苍生何望！昔苏秦、张仪，违乡负俗，尚复招三方以事赵，请六国以尊秦。况臣等显奉皇华，亲承朝命，珪璋特达，通聘河阳，貂珥雍容，寻盟漳水，加牢贬馆，随势污隆，瞻望乡关，诚均休戚。但轻生不造，命与时乖。忝一介之行人，同三危之远摈。承间内殿，事绝耿弇之恩；封奏边城，私等刘琨之哭。③

作者作此劝进表如同刘琨作《劝进表》一样，心系王朝安危、天下苍生，所以才会说"封奏边城，私等刘琨之哭"。明屠隆评点"珪璋特达"以下八句曰："留滞周南，同太史公之恨，虽劝进而神情弥怆。"④正因如此，古人对于该表评价甚高。清蒋士铨《忠雅堂评选四六法海》评曰："质文不掩，情韵双兼，遒劲让开府，而典则胜子安矣。"⑤清人谭献也说："不事恢奇，修短合度。结响既遒，顾视不俗。"⑥

---

① （清）于光华辑《重订文选集评》，乾隆四十三年锡山启秀堂重刻本。
② （明）张溥著，殷孟伦注《汉魏六朝百三家集题辞注》，人民文学出版社，1960，第267页。
③ （南朝陈）徐陵撰，许逸民校笺《徐陵集校笺》，中华书局，2008，第266~267页。
④ （南朝陈）徐陵著，许逸民校笺《徐陵集校笺》，中华书局，2008，第315页。
⑤ （清）蒋士铨：《忠雅堂评选四六法海》，光绪乙亥年重刊寄螺斋藏版本。
⑥ 转引自高步瀛选注，孙通海点校《南北朝文举要》，中华书局，1998，第549页。

六朝骈体贺表大都形式精美，充斥誉美之辞。史书记载：

> 赵郡李祖勋尝宴诸文士，齐文宣使小黄门敕祖勋母曰："蠕蠕既破，何无贺表？"使者待之。诸宾皆为表，询祖俄顷便成。其词云："昔十万横行，樊将军请而受屈；五千深入，李都尉降而不归。"时重其工。后朝廷大迁除，同日催拜。询祖立于东止车门外，为二十余人作表，文不加点，辞理可观。①

以庾信为例，其入周后创作有《贺平邺都表》《贺新乐表》《贺传位于皇太子表》等，从中可以看出庾信在北周王朝的实际地位以及这些贺表的政治装饰作用②。其《贺平邺都表》云：

> 昔周王鲔水之师，尚劳再驾；轩辕上谷之战，犹须九伐。未有一朝指麾，独决神虑，平定宇内，光宅天下。二十八宿，止余吴越一星，千二百国，裁漏麟洲小水。若夫咸康之年，四方始定，建武之代，诸侯并朝，不得同年而语矣。虽复八风并唱，未足颂其英声；六乐俱陈，无以歌其神武。③

正如谭献所评，该文"尽谲玮之量，开纤仄之途。势纵气敛，固是名篇，章法兜裹，一变齐梁以来疏散之体"④。又如正值盛年的周宣帝宇文赟为了个人的享乐，在即位第二年也就是大成元年，就传位于年仅 7 岁的皇太子，直接导致了后来杨坚篡权夺位。年迈多病⑤的庾信却上了《贺传位

---

① （唐）李延寿：《北史》卷三十《卢询祖传》，中华书局，1974，第 1093 页。
② 按：宇文氏政权授与庾信的很多官职都是虚衔，看似礼敬有加，实则不赏识重用。对于此，宋人叶适有精到的认识，宇文泰"本尚古文，务救时弊，如王褒庾信之淫靡，非所好也。特以其有江东盛名，为文士宗伯，故敬礼如不及"。（叶适：《习学记言序目》，中华书局，1977，第 529 页。）
③ （北周）庾信撰，（清）倪璠注，许逸民校点《庾子山集注》，中华书局，1980，第 505 页。
④ （清）李兆洛选辑《骈体文钞》，上海书店出版社，1988，第 245 页。
⑤ 按：《周书·庾信传》云："大象初，以疾去职，卒。"

于皇太子表》，将如此自私荒唐的政治闹剧颂美为"运独见之明，行非常之事，先天不违，后天而奉"①。在华美辞藻的背后是创作主体独立人格与精神的矮化②。

元人陈绎曾《文筌》又云："谏表、论事表、请表、劝表、乞陈表、荐表，皆用散文。"③ 近代王承治《骈体文作法》云："谏表、请表、荐表，论事及陈情表，古以散文为多。"④ 关于谏表、论事表等不适宜用骈体的原因，清人孙梅《四六丛话》论述得较为详细：

> 魏晋以来，渐趋排偶，而臣工言事之文剀切，尚遵古式，未尝不直抒胸臆，刊落陈言，丹陛陈情，研华足尚。皂囊封事，风力弥遒。……至于辨析天人，极言得失，犹循正鹄，罔饰雕虫。盖奏疏一类，下系民瘼，上关政本，必反复以伸其说，切磋以究其端。论冀见从，多浮靡而失实；理惟共晓，拘声律而难明。此任、沈所以栖毫，徐、庾因之避席者也。⑤

他们的观点比较切近古代表奏创作的实际。如萧统精于骈体，其陈述机宜、补阙进谏的表奏却是散体。据史书记载："吴兴郡屡以水灾失收，有上言当漕大渎以泻浙江。中大通二年春，诏遣前交州刺史王弁假节，发吴郡、吴兴、义兴三郡民丁就役。"（《梁书·昭明太子传》）萧统针对此事上疏进谏，其文不求工整、质美无华，从中可见萧统的政治识见和仁爱之心。史书称赞萧统"明于庶事，纤毫必晓，每所奏有谬误及巧妄，皆即就辩析，示其可否，徐令改正，未尝弹纠一人。平断法狱，多所全宥，天

---

① （北周）庾信撰，（清）倪璠注，许逸民校点《庾子山集注》，中华书局，1980，第542页。
② 按：比较同时代的颜之仪，庾信的表现无疑逊色很多。《周书·颜之仪传》云："（宣）帝后刑政乖僻，昏纵日甚，之仪犯颜骤谏，虽不见纳，终亦不止。深为帝所忌。然以恩旧，每优容之。及帝杀王轨，之仪固谏。帝怒，欲并致之于法。后以其谅直无私，乃舍之。"颜之仪的言行足以让庾信这一时期太多浮华无实的骈体表奏黯然失色。
③ 王水照编《历代文话》（第二册），复旦大学出版社，2007，第1271页。
④ 余祖坤编《历代文话续编》，凤凰出版社，2013，第1181页。
⑤ （清）孙梅著，李金松校点《四六丛话》，人民文学出版社，2010，第267页。

下皆称仁"①，诚非虚言。又如北齐一代名臣斛律光"每会议，常独后言，言辄合理。将有表疏②，令人执笔，口占之，务从省实"（《北史·斛律光传》）。

其实，陈绎曾《文筌》所说的谏表、论事表等也并非不可用骈体，关键在于"用事忌深僻，造语忌纤巧，铺叙忌繁冗"③。刘勰《文心雕龙·章表》也说："原夫章表之为用也，所以对扬王庭，昭明心曲。既其身文，且亦国华。章以造阙，风矩应明；表以致禁，骨采宜耀。……是以章式炳贲，志在典谟，使要而非略，明而不浅。表体多包，情伪屡迁，必雅义以扇其风，清文以驰其丽。然恳恻者辞为心使，浮侈者情为文屈，繁约得正，华实相胜，唇吻不滞，则中律矣。"六朝时期的一些骈体表文在奏事陈情方面的确能够做到义归雅正，辞求清丽，扬长避短，华实相胜。如萧介《谏纳侯景表》以"狼子野心，终无驯狎之性；养虎之喻，必见饥噬之祸"形容侯景，可谓入骨三分，"楚囊将死，有城郢之忠④，卫鱼临亡，亦有尸谏之节⑤"等句用典简易贴切，忠忱之情溢于言表。只可惜梁武帝萧衍被"宇宙混壹"⑥的美梦冲昏了头脑，没有接纳萧介之言，最终身死国灭。

---

① （唐）姚思廉：《梁书》卷八《昭明太子传》，中华书局，1973，第 167 页。

② 按：斛律光的表疏今已不存，不禁让人感慨后人对华美章表的热衷，以及对朴实无华之作的忽视。

③ （明）吴讷著，于北山校点《文章辨体序说》引真德秀语，人民文学出版社，1962，第 37～38 页。

④ 按：《左传·襄公十四年》："楚子囊还自伐吴，卒。将死，遗言谓子庚：'必城郢。'君子谓：'子囊忠。君薨不忘增其名，将死不忘卫社稷，可不谓忠乎？忠，民之望也。诗曰："行归于周，万民所望。"忠也。'"

⑤ 按：《韩诗外传》卷七："卫大夫史鱼病且死，谓其子曰：'我数言蘧伯玉之贤而不能进，弥子瑕不肖而不能退。为人臣不能进贤而退不肖，死不当治丧正堂，殡我于室足矣。'卫君问其故，其子以父言闻，君造然召蘧伯玉而贵之，而退弥子瑕，从殡于正堂，成礼而后去。生以身谏，死以尸谏，可谓直矣。"参见（汉）韩婴撰，许维遹校释《韩诗外传集释》，中华书局，1980，第 265 页。

⑥ 按：参见司马光《资治通鉴》卷一百六十"武帝太清元年"："是岁，正月，乙卯，上梦中原牧守皆以其地来降，兴朝称庆。旦，见中书舍人朱异，告之，且曰：'吾为人少梦，若有梦必实。'异曰：'此乃宇宙混壹之兆也。'及丁和至，称景定计以正月乙卯，上愈神上。然意犹未决，尝独言：'我国家如金瓯，无一伤缺，今忽受景地，讵是事宜？脱致纷纭，悔之何及？'朱异揣知上意，对曰：'圣明御宇，南北归仰，正以事无机会，未达其心。今侯景分魏土之半以来，自非天诱其衷，人赞其谋，何以至此！若拒而不内，恐绝后来之望。此诚易见，愿陛下无疑。'上乃定议纳景。"（中华书局，1956，第 4950 页）

北朝也有这样的佳作。据史书记载，北魏孝文帝时期民众"困饥流散，豪右多有占夺"，李安世乃上疏曰：

> 臣闻量地画野，经国大式；邑地相参，致治之本。井税之兴，其来日久；田莱之数，制之以限。盖欲使土不旷功，民罔游力。雄擅之家，不独膏腴之美；单陋之夫，亦有顷亩之分。所以恤彼贫微，抑兹贪欲，同富约之不均，一齐民于编户。窃见州郡之民，或因年俭流移，弃卖田宅，漂居异乡，事涉数世。三长既立，始返旧墟，庐井荒毁，桑榆改植。事已历远，易生假冒。强宗豪族，肆其侵凌，远认魏晋之家，近引亲旧之验。又年载稍久，乡老所惑，群证虽多，莫可取据。各附亲知，互有长短，两证徒具，听者犹疑，争讼迁延，连纪不判。良畴委而不开，柔桑枯而不采，侥幸之徒兴，繁多之狱作。欲令家丰岁储，人给资用，其可得乎！愚谓今虽桑井难复，宜更均量，审其径术，令分艺有准，力业相称，细民获资生之利，豪右靡余地之盈。则无私之泽，乃播均于兆庶；如阜如山，可有积于比户矣。又所争之田，宜限年断，事久难明，悉属今主。然后虚妄之民，绝望于觊觎；守分之士，永免于凌夺矣。①

该表奏基本不用典故，骈散交融，对句工稳，立意高远，切于时弊，"高祖深纳之，后均田之制起于此矣"（《魏书·李安世传》）。

六朝骈体表奏中还有上书一体。正如李乃龙所论："上书是以否定上书对象的行为作为逻辑基础，以劝阻对象已然行为、消除或然意念为终极目标。这与谢表、贺表类对皇权的臣服形成鲜明对比。"② 如江淹《诣建平王上书》是作者为自己陈词辩白之作，气势凌厉，纵横驰骋，辞藻壮丽，情理俱佳。《梁书·江淹传》记载"宋建平王景素好士，淹随景素在南兖州。广陵令郭彦文得罪，辞连淹，系州狱。淹狱中上书"，刘景素览书后，

---

① （北齐）魏收：《魏书》卷五十三《李安世传》，中华书局，1974，第 1176 页。
② 李乃龙：《"上书"的文体特征与〈文选〉"上书"的劝谏模式——兼论上书体兴衰的政治土壤》，《湖南文理学院学报》（社会科学版）2006 年第 6 期，第 72 页。

"即日出之"①。文中诉说自己冤屈下狱一节：

> 然下官闻积毁销金，积谗糜骨。古则直生取疑于盗金，近则伯鱼被名于不义。彼之二才，犹或如此；况在下官，焉能自免？昔上将之耻，绛侯幽狱；名臣之羞，史迁下室，如下官尚何言哉。夫鲁连之智，辞禄而不反；接舆之贤，行歌而忘归。子陵闭关于东越，仲蔚杜门于西秦，亦良可知也。若使下官事非其虚，罪得其实，亦当钳口吞舌，伏匕首以殒身，何以见齐、鲁奇节之人，燕、赵悲歌之士乎？②

连用典故，尤为忠悃恳切，婉转凄恻，被钱锺书誉为"出入邹阳上梁孝王、马迁报任少卿两篇间"③。

又据《陈书·傅縡传》记载："后主收縡下狱。縡素刚，因愤恚，乃于狱中上书曰：'夫君人者，恭事上帝，子爱下民，省嗜欲，远谄佞，未明求衣，日旰忘食，是以泽被区宇，庆流子孙。陛下顷来酒色过度，不虔郊庙之神，专媚淫昏之鬼；小人在侧，宦竖弄权，恶忠直若仇雠，视生民如草芥；后宫曳绮绣，厩马余菽粟，百姓流离，僵尸蔽野；货贿公行，帑藏损耗，神怒民怨，众叛亲离。恐东南王气，自斯而尽。'书奏，后主大怒。顷之，意稍解，遣使谓縡曰：'我欲赦卿，卿能改过不？'縡对曰：'臣心如面，臣面可改，则臣心可改。'后主于是益怒，令宦者李善庆穷治其事，遂赐死狱中，时年五十五。"④ 傅縡为六朝骈体上书增添了一抹悲壮而亮丽的色彩。

其实，六朝骈体谏表、论事表等自觉地追求辞章美，有时并不会与其"对扬王庭，昭明心曲"（《文心雕龙·章表》）的实用目的相矛盾，如何既不泛滥于辞藻又能切于时事而保持辞章与事功的平衡？六朝骈体表奏追求形式美所取得的艺术经验和教训都值得我们进一步思考和研究。

---

① （唐）姚思廉：《梁书》卷十四《江淹传》，中华书局，1973，第249页。
② （唐）姚思廉：《梁书》卷十四《江淹传》，中华书局，1973，第248页。
③ 钱锺书：《管锥编》，中华书局，1979，第1414页。
④ （唐）姚思廉：《陈书》卷三十《傅縡传》，中华书局，1972，第405～406页。

第四节　檄文

　　檄文和露布文都是中国古代与军事战争密切相关的文体。刘勰《文心雕龙·檄移》将檄文与"露布"等同，称："檄者……，或称露布。露布者，盖露板不封，布诸视听也。"① 刘勰将檄文与"露布"等同，认为它们有共同的特点，即"宣露于外"。其实两者是有一定区别的。如唐代封演云："露布，捷书之别名也。诸军破贼，则以帛书建诸竿上，兵部谓之露布。"② 封演的观点也被后来的学者所认同。如孙梅《四六丛话》云："夫檄与露布，六朝不甚区别，故《文心》合而为一。唐宋以后，则檄文在启行之先，露布当克敌之后，名实分矣。"③ 在实际创作中，两者经常被混同使用，如李贤注《后汉书·鲍昱传》曰："檄，军书也，若今之露布也。"④ 但有时也会有意识地被区别开来。如裴松之注《三国志·钟会传》曰："（虞松）弱冠有才，从司马宣王征辽东，宣王命作檄，及破贼，作露布。"⑤ 战前作檄，得胜之后作露布，截然分明。但总的来说，二者的主要功能和审美风格大体一致，因此本节将露布归入广义的檄文中加以论述。

　　移也是一种告谕性文体，《文心雕龙》将檄移合而论之⑥。高步瀛《两汉文举要》"刘子骏移让太常博士书"注云："案《汉书·公孙宏传》曰：'宏乃移病免归。'颜注曰：'移病，谓移书言病也。'是移本无责让之意。又《薛宣传》曰：'栎阳令谢游轻宣，宣独移书显责之。'又言：'频阳、粟邑两县皆治，宣移书劳勉之。'则移之为用，责让劳勉皆可用也。至

---

① （南朝梁）刘勰著，范文澜注《文心雕龙注》，人民文学出版社，1958，第377~378页。
② （唐）封演撰，赵贞信校注《封氏闻见记校注》，中华书局，2005，第30页。
③ （清）孙梅著，李金松校点《四六丛话》，人民文学出版社，2010，第454~455页。
④ （南朝宋）范晔撰，（唐）李贤等注《后汉书》，中华书局，1965，第1022页。
⑤ （晋）陈寿撰，陈乃乾校点《三国志》，中华书局，1959，第785页。
⑥ 按：萧统《文选》文体分类，有"檄"而无"移"，但学术界现在多认为卷四十三"书"体的最后两篇文章，即刘子骏《移书让太常博士》、孔德璋《北山移文》应单列为"移"类。参见傅刚《〈昭明文选〉研究》下编第二章第三节"《文选》的分类"（中国社会科学出版社，2000，第185~186页）。吴讷《文章辨体序说》分文体为五十九类，有"檄"无"移"，徐师曾《文体明辨序说》复分为一百二十七类，有"檄"有"移"。

《后汉·袁绍传》言桥瑁诈作三公移书，传驿州郡，说董卓罪恶，殆与檄同用矣。彦和檄移合论，殆以此欤？"①林杉《文心雕龙文体论今疏》也说："在古代檄文和移文的写作实践中，每每两者并用，如隗嚣的《移檄告郡国》，钟会的《移檄蜀将吏士民书》；而刘勰在论述中，也曾特指而泛用，如说司马相如的移文《难蜀父老》，'文晓而喻博，有移檄之骨焉'等等。"②的确如他们所论，檄、移两者"意用小异而体义大同"（《文心雕龙·檄移》），因此笔者也将移文归入此节加以论述。

一 檄文的起源及其在六朝之前的发展

关于檄文的起源，刘勰《文心雕龙》论述得非常详尽：

（檄文）其来已久，昔有虞始戒于国，夏后初誓于军，殷誓军门之外，周将交刃而誓之。故知帝世戒兵，三王誓师，宣训我众，未及敌人也。至周穆西征，祭公谋父称古有威让之令，令有文告之辞，即檄之本源也。及春秋征伐，自诸侯出，惧敌弗服，故兵出须名，振此威风，暴彼昏乱。刘献公之所谓告之以文辞，董之以武师者也。齐桓征楚，诘苞茅之阙；晋厉伐秦，责箕郜之焚；管仲吕相，奉辞先路，详其意义，即今之檄文，暨乎战国，始称为檄。③

明吴讷《文章辨体序说》认同刘勰的观点："春秋时，祭公谋父称文告之辞，即檄之本始。至战国张仪为檄告楚相④，其名始著。"⑤

关于移和露布的起源，刘勰并未加以论述。《韩非子·存韩》云："二国事毕，则韩可以移书定也。"蒲阪圆注曰："谓攻齐赵之事已终，则弱韩

---

① 高步瀛选注，陈新点校《两汉文举要》，中华书局，1990，第188页。
② 林杉：《文心雕龙文体论今疏》，内蒙古教育出版社，2000，第292~293页。
③ （南朝梁）刘勰著，范文澜注《文心雕龙注》，人民文学出版社，1958，第377页。
④ 按：司马迁《史记·张仪列传》记载："张仪既相秦，为文檄告楚相曰：'始吾从若饮，我不盗而璧，若笞我；若善守汝国，我顾且盗而城。'"（中华书局，1965，第2281页）檄文在这里的用途只是宣泄个人仇恨，并不具备后世军事方面的意义。
⑤ （明）吴讷著，于北山校点《文章辨体序说》，人民文学出版社，1962，第40页。

可发一纸檄而定服之，不须加兵。"① 移书既可理解为移送公文，也可理解为就是公文。清人赵翼认为："露布之名，汉已有之，但非专用于军旅耳。"② 此言甚确。东汉蔡邕《独断》云："凡制书，有印使符，下远近皆玺封，尚书令印重封。唯赦令、赎令，召三公诣朝堂受制书，司徒印封，露布下州郡。"③ 此处的露布指将官方公文昭示民众，并不具备文体的意义。汉人所使用的露布概念基本都是此意。如：

　　（李）云素刚，忧国将危，心不能忍，乃露布上书，移副三府。④（《后汉书·李云传》）

　　（鲍昱）对曰："臣闻故事通官文书不著姓，又当司徒露布，怪使司隶下书而著姓也。"⑤（《后汉书·鲍昱传》）

　　关于这两条记载，前者李贤注曰："露布谓不封之也，并以副本上三公府也。"⑥ 后者引应劭《汉官仪》曰："群臣上书，公卿校尉诸将不言姓。凡制书皆称玺封，尚书令重封。唯赦赎令司徒印，露布州郡也。"⑦

　　日本学者富谷至认为，汉代的檄"是以露布的形态进行传送、旨在公之于众的木简。就其功能而言，首先，使各个官署之间了解行政文书的往复传送，宣明文书的权威性和命令的彻底性；第二，让各级官署目睹文书传送形式的不确定性（或隐匿、或公开），以此作为掌控官吏的计略；第三……若内容涉及公务，将之公之于众，可以起到一种震慑和督励的

---

① 梁启雄：《韩子浅解》，中华书局，1960，第13页。
② （清）赵翼：《陔余丛考》，中华书局，1963，第411页。
③ 按：蔡邕《独断》的版本较多，尚未有今人整理本出版，本书引文依据台湾商务印书馆《景印文渊阁四库全书》（第850册），第78页。这段文字的不同版本有一定的差别，后来学者根据自己的理解，对这段文字的断句也有一定的出入。本书的断句主要参考跃进《〈独断〉与秦汉文体研究》，《文学遗产》2002年第5期。
④ （南朝宋）范晔撰，（唐）李贤等注《后汉书》，中华书局，1965，第1851页。
⑤ （南朝宋）范晔撰，（唐）李贤等注《后汉书》，中华书局，1965，第1022页。
⑥ （南朝宋）范晔撰，（唐）李贤等注《后汉书》，中华书局，1965，第1853页。
⑦ （南朝宋）范晔撰，（唐）李贤等注《后汉书》，中华书局，1965，第1022页。

效果"①。如司马相如的《喻巴蜀檄》就"代表了早期檄文的性质，即不专用于征讨，可以作为一般文告使用"②。

两汉流传下来的檄移较少，其中影响较大的有东汉隗嚣《移檄告郡国》和刘歆《移书让太常博士》。《移檄告郡国》声讨王莽"慢侮天地，悖道逆理"，"楚、越之竹，不足以书其恶"③，刘勰评价其"辞切事明""得檄之体"④。《移书让太常博士》笔锋犀利，辞严义正，尖锐批评太常博士"保残守缺，挟恐见破之私意，而无从善服义之公心，或怀妒嫉，不考情实，雷同相从，随声是非""杜塞余道，绝灭微学""党同门，妒道真，违明诏，失圣意"⑤，被刘勰《文心雕龙》誉为"文移之首"。

二 六朝檄文的发展及骈化

三国时期，群雄争战，檄文和露布文自然有了用武之地，代表作有陈琳《为袁绍檄豫州》、钟会《檄蜀文》。如果将《为袁绍檄豫州》与上举隗嚣《移檄告郡国》进行比较，就会发现陈文"寓严切于暇豫之中，疏罪案以详审之笔，自是文人极轨。两两相较，嚣则湍濑奔泻，一往无留；琳则长川大河，挹注不尽也"⑥。

明人徐师曾《文体明辨序说》认为"露布之作，始于魏晋"，所论甚确，如裴松之注《三国志·王朗传》曰：

> 贾洪字叔业，京兆新丰人也。好学有才，而特精于《春秋左传》。建安初，仕郡，举计掾，应州辟。时州中自参军事以下百余人，唯洪与冯翊严苞文通才学最高。洪历守三县令，所在辄开除厩舍，亲授诸

---

① 〔日〕富谷至：《文书行政的汉帝国》，刘恒武、孔李波译，江苏人民出版社，2013，第88页。
② 褚斌杰：《中国古代文体概论》（增订本），北京大学出版社，1990，第471页。
③ （清）严可均校辑《全上古三代秦汉三国六朝文》，中华书局，1958，第529页。
④ （南朝梁）刘勰著，范文澜注《文心雕龙注》，人民文学出版社，1958，第378页。
⑤ （汉）班固撰，（唐）颜师古注《汉书》卷三十六《刘歆传》，中华书局，1962，第1970~1971页。
⑥ 林纾撰，舒芜校点《春觉斋论文》，人民文学出版社，1959，第64页。

生。后马超反，超劫洪，将诣华阴，使作露布。洪不获已，为作之。司徒钟繇在东，识其文，曰："此贾洪作也。"及超破走，太祖召洪署军谋掾。犹以其前为超作露布文，故不即叙。①

魏明帝所作《露布天下并班告益州》云：

> 王师方振，胆破气夺，马谡、高祥，望旗奔败。虎臣逐北，蹈尸涉血，亮也小子，震惊朕师。猛锐踊跃，咸思长驱。朕惟率土莫非王臣，师之所处，荆棘生焉，不欲使千室之邑忠信贞良，与夫淫昏之党，共受涂炭。故先开示，以昭国诚，勉思变化，无滞乱邦。巴蜀将吏士民诸为亮所劫迫，公卿已下皆听束手。②

这些描写已不同于檄文，主要是夸耀击退蜀军的胜利，兼及对蜀地将吏士民的劝降。另外，据《隋书·经籍志》著录，魏武帝曹操有《露布》九卷，又有《杂露布》十二卷，只可惜皆已不传，无法睹其原貌。这一时期露布已经演变为一种独立的文体，但数量很少，几乎湮没在檄文的光彩之中。

西晋以来，既有汉族政权与少数民族政权的战争，又有统治集团内部的动乱，烽烟四起，战火不断，檄文创作越发繁盛，如晋元帝《讨石勒檄》、晋康帝《讨石虎檄文》、温峤《移告四方征镇》、桓温《檄胡文》、袁豹《为宋公檄蜀文》、何承天《为谢晦檄京邑》、颜峻《为世祖檄京邑》、萧颖胄《移檄京邑》、裴子野《喻虏檄文》等，尤其是刘宋以后的檄文多为骈体。

尽管《北史·文苑传》论述北朝文学整体风貌时说"章奏符檄，则粲然可观"③，但北朝檄文保存下来的并不多，而且基本上为散体。值得注意的是，北朝露布文的创作较南朝更为繁荣。唐人杜佑《通典》云："后魏

---

① （晋）陈寿撰，陈乃乾校点《三国志》卷十三《王朗传》，中华书局，1959，第421页。

② （晋）陈寿撰，陈乃乾校点《三国志》卷三《明帝纪》注引《魏略》，中华书局，1959，第95页。

③ （唐）李延寿：《北史》卷八十三《文苑传序》，中华书局，1974，第2778页。

每攻战克捷，欲天下闻知，乃书帛，建于漆竿上，名为露布，自此始也。其后相因施行。"① 尤其到了北魏孝文帝时期，更为注重露布文的创作。据史书记载：

> 高祖令勰为露布，勰辞曰："臣闻露布者，布于四海，露之耳目，必须宣扬威略，以示天下。臣小才，岂足大用。"（《魏书·彭城王传》）

> （邢峦）从征汉北，峦在新野，后至。……高祖曰："至此以来，虽未擒灭，城隍已崩，想在不远。所以缓攻者，正待中书为露布耳。"（《魏书·邢峦传》）

> 高祖每叹曰："上马能击贼，下马作露布，唯傅修期耳。"（《魏书·傅永传》）

从中可以看出孝文帝对于露布不同寻常的重视。上有所好，下必投焉，当时的镇南将军王肃"获贼二三，驴马数匹，皆为露布"②，以至于被韩显宗所晒。甚至一些不通文墨的武人也热衷于露布文的创作，如北魏名将杨大眼令人作露布文，"皆口授之，而竟不多识字也"③。此后的北齐、北周对露布文的创作也很重视，如：

> （杜弼）后从高祖破西魏于邙山，命为露布，弼手即书绢，曾不起草。（《北齐书·杜弼传》）

> 遇同郡祖英伯及从兄昌期等举兵作乱，（卢）思道预焉。柱国宇文神举讨平之。思道罪当斩，已在死中，神举素闻其名，引出，令作露布。援笔立成，文不加点。神举嘉而宥之。（《北史·卢思道传》）

---

① 按：杜佑和徐师曾观点分歧的主要原因是二人对露布文体界定所持的标准不同。
② （北齐）魏收：《魏书》卷六十《韩显宗传》，中华书局，1974，第1344页。
③ （北齐）魏收：《魏书》卷七十三《杨大眼传》，中华书局，1974，第1636页。

沙苑之捷，命为露布，食顷便成。太祖叹其工而且速。(《周书·吕思礼传》)

高祖东征，休征陪侍帷幄。平齐露布，即休征之文也。(《周书·刘祥传》)

到了隋唐时期，露布已成为国家仪式的重要组成部分，据史书记载："开皇中，乃诏太常卿牛弘、太子庶子裴政撰宣露布礼。及九年平陈，元帅晋王，以驿上露布。兵部奏，请依新礼宣行。"(《隋书·礼仪志》) 关于"宣露布礼"的具体内容，《新唐书》记载得非常详细：

贼平而宣露布。其日，守宫量设群官次。露布至，兵部侍郎奉以奏闻，承制集文武群官、客使于东朝堂，各服其服。奉礼设版位于其前，近南，文东武西，重行北向。又设客使之位。设中书令位于群官之北，南面。吏部、兵部赞群官、客使，谒者引就位。中书令受露布置于按。令史二人绛公服，对举之以从。中书令出，就南面位，持按者立于西南，东面。中书令取露布，称"有制"。群官、客使皆再拜。遂宣之，又再拜，舞蹈，又再拜。兵部尚书进受露布，退复位，兵部侍郎前受之。中书令入，群官、客使各还次。①

陈寅恪《隋唐制度渊源略论稿》揭示隋唐制度多半出于北朝，又受到南朝的部分影响。李治安《两个南北朝与中古以来的历史发展线索》一文进而认为隋及唐前期循着"南朝""北朝"两种制度因素融会发展。隋及唐前期基本实行"北朝"制度，推动"南朝"与"北朝"线索的整合，中唐以后整合完毕，国家整体上向"南朝化"过渡。② 由此我们可以遥想北朝时期对露布的重视程度和相关仪式的庄严隆重，北朝露布文自然也应

① (宋) 欧阳修、宋祁：《新唐书》，中华书局，1975，第385～386页。
② 李治安：《两个南北朝与中古以来的历史发展线索》，《文史哲》2009年第6期。

骈化以适应这种政治仪式。遗憾的是，北朝的露布文皆已不存，我们已无法确定其骈化程度及审美风格。

三　六朝骈体檄文的艺术特色

明徐师曾《文体明辨序说》云："（檄文）其词有散文，有俪语。俪语始于唐人，盖唐人之文皆然，不专为檄也。"[①] 吴讷《文章辨体序说》说："大抵唐以前不用四六，故辞直义显。昔人谓檄以散文为得体，岂不信乎？"[②] 六朝实际的骈体檄文和露布文创作却并非如此，正如明人朱荃宰所云："（露布文）皆用俪语，与表文无异。不知其体本然乎？抑源流之不同也。"[③] 孙梅《四六丛话》也认为，檄文和露布文"至于敌忾，本属同途，故彦和以皦然为先，西山谓少粗无害。若达心而懦，无乃失辞，即美秀而文，犹为不称。必其胸藏武库，抵十万之甲兵；律中奇音，振五声之金石"[④]。

孙德谦《六朝丽指》在此基础上又阐释说：

> 六朝骈文即气之阴柔者也。尝试譬之：人固有英才伟略，杰然具经世志者，文之雄健似之；若高人逸士，萧洒出尘，耿介拔俗，自有孤芳独赏之概，以言文辞，六朝之气体闲逸，则庶几焉。《易》曰："一阴一阳之谓道。"斯岂道为然哉！六朝文体，盖得乎阴柔之妙矣。[⑤]

但就六朝骈体檄文而言，绝非得"阴柔之妙"。如梁代裴子野的檄文备受萧衍赞赏，就是因为"其文甚壮"[⑥]。

---

① （明）徐师曾著，罗根泽校点《文体明辨序说》，人民文学出版社，1962，第126页。
② （明）吴讷著，于北山校点《文章辨体序说》，人民文学出版社，1962，第40页。
③ （明）朱荃宰：《文通》，王水照编《历代文话》，复旦大学出版社，2007，第2744页。
④ （清）孙梅著，李金松校点《四六丛话》，人民文学出版社，2010，第455页。
⑤ 孙德谦：《六朝丽指》，四益宧刊本，第10条。
⑥ 按：《梁书·裴子野传》记载："普通七年，王师北伐，敕子野为喻魏文，受诏立成，高祖以其事体大，召尚书仆射徐勉、太子詹事周舍、鸿胪卿刘之遴、中书侍郎朱异，集寿光殿以观之，时并叹服。高祖目子野而言曰：'其形虽弱，其文甚壮。'"

李充《起居诚》说："檄不切厉则敌心陵，言不夸壮则军容弱。"① 刘勰《文心雕龙·檄移》也说："声如冲风所击，气似飀枪所扫，奋其武怒，总其罪人，惩其恶稔之时，显其贯盈之数，摇奸宄之胆，订信慎之心。"因此，檄文要激励己方将士同仇敌忾，奋勇杀敌，就要充分调动对仗、排比、夸饰等修辞手法来威慑敌方。如萧绎讨伐侯景的《驰檄告四方》② 就发扬了骈体的优势。该檄长一千多字，近乎通篇骈偶。如"叱咤则风云兴起，鼓动则嵩华倒拔"③ "霜戈照日，则晨离夺晖；龙骑蔽野，则平原掩色。信与江水同流，气与寒风俱愤""按剑而叱，江水为之倒流；抽戈而挥，皎日为之退舍""朱旗夕建，如赤城之霞起；戈船夜动，若沧海之奔流"等对句，势如奔雷，力若千钧。此后，侯景之乱很快就被平定。这固然是由于侯景叛军恶贯满盈，自取灭亡，但这篇檄文对南朝军士的英勇无畏精神的激励作用也是毋庸置疑的。不可否认，这篇檄文也有明显缺陷。正如林纾所论："顾不救台城之困，但阅邵陵之墙，文不副实，已乖孝友。矧檄中文字，不言武帝之所以崩，简文之所以困，群臣僇辱，宫眷摧残，侯景凶锋，直复载之所不容，神人之所共愤，乃夸张武节，至云'鸣鼓聒天，拟金振地。朱旗夕建，如赤城之霞起，戈船夜动，若沧海之奔流'，皆出碎辞，都无诚语。"④ 这些都导致此檄不能像骆宾王《为李敬业讨武曌檄》那样广为流传。又如杜弼《檄梁文》⑤ "距此则作气不足，攻彼则为势有余""呼之则反速而衅小，不征则叛迟而祸大""以此赴敌，何敌不

---

① （清）严可均校辑《全上古三代秦汉三国六朝文》，中华书局，1958，第 1766 页。
② 按：据《梁书·元帝纪》记载，承圣元年二月，"王僧辩众军发自寻阳，世祖驰檄告四方"。
③ 按：骆宾王《为李敬业讨武曌檄》"喑呜则山岳崩颓，叱吒则风云变色"明显借鉴此句。
④ 林纾撰，舒芜校点《春觉斋论文》，人民文学出版社，1959，第 64 页。
⑤ 按：《檄梁文》有前后两篇。前篇出《魏书·萧衍传》，后篇即《全后魏文》卷五四慕容绍宗《檄梁文》，《艺文类聚》题作魏收撰。钱锺书认为："后篇乃杜弼原文，前篇载在魏收所著《魏书》，当经其'润色'，面目几乎全非；《类聚》题魏收，主名虽误，事出有因。两篇相较，以前为胜。"曹道衡认为："两篇文章虽有个别字句相同，应为后文沿袭前文。这是因为二文写作时间虽有不同，但梁与东魏的矛盾依旧存在，有些话还是可用的。至于究竟哪一篇曾经魏收'润色'似难确证。南北朝人的诗文被收入类书时，主名被弄错的例子是不少的。在缺乏确切证据时，似难得出一定的结论。"（曹道衡：《中古文史丛稿》，河北大学出版社，2003，第 232 页）为了引用方便，笔者仍将此文题作杜弼撰。

摧；以此攻城，何城不陷"① 等句，亦有排山倒海之势。

徐陵的骈体檄移文也是这种审美风格。林纾指出："唯陈徐仆射陵为护军长史王质移文讨贼华皎，又有移齐、檄周二文，皆恢张国力，无失文移之体。"② 据史书记载：

> 及朝议北伐，高宗曰："朕意已决，卿可举元帅。"众议咸以中权将军淳于量位重，共署推之。陵独曰："不然。吴明彻家在淮左，悉彼风俗，将略人才，当今亦无过者。"于是争论累日不能决。都官尚书裴忌曰："臣同徐仆射。"陵应声曰："非但明彻良将，裴忌即良副也。"是日，诏明彻为大都督，令忌监军事，遂克淮南数十州之地。高宗因置酒，举杯属陵曰："赏卿知人。"③

从中可以看出徐陵不仅力主北伐，而且有知人之明，所以他的《檄周文》《为护军长史王质移文》《移齐文》，文实相符，气势恢宏，措辞得体。如《檄周文》云："无忘玉帛之言；轸念过曹，犹感盘餐之惠。年驰玉节之使，岁降银车之恩，庶使怀音，微悟知感。而反其藏匿，招我叛臣。"徐陵将陈宣帝陈顼比作晋文公重耳，表达陈朝对北周已仁至义尽，而北周反而得寸进尺，务使理屈在彼，不令衅开自我。明屠隆评曰："既报三施，不宜树怨，措辞立意，使敌人心服。"④ 又如《移齐文》云：

> 我之元戎上将，协力同心，承禀朝谟，致行明罚。为风为火，殪彼蒙冲；如霆如雷，击其舟舰。羌兵楚贼，赴水沉沙，弃甲则两岸同

---

① 按：这一联四四隔对的语义、句式取自《左传·僖公四年》之 "以此众战，谁能御之？以此攻城，何城不克"。但作者却稍加变化，使对仗更加工稳，并且这一联除 "此" 是重字外，前后两句在节奏点上平仄相对，从而音韵更加和谐，比原文更有气势。此后的檄文如阙名《为行军元帅郧国公韦孝宽檄陈文》、唐祖君彦《为李密檄洛州文》、骆宾王《为李敬业讨武曌檄》都袭用此句，可见此句影响之大。
② 林纾撰，舒芜校点《春觉斋论文》，人民文学出版社，1959，第65页。
③ （唐）姚思廉：《陈书》卷二十六《徐陵传》，中华书局，1972，第333~334页。
④ 转此自（南朝陈）徐陵撰，许逸民校笺《徐陵集校笺》，中华书局，2008，第380页。

奔，横尸则千里相枕。江川尽满，譬睢水之无流；原隰穷胡，等阴山之长哭。于是黑山叛邑，诸城洞开，白虏连群，投戈请命。①

移文气势充沛，凌厉纵横，刚健有力，无怪乎清蒋士铨誉为："风神态度，迥出寻常。至唐则雕琢有余，气质大减。"②

六朝骈体檄移文中还有一些并非用于军事，而是带有游戏文字的性质，代表作有吴均《檄江神责周穆王璧》和孔稚珪《北山移文》。吴均《檄江神责周穆王璧》"把昆吾之铜，纯钩之铁，……按骊龙取其颔下之珠，搦鲸鱼拔其眼中之宝"等句，想象奇特，"诡博不经""行以排调"③，为六朝骈文中不可多得的佳作。《北山移文》属"调笑之言"④，精采之处系"以风物刻划之工，佐人事讥嘲之切，山水之清音与滑稽之雅谑，相得而益彰"⑤。清代孙月峰评此文曰："六朝虽尚雕刻，然属对尚未尽工，下字尚未尽险，至此篇则无不入髓，句必净，字必巧，真可谓精绝之甚。此唐文所祖。铸辞最工，极藻绘，极精切，若精神唤应，全在虚字旋转上。"⑥ 可谓有得之见。这种游戏文字的檄文对后世骈文创作影响较大。赵宋以来的很多檄文与露布大都无用武之地，只是想象性的写作，甚至成为游戏之作，如尤侗《讨蚤檄》《逐松树檄》《斗鸡檄》，乐钧《檄鼠文》，蒲松龄《讨风神檄》，元好问《秦王擒窦建德降王世充露布》，郝经《隋晋王广灭陈禽陈叔宝露布》，张养浩《拟唐河东节度使李克用破黄巢露布》，高启《拟唐平蜀露布》，屠隆《拟岭西大捷露布》，施闰章《拟平滇黔露布》，等等，从

---

① （南朝陈）徐陵撰，许逸民校笺《徐陵集校笺》，中华书局，2008，第380页。
② （清）蒋士铨：《忠雅堂评选四六法海》卷五，光绪乙亥年重刊寄螺斋藏版本。
③ （明）张溥著，殷孟伦注《汉魏六朝百三家集题辞注》，人民文学出版社，1960，第257页。
④ 按：张溥《汉魏六朝百三家集·孔詹事集题辞》云："汝南周颙结舍钟岭，后出为山阴令，秩满入京，复经此山，珪代山移文绝之，昭明取入选中。比考孔周二传，俱不载此事，岂调笑之言，无关纪录，如嵇康于山涛，徒有其书，交未尝绝也。"［（明）张溥著，殷孟伦注《汉魏六朝百三家集题辞注》，人民文学出版社，1960，第203页］。也有学者认为此文并非游戏之作。如日本学者近藤泉《论〈北山移文〉的创作背景和手法渊源》［《北京大学学报》（哲学社会科学版）1993年第1期］一文认为孔稚珪写作此文的原因，主要是和周颙之间存在宗教信仰上的分歧、仕隐观的对立，以及由此而造成的人事不和。
⑤ 钱锺书：《管锥编》，中华书局，1979，第1346页。
⑥ （清）于光华辑《重订文选集评》卷十一，乾隆四十三年锡山启秀堂重刻本。

而形成一道独特的骈体景观。

六朝一些僧人为了宣扬佛法、攻击异端，也创作有骈体游戏檄文，如释宝林《檄太山文》《檄魔文》①：

> 盖元玄创判，二仪始分。上置璇玑，则助之以三光；下设后土，则镇之以五岳。阴阳布化于八方，万物诞生于其中。是以太山据青龙之域，衡霍处诸阳之仪。华阳显零班之境，恒岱列幽武之宾。嵩崤皇州之中镇，四渎之所坟，此皆禀气运实，无邪之秽。神道自然，崇正不伪，因天之覆，顺地之载，敦朴方直，澹然玄静。进道四运之端，遏履五教之精，内韬通微之资，外朗道德之明，上达虚无，下育苍生。②（释宝林《檄太山文》）

> 夫时塞有通，否终则泰，千圣相寻，群师迭袭。昔我皇祖，本原天王，体化应符，龙飞初域。节权形以附万邦，奋慧柯以覆六合，威荡四邪，扫清三③有，方当抗横纵于八区，絙纮纲于宇宙，夷静七荒，宁一九土，而冥宗不吊，真容拟位，重明寝晖，灵舟覆浪。故令蚁聚邪番，兴兹兔见暴起，曀染真途，尘惑清众，虐钟苍生，毒流万劫，怀道有情，异心同忿。我法王承运，应期理乱，上承高胄，下托群心。秉天期以笼三千，握圣图以隆大业，云起四宫，鸾翔天竺，降神迦维，为时城堑，绥抚黎元，善安卿士，奖导群情，慰喻有疾。严慧柯于胸中，被神甲于身外，愍十八之无辜，哀三空之路绝。④（释宝林《檄魔文》）

---

① 按：关于这两篇文章的作者，一直存在争议。关于《檄太山文》，梁慧皎《高僧传》认为该文为宝林所作，而梁僧佑《弘明集》则认为是智静所作。清严可均认为该文寓言假事，智静为托名，将该文系于宝林名下。今人李小荣《弘明集校笺》认为作者为北朝释僧达之弟子道爽。刘凌认为此文可大体确认为东晋后期之作，或成于晋安帝义熙十一年（415），作者可能为道生一系后学。（刘凌：《竺道爽〈檄太山文〉的文化意蕴》，《泰安师专学报》1999 年第 4 期）关于《檄魔文》，清严可均认为该文寓言假事，智静为托名，仍将该文系于宝林名下。刘林魁认为作者为释道安，参见刘林魁《两篇佛教檄魔文作者考》，《敦煌研究》2010 年第 2 期。

② （清）严可均校辑《全上古三代秦汉三国六朝文》，中华书局，1958，第 2785 页。

③ 按：原文为"六"，当为"有"之误。

④ （清）严可均校辑《全上古三代秦汉三国六朝文》，中华书局，1958，第 2786 页。

这两篇檄文寓言假事，笔势雄健，纵横奔放，宏富壮伟，骈偶工整而又不失变化，文气酣畅。

值得注意的是，《弘明集》和《广弘明集》分别收录有释宝林和释僧懿①的《破魔露布文》，其文如下：

> 于是众军响应，万途竞进，感动六合，声震天地。雄夫奋威浪奔，白刃之光，夺于曦曜。法鼓之音，乱于雷震。勒马骖譚以腾掷，迅象飞控以驰驱，禅弓烟举而云兴，慧箭雨洒以流虚。鞭以假名之策，蹴入无有之原，研以师子之吼，刺以苦空之音。挥干将而乱斩，动戈矛而竞偃，横尘尸以被野，流营血于长川。崩痴山之嵯峨，竭爱水之洪流，穷僭于诸见之窟，挫高于七慢之巢。于是魔贼进无抗鳞之用，退无希脱之隐。虑尽路穷，回遑靡据，魔王面缚于魔庭，群旅送命于军门。诸天电卷以归化，迷徒风驰于初晖。皇威扫荡，其犹大阳之煤晨霜，注洪流以灭燋火，故使万世之遘寇，土崩于崇朝。中华之昔难，肃清于俄顷。斯诚圣皇神会之奇功，旷代著世之休列。虽昔殷汤建云功于夏郊，周武扫清氛于商野。斯乃上古之雄奇，岂以得齐于圣勋。②（释宝林《破磨露布文》）

> 遂击法鼓而出三空，建慈幢以临八难，讲武大千，曜威万域。神戈暂指，则魔徒失胆；慧剑一挥，则群邪俱毙。现道身而斩死魔，因般若以戮烦恼，摧波旬于不动之林，灭五阴于计性之境。然后蹑巢守穴，于不到处巡伏，隐身者唯一人而已。远处膏肓，非勇力攻及也。遂乃窜生死于寂灭之原，流老病于常乐之境，排三障于六通之衢，投十使于萨婆之域。元凶既枭，徒党伏诛，自余从者，并不追问。诸有诚心先款者，悉令解甲去锋，编户民例，授以远号，移之乐土，为拔五箭，并

---

① 按：《广弘明集》另外还收录有释僧懿的《平心露布文》，但据今人刘林魁考证，该文作者为唐初沙门行友（刘林魁：《两篇佛教檄魔文作者考》，《敦煌研究》2010年第2期）。因此，在此不论及此篇。

② （南朝梁）僧祐撰，李小荣校笺《弘明集校笺》，上海古籍出版社，2013，第790~792页。

以善医，疗除垢病，施慧汤药。于时业风息吹，六尘勿起，祥云四舒，灵禽鬐翼，引八部而自娱，严四七以守卫，垂拱闲堂，无为而已。① （释僧懿《破魔露布文》）

这两篇露布文挥如椽巨笔，极力渲染佛法之高强，生动描绘了波澜壮阔的神魔之战，从而丰富了六朝时期相对单调的露布文创作。

第五节　碑文②

一　碑的起源及文体辨析

《说文》石部曰："碑，竖石也。"段玉裁注引《仪礼·聘礼》郑注曰："宫必有碑。所以识日景，引阴阳也。凡碑引物者。宗庙则丽牲焉。其材，宫庙以石。窆用木。"又引《礼记·檀弓》郑玄注曰："丰碑，斫大木为之，形如石碑。于椁前后四角树之，穿中于间为鹿卢，下棺以繂绕。天子六繂四碑，前后各重鹿卢也。"段玉裁认为"此《檀弓》注即《聘礼》注所谓'窆用木'也。非石而亦曰碑，假借之称也"③ （《说文解字注》卷十七）。由此可见，碑并不完全为石器，之所以"其字从石者"，盖"取其坚且久"④ 也（孙何《碑解》）。碑的主要功能或竖立在宫廷里以识

---

① （唐）释道宣：《广弘明集》卷三十八，《四部丛刊》本。

② 按：中国古代碑志经常并称连用，但两者是有区别的。元人潘昂霄《金石例》云："墓志、墓碣文辞各异。"明人吴讷《文章辨体序说》说得具体一些："凡碑碣表于外者，文则稍详；志铭埋于圹者，文则严谨。"碑文在六朝时人心目中应比墓志文重要得多。《隋书·经籍志》著录六朝时期的碑文总集有十余种，但没有著录墓志文总集。据统计：从北魏至隋，北朝墓志共567方，其中女性墓志168方，占29.6%，但女性碑刻除温子昇《常山公主碑》外，则很少见。《南史·刘瓛传》记载："梁武帝少时尝经伏膺，及天监元年下诏为瓛立碑，谥曰贞简先生。"《文选》收录《刘先生夫人墓志》李善注引萧子显《齐书》曰："太祖为刘瓛娶王氏女。"刘瓛死后立碑，其夫人王氏立墓志，尊卑高下立判。学界过于强调魏晋以后碑碣对墓志所造成的影响，视墓志为墓碑的变体，对墓志文体的独特性认识不足，无疑不利于推动对六朝墓志的深入研究，所以笔者将碑文、墓志文这两种文体分开论述。

③ （汉）许慎撰，（清）段玉裁注《说文解字注》，上海古籍出版社，1981，第450页。

④ （宋）吕祖谦：《宋文鉴》，中华书局，1992，第1747~1748页。

日影，或竖立在宗庙里以拴牲口，或竖立在墓穴里以牵引棺椁。

关于碑的起源，刘勰认为："上古帝皇，纪号封禅，树石埤岳，故曰碑也。"（《文心雕龙·诔碑》）因为缺少足够的传世文献和出土文献佐证，他的这一观点并不被后人认同，但其云"庸器渐缺，故后代用碑，以石代金"，却精辟地指出了刻碑从铭金到刻石的巨大变化。由于青铜器的稀缺，再加上铸刻工艺的提高，铭刻的材料在秦汉时期逐渐由"金石并重"演变为"以石代金"。正如现代金石学家朱剑心所说："三代以上，有金而无石；秦汉以下，石盛而金衰，其有纪功述事，垂示来兹者，咸在于石。"①

中国古代文体的名称大多滞后于实际创作，碑文亦是如此。宋郑樵云："秦人始大其制而用石鼓，始皇欲详其文而用丰碑。"② 明吴讷说得更为具体："秦汉以来，始谓刻石曰碑，其盖始于李斯峄山之刻耳。"③ 秦国具有较为悠久的刻石传统，如现藏故宫博物院的石鼓文④、北宋出土的诅楚文，皆是明证。秦始皇统一天下后，为了彰显功德和巩固统治，先后东巡刻石颂德七次。这些刻石文本为四言诗体，对后来碑志铭文产生了较大的影响，但《史记·秦始皇本纪》只言"立石""刻石"，后人也多将这些刻石文本称为"铭"或"颂"，正如清人刘宝楠所论："纪功德亦以石，但不名碑，故《史记·封禅书》引《管子》《秦始皇本纪》并云刻石，不言立碑。《淮南子》卢敖见若士遁逃乎碑，高诱注'匿于碑阴'，此见于西汉人书也。墓用石名碑，与刻石纪功德名碑，皆始于汉。"⑤ 碑的文体名称到了汉代才得以确立。遗憾的是，西汉时期的碑刻今已不存。宋代欧阳修就感慨道："至后汉以后，始有碑文。欲求前汉时碑碣，卒不可得。"⑥（《集古录》卷四）

刘勰云："自后汉以来，碑碣云起"（《文心雕龙·诔碑》），但未点明

---

① 朱剑心：《金石学》，文物出版社，1981，第4页。

② （宋）郑樵撰，王树民点校《通志二十略》，中华书局，1995，第1843页。

③ （明）吴讷著，于北山校点《文章辨体序说》，人民文学出版社，1962，第52页。

④ 按：关于石鼓文的产生时代，众说纷纭。其中"主秦说"占据主流，但又有秦襄公、秦文公、秦德公、秦穆公、秦献公、秦惠文王等诸家观点。

⑤ （清）刘宝楠：《汉石例》，《丛书集成初编》本，中华书局，1985，第3页。

⑥ （宋）欧阳修撰，李逸安点校《欧阳修全集》，中华书局，2001，第2166页。

刻碑之举盛行的原因。著名学者杨宽认为："到东汉时，由于豪强大族重视上冢礼俗，讲究建筑坟墓，再加上由于炼钢技术的进步，锋利的钢铁工具便于开凿和雕刻石材，于是在建筑石祠、石阙、石柱的同时，更流行雕刻石碑了。"① 除了技术因素外，求名的心理也不容忽视。自东汉以后"门生故吏多相与立碑颂德"②（《集古录》卷四），"一时名卿贤士大夫，死而立碑"，一个重要的原因就是"门生故吏往往寓名其阴，盖欲附托以传不朽尔"（赵明诚《金石录跋尾》）。风气所及，甚至没有官职的平民百姓、早夭的孩童也立墓碑，如《故民吴仲山碑》《童幼胡根碑》等。有人还为此倾家荡产，如崔寔父崔瑗卒后，其"剽卖田宅，起冢茔，立碑颂"，以致"资产竭尽""以酤酿贩鬻为业"（《后汉书·崔寔传》）。

郭英德指出："中国古代的文体分类正是从对不同文体的行为方式及其社会功能的指认中衍生出来的。"③ 东汉刻碑之举的盛行，突出了碑的独特社会功能，由此逐渐形成相对固定的外在载体形制和文本表达方式，并"因器立名"，即沿袭器物之名而确立文体名称，从而约定俗成，被时代和群体接受。尽管当时的很多碑文仍然摆脱不了颂体的影响，或以"颂"为题，或体同雅颂，但碑已经成为一种独立的文体。《后汉书》列传往往详细著录传主的各种文体创作，其中就包含碑这种文体④，如：

> （崔）瑗高于文辞，尤善为书、记、箴、铭，所著赋、碑、铭、箴、颂……，凡五十七篇。（《后汉书·崔瑗传》）

> （杨）修所著赋、颂、碑、赞、诗、哀辞、表、记、书凡十五篇。（《后汉书·杨修传》）

---

① 杨宽：《中国古代陵寝制度史研究》，上海人民出版社，2008，第 156 页。
② （宋）欧阳修撰，李逸安点校《欧阳修全集》，中华书局，2001，第 2166 页。
③ 郭英德：《由行为方式向文本方式的变迁——论中国古代文体分类的生成方式》，《陕西师范大学学报》（哲学社会科学版）2005 年第 1 期。
④ 按：由于无法确定范晔《后汉书》史料来源的准确年代，其所著录传主的文体是否合乎东汉的实际情况，还是有疑问的，所以本书在论述时还结合了现存汉代其他相关的材料，以求稳妥。

（皇甫规）所著赋、铭、碑、赞、祷文、吊、章表、教令、书、檄、笺记，凡二十七篇。（《后汉书·皇甫规传》）

（服虔）所著赋、碑、诔、书记、连珠、九愤，凡十余篇。（《后汉书·服虔传》）

正因众多文人的参与创作，汉代碑文文体形式有了较大的发展，正如清人王兆芳所云："碑者，竖石也。……汉以纪功德，一为墓碑，丰碑之变也；一为宫殿碑，一为庙碑，庭碑之变也；一为德政碑，庙碑、墓碑之变也。"① 特别是蔡邕致力于碑文的创作，取得了很高的艺术成就。其"杨赐之碑，骨鲠训典；陈郭二文，词无择言。周胡众碑，莫非清允。其叙事也该而要，其缀采也雅而泽；清词转而不穷，巧义出而卓立"（《文心雕龙·诔碑》）。蔡邕在碑文创作方面能够超越同时代的其他作家，出类拔萃，卓然一家，主要在于"一则词调变化甚多，篇篇可诵，非普通汉碑之功候所能及；二则有韵之文易致散漫，而伯喈能作出和雅之音节"②，即刘勰所推崇的"清词转而不穷"。蔡邕的碑文对后世碑文，尤其是骈体碑文的创作产生了深远的影响。就选本而言，萧统《文选》"碑文"选录4位作家的5篇碑文，仅蔡邕一人入选2篇。李兆洛《骈体文钞》"墓碑类"选录5位作家的21篇碑文，仅蔡邕就入选14篇，被李兆洛誉为"质其有文，可为后法"。

东汉文人在理论上初步认识到碑是一种独立的文体。如东汉刘熙称："碑，被也，此本葬时所设也。于鹿卢，以绳被其上，引以下棺也。臣子追述君父之功美，以书其上，后人因焉，无故建于道陌之头，显见之处，名其文就，谓之碑也。"③ 他将碑与诔、铭、论、诏书等文体并列，显然是

① （清）王兆芳：《文章释》，王水照编《历代文话》（第7册），复旦大学出版社，2007，第6293页。
② 刘师培：《〈文心雕龙〉讲录二种》，《中国中古文学史讲义》，凤凰出版社，2011，第240页。
③ （汉）刘熙撰，（清）毕沅疏证，（清）王先谦补《释名疏证补》，中华书局，2008，第218~219页。

将碑视为一种独立的文体，但在具体论述时又未能辨析器物与文体、载体与文本之间的差别。又如蔡邕《铭论》专篇论述碑文的起源和发展，认为"物不朽者莫不朽于金石，故碑在宗庙两阶之间。近世以来，咸铭之于碑。德非此族，不在铭典"，但由于仍拘泥于"碑实铭器，铭实碑文"①，未能以碑名篇。

值得注意的是，后世对碑是否为一种独立的文体还有争议。不赞同者以宋代孙何为代表，其在《碑解》一文中说："碑非文章之名也，盖后人假以载其铭耳。"他举例类比："古者盘盂几杖皆有铭，就而称之曰盘铭、盂铭、几铭、杖铭，则庶几乎正。若指其文曰盘、曰盂、曰几、曰杖，则三尺童子皆将笑之，今人之为碑亦犹是矣。"②孙何的观点受到了后来一些学者的认可，尤其是纪昀对其推崇有加："碑非文名，误始陆平原，孙何纠之，拔俗之识也。"清章学诚却对此不以为然，特撰写《驳孙何碑解》一文针锋相对地进行批驳："古人文字，初无定体，假借为名，亦有其伦。……策乃竹木之属，载书于上，亦非文章名也。而朝廷策书，科举策对，莫不因是立名，与碑岂异指乎？羽檄露板，皆简书制度，亦非文章名也。文人撰著，不闻别器与文，异其称谓，又何执于碑乎？乐府，汉官名也。……即以官名为诗定体，是殆较碑为尤甚矣，何必正彼而顾沾沾责此，是亦知一十而不知二五者矣。"如果依照孙何的逻辑，对策、檄等文体"一一追正其名，追改其制，不亦繁且扰乎"。章学诚认为只要"于事理无所隔阂"，不须"戛戛与世争也"③。

相较而言，还是章学诚论述得较为通达。由于"盖凡刻石皆可谓之碑，而非文章之一体"④，从外在传播载体而言，汉代石刻可分为碑、碣、石阙、摩崖等。因此，正如张相所论："单词不立，循名责实，宜曰碑文"（《古今文综·碑文类》），作为文体名称还是以"碑文"较为严谨。如上举

---

① （清）严可均校辑《全上古三代秦汉三国六朝文》，中华书局，1958，第876页。
② （宋）吕祖谦：《宋文鉴》，中华书局，1992，第1747页。
③ （清）章学诚著，仓修良编注《文史通义新编新注》，浙江古籍出版社，2005，第476~477页。
④ 刘师培：《〈文心雕龙〉讲录二种》，《中国中古文学史讲义》，凤凰出版社，2011，第239页。

《后汉书》著录传主的各种文体，尽管大都称碑，但也有称为碑文的。如：

> （孔融）所著诗、颂、碑文、论议、六言、策文、表、檄、教令、书记凡二十五篇。（《后汉书·孔融传》）

> （张超）著赋、颂、碑文、荐、檄、笺、书、谒文、嘲，凡十九篇。（《后汉书·张超传》）

后来的文章总集如《文选》《宋文鉴》《元文类》《文体明辨》等也大都以碑文作为文体名称。

二　六朝碑文的发展与骈化

东汉末年的战乱频仍从根本上摧毁了立碑之举的物质基础。曹操、司马炎先后以"天下雕弊""兴长虚伪，伤财害人"等原因下令禁止立碑①（《宋书·礼志二》）。不仅当时的统治者充分意识到立碑之风的流弊，知识精英对此也有清醒的认识。如桓范批判说："门生故吏，合集财货，刊石纪功，称述勋德，高邈伊周，下陵管晏，远追豹产，近逾黄邵，势重者称美，财富者文丽。后人相踵，称以为义，外若赞善，内为己发，上下相效，竞以为荣，其流之弊，乃至于此。欺曜当时，疑误后世，罪莫大焉！"②（《世要论·铭诔》）再加上盗墓之风盛行，这些都限制了碑文的发展。因此，魏晋时人开始"撰录行事，就刊于墓之阴"（《宋书·礼志二》），墓志文体开始形成，并蔚然成风。③ 东晋政权偏安江南一隅，为了笼络江南士族，太兴元年（318），晋元帝诏许为顾荣立碑，"自是后，禁又渐颓。大臣长吏，人皆私立"，碑文创作呈复兴的态势。如孙绰"少以

---

① 按：李善注任昉《为范始兴作求立太宰碑表》引陈留志曰："阮略，字德规，为齐国内史。为政表贤黜恶，化风大行。卒于郡，齐人欲为立碑。时官制严峻，自司徒魏舒已下，皆不得立。齐人思略不已，遂共冒禁树碑，然后诣阙待罪。朝廷闻之，尤叹其惠。"
② （清）严可均校辑《全上古三代秦汉三国六朝文》，中华书局，1958，第1263页。
③ 参见拙作《六朝墓志文滥觞与骈化发展艺术特色研究》，《云南社会科学》2016年第2期。

文才垂称，于时文士，绰为其冠"，当时的温、王、郗、庾等世族显贵薨后，"必须绰为碑文，然后刊石焉"（《晋书·孙绰传》）。

魏晋时期的碑文虽然数量不多，只有四十余篇，且多有残缺，但在碑文创作和理论方面仍有较大的发展。尤其是陆机《文赋》将碑、铭视为两种具有不同审美风格的独立文体，即"碑披文以相质""铭博约而温润"。尽管后世常以碑文的有韵之文为铭，但碑文不再依附于铭体。另外，陆云也说"碑文通大悦愉有似赋"①（《与兄平原书》卷三十），自觉地追求辞藻之美。这种倾向在当时的碑文创作中也有鲜明的表现。据习凿齿《襄阳耆旧记》记载，蜀人李安创作有纪念西晋名臣羊祜的碑文，"碑文工，时人始服其才也"②，从中可见时人对于碑文的重视以及对文采的追求。

汉代碑文已多有偶句，如"膺游夏之文学，襄冉季之政事。……入则腹心，出则爪牙。忠以卫上，清以自修。犯颜謇愕，造膝侂辞"（《郑固碑》）。尤其是蔡邕碑文已连用对句，如"公乃布恺悌，宣柔嘉，通神化，道灵邪。扬惠风以养贞，激清流以荡邪，取忠肃于不言，消奸宄于爪牙。是以君子勤礼，小人知耻，鞫推息于官曹，刑戮废于朝市，余货委于路衢，余种栖于畎亩"③（《太傅胡广碑》）。东晋孙绰、袁宏等人的碑文在蔡邕骈语雅润的基础上有了很大的推进④。如：

> 君喻嵩岩之玄精，把清濑之洁流，贞质谋于白圭，明操励于南金。虽名器未及，而任尽臣道，正身提衡，铨括百揆，知无不为，谋必鲜过。端委待旦，则有心宣孟；以约训俭，则拟议季文。……夫良玉以经焚不渝，故其贞可贵；竹柏以蒙霜保荣，故见殊列树。⑤（孙绰《司空庾冰碑》）

---

① 按：正如钱锺书先生所论，陆云《与兄平原书》"无意为文，家常白直，费解处不下二王诸《帖》"，所以这句话较为难懂。综合各家观点，可以确定的是陆云已认识到碑文应具有赋的文体特征，即铺陈藻饰、文辞繁富。

② （晋）习凿齿著，舒焚、张林川校注《襄阳耆旧记校注》，荆楚书社，1986，第358~359页。

③ （清）严可均校辑《全上古三代秦汉三国六朝文》，中华书局，1958，第885页。

④ 按：嵇叔良《魏散骑常侍步兵校尉东平相阮嗣宗碑》骈俪色彩较浓，但此文直到明代才被杨慎认为是东平太守嵇叔良所作，未详何据，姑且存疑。

⑤ （清）严可均校辑《全上古三代秦汉三国六朝文》，中华书局，1958，第1814页。

文武开业，尚父定王佐之契；宗周不竞，桓公弘九伐之勋。脱履于必济之功，忘怀于屈伸之会，高氏出乎生民，公亮坦于万物。遂复改谋回虑，策马武关，总辔丹析之涂，扬鞭终南之岭。兵交则战无全敌，劝义则福负云集。……虽奇功大勋未捷于一朝，而宏谟神略义高于天下。公惟秀杰英特，奇姿表于弱冠，俊神朗鉴，明统备于成德；巾褐衡门，风流推其高致；忘己应务，天下谢其勋业。辅相两仪，而通运之功必周；虚中容长，而方圆之才咸得。道济而不有，处泰而逾约，可谓固天时纵，生民之杰者也。①（袁宏《丞相桓温碑铭》）

这些碑文篇幅较短，当是《艺文类聚》收录时有所删略，虽不是全貌，但追求骈俪的审美倾向从中可见一斑。

此后的宋、齐、梁、陈政权，虽始终有禁碑之举，但大多是针对私碑。对于公碑，则不甚控制，甚至有时出于道德教化、纪功载政等目的，还提倡立碑。如宋裴松之虽认为"勒铭寡取信之实，刊石成虚伪之常，真假相蒙，殆使合美者不贵，但论其功费，又不可称。不加禁裁，其敝无已"，但只是建议"以为诸欲立碑者，宜悉令言上，为朝议所许，然后听之，庶可以防遏无征，显彰茂实，使百世之下，知其不虚，则义信于仰止，道孚于来叶"②（《宋书·裴松之传》）。南朝立碑之举大多是帝王诏许，这极大地推动了碑文创作的繁荣。

汉代碑文"作者极少落款，上石亦然，如汉《文范先生陈仲弓碑》，赖有《蔡中郎集》知其作者，其余大多无考，严可均辑全文'阙名'各卷即是其证"③。程章灿就认为"最著名的汉碑作家蔡邕往往成为'箭垛式人物'"④。如《刘熊碑》直到中唐才被王建认为是蔡邕所作⑤。而东晋以来的碑文就

---

① （清）严可均校辑《全上古三代秦汉三国六朝文》，中华书局，1958，第 1787～1788 页。

② （南朝梁）沈约：《宋书》，中华书局，1974，第 1699 页。

③ 叶国良：《石学蠡探》，大安出版社，1989，第 67 页。

④ 程章灿：《从碑石、碑颂、碑传到碑文——论汉唐之间碑文演变之大趋势》，《唐研究》第 13 辑，北京大学出版社，2007，第 425 页。

⑤ 按：王建《题酸枣县蔡中郎碑》："苍苔满字土埋龟，风雨销磨绝妙词。不向图经中旧见，无人知是蔡邕碑。"

多出自名家之手。梁安成王萧秀薨后，"东海王僧孺、吴郡陆倕、彭城刘孝绰、河东裴子野，各制其文，欲择用之，而咸称实录，遂四碑并建"①（《南史·安成王秀传》）。另据史书记载，豫章文献王萧嶷去世后，其门下故吏乐蔼托沈约为碑文，沈约辞曰："郭有道，汉末之匹夫，非蔡伯喈不足以偶三绝。谢安石素族之台辅，时无丽藻，迄乃有碑无文。况文献王冠冕彝伦，仪刑宇内，自非一世辞宗，难或与此。"②（《南齐书·豫章文献王传》）沈约谦称"自非一世辞宗，难或与此"，推辞不作，可以看出时人对于碑文的重视和对名家碑文的推崇。另据史书记载，萧义理"有文才，尝祭孔文举墓，并为立碑，制文甚美"（《梁书·萧义理传》），从中可见当时碑文创作对于骈俪华美文风的崇尚。相较汉魏晋宋时期的碑文创作，齐梁骈体名家如沈约、任昉、萧纲、萧绎、徐陵等人的碑文"辞采增华，篇幅增长"，尤其是被《文选》收录的沈约《齐故安陆昭王碑》近三千字，文中有云：

> 公下车敷化，风动神行。诚恕既孚，钩距靡用。不待赭污之权，而奸渠必翦；无假里端之籍，而恶子咸诛。被以哀矜，孚以信顺。南阳苇杖，未足比其仁；颍川时雨，无以丰其泽。公揽辔升车，牧州典郡。感达民祇，非待期月，老安少怀，涂歌里咏。莫不欢若亲戚，芬若椒兰。麾旆每反，行悲道泣。攀车卧辙之恋，争涂忘远；去思一借之情，愈久弥结。③

对仗工致、用典广博、刻意铺采，四六铿锵，有气韵贯通之畅，而无呆板滞涩之弊。

北魏终结五胡十六国的混乱局面之后，北方社会逐渐稳定。曹魏以来的禁碑之令已失去存在的政治基础，整个社会都较为注重碑文的创作。据《魏书》记载，早在北魏桓帝十年（304），"桓帝与腾盟于汾东而还。乃使辅相卫雄、段繁，于参合陉西累石为亭，树碑以记行焉"。桓帝崩后，卫操"树碑于大邗城，以颂功德"（《魏书·序纪》）。北魏早期的碑文以纪

---

① （唐）李延寿：《南史》，中华书局，1975，第1290页
② （南朝梁）萧子显：《南齐书》，中华书局，1972，第1067页。
③ （清）严可均校辑《全上古三代秦汉三国六朝文》，中华书局，1958，第3131页。

事颂德为主。如道武帝拓跋珪登国六年（391）九月，袭五原，"于棝杨塞北，树碑记功"（《魏书·太祖纪》）。太武帝拓跋焘"驾幸漠南，高车莫弗库若干率骑数万余，驱鹿百余万，诣行在所。诏（邓）颖为文，铭于漠南，以纪功德"（《魏书·邓渊传》）。

这一时期现存的碑文，如《御射碑》《太武帝东巡碑》《文成帝南巡碑》，注重实用，质朴无文，不尚雕润。孝文帝迁都洛阳后，于太和十九年六月下诏"迁洛之民，死葬河南，不得还北"（《魏书·高祖纪下》）。这无疑推动了当时碑文，尤其是墓碑文的创作。此后立碑之风愈演愈烈。孝明帝时期的隐士赵逸就批评说："生时中庸之人耳，及其死也，碑文墓志，莫不穷天地之大德，生民之能事。……所谓生为盗跖，死为夷齐，妄言伤正，华词损实。"①

与此相应的是碑文开始呈现骈化的倾向，如太和十二年的《晖福寺碑》就多有骈句，辞情赡丽，雍容典雅。此后宣武、孝明时期，越来越多的文士参与碑文的创作，甚至呈现竞争的创作态势。如宣武帝的季舅高显卒后，"其兄右仆射肇私托景及尚书邢峦、并州刺史高聪、通直郎徐纥各作碑铭，并以呈御。世宗悉付侍中崔光简之，光以景所造为最，……遂以景文刊石"（《魏书·常景传》）。到了东魏、北齐时期，以"北地三才"为代表的知名文士都大力创作碑文，如温子昇《寒陵山寺碑》《定国寺碑》《大觉寺碑》《常山公主碑》，邢邵《广平王碑文》《冀州刺史封隆之碑》《景明寺碑》《并州寺碑》，魏收《征南将军和安碑铭并序》《兖州都督胡延碑铭并序》②，全为骈体，属对精工，典雅弘正。这些碑文不仅被世俗的请托者引为荣耀，如北齐太宁二年（562）《彭城寺碑》，"末题仆射魏收造文，此则造寺者以伯起名高，特为表著，而非收所自署者矣"③，而且也得到当

---

① （北魏）杨衒之撰，周祖谟校释《洛阳伽蓝记校释》，中华书局，2010，第66页。

② 按：魏收的碑文现存仅日藏弘仁本《文馆词林》收录的这两篇，但魏收自称"唯以章表碑志自许，此外更同儿戏"（《北齐书·魏收传》），庾信也说"近得魏收数卷碑"（《西阳杂俎·语资》），又《北史·樊逊传》记载魏收曾作"库狄干碑序，令孝谦为之铭"，可见魏收碑文的数量远非此两篇。

③ （清）叶昌炽撰，柯昌泗评，陈公柔、张明善点校《语石 语石异同评》，中华书局，1994，第387页。

时文坛领袖的推崇。如自视甚高的庾信也不禁赞颂魏收的碑文"制作富逸，特是高才"①，并对温子昇《寒陵山寺碑》评价甚高，即"唯有韩陵山一片石堪共语"②。一些作者不详的碑文，如《高叡定国寺碑》《玄极寺碑》，不仅篇幅很长，洋洋两千多字，而且对仗工整，用典贴切，雅润铿锵，从中可见当时碑文创作的繁盛以及对骈俪之风的自觉追求。

相较东魏、北齐，西魏、北周早期的碑文创作则寂寥得多，不仅数量极少，而且朴实无华。如北周孝闵帝元年（557）的《强独乐文帝庙造像碑》颂扬开创北周基业的宇文泰的功德，应是当时的大手笔，却全为散体，不讲究辞采修饰。即使到了周武帝天和五年（570）的《魏故谯郡太守曹祕乐碑》《张僧妙碑》也没有太大的发展。庾信、王褒等南朝文士的入北，对北朝碑文的创作起到极大的推动作用。据史书载，王褒与庾信"才名最高，特加亲待"（《周书·王褒传》），"群公碑志，多相请托"（《周书·庾信传》）。庾信今存 14 篇碑文，王褒今存 9 篇碑文，占现存北周碑文的绝大比例。二人都创作有《温汤碑》，同为陆逞撰写碑文，异曲同工、相得益彰。可见他们的碑文在当时已成为引领创作风尚的作品，将北朝骈体碑文的创作推向了高峰。

据《隋书·经籍志》著录，六朝时期的碑文总集有：谢庄《碑集》十卷，梁元帝萧绎《释氏碑文》三十卷③，陈勰《杂碑》二十二卷、《碑文》十五卷，车灌《碑文》十卷，僧佑《诸寺碑文》四十六卷。另有无名氏《碑集》二十九卷、《杂碑集》二十九卷、《杂碑集》二十二卷、《羊祜堕泪碑》一卷、《桓宣武碑》十卷、《长沙景王碑文》三卷、《义兴周处碑》一卷、《太原王氏家碑诔颂赞铭集》二十六卷、《荆州杂碑》三卷、《雍州杂碑》四卷、《广州刺史碑》十二卷，当时碑文创作之盛从中可见一斑。六朝碑文不论是外在样式还是文本内容，已基本涵盖后世的所有种类。

---

① （唐）段成式撰，许逸民校笺《酉阳杂俎校笺》，中华书局，2015，第 864 页。

② （唐）张鷟撰，赵守俨点校《朝野金载》，中华书局，1979，第 140 页。

③ 按：萧绎《金楼子·著书》："《碑集》十秩，百卷，付兰陵萧贲撰。"姚振宗《隋书经籍志考证》认为此"盖其后所撰集，此三十卷或亦合并百卷中"。（清华大学出版社，2014，第 2224 页）今人许逸民认为可能是萧绎初辑三十卷，后付萧贲足成百卷。参见（南朝梁）萧绎著，许逸民校笺《金楼子校笺》，中华书局，2011，第 1030 页。

"论其名义，有刻石、碑碣、碑、塔铭、浮图、经幢、造象、石阙、摩崖、地莂之异；而制度亦各殊焉。至其所刻文字，自儒释经典，以至诗文杂著，几于无体不备。"① 今天传世文献和出土文献中所能见到的碑文数量之所以较少，主要在于碑立于地上，饱受风雨销磨，流传不易。

三　六朝骈体碑文的艺术特质与后世的正变之争

刘勰认为："夫属碑之体，资乎史才，其序则传，其文则铭。"（《文心雕龙·诔碑》） 近人刘师培阐述说："'其序则传'——碑前之序虽与传状相近，而实为二体，不可混同。盖碑序所叙生平，以形容为主，不宜据事直书。……未有据事直书，琐屑毕陈，而与史传、家传相混者。试观蔡中郎之《郭有道碑》，岂能与《后汉书·郭泰传》易位耶？彦和'其序则传'一语，盖谓序应包括事实，不宜全空，亦即陆机《文赋》所谓'碑披文以相质'之意，非谓直同史传也。六朝碑序本无与史传相同之作法，观下文所云：'标序盛德，……必见峻伟之烈。'则彦和固亦深知形容之旨，绝不致泯没碑序与史传之界域也。"② 其实，晚清王闿运对此也有所认识，其在解说"碑披文以相质"时强调要"以文述事，而不可以事为主。相质者，饰质也"③，只不过没有刘师培论述得如此详致。尤其刘师培以"形容"二字来描述六朝碑文的创作特色，可谓独具只眼。相对散体碑文，六朝骈体碑文更能发扬以形容为主的特质。如六朝骈体寺庙碑文常用较多篇幅描绘其所处形胜之地的自然风光：

> 薛寻千仞之木，气叶星晷；华飞五香之草，形图宫室。帷叶彩花，卷舒蹊径。阳桃侯枣，荣落岩崖；树息金乌，檐依银鸟。凤将九子，应吹能歌；鹤生七岁，逐节成舞。旭日晨临，同迎若华之色；夕阳斜影，俱成拂镜之晖。（萧纲《招真馆碑》）

---

① 朱剑心：《金石学》，文物出版社，1981，第 4 页。
② 刘师培：《〈文心雕龙〉讲录二种》，《中国中古文学史讲义》，凤凰出版社，2011，第 240 页。
③ （西晋）陆机撰，张少康集释《文赋集释》，上海古籍出版社，1984，第 82 页。

凤皇之岭，芊绵映色；莲花之洞，照曜增辉。山云黄鹤，疑钧天之夜响；城称却月，似轻云之霄蔽。(萧绎《郢州晋安寺碑》)

这些碑文被《艺文类聚》收录，当有所删略。今天读来非常类似当时吴均、陶弘景等人的山水小品，清空秀雅，简澹高素，尽得江南山水之神韵。

不仅寺庙碑文如此，六朝时期占据主流的墓碑文也常使用这种手法。如徐陵《司空徐州刺史侯安都德政碑》本重在"颂美安都功绩"(《陈书·侯安都传》)，却用了较多对句描述其劝农耕织的场景："望杏敦耕，瞻蒲劝穑，室歌千耦，家喜万钟，陌上成阴，桑中可咏，春鹠始啭，必具笼筐，秋蟀载吟，竞鸣机杼，或肃拜灵祀，躬瞻舞雩，去驾拥于风尘，还旌阻于飘沐。"明屠隆赞曰："论农务，则循声而得貌；言节候，则披文而见时。"① 又如庾信《周柱国大将军长孙俭神道碑》"风云积惨，山阵连阴，陵田野寂，松径寒深"等句，渲染悲凉心绪，感人至深，无怪乎清人谭献称庾信碑志的特色是"情胜"(《骈体文钞》卷二十三)。

钱基博先生认为："碑志之文，自蔡邕后，皆逐节敷写。"② 刘师培以王俭《褚渊碑文》为例，探究六朝碑文是如何在蔡邕碑文基础之上增藻逞词的。为了论述方便，兹引录如下③：

公禀川岳之灵晖，含珪璋而挺曜。【和顺内凝，英华外发，】神茂初学，业隆弱冠。【是以仁经义纬，敦穆于闺庭，金声玉振，寥亮于区寓，】孝敬淳【深，率由斯】至。【尽欢朝夕，】人无间言。(至若和顺内凝，英华外发，)【逍遥乎文雅之囿，翱翔乎礼乐之场。风仪与秋月齐明，音徽与春云等润。韵宇弘深，喜愠莫见其际，心明通亮，】用言必由于己，(喜愠莫见其际，)汪汪焉，洋洋焉，可谓澄之不清，挠之不浊(者也)。④

---

① (南朝陈)徐陵撰，许逸民校笺《徐陵集校笺》，中华书局，2008，第1152页。
② 钱基博：《中国文学史》，中华书局，1993，第231页。
③ 按：引文中加【】表示可删，加( )表示可增。
④ 参见刘师培《〈文心雕龙〉讲录二种》，《中国中古文学史讲义》，凤凰出版社，2011，第245页。

通过比较可以看出，六朝碑文尤其是齐梁时期的碑文所增加的往往是一些骈俪精工的对句，尤其是隔对。六朝文人之所以在创作碑文时，"常恐事实挂漏，凡可叙述者纤细不遗，与东汉人着眼不同"，并不是为了追求叙事的详尽和切实，因为联系褚渊的生平，碑文所言很多并不属实。其实，六朝时期的大多数骈体碑文皆可作如是观。

钱锺书对六朝骈体碑文的代表作者庾信颇多批评，称其"集中铭幽谀墓，居其太半；情文无自，应接未遑，造语谋篇，自相蹈袭。虽按其题，各人自具姓名，而观其文，通套莫分彼此。惟男之与女，扑朔迷离，文之与武，貂蝉兜牟，尚易辨别而已"①。不可否认，庾信的碑文的确或多或少存在着上述弊端。究其原因，一方面是北周开国显贵的勋绩本来就有一定程度的雷同，如"平窦军、复弘农、破沙苑、战河桥"（庾信《田弘墓志》），因为这些战争直接关乎宇文泰政权的存亡，庾信在创作碑文时不得不反复渲染；另一方面则是骈体碑文在叙事方面有着一定的局限。② 但六朝文人并没有尽力克服这种局限，反而放纵笔墨铺写，极尽形容之能事。如庾信《周柱国大将军纥干弘神道碑》有云："天和二年，被使南征，带甲百万，轴轳千里，江源水起，海若乘流。船官之城，登巢悬爨，吴兵习流，长驱战舰，风灰箭火，倏忽凌城。公以白羽麾军，朱丝度水，七十余日，始得解衣。"作者以散行四言句式叙述田弘与南朝陈军的战争场面，颇为简洁生动。其《周上柱国齐王宪神道碑》有意打破时间顺序，先叙宇文宪讨平稽胡刘没铎，接下来详细叙述其平灭北齐的卓著功绩，深得文章布局之法，但是这些都不是庾信碑文的重心，其碑文的显著特色是"丽句与深采并流，偶意共逸韵俱发"（《文心雕龙·丽辞》）。又如温子昇《寒陵山寺碑》描写决定高欢政权命运的韩陵之战：

　　钟鼓嘈囐，上闻于天；旌旗缤纷，下盘于地。壮士凛以争先，义夫愤而竞起。兵接刃于斯场，车错毂于此地。轰轰隐隐若转石之坠高

崖，破破磕磕如激水之投深谷。俄而雾卷云除，冰离叶散。靡旗蔽日，乱辙满野。楚师之败于柏举，新兵之退自昆阳，以此方之，未可同日。①

作者用骈语铺叙，场面宏大，声势雄壮，可谓"夭矫腾骧，负声结响，振清绮以雄丽"②，但就叙事而言，却较为笼统空洞。

据笔者检索，在唐前的文献中，几乎看不到碑、传二字之连词，多是碑颂一词连用，碑文更多的是受赋颂文体的影响。到了中唐以后，碑传一词开始普遍使用，就总集而言，宋人杜大珪编纂《名臣碑传琬琰集》发其先端，后人仿其体例逐渐形成了碑传集系列，如清钱仪吉《碑传集》、闵尔昌《碑传集补》、汪兆镛《碑传集三编》。其他如曾国藩《经史百家杂钞》则将碑文"附入传志之下编"。可以说到了明清时期，碑序与史传的界限开始变得模糊，所以碑文批评逐渐以叙事为正宗。如明徐师曾《文体明辨序说》认为碑文"主于叙事者曰正体，主于议论者曰变体，叙事而参之以议论者，曰变而不失其正。至于托物寓意之文，则又以别体列焉"③。朱荃宰《文通》、王之绩《铁立文起》都认同徐师曾的正变之论。

正变之论在中国古代源远流长，最早可以追溯到汉儒对于《诗经》的阐述。作为中国古代诗学的重要范畴，正变之论逐渐被引入文章学的领域。由于其隐含着以正为源、以变为流、以正为盛、以变为衰的价值评判，所以就不可避免地导致崇正抑变或伸正诎变。当然，也有不拘泥于传统正变之论，主张主变存正，甚至变胜于正者。如章学诚认为："至六代以还，文靡辞浮，殆于以人为赋，赋卒为乱，千篇一律，意义索然。即唐初诸子，承陈、隋之余波，无复振作，韩、柳诸公，始一变而纯用情真叙述之体，隐与史传相为出入。是则铭志之体，原属华辞，至韩、柳诸公摧陷廓清，反属变体。然变而得善，则人乐从之，故欧、曾以下，奉为不祧

---

① （北魏）温子昇撰，康金声注译《温子昇集笺校全译》，山西古籍出版社，2000，第79页。
② （清）李兆洛选辑《骈体文钞》，上海书店出版社，1988，第14页。
③ （明）徐师曾著，罗根泽校点《文体明辨序说》，人民文学出版社，1962，第144页。

之宗。而文集之中，遂为一大门类，与传记相出入矣。"①（《与朱少白书》）章学诚虽然也认为唐宋碑文在藻饰方面不如六朝，却坚决反对"因用唐宋书法叙事，而参以六朝藻饰"（《信摭》）。可见这两种正变论虽有不同，但都倾向于将碑文视作史传类的叙事文体。

其实，这种论调与明清叙事文体的发达有着密切的关系，但这些批评者都有意或无意地忽略了六朝是一个叙事文体相对边缘化的时代。如萧统《文选》不录史传，所选只有"碑文""墓志""行状"三种类似叙事文体。六朝骈体碑文也有极个别叙事生动的，如萧纲《吴郡石像碑》：

> 晋建兴元年癸酉之岁，吴郡娄县界，淞江之下，号曰沪渎。此处有居人，以渔者为业，挂此詹纶，无甄小鲂，布斯九罭，常待六鳌。遥望海中，若二人像。朝视沉浮，疑诸蜃气；夕复显晦，乍若潜火。于是谓为海神，即与巫祝同往祈候。七盘圆鼓，先奏盛唐之歌；百味椒浆，屡上东皇之曲。遂乃风波骇吐，光景晦明，咸起渡河之悲，窃有覆舟之惧，相顾失色，于斯而返。②

碑文典丽工致，富有文采声韵之美，"叙事生动处，乃不为对偶所滞"③，但这在六朝碑文中是极为少见的。加之六朝碑文中的叙述部分在被《艺文类聚》等类书收录时多有删节④，在明清批评者眼里叙事显得更为不够清晰。

明清碑文批评以叙事为正体，以今律古，无疑影响了对六朝碑文客观公正的评价。再加上许多古文家出于"轻骈、拒骈"的偏见，将六朝碑文看成言之无物、绮靡华丽之作，将其从碑文发展史上一笔抹去，如姚鼐

---

① （清）章学诚著，仓修良编注《文史通义新编新注》，浙江古籍出版社，2005，第786页。
② （南朝梁）萧纲撰，肖占鹏、董志广校注《梁简文帝集校注》，南开大学出版社，2015，第1054页。
③ （清）李兆洛选辑《骈体文钞》，上海书店出版社，1988，第508页。
④ 按：如高步瀛在《南北朝文举要》中指出，温子昇《常山公主碑》与《寒陵山寺碑》"轮廓虽具，殆已多删节，故公主为某帝之女，下嫁某氏，碑中皆不见，盖节去之矣。"（中华书局，1998，第664页。）

《古文辞类纂》、曾国藩《经史百家杂钞》对于六朝碑文一概不予选录。值得注意的是，当时也有为六朝碑文张目的声音，如汪中云："碑铭之体，自东汉至于唐初，其叙年月官阀既详且实，而于事迹，则为隐括比拟之词。中唐以后，作者数家，始以《史》《汉》叙事之法行之，故史家多采焉；而年月官阀，类多凌躐剪裁，以求行文简便，且避体制之重。"他认为碑文创作应"于年月官阀则用汉以后例，于事迹则用唐以后例"①。虽然汪中的论述仍然注重叙事，但表现出融通正变的难能可贵倾向。到了近代，刘师培等人以严谨的学术态度对六朝碑文进行研究，注重辨体分析，深入挖掘六朝碑文的独特之处②。今天我们正要避免那种严分正变的狭隘思维，回到六朝碑文发展的历史语境，以一种通变的眼光重新审视六朝骈体碑文的独特成就。

第六节　墓志文

一　墓志滥觞辨析

关于墓志的起源，古人有许多争议，如任昉《文章缘起》认为墓志起源于"晋东阳太守殷仲文作从弟墓志"，宋高承《事物纪原》将墓志的起源追溯到先秦时期，周必大称"铭墓三代已有之"（《跋王献之保母墓碑》），清顾炎武则认为"起于江左"（《金石文字记》卷二）。随着考古事业的不断发展、出土文献的大量问世，学界关于墓志的起源，又有了一些新的观点。如赵超认为"定型的墓志兴起于南北朝时期。以宋大明三年刘怀民墓志为代表，墓志的名称正式出现"③。程章灿认为作为有一定行文格式的墓志，"出现时间应在晋宋之际"④，孟国栋则认为刻于东汉元嘉元年

---

① （清）汪中著，田汉云校《新编汪中集》，广陵书社，2005，第30页。
② 按：如刘师培认为："汉碑镕铸经诰，不引杂书；庙碑崇仰佛陀，须宗内典。倘庙碑不用内典而专采六经，或虽援用佛书而行以蔡邕之调，则于体均为不称。故今日作庙碑者须取法六朝，亦犹校练名理之文须宗式嵇康以下：相题定体，庶免乖违耳。"（刘师培：《中国中古文学史讲义》，凤凰出版社，2011，第247页。）
③ 赵超：《汉魏南北朝墓志汇编》，天津古籍出版社，1992，第8页。
④ 程章灿：《墓志文体起源新论》，《学术研究》2005年第6期，第136页。

的《缪宇墓志》"可以看作墓志起源的标志","墓志起源于东汉中后期，殆无疑问"①。

综合来看，各家观点之所以莫衷一是，根本原因在于对墓志文体内涵界定的差异。中国古代文体的名称与创作大都不是同步的，中国古代墓志文亦是如此，文体名称滞后于创作实际。再者，中国古代墓志在发展演变过程中被冠以许多文体名称："有曰墓志铭……曰墓志铭并序……曰墓志……曰墓铭……曰权厝志，曰志某……曰续志，曰后志……曰归祔志……曰迁祔志……曰盖石文……曰墓砖记，墓砖铭……曰坟版文，曰墓版文，又有曰葬志，曰志文，曰坟记，曰圹志，曰圹铭，曰椁铭，曰埋铭。其在释氏则有曰塔铭，曰塔记。凡二十题，或有志无志，或有铭无铭，皆志铭之别题也。"② 墓志文体名称多达二十种，这无疑增加了界定墓志文体的难度。

今人赵超认为正式的墓志应该符合以下几个条件："一、有固定的形制。二、有惯用的文体或行文格式。三、埋设在墓中，起到标志墓主身份及家世的作用。"依照这个标准，他将墓志的产生及发展过程划分为三个阶段："一、滥觞期：自秦代至东汉末期。这一时期存在志墓的风习，但并没有形成固定的墓志形式。二、转化期：魏晋至南北朝初年。这时墓志开始正式形成，但还常以小碑或柩铭的形式出现，变化较多，或称碑，或称铭，或称柩铭等。墓志这一名称尚未使用。三、定型期：南北朝时期。墓志的名称正式出现，形制和文体相对固定，并成为当时墓葬中普遍采用的丧礼用品。"③ 他认为直到宋大明三年《刘怀民墓志》④，墓志的名称才正式出现，但这一观点却不断受到出土文献的挑战。"1984—1987 年间南京出土的南朝刘宋永初二年（421）《谢球墓志》，及 1965 年在辽宁朝阳市出土的北魏承平元年至和平六年（452—465）《刘贤墓志》，则是目前发现

① 孟国栋：《墓志的起源与墓志文体的成立》，《浙江大学学报》（人文社会科学版）2013 年第 5 期，第 138～141 页。

② （明）徐师曾著，罗根泽校点《文体明辨序说》，人民文学出版社，1962，第 149 页。

③ 赵超：《汉魏南北朝墓志汇编》，天津古籍出版社，1992，第 2～3 页。

④ 按：《刘怀民墓志》云："大明七年十月乙未薨。粤八年正月甲申葬于华山之阳"，可见此墓志当创作于大明八年。

较早的明确称为'墓志'的实例。更是将'墓志'这一概念的出现时间向前推进了。"①

其实，这种简单地以某个墓志来断定该文体起源的思路并不可取，因为这仍然会受到出土文献的挑战，带有很强的偶然性。一种文体的形成和发展是由多种因素造成的，不能简单地由某个作品来推断其产生的时期。考察一种文体的起源，最重要的是确定文体名称开始使用、文体特征相对固定的时代。被孟国栋认为是墓志起源标志的《缪宇墓志》出土于20世纪80年代，只有百余字，其文如下：

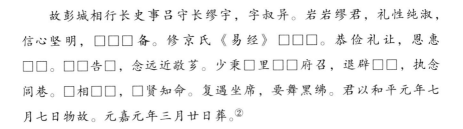

故彭城相行长史事吕守长缪宇，字叔异。岩岩缪君，礼性纯淑，信心坚明，□□□备。修京氏《易经》□□□。恭俭礼让，恩惠□□。□□告□，念远近敬艻。少秉□里□□府召，退辟□□，执念闾巷。□相□□，□贤知命。复遇坐席，要舞黑绋。君以和平元年七月七日物故。元嘉元年三月廿日葬。②

虽然该墓志行文格式已具备墓志文的雏形，但该墓志并未明确使用"墓志"这个文体名称，而且它只是个案。近人柯昌泗认为汉石可列于墓志的只有两方。一方为其师罗振玉所藏的"延平元年马伏波女马姜墓刻石，颇似墓志，惟石作方柱形"。另一方为山东图书馆收藏的延熹六年子临为父通本《□封记》，"石方而平，与后代墓志之广狭厚薄相若矣"③。加上《缪宇墓志》也只有三方。这可能只是偶然的巧合，并非时人有意识地创作墓志文。东汉末年的黄巾大起义引发了持续多年的社会动乱。这无疑摧毁了厚葬立碑的社会经济基础。正因如此，建安十年，曹操"以天下雕弊，下令不得厚葬，又禁立碑"④（《宋书·礼志二》）。咸宁四年，晋武

① 朱智武：《中国古代墓志起源新论——兼评诸种旧说》，《安徽史学》2008年第3期，第37页。
② 毛远明编著《汉魏六朝碑刻校注》（第一册），线装书局，2008，第172页。
③ （清）叶昌炽撰，柯昌泗评，陈公柔、张明善点校《语石 语石异同评》，中华书局，1994，第239页。
④ （南朝梁）沈约：《宋书》，中华书局，1974，第407页。

帝司马炎因碑石"既私褒美，兴长虚伪，伤财害人，莫大于此"，又下禁碑令，即使"虽会赦令，皆当毁坏"①（《宋书·礼志二》）。此后的东晋、宋、齐、梁、陈政权，虽于此或严或弛，但始终有禁碑之举。另外，战乱频仍也导致盗墓之风盛行。这些都使碑文的发展受到了很大的限制。出于既能流传声名于后世又能逃避禁令和被盗的心理，魏晋时人开始"撰录行事，就刊于墓之阴"②（《宋书·礼志二》）。

曹魏景元三年的《陈蕴山墓志》已题作"大魏故陈公墓志"③，但墓志文非常简短，不足 50 字。整个三国时期也仅有太和五年的《何晏砖志》与其相似而已。到了西晋时期，墓志文的创作已逐渐形成风气，一些知名文人开始参与墓志文的创作。如傅玄作有《太尉杨彪铭》《江夏任君铭》。前者仅被《北堂书钞》收录若干残句。后者被收录于《艺文类聚》卷五十：

> 君讳倏，承洪苗之高胄，禀岐嶷之上姿。质美珪璋，志邈云霄。景行足以作仪范，柱石足以虑安危。弱冠而英名播乎遐迩，拜江夏太守。内平五教，外运六奇，邦国人安，飘尘不作。铭曰："峨峨任君，应和秀生。如山之峙，如海之淳。才行阐茂，文武是经。群后利德，泊然弗营。宜享景福，光辅上京。如何凤逝，不延百龄。"④

此文当有所删略，但已基本具备墓志文的文体特征。另据赵超《汉魏南北朝墓志汇编》，罗新、叶炜《新出魏晋南北朝墓志疏证》以及毛远明《汉魏六朝碑刻校注》，西晋出土的墓志有 20 余方，其中值得注意的是《赵氾墓志》。其额题为"晋故宣威将军赵君墓中之表""无盖而有额，下有碑座，其形制全似汉代墓碑"。这是"墓志逐渐发达的历史过程中，一

---

① （南朝梁）沈约：《宋书》，中华书局，1974，第 407 页。
② （南朝梁）沈约：《宋书》，中华书局，1974，第 407 页。
③ 按：其全文为："公讳□，字蕴山，洛阳人也。于景元二年五月朔一日遘疾而殒。越明年辛巳，秋九月朔六日葬于□麓之侧，先人□□是以志之。"参见毛远明编著《汉魏六朝碑刻校注》（第二册），线装书局，2008，第 214 页。
④ （唐）欧阳询撰，汪绍楹校《艺文类聚》，上海古籍出版社，1982，第 906 页。

个非常重要的环节。墓碑置于墓中，故称'墓中之表'"①。又如《晋故武威将军魏君枢铭》《晋贾皇后乳母美人徐氏之铭》《平原华氏之铭》皆有志有铭，尤其是《平原华氏之铭》详细记载了墓主籍贯、家世、婚媾、子嗣等，长2000余字。即使在后来整个南北朝时期，像这样篇幅的墓志文也是非常罕见的。东晋的出土墓志也有20余方，但并没有什么发展，仍然重在"直述世系、岁月、名字、爵里，用防陵谷迁改"②，朴实无文，不求虚美。

综上所述，魏晋时期的墓志已经开始使用"墓志"这个文体名称，著显其文体特征，并形成创作风气。因此，墓志应起源于这一时期。

二 南北朝墓志文的发展及骈化

据王连龙《南北朝墓志集成》一书统计，截至2018年底，收集到古代金石志书、近现代学术著作及期刊论文公开刊布的南北朝墓志共计1468种。其中，北朝墓志1363种，南朝墓志98种，残志7种。这些墓志在为史料相对匮乏的南北朝时期史学、文学、考古学、社会学等学术研究提供资料的同时，其自身的文献学研究也为学术界所关注。③

刘宋时期是南朝墓志文发展的一个重要阶段。据史书记载："近宋元嘉中，颜延作王球石志。素族无碑策，故以纪德。自尔以来，王公以下，咸共遵用。"④（《南齐书·礼志下》）所谓"自尔以来，王公以下，咸共遵用"，当非虚词。据《宋书·建平宣简王宏传》记载：大明二年，建平王宏薨，宋孝武帝"痛悼其至，每朔望辄出临灵，自为墓志铭并序"⑤。该墓志文被收录在《艺文类聚》卷四十八，其文如下：

含荣幼耀，膺和早慧。徘徊天人，优游经艺。鸿沴才流，皇根中

① 罗新、叶炜：《新出魏晋南北朝墓志疏证》，中华书局，2005，第4页。
② （明）吴讷著，于北山校点《文章辨体序说》，人民文学出版社，1962，第53页。
③ 王连龙编撰《南北朝墓志集成》，上海人民出版社，2021，第1页。
④ （南朝梁）萧子显：《南齐书》，中华书局，1972，第158~159页。
⑤ （南朝梁）沈约：《宋书》，中华书局，1974，第1860页。

绝。体孝尽性，怀追孝烈。反我宸居，毁网更结。管机凝务，端朝赞契。召辉才融，士颖风折。秘路长阴，昭途永灭。① （《故侍中司徒建平王宏墓志》）

孝武帝刘峻"少机颖，神明爽发，读书七行俱下，才藻甚美"② （《南史·孝武帝纪》）。他对自己的文艺才能颇为自负，以至有"宋孝武好文章，天下悉以文采相尚"③ （《南史·王俭传》）的说法。这篇墓志文就体现出其"才藻甚美"的创作才华，对仗工整，明显呈现骈化的倾向。

刘宋时期的著名文人颜延之和谢庄都创作有墓志文。颜延之的墓志文今已不存，谢庄的墓志文被《艺文类聚》收录两首。其《豫章长公主墓志铭》云：

禀中枢之照，体星轩之华。肃恭在国，掖庭钦其风；恪勤衡馆，庶族仰其德。神叶灵条，爰自帝尧。文信启鲁，肇京于楚。宵烛载照，娥英是从。婉娩缔绤，优柔肃雍。薾蕙有宝，金碧不居。泉庭一夜，里馆长芜。④

帝王与知名文人的参与，为当时墓志文的迅猛发展起到巨大的推动作用。此后，梁简文帝、元帝，陈后主，以及当时的著名文人王俭、王融、谢朓、江淹、沈约、任昉、徐勉、徐陵、江总等都创作有墓志文，而且几乎全为骈体。这无疑对墓志文的成熟和进一步骈化起到助推之力。

从刘曜推翻西晋建立"汉"政权起，到北凉灭亡，短短的一百多年内，中国北方竟然先后建立了十六个王朝。连绵不断的战争给河西地区以外的北方社会带来了几乎毁灭性的灾难。这一时期的墓志不仅数量很少，不足 10 方，而且多为砖质墓志，又回归到仅为"标示墓葬"的原初形态。

---

① （唐）欧阳询撰，汪绍楹校《艺文类聚》卷四十八，上海古籍出版社，1982，第 866 页。
② （唐）李延寿：《南史》，中华书局，1975，第 55 页。
③ （唐）李延寿：《南史》，中华书局，1975，第 595 页。
④ （唐）欧阳询撰，汪绍楹校《艺文类聚》，上海古籍出版社，1982，第 306~307 页。

　　北魏统一北方诸国后，社会渐趋稳定。由于曹魏以来的禁碑之令已失去存在的政治基础，整个社会都很重视碑文的创作，墓志文的创作则相对寂寥得多。据马立军统计，目前出土的北魏建国初至太和十九年的墓志数量很少，只有25方，其中"永兴元年（409）二方，太延二年（436）、四年各一方，正平元年（451）一方，兴安元年（452）一方，天安元年（466）二方，皇兴二年（468）二方，延兴二年（472）、四年、六年各一方，太和元年（477）、十二年、十六年、十八年各一方，太和十四年二方，太和八年四方，以及无年月平城时期二方"①。这些墓志文主要记载墓主的履历，简短质朴。直到魏孝文帝迁都洛阳，北朝墓志文的创作才逐渐步入繁盛期。

　　据史书载，孝文帝"雅好读书，手不释卷。……才藻富赡，好为文章，诗赋铭颂，任兴而作。有大文笔，马上口授，及其成也，不改一字"②（《魏书·高祖纪下》）。太和十九年，冯熙病死，葬日，孝文帝"送临墓所，亲作志铭"③（《魏书·冯熙传》）。他还于太和十九年六月下诏："迁洛之民，死葬河南，不得还北"（《魏书·高祖纪下》）。孝文帝的这些举措无疑推动了墓志文的创作。如太和二十年就有了南安王元桢的墓志，这是目前所发现最早的元魏宗室墓志。太和末年的《元彬墓志》《元弼墓志》《韩显宗墓志》等墓志文的篇幅开始明显增长，文学色彩变浓。这一时期的墓志文虽以散行为主，但开始出现了较多的骈句。如李珍《元弼墓志》：

　　　　君祚绪岐阴，辉构朔垂，公族载兴，仁骍攸止。是以霄光唯远，缀彩方滋，渊源既清，余波且激。君体内景于金水，敷外润于钟楚，名标震族，声华枢苑。临风致咏，藻思情流，郁若相如之美上林，子云之赋云阳也。

---

① 马立军：《论北朝墓志的演变及其文体史意义——从永嘉之乱前后墓志形态的变化谈起》，《兰州大学学报》（社会科学版）2014年第6期，第20页。
② （北齐）魏收：《魏书》，中华书局，1974，第187页。
③ （北齐）魏收：《魏书》，中华书局，1974，第1820页。

尤其是铭文:

> 岩岩垂岫, 岋岋高云, 鉴兹既镜, 怀我哲人。重渊余静, 椒荶方
> 纷, 如何斯艳, 湮此青春。骚骚墟垄, 密密幽途, 悲哉身世, 逝矣亲
> 疏。沉沉夜户, 瑟瑟松门, 月堂夕闭, 穷景长昏。感哀去友, 即影浮
> 原, 攸攸靡吊, 莫莫不存。①

使用了较多的叠音词, 对仗工整, 声律谐美。

《文镜秘府论》引《后魏·文苑序》云:"及肃宗御历, 文雅大盛,
学者如牛毛, 成者如麟角。孔子曰:'才难, 不其然乎!'从此之后, 才子
比肩, 声韵抑扬, 文情婉丽, 洛阳之下, 吟讽成群。及徙宅邺中, 辞人间
出, 风流弘雅, 泉涌云奔, 动合宫商, 韵谐金石者, 盖以千数, 海内莫之
比也。郁哉焕乎, 于斯为盛!"② 正光五年, 孝明帝还曾命知名文人常景为
尼王钟儿作墓志。北魏墓志文发展到孝明帝时期可谓进入了一个黄金阶
段。这一时期出土的墓志有 200 余方。清末以来的伪刻墓志也多伪托孝明
帝正光、孝昌年间, 可见当时墓志文创作的繁盛。这一时期的墓志文尤其
是一些女性的墓志文, 大多注重文学性, 有较强的骈化色彩。这是因为这
些女性墓主并没有太多的功业可以叙述, 所以作者不得不避实求虚, 用骈
体文字来颂美她们的家世、风仪和妇德。如熙平二年的《太妃李氏墓志》
有云:

> 太妃禀婺光之淑灵, 陶湘川之妙气, 生而端嶷, 幼则贞华, 睿性
> 自高, 神衿孤远。风仪容豫, 比素月而共晖; 兰姿照灼, 拟芳烟而等
> 映。柔湛内恭, 温明外发, 凝然若云, 洁然如玉。若夫汪汪冲操, 状
> 骊渊而独邃; 英英瑶质, 似和璧而起照。③

---

① 赵超:《汉魏南北朝墓志汇编》, 天津古籍出版社, 1992, 第 37 ~ 38 页。
② 〔日〕遍照金刚著, 周维德校点《文镜秘府论》, 人民文学出版社, 1975, 第 27 ~ 28 页。
③ 赵超:《汉魏南北朝墓志汇编》, 天津古籍出版社, 1992, 第 100 页。

由于北魏政权日益腐化，六镇鲜卑军人与洛阳士族（包括汉族高门和汉化的代北贵族）的矛盾越来越尖锐，最终酿成的尔朱荣之乱给北魏以毁灭性的打击，以致"文章咸荡，礼乐同奔。弦歌之音且绝，俎豆之容将尽"①（《北齐书·儒林传》）。但社会动乱并没有影响墓志文的创作与骈化发展。如建义元年的《元邵墓志》和永安元年的《元钦墓志》都有 1500 余字。文中有云：

> 惟王孝乎天纵，忠实化远，闺庭睦睦，无可间之言；朝廷侃侃，有匪朽之誉。赋山咏水，辞爱三春之光；诔丧襃往，文凄九秋之色。至于西园命友，东阁延宾，怀道盈阶，专经满席，临风释卷，步月弦琴，目晒五行，指□三调，布素之怀必尽，风流之貌悠然。②（《元邵墓志》）

> 长源与积石分流，崇峰共升极齐峻。丹书写其深玄，绿图穷其妙迹。固以备诸篆素，磬于金石者矣。君资五行之秀质，禀七耀之淳精，生而瑰奇，幼而俊异。磊落拔俗之韵，发自天衷；傲倪逸群之操，起于衿抱。三坟五典之秘，卅岁已通；九流七略之文，绮年尽学。齿在僮稚，雅为献文所矜；未及弱冠，偏蒙高祖流爱。③（《元钦墓志》）

这两篇墓志文连用隔对，骈偶工整，形式精巧，辞藻优美。尤其是后者还使用了后人所谓的"落霞句式"，并连用六四隔对，流利畅达，开合自如，无呆板滞塞之弊。

此后，东魏、北齐墓志文的创作并没有受到战乱的影响，还是沿着骈化的道路继续向前发展。如北齐天保六年（555）的《高建墓志》有云：

---

① （唐）李百药：《北齐书》，中华书局，1972，第 581 页。
② 赵超：《汉魏南北朝墓志汇编》，天津古籍出版社，1992，第 222 页。
③ 赵超：《汉魏南北朝墓志汇编》，天津古籍出版社，1992，第 249 页。

任居心腹，似见取于焚林；职参谋议，如有求于榜道。故以两河效祉，四岳降灵，体识贞华，风姿茜爽。凤生一母，即有应律之心；麟产十洲，便表不群之志。器同竹箭，加金羽而益美；质类梓材，施丹漆而转丽。用信期友，情同俟食；以孝事亲，勤伴视枕。下帷制述，信非懒于三余；秉笔属辞，实见奇于五字。才堪王佐，不殊林宗之语；器为师表，还同马越之言。

惟公备九能于怀抱，圆六德于匈衿，挟书剑之雄规，负云霞之逸气。及时逢孔棘，运属横流，经始霸图，缔构王道。献谋帷幄之里，决胜行车之间。翼厥主于桓文，致其君于尧舜。攀龙峻举，附凤高骞。入侍两宫，出临九列。驾朱骖于大国，佩紫绶于名都。至如日华飞观，庭燃百枝，风清曲沼，水文千叶，床施象席，阶陈凤炉，亲友云屯，宾寮雾集，促膝成赏，币帛是将，终宴忘疲，敬爱斯尽。为月楫于江海，作柱石于庙堂，望四辅以连镳，追六佐而齐轸。而羽颓南海，身冈北芒。①

这两段使用的皆是四六句式，但作者巧妙地加以组合，翻来覆去、变换花样，极四六句式之变。

又如北齐武平三年（572）的《徐之才墓志》有 2500 余字，而且大量使用隔对，如：

荀乐之端揆东京，金张之喉舌西汉，长沙之建国传家，朗陵之教事喻德，方之蔑如也。昔苗贲在晋，终不为卿；陈敬入齐，惧而辞任。李斯获□，马超见忌，飘风羁旅，吁可畏乎。非夫度量淳深，材艺宏达，虚每任物，时女应世，安能遨游两姓，节隆十君，无害于刀尺之间，取容于津梁之际，禄穷钟鼎，位极旌珪者哉。重以博闻强记，渔猎遍于书府；华辞丽藻，绮绩溢于翰林。白马骊牛，辩同河霊，腾蛇飞燕，□若云起。绛宫玉帐之经，绿帐金丹之秘，师旷调

---

① 赵超：《汉魏南北朝墓志汇编》，天津古籍出版社，1992，第 399~401 页。

钟，京房吹律，皆洞彼渊玄，该兹要妙。但虞渊不驻，归塘未巳，悬车将老，□游遽迫。①

作者巧妙地组合四六句式，并适当地运以虚词，使文气随着感情的低昂变化而时起时伏、或急或缓，流动自如。另据史书记载："杨愔阖门改葬，托诹之顿作十余墓志，文皆可观。"（《北齐书·裴诹之传》）裴诹之之所以能"顿作十余墓志"，应当是平时有过这种文体的练习，从中可见时人对于这种文体的重视以及当时墓志文创作的繁盛。

西魏政权早期，"田无一成，众无一旅"②（《周书·文帝纪》），要在马背上打江山，自然无暇顾及文学。西魏大统十一年，在苏绰的影响下，宇文泰命苏绰仿《尚书》作《大诰》，并且以此作为文体的准则，以改变有晋以来的浮华文风。《周书·苏绰传》称："自是之后，文笔皆依此体。"③ 虽然这种文学复古运动随着宇文泰的去世也就没有多大影响了，但已对文学创作产生较大的负面作用。这一时期的墓志，一则是数量很少，只有十余方；二则是大多很简短，没有铭文，骈化色彩不浓，只有大统十二年的《邓子询墓志》的铭文可算得上骈体。其文如下：

> 二仪温煦，三才耀灵。冲元抱德，蕴节含精。诞睿夫子，岐嶷肃成。如冰之洁，如玉之贞。爰初有立，遂游风露。剖思云兴，篆章霞布。河图未远，鸟迹若古。兰禁濯冕，清轩从步。珪璋落组，玉碎尘捐。辒车空驾，箫铎徒延。丘墟攒雾，松杨断烟，攸攸长夜，晓曙何年。④

到了宇文氏建立西周后，国家已西据川蜀，南拥江陵，东指洛阳，国

---

① 赵超：《汉魏南北朝墓志汇编》，天津古籍出版社，1992，第458页。
② （唐）令狐德棻等：《周书》，中华书局，1971，第37页。
③ （唐）令狐德棻等：《周书》，中华书局，1971，第394页。
④ 韩理洲等辑校编年《全北魏东魏西魏文补遗》，三秦出版社，2010，第404页。

力强盛。尤其是周明帝"幼而好学，博览群书，善属文，词彩温丽"①。其即位后，"集公卿已下有文学者八十余人于麟趾殿，刊校经史。又捃采众书，自羲、农以来，讫于魏末，叙为《世谱》，凡五百卷云。所著文章十卷"②（《周书·明帝纪》）。这些都对北周墓志文的创作起到了很大的推动作用。庾信、王褒等南朝文人的入北，给北周墓志文的创作带来了新鲜的血液，骈俪之体由此蔚然成风。据史书载："（周）世宗、高祖并雅好文学，（庾）信特蒙恩礼，至于赵滕诸王，周旋款至，有若布衣之交。群公碑志，多相请托。唯王褒颇与信相埒，自余文人，莫有逮者。"③（《周书·庾信传》）特别是 2005 年咸阳出土的《北周宇文显墓志铭》，题款写道"开府新野庾信字子山撰"④。这在南北朝墓志文中都是极为少见的，从中可以看出庾信的墓志文在当时已成为引领时代风气的作品，墓主家人以其为荣，才会有这样的题款。庾信将北朝骈体墓志文的创作推向了高峰。

三 六朝骈体墓志文的艺术特色

刘勰《文心雕龙》云："夫属碑之体，资乎史才，其序则传，其文则铭。"（《文心雕龙·诔碑》）六朝墓志文基本上是由序文和铭辞构成的。明人王行在《墓铭举例》卷一中说："凡墓志铭书法有例，其大要十有三事焉。曰讳，曰字，曰姓氏，曰乡邑，曰族出，曰行治，曰履历，曰卒日，曰寿年，曰妻，曰子，曰葬日，曰葬地。……其他虽序次或有先后，要不越此十余事而已。此正例也。"墓志序文主要叙述这"十三事"，但骈体墓志文在叙事方面却有一定的局限。当然，这种局限并不是绝对的。如强调"叙事者，止宜用散"的章太炎先生也说"凡简单叙一事不能不用散文，如兼叙多人多事，就非骈体不能提纲"⑤。六朝文人在创作骈体墓志文时也认识到了这一点，并力图克服叙事的局限。以庾信墓志文为例，其

---

① （唐）令狐德棻等：《周书》，中华书局，1971，第 60 页。
② （唐）令狐德棻等：《周书》，中华书局，1971，第 60 页。
③ （唐）令狐德棻等：《周书》，中华书局，1971，第 734 页。
④ 王其祎、李举纲：《新出土北周建德二年庾信撰〈宇文显墓志铭〉勘证》，《出土文献研究》第 8 辑，上海古籍出版社，2007，第 251 页。
⑤ 章炳麟：《国学概述》，北京大学出版社，2009，第 22 页。

"每叙一事，多用单行，先将事略说明，然后援引故实，作成联语"①。钱基博《中国文学史》论述得更为详细：

> 碑志之文，自蔡邕后，皆逐节敷写，至有唐韩愈，乃变其体。若庾信则犹守蔡氏矩矱；特蔡氏骈语雅润，而信则四六铿锵耳。观其每叙一事，多用单行，先将事略说明，然后援引故实，作成联语；皆可为骈散不能偏废之证。夫骈文之中，苟无散句，则意理不显，故信为碑志诸文，述及行履，出之以散，而骈俪诸句，则接于其下。如是则气既舒缓，不伤平滞，而辞义亦复轩爽。偶意共逸韵俱发，丽句与事实并流，必使理圆事密，迭用奇偶，清畅奕奕，所以贵也。②

庾信的骈体墓志就是这样：述及墓主行履时，先有散句略加说明，而骈俪之句接于其下，反复渲染，骈散兼用，从而达到明朗顺畅的艺术效果。如庾信《周大将军闻嘉公柳遐③墓志》在颂美墓主的具体孝行时，用的几乎全是散体文字：

> 谘议府君于都薨背，君奔赴，六日即届京师。形骸毁瘁，不复可识。灵柩溯江，中川薄晚，乱流乘迸，回风反帆，舟中之人，相视失色。抱棺号恸，誓不求生。俄尔之间，风波即静，咸以君精诚所致。成都孝子，自赴江流；桂阳先贤，身彰野火。并存灵柩，咸可伤嗟。太夫人乳间发疮，医云："唯得人吮脓血，或望可差。"君方寸已乱，应声即吮。旬日之间，遂得痊复。君之事亲，可谓至矣。④

即使如此，六朝骈体墓志文仍然无法完全克服叙事方面的局限。黄宗羲在《论文管见》中云："叙事须有风韵，不可担板。今人见此，遂以为

---

① 孙德谦：《六朝丽指》，四益宧刊本，第34条。
② 钱基博：《中国文学史》（上册），中华书局，1993，第231页。
③ 按：《周书》《北史》并作"霞"。
④ （北周）庾信撰，（清）倪璠注，许逸民校点《庾子山集注》，中华书局，1980，第992页。

小说家伎俩。不观《晋书》《南北史》列传，每写一二无关系之事，使其人之精神生动，此颊上三毫也。"① 六朝骈体墓志文就很难描写"一二无关系之事"，在墓主精神气韵的表现方面无疑有些欠缺。

值得注意的是，今天我们所看到六朝传世文献中的骈体墓志文未必就是原貌。以庾信《北周宇文显墓志铭》为例，出土的墓志多出了一些文字，如：

> 魏武皇帝龙潜藩邸，躬劳三顾，爰始诏谋，公乃陈当世之事，运将来之策，帝由是感激，遂委心焉。武帝即位，除冠军将军、直阁将军、阁内都督，别封城阳县开国侯。②

这段文字基本上是散体的叙述，但这些散体文字在后来的传播过程中被删去，这应该不是个案。六朝骈体墓志文本来在叙事方面就有不足，后人这样的删略使其叙事更显得概括笼统，以至被后人讥为"铺排郡望，藻饰官阶，殆于以人为赋，更无质实之意"（章学诚《墓铭辨例》）。后来，韩愈、柳宗元等人在创作散体墓志文时，就尽量避免骈体墓志文叙事的缺陷，"力追《史》《汉》叙事，开辟榛芜，……而光昌博大，转为后世宗师"③（章学诚《墓铭辨例》）。

元人潘昂霄认为墓志文的铭辞主要是"论撰其先祖之有德善、功烈、勋劳、庆赏、声名列于天下"（《金石例》卷二）。南朝文人非常重视墓志文铭辞的创作④。如南齐永明六年的《王宝玉墓志铭》，作者在志文之后、铭文之前写道："铭文大司马参军事东海鲍行卿造。"⑤ 又如梁天监元年的《萧融墓志》，在此位置上也写道："梁故散骑常侍抚军大将军桂阳融谥简

---

① （清）黄宗羲著，陈乃乾编《黄梨洲文集》，中华书局，1959，第481页。
② 王其祎、李举纲：《新出土北周建德二年庾信撰〈宇文显墓志铭〉勘证》，《出土文献研究》（第8辑），上海古籍出版社，2007，第254页。
③ （清）章学诚：《章学诚遗书》，文物出版社，1985，第76页。
④ 按：当然也有一些例外，如徐陵《裴使君墓志铭》《司空章昭达墓志》《司空河东康简王墓志》皆有志无铭。
⑤ 邵磊：《南齐王宝玉墓志考释——兼论南朝墓志的体例》，《文献》2003年第4期，第86页。

王墓志铭,长兼尚书吏部郎中臣任昉奉敕撰。"① 这种重视铭辞的倾向从传世文献中也可得到印证。大同九年,刘之遴上启皇太子萧纲,求为刘显志铭。其云:"之遴已略撰其事行,今辄上呈。伏愿鸿慈,降兹睿藻,荣其枯骸,以慰幽魂。冒昧尘闻,战栗无地。"乃蒙令为志铭② (《梁书·刘显传》)。又如《陈书》记载:"及(孙瑒)卒,尚书令江总为其志铭,后主又题铭后四十字,遣左民尚书蔡徵宣敕就宅镌之。其词曰:'秋风动竹,烟水惊波。几人樵径,何处山阿?今时日月,宿昔绮罗。天长路远,地久云多。功臣未勒,此意如何?'时论以为荣。"③ (《陈书·孙瑒传》)

北朝文人对墓志文的铭辞也很重视,如北魏正光四年《陆希道墓志盖》志侧题:"前凉州刺史兼吏部郎中陈郡袁翻字景翔制铭。"④ 序文不题作者姓名,或另有人做。北魏太昌元年《郑平城妻李晖仪墓志》序文的结尾称接下来的铭文是托"友人中书侍郎钜鹿魏收"所撰,以"式传不朽"⑤。北齐河清四年的《封子绘墓志铭》则写道:"从弟孝琰以为陆机之诔士平,情则兄弟;潘岳之哀茂春,事实昆季。是以谨撰遗行,用裁志序。所恨少长悬隔,聚散间之,素业贞猷,百不举一。吏部郎中清河崔赡与公礼闱申好,州里通家,摛缀之美,籍甚河朔。敬托为铭,式昭不朽。"⑥ 袁翻、魏收等皆是当时文坛巨匠,由他们撰写铭辞,可见铭文在时人心目中的地位。

不仅当时的文人重视铭辞的创作,后来的史书、选本、类书在收录这些骈体墓志文时,也有意识地删略序文。如前举出土的《萧融墓志》有序有铭,长达六百字,而《艺文类聚》在收录时却作了大幅度的删略。为了讨论的方便,现将两文抄录如下:

　　　　□□融,字幼达,兰陵郡兰陵县都乡中都里人,□文皇帝之第五子

---

① 赵超:《汉魏南北朝墓志汇编》,天津古籍出版社,1992,第25页。
② 参见(唐)姚思廉撰《梁书》,中华书局,1973,第571页。
③ (唐)姚思廉:《陈书》,中华书局,1972,第321~322页。
④ (清)王昶:《金石萃编》卷二十九,清嘉庆十年经训堂刻本。
⑤ 罗新:《跋北魏郑平城妻李晖仪墓志》,《中国历史文物》2005年第6期,第45~46页。
⑥ 赵超:《汉魏南北朝墓志汇编》,天津古籍出版社,1992,第424~425页。

也。王雅亮通明，器识韶润，清情秀气，峨然自高，峻□□裕，宵焉未闻。佩黼璇珑，则风流引领；胜冠凤起，则缙冕属目。齐永明元年，大司马豫章王府僚清重，引为行参军署法曹。隆昌元年，转车骑鄱阳王行参军。建武元年，□□初辟，妙选时英，除太子舍人，顷转冠军镇军车骑三府参军署□□。又为车骑江夏王主簿，顷之，除太子洗马，不拜。元昆丞相长沙王，至德高勋，居中作宰，而凶昏在运，君子道消，□直丑止，□兹滥酷。王春秋卅，永元三年十二月十二日奄从门祸。中兴二年追赠给事黄门侍郎。皇上神武拨乱，大造生民，冤耻既雪，哀荣甫备。有诏亡弟齐故给事黄门侍郎融，风标秀特，器体淹和。朕继天绍命，君临万寓，祚启郁滕，感兴鲁卫，事往运来，永怀伤切。可赠散骑常侍抚军将军桂阳郡王。天监元年太岁壬午十一月乙卯一日窆于弋辟山礼也。惧金石有朽，陵谷不居，敢撰遗行，式铭泉室。梁故散骑常侍抚军大将军桂阳融谥简王墓志铭。长兼尚书吏部郎中臣任昉奉敕撰。

　　于昭帝绪，擅美前王，绿图丹记，金简玉筐。兖黎在运，业茂姬昌，蝉联写丹，清越而长。显允初筮，迈道宣哲，艺单漆书，学穷绣税。友于惟孝，闲言无际，邹释异家，龙赵分艺。有一于此，无竞惟烈，信在辟金，清由源□，齐嗣猖□，惟昏作孽，望□高翔，临河永逝，如何不吊，报施冥灭，圣武定鼎，地居鲁卫，沛易且傅，楚诗将说。桐珪谁戏，甘棠何憩，式图盛轨，宣美来裔。①

　　于昭帝绪，擅美前王。绿图丹纪，金简玉筐。世载台鼎，地居鲁卫。沛易且传，楚诗将说。桐圭谁戏，某棠何憩。②

　　正如青年学者林晓光所论："这样的改写无疑保证了《类聚》在节录原文的同时保证了文学上的高质量，使之不会因为删削而变得支离破碎，尤其体现出编录者高超的文学眼光和组织手腕，然而从后世的研究角度看

---

① 赵超：《汉魏南北朝墓志汇编》，天津古籍出版社，1992，第 25 ~ 26 页。
② （唐）欧阳询撰，汪绍楹校《艺文类聚》卷四十六，上海古籍出版社，1982，第 807 页。

来，却恰恰是这样的巧妙斡旋，给我们今天回顾六朝文学世界制造出了最容易迷失的幻觉与陷阱。"①

六朝骈体墓志铭文大多为整饬的四字句，限于句式声韵，不可能使用虚字来斡旋，因此，就需使用"潜气内转"的艺术手法。彭玉平《词学史上的"潜气内转"说》一文认为："'潜气内转'这一概念始于三国繁钦《与魏文帝笺》，原是形容声乐的运气技巧，唐宋词及明清戏曲演唱中的啭喉与此密切相关。清代学者开始将这一概念用于评论书法、诗歌等，而在光绪年间，不少学者以'潜气内转'为基本方法和特征沟通骈文与词两种文体，在词学批评中的影响为最大，并一直持续到民国年间"②。所言甚是。"潜气内转"本出于繁钦《与魏文帝笺》"潜气内转，哀音外激，大不抗越，细不幽散。声悲旧箛，曲美常均"，被朱一新、李详等人引进骈文批评领域，后来经孙德谦诠释而成为古代骈文理论的一个重要批评术语。孙德谦《六朝丽指》云：

> 及阅《无邪堂答问》，有论六朝骈文，其言曰："上抗下坠，潜气内转。"于是六朝真诀，益能领悟矣。盖余初读六朝文，往往见其上下文气似不相接，而又若作转，不解其故，得此说乃恍然也。试取刘柳之《荐周续之表》为证："虽汾阳之举，辍驾于时艰；明扬之旨，潜感于穷谷矣。"上用"虽"字，而于"明扬"句上，并无"而"字为转笔，一若此四语中，下二语仍接上二语而言，不知其气已转也。所谓"上抗下坠，潜气内转"者，即是如此。每以他文类推，无不皆然。读六朝文者，此种行文秘诀，安可略诸？③

> 文章承转上下，必有虚字。六朝则不然，往往不加虚字，而其文气已转入后者。江文通《刘乔墓铭》："参错报善，茫昧云玄。"自"乃毓伊人"下皆是赞刘，而此两句即是转笔也。《宋张氏墓志》所云

① 林晓光：《论〈艺文类聚〉存录方式造成的六朝文学变貌》，《文学遗产》2014年第3期，第37页。
② 彭玉平：《词学史上的"潜气内转"说》，《文学评论》2012年第2期，第197页。
③ 孙德谦：《六朝丽指》，四益宧刊本，第11条。

"冥昧庆善，宵斁寿仁"亦是此法。若谓铭是韵语，故可无用虚字。苟善读之，尚易辨析。刘孝仪《从弟丧上东宫启》云"茫昧与善，一旦长辞"，以接"攀附鳞翼，三十余载"后，此二句或将"一旦长辞"移置于前，虽无虚字，意自显，今言"茫昧与善"者，盖用"天道无亲，常与善人；语以善人，应为天道"。所谓"茫昧"者，谓天道茫昧也。"茫昧与善"，即是言天道茫昧，不与善人。虽不用虚字，即以此作转耳。又如昭明《陶渊明集序》"岂能戚戚劳于忧畏，汲汲役于人间"下，"齐讴赵女之娱，八珍九鼎之食，结驷连骑之荣，侈袂执圭之贵，乐既乐矣，忧亦随之"。自"齐讴"至此，不细为推寻，几疑接上"岂能"两句之后，不知其辞气已转也。即下文"唐尧四海之主，而有汾阳之心；子晋天下之储，而有洛滨之志。轻之若脱屣，视之若鸿毛。而况于他人乎"，"唐尧"之上文为"饕餮之徒，其流甚众"，意不联贯。而于"唐"字上且无虚字，盖其气则又转也。故读六朝人文，须识得潜气内转妙诀，乃能于承转处迎刃而解，否则上下语气，将不知其若何衔接矣。[1]

孙德谦论述得非常详尽，就六朝骈体墓志文而言，"潜气内转"主要是指字面似承上文，虽无虚字衔接，实则文意已转，只是不着痕迹、耐人寻味。以孙德谦所举江淹《宋故安成王右常侍刘乔墓铭》为例，该铭有云：

乃毓伊人，克广克宣。腾芬中属，飞藻上年。杳杳虚素，永永冲关。云意霜拍，琼立冰坚。家宝以莹，国才未甄。参错报善，茫昧云玄。敛魂幽石，委气空山。肤若流波，身如绝烟。芳菲一逝，美懋徒镌。[2]

① 孙德谦：《六朝丽指》，四益宧刊本，第45条。
② （南朝梁）江淹撰，（明）胡之骥注，李长路、赵威点校《江文通集汇注》，中华书局，1984，第372页。

这段文字前面 10 句皆在颂美墓主，而到"参错报善，茫昧云玄"，文气则猛地一跌，感慨天道无常、世事茫昧，表达了作者对墓主未尽其才、英年早逝的惋惜和伤痛，感人肺腑。相对于唐宋散体墓志文的气盛言宜、辞无不达，六朝骈体墓志文的艺术魅力之一就在于深得"潜气内转"之妙，"往往气极遒炼，欲言不言，而其意则若即若离，急转直下"①。这样不仅使文意流动而富有生气，而且渲染了一种含蓄蕴藉、情致婉约的艺术效果。

---

① 孙德谦：《六朝丽指》，四益宦刊本，第 32 条。

第三章
六朝骈文文体修辞研究

中国古典文学在语言和修辞方面有着丰富而独特的魅力。对此，国外学者通过异域之眼，或许更能有所感悟。如日本学者吉川幸次郎在《中国散文论》一书的自序中说："借助修辞而达到高层次的语言，是中国文学史上的显著事实。这一情况使得中国过去的文学在世界文学史上具有重大而且恐怕也是珍贵的意义。"① 如果说这些论述还显得有些大而无当、过于宏观，那么在其名作《中国文章论》中，他就具体而微地阐述了中国古代文章的两大特质，即暗示性和装饰性。吉川幸次郎认为中国古代文章的暗示倾向之所以产生，"其原因先天地存在于汉语的特性中"，"就是说汉语是先天地富于暗示性的语言。如果说，语言本来就是一种暗示性的东西，暗示是任何一种语言都具有的性质；那么也可以说，汉语的内部构造使人们易于理解其暗示。汉语可以仅仅摘取要点而把所要表现的内容表现出来"②。这是因为"汉语是一种只需指出中心词语的语言，起码也是易于流向这一方向的语言"③。所谓装饰性，是指中国古代的文章"总是强烈地追

---

① 转引自王水照、吴鸿春编选《日本学者中国文章学论著选》，吴鸿春译，上海古籍出版社，1994，第5~6页。
② 王水照、吴鸿春编选《日本学者中国文章学论著选》，吴鸿春译，上海古籍出版社，1994，第262页。
③ 王水照、吴鸿春编选《日本学者中国文章学论著选》，吴鸿春译，上海古籍出版社，1994，第265页。

求着形式的美，特别是音乐的美"①。如果说暗示性是大多中国古代文章所具备的特质，"不仅仅是一个词的用法，大至一篇文章的结构，更大至一部分著述的结构"②，那么最能体现装饰性的中国古代文章类别当数骈文。吉川幸次郎结合中国古代骈文名篇《滕王阁序》，较为详尽精到地分析了其装饰性的具体表现。王水照先生指出："离开语言分析，离开文章写作，所谓中国古代文学史的民族特点，所谓中国文学史的世界性地位，将无从谈起。"③ 英国美学家克莱夫·贝尔指出："'有意味的形式'是艺术作品的本质属性。"④ 就六朝骈文而言，其形式上的创新因素，比其表现的内容更为独特，在文学史上具有更重要的意义。

六朝诗文在对偶、用典、敷藻、声律等方面已进入一个共同探索、互相渗透的时期，所以本章论述六朝骈文文体修辞时并不局限于骈文。这里需要说明的是，六朝骈文中对仗、用典、声律、藻饰等艺术技巧往往是浑然一体的。如范文澜所说："对偶与用事是不可分的，没有充足的故事，句子就对不起来，就是对起来，也只能称为'言对'，属于低级的一类。"⑤刘永济说"切意之典，约有三美"，其中之一就是"藻丽而富"⑥，即言辞典雅，富赡华美。张仁青认为："骈文为唯美文学之一种，亦即属于美感之文学，不可不着重词采，其来源皆取材于典籍故实。"⑦ 这里为了论述的方便，分为以下四节。

第一节　对　仗

关于对仗形成的原因，有学者着眼于自然现象说。偶对事物在自然万

---

① 王水照、吴鸿春编选《日本学者中国文章学论著选》，吴鸿春译，上海古籍出版社，1994，第 274 页。
② 王水照、吴鸿春编选《日本学者中国文章学论著选》，吴鸿春译，上海古籍出版社，1994，第 270 页。
③ 王水照、朱刚《三个遮蔽：中国古代文章学遭遇"五四"》，《文学评论》2010 年第 4 期，第 19 页。
④ 〔英〕克莱夫·贝尔：《艺术》，薛华译，江苏教育出版社，2005，第 8 页。
⑤ 范文澜：《中国通史简编》（修订本第二编），人民出版社，1965，第 412 页。
⑥ （南朝梁）刘勰著，刘永济校释《文心雕龙校释》，中华书局，1962，第 140 页。
⑦ 张仁青：《骈文学》，台北：文史哲出版社，1984，第 137 ~ 138 页。

物中大量存在，触目皆是。刘勰《文心雕龙·丽辞》云："造化赋形，支体必双；神理为用，事不孤立。"袁枚《胡稚威骈体文序》也说："文之骈，即数之偶也。……山峙而双峰，水分而交流，禽飞而并翼，星缀而连珠。此岂人为之哉！"① 李兆洛《骈体文钞序》则将这种现象提升到哲理层面："天地之道，阴阳而已。奇偶也，方圆也，皆是也。阴阳相并俱生，故奇偶不能相离，方圆必相为用。道奇而物偶，气奇而形偶，神奇而识偶。"② 既然如此，中外文学自然也都或多或少地追求对仗。著名汉学家、普林斯顿大学教授浦安迪就指出，讲求对偶"这一特色自然绝非中国文艺所独有，在西方文学中，对偶的概念和古典修辞学尤其相关。希腊和拉丁古典作品中，不乏或多或少运用对偶的例子，但都不如中国文学那样频繁和严谨"③。这是因为"中国传统阴阳互补的'二元'思维方式的原型，渗透到文学创作的原理中，很早就形成了源远流长的'对偶美学'"④。

西方学者喜欢从文化角度分析问题，但总是给人一种大而无当的感觉。中国一些优秀的学者则不然，他们着眼于文学本身来分析问题。如朱光潜认为对偶这一修辞手法在中国文学中的衍化与中国语言文字的特点有关。"第一，中文字尽单音，词句易于整齐划一。'我去君来''桃红柳绿'，稍有比较，即成排偶。西文单音字与复音字相错杂，意象尽管对称而词句却参差不齐，不易对称"⑤，"第二，西文的文法严密，不如中文字句构造可自由伸缩颠倒，使两句对得很工整……单就文法论，中文比西文较宜于诗，因为它比较容易做得工整简练"⑥。

正如朱光潜先生所论，"中国诗文的骈偶起初是自然现象和文字特性所酿成的"⑦，所以先秦文章中骈偶对仗的句子并不少见。尤其是《乾·文言》云："同声相应，同气相求，水流湿，火就燥。云从龙，风从虎，圣

① （清）袁枚著，周本淳标校《小仓山房诗文集》，上海古籍出版社，1988，第1398页。
② （清）李兆洛选辑《骈体文钞》，上海书店出版社，1988。
③ 〔美〕浦安迪讲演《中国叙事学》，北京大学出版社，1996，第48～49页。
④ 〔美〕浦安迪讲演《中国叙事学》，北京大学出版社，1996，第48页。
⑤ 朱光潜：《诗论》，上海古籍出版社，2001，第176页。
⑥ 朱光潜：《诗论》，上海古籍出版社，2001，第177页。
⑦ 朱光潜：《诗论》，上海古籍出版社，2001，第177页。

人作而万物睹。本乎天者亲上，本乎地者亲下，则各从其类也。"这段文字不仅对仗工整，而且每一对句处在节奏停顿点上的字，也大体平仄相对，被阮元誉为"千古宫商翰藻奇偶之祖"（《文韵说》），但我们必须承认作者只是将对偶作为一种修辞手段来运用，并非有意识地追求骈偶的形式美。

刘师培《论文杂记》阐说汉魏文风之变，共有四端："东京以降，论辩诸作，往往以单行之语，运排偶之词。"建安七子则"悉以排偶易单行"，即便是非韵之文（如书启之类），亦用偶文之体，遂开"四六"之先，"其变迁者一也"①。其他文体，亦是如此。曹植的诗中已出现许多非常工整的对句，如"潜鱼跃清波，好鸟鸣高枝"（《公宴》），"凝霜依玉除，清风飘飞阁"（《赠丁仪》），"柔条纷冉冉，落叶何翩翩"（《美女篇》），尤其是"秋兰被长坂，朱华冒绿池"（《公宴》）一联骈偶精工，令人叹赏②。

太康中陆机、潘岳诸人继曹植的轨辙发展，在诗文艺术形式的雕琢上不遗余力，句法愈加讲究对偶整齐。如陆机《拟行行重行行》"揽衣有余带，循形不盈衿"，原本《行行重行行》"衣带日已缓"，但却化奇为偶。其《长歌行》只不过是表达一点时光易逝、人生难久的意思，却大力铺张，敷衍成对偶的八句："寸阴无停晷，尺波岂徒旋？年往迅劲矢，时来亮急弦。远期鲜克及，盈数固希全。容华夙夜零，体泽坐自捐。""在陆机的五言诗中，除《驾言出北阙行》没有对句，《吴趋行》《太山吟》《棹歌行》《饮马长城窟行》对句较少外，其它对句都占主要的篇幅。"③ 特别是其《苦寒行》《招隐诗》等已接近通篇全对，"遂开出排偶一家"④，尤其

---

① 刘师培著，陈引驰编校《刘师培中古文学论集》，中国社会科学出版社，1997，第233~234页。
② 按：陈顺智用阴阳二元论的观点分析此联，颇为精到，云："披，是以上覆下为阳，冒，是以下向上为阴；长坂，为陆地，为阳，绿池为水面，为阴；又秋兰，就色泽而论为白色，为冷色调，就季节而论，为秋天，属阴；朱华就色泽而论为红色，为暖色调，就季节而论，为夏天，属阳。"参见陈顺智《魏晋南北朝诗学》，湖南人民出版社，2000，第236页。
③ 罗宗强：《魏晋南北朝文学思想史》，中华书局，1996，第95~96页。
④ （清）沈德潜选《古诗源》，中华书局，1963，第156页。

是陆机在多种文体中已较多地使用四六隔对，如：

> 使春枯之条，更与秋兰垂芳；陆沉之羽，复与翔鸿抚翼。① （《谢平原内史表》）

> 是以高世之主，必假远迹之器；蕴匮之才，思托大音之和。……若得托迹康衢，必能结轨骥騄；曜质廊庙，必能垂光玙璠。② （《与赵王伦笺荐戴渊》）

又如其《豪士赋序》"夫我之自我"一段，只有二百余字，竟然多处使用四六隔对：

> 我之自我，智士犹婴其累；物之相物，昆虫皆有此情。……且好荣恶辱，有生之所大期；忌盈害上，鬼神犹且不免。……而时有祛服荷戟，立于庙门之下；援旗誓众，奋于阡陌之上。……且夫政由宁氏，忠臣所为慷慨；祭则寡人，人主所不久堪。是以君奭鞅鞅，不悦公旦之举；高平师师，侧目博陆之势。③ （《豪士赋序》）

至于其《演连珠》，使用四六隔对的频率更高。据钟涛《六朝骈文形式及其文化意蕴》统计，《演连珠》50 首共 369 句，其中有 96 句采用了四六隔对的句式。④

这一时期，一些不太知名的文士也在对仗艺术上进行独特的尝试。如西晋嵇蓄《答赵景真书》已开始尝试连用四六隔对："登山远望，睹峥嵘以成愤；策杖广泽，瞻长波以增悲。游昉春圃，情有秋林之悴；濯足夏流，心怀冬冰之惨。"其他还有六六隔对："琬琰之朴未剖，而求光时之

---

① （清）严可均校辑《全上古三代秦汉三国六朝文》，中华书局，1958，第 2017 页。
② （清）严可均校辑《全上古三代秦汉三国六朝文》，中华书局，1958，第 2017 页。
③ （晋）陆机著，刘运好校注整理《陆士衡文集校注》，凤凰出版社，2007，第 79~80 页。
④ 钟涛：《六朝骈文形式及其文化意蕴》，东方出版社，1997，第 77 页。

价；骐骥之足未接，而希绝景之功。"四四隔对："夫处静不闷，古人所贵；穷而不滥，君子之美。故颜生居陋，不改其乐；孔父困陈，弦歌不废。"① 全文除过渡词和一联五言单对"心锐而动浅，望速而应迟"外，全为四六对句。

晋人不仅在诗文中注重对偶，而且在日常的清谈中注重俪句，据《世说新语·排调》载："荀鸣鹤、陆士龙二人未相识，俱会张茂先坐。张令共语。以其并有大才，可勿作常语。陆举手曰：'云间陆士龙。'荀答曰：'日下荀鸣鹤。'"② 与此类似的还有"桑门释道安，俊辩有高才，自北至荆州，与凿齿初相见。道安曰：'弥天释道安。'凿齿曰：'四海习凿齿。'时人以为佳对"③。另据《世说新语·言语》记载："顾悦与简文同年，而发蚤白。简文曰：'卿何以先白？'对曰：'蒲柳之姿，望秋而落；松柏之质，经霜弥茂。'"④ 顾悦所言也是工整的四六隔对。

严羽《沧浪诗话》说："汉魏古诗，气象混沌，难以句摘。晋以还方有佳句，如渊明'采菊东篱下，悠然见南山'，谢灵运'池塘生春草'之类。"⑤ 许学夷《诗源辨体》阐述得更加具体：

> 五言自士衡至灵运，体尽俳偶，语尽雕刻，不能尽举。然士衡语虽雕刻，而佳句尚少，至灵运始多佳句矣。灵运如"晓霜枫叶丹，夕曛岚气阴""初篁苞绿箨，新蒲含紫茸""春晚绿野秀，岩高白云屯""初景革绪风，新阳改故阴""白云抱幽石，绿筿媚清涟""憩石挹飞泉，攀林搴落英""秋岸澄夕阴，火旻团朝露""远岩映江薄，白日丽

---

① （清）严可均校辑《全上古三代秦汉三国六朝文》，中华书局，1958，第1828页。

② （南朝宋）刘义庆撰，（南朝梁）刘孝标注，余嘉锡笺疏《世说新语笺疏》，上海古籍出版社，1993，第926~927页。按："云间""日下"分别是陆、荀二人的家乡所在，而且又含有自高身价之意。陆云是松江云间人，荀隐是洛阳人，洛阳是西晋都城。封建社会以帝王比日，因以皇帝所在之地为日下，故荀隐自称"日下荀鸣鹤"。云从龙，日照鹤，亦有自高身价之意。后来，以"云间"对"日下"成为诗家常用的骈语。如清李渔《笠翁对韵》："名动帝畿，西蜀三苏来日下；壮游京洛，东吴二陆起云间。"

③ （唐）房玄龄等：《晋书》卷八十二《习凿齿传》，中华书局，1974，第2153页。

④ （南朝宋）刘义庆撰，（南朝梁）刘孝标注，余嘉锡笺疏《世说新语笺疏》，上海古籍出版社，1993，第138~139页。

⑤ （宋）严羽撰，郭绍虞校释《沧浪诗话校释》，人民文学出版社，1961，第151页。

江皋"等句，皆佳句也。然语虽秀美，而未尽溶液。至如"水宿淹晨暮，阴霞屡兴没""扬帆采石华，挂席拾海月""海鸥戏春岸，天鸡弄和风""岩下云方合，花上露犹泫""池塘生春草，园柳变鸣禽""云日相辉映，空水共澄鲜""昏旦变气候，山水含清晖""林壑敛暝色，云霞收夕霏"等句，始为溶液矣。即鲍照所谓"始初发芙蓉，自然可爱"，王元美谓"琢磨之极，妙亦自然"者也。①

许学夷所举谢灵运的佳句多为精美的对句，又如谢灵运《池上楼》通篇全对，在语言上精雕细刻、惨淡经营。正因如此，胡应麟《诗薮·内编二》称"康乐骈俪已极"。日本学者古田敬一也说："中国的对句史上，谢灵运是一个完成者、集大成者，是一个站在顶点的诗人。"②另外，谢惠连、谢庄、鲍照、颜延之也有通篇骈偶的诗歌。在元嘉时期，对句已成为诗歌创作中一种普遍追求的技巧，而且对句的类别日趋丰富多样。"如果根据王力先生的分类③衡量元嘉文学的对句，除干支对、反义连用字对和饮食门之外，其余二十五种对元嘉文学中都已出现，而谢灵运诗中就有二十一种。"④

元嘉以后，这种"争价一句之奇"、摘句嗟赏的风气愈演愈烈，如：

> 宋孝武殷贵妃亡，（丘）灵鞠献挽歌诗三首，云"云横广阶暗，霜深高殿寒"。帝擿句嗟赏。⑤

> （柳恽）始为诗曰："亭皋木叶下，陇首秋云飞。"琅邪王元长见而嗟赏，因书斋壁。至是预曲宴，必被诏赋诗。尝奉和高祖《登景阳楼》中篇云："太液沧波起，长杨高树秋。翠华承汉远，雕辇逐风

① （明）许学夷著，杜维沫校点《诗源辩体》卷七，人民文学出版社，1987，第109页。

② 〔日〕古田敬一：《中国文学的对句艺术》，李淼译，吉林文史出版社，1989，第150页。

③ 按：从不同的角度出发，对仗可分为不同的类别。王力先生在前人的基础上，归纳整理，将对句分为十一类二十八门。参见王力《汉语诗律学》第一章第十四节"对仗的种类"，上海教育出版社，2005，第160~171页。

④ 罗宗强：《魏晋南北朝文学思想史》，中华书局，2006，第210页。

⑤ （南朝梁）萧子显：《南齐书》卷五十二《丘灵鞠传》，中华书局，1972，第889页。

游。"深为高祖所美。当时咸共称传。①

这些单独摘出加以评赏的句子都是对偶谨严的诗句。

萧子显《南齐书·文学传论》云："张视摘句褒贬。"② 郭绍虞先生认为"似为后世句图之始"③。刘勰《文心雕龙·隐秀》云："秀也者，篇中之独拔者也。"④"秀"指的应是诗文中的秀句与警句。钟嵘《诗品》以诗篇中有无"秀句"作为品第高下的一个重要参照，如称赞谢灵运诗"名章迥句，处处间起"⑤，谢朓诗"奇章秀句，往往警遒"⑥。受这种风气的影响，很多文人在外交辞令、宾主应答中，经常运用四六隔对这样的警策之句，如：

宋弁于瑶池堂谓（王）融曰："昔观相如《封禅》，以知汉武之德。今览王生《诗序》，用见齐王之盛。"融曰："皇家盛明，岂直比踪汉武，更惭鄙制，无以远匹相如。"⑦

太清二年，（徐陵）兼通直散骑常侍。使魏，魏人授馆宴宾。是日甚热，其主客魏收嘲陵曰："今日之热，当由徐常侍来。"陵即答曰："昔王肃至此，为魏始制礼仪。今我来聘，使卿复知寒暑。"收大惭。⑧

君蒨辩于辞令，湘东王尝出军，有人将妇从者。王曰："才愧李陵，未能先诛女子，将非孙武，遂欲驱战夫人。"君蒨应声曰："项籍壮士，犹有虞兮之爱，纪信成功，亦资姬人之力。"⑨

① （唐）姚思廉：《梁书》卷二十一《柳恽传》，中华书局，1973，第331页。
② （南朝梁）萧子显：《南齐书》卷四十七《文学传论》，中华书局，1972，第907页。
③ （宋）严羽撰，郭绍虞校释《沧浪诗话校释》，人民文学出版社，1961，第152页。
④ （南朝梁）刘勰著，范文澜注《文心雕龙注》，人民文学出版社，1958，第632页。
⑤ （南朝梁）钟嵘撰，吕德申校释《钟嵘诗品校释》，北京大学出版社，2000，第51页。
⑥ （南朝梁）钟嵘撰，吕德申校释《钟嵘诗品校释》，北京大学出版社，2000，第102页。
⑦ （南朝梁）萧子显：《南齐书》卷四十七《王融传》，中华书局，1972，第821~822页。
⑧ （唐）姚思廉：《陈书》卷二十六《徐陵传》，中华书局，1972，第326页。
⑨ （唐）李延寿：《南史》卷十五《徐君蒨传》，中华书局，1975，第441页。

　　上举王融、徐陵、萧绎、徐君蒨所言,大都为工整的四六隔对,可见当时文人对这种对句的娴熟程度。甚至一些刚学会作诗的孩童,就能写出对偶工稳的对句。如萧绎《金楼子》云:"余六岁解为诗,奉敕为诗曰:'池萍生已合,林花发稍稠。风入花枝动,日映水光浮。'因而稍学为文也。"① 且不论这首诗的艺术成就如何,对仗却非常工整。一个六岁的小孩子刚开始学写诗,就能写出如此工整的对句,可见当时注重骈偶的社会风气。正是在这种对骈偶日趋重视的背景下,萧绎《诗评》才会声称:"作诗不对,本是吼文,不名为诗。"②

　　不仅南朝如此,到了北朝中后期,北朝文人也开始形成评赏诗文中佳句的风气。如:

　　　　荆州秀才张裴常为五言,有清拔之句,云:"异林花共色,别树鸟同声。"(元)或以蛟龙锦赐之。③

　　　　荀仲举、萧悫工于诗咏。悫曾秋夜赋诗,其两句云"芙蓉露下落,杨柳月中疏",为知音所赏。④

　　　　辛德源尝于邢邵座赋诗,其十字曰:"寒威渐离风,春色方依树。"众咸称善。后王昕逢之,谓曰:"今日可谓寒威离风,春色依树。"⑤

　　从上面可以看出,他们叹赏的所谓佳句都是对仗工整之作。这绝非一种巧合,而是时代风气如此。受这种风气的影响,有些才思敏捷的文人脱口就能道出精妙的对句,令人叹服。如:

　　　　北齐卢思道聘陈,陈主令朝贵设酒食,与思道宴会。联句作诗,有一人先唱,方便讽刺北人云:"榆生欲饱汉,草长正肥驴。"为北人

① (南朝梁)萧绎:《金楼子》卷六《自序篇》,《丛书集成初编》,中华书局,1985。
② 〔日〕遍照金刚著,周维德校点《文镜秘府论》南卷《论文意》引,人民文学出版社,1975,第140页。
③ (北魏)杨衒之撰,周祖谟校释《洛阳伽蓝记校释》,中华书局,2010,第66页。
④ (唐)李百药:《北齐书》卷四十五《古道子传》,中华书局,1972,第628页。
⑤ (宋)李昉等:《太平御览》卷五百八十六引《三国典略》,中华书局,1960,第2641页。

食榆，兼吴地无驴，故有此句。思道援笔即续之曰："共甑分炊米，同
铛各煮鱼。"为南人无情义，同炊异馔也，故思道有此句。……散骑常
侍陇西辛德源谓（卢）思道曰："昨作《羌妪诗》，惟得五字云：'皂
陂垂肩井'，苦无其对。"思道寻声曰："何不道'黄物插脑门'？"①

卢思道之所以能敏捷地道出如此工整的对句，很可能是因为平日有过
这方面的训练，六朝文人对骈偶的重视由此可见一斑。这种骈偶风气渗透
到各种体裁之中，自然对各种文体的骈化起到较大的推动作用。

一　六朝骈文的对仗句式

萧统《文选序》云："又少则三字，多则九言，各体互兴，分镳并
驱"，从中可见三言到九言诗体创作的繁盛。笔者接下来分析六朝骈文从
三言至九言的对仗句式，探讨其与诗歌对仗句式的异同。

（一）三言对句

刘勰《文心雕龙》称"三言兴于虞时，《元首》之诗是也"②，然其所
举《元首》之诗③，并非严格意义上的三言句式。据统计，《诗经》有30
余首作品都含有三言句式，其中所占比例最高的当数《召南·江有汜》：

江有汜，之子归，不我以。不我以，其后也悔。
江有渚，之子归，不我与。不我与，其后也处。
江有沱，之子归，不我过。不我过，其啸也歌。④

---

① （宋）李昉等：《太平广记》卷二百四十七引《谈薮》，中华书局，1961，第1915页。
② （南朝梁）刘勰著，范文澜注《文心雕龙注》，人民文学出版社，1958，第571页。
③ 按：《尚书·皋陶谟》云："帝庸作歌曰：'敕天之命，惟时惟几。'乃歌曰：'股肱喜哉，
元首起哉，百工熙哉。'皋陶拜手稽首，扬言曰：'念哉，率作兴事，慎乃宪，钦哉！屡
省乃成，钦哉！'乃赓载歌曰：'元首明哉，股肱良哉，庶事康哉。'又歌曰：'元首丛脞
哉，股肱惰哉，万事堕哉。'"刘勰以"哉"为语助，以"喜""起""熙""明""良"
"康"为韵，故称三言始于《元首》之诗。
④ 程俊英、蒋见元：《诗经注析》，中华书局，1991，第51～52页。

《诗经》中的三言仍然摆脱不了四言的框架，没有独立成篇的作品。汉代《郊祀歌》始有通篇三言的作品。

从汉代开始，文章中的三言逐渐形成四句以上连用的态势①。如：

> 蹑梁父，登泰山，建显号，施尊名。（司马相如《封禅书》）

> 建太学，修郊祀，定正朔，协音律；封泰山，塞宣房，符瑞应，宝鼎出，白麟获。（刘询《议武帝庙乐诏》）

> 乃申旧章，下明诏，命有司，班宪度，昭节俭，示大素。（班固《东都赋》）

尤其是司马相如《子虚赋》"于是乃相与獠于蕙圃"一段：

> 于是乃相与獠于蕙圃，媻珊勃窣，上金堤，掩翡翠，射鹓鶵，微矰出，纤缴施，弋白鹄，连驾鹅，双鸧下，玄鹤加。怠而后发，游于清池；浮文鹢，扬桂枻，张翠帷，建羽盖，罔玳瑁，钓紫贝；摐金鼓，吹鸣籁，榜人歌，声流喝，水虫骇，波鸿沸，涌泉起，奔扬会，礧石相击，硠硠礚礚，若雷霆之声，闻乎数百里之外。②

作者注重三言一二节奏与二一节奏的有机组合，充分调动三言句式的独特魅力。"前者状动，后者述静；前者是空间距离的行为性移动，后者

---

① 按：汉代也是三言诗发展史上的一个重要时期，三言诗作为一种成熟的诗体，在这一历史时期得以较频繁地使用。这首先表现在，三言诗像四言诗、五言诗一样，成了汉乐府中的重要诗体，仅郊庙歌辞就有 12 首，杂歌谣辞中的三言诗更多。其次，汉代文人已开始用三言诗体进行诗歌创作。广川王刘去的两首歌用的是三言诗体，崔骃也作有三言诗。汉代的文人三言诗虽然不多，却很有典型意义，其既表明汉代文人在一定程度上欲打破四言诗的一统地位，也表明汉代文人对三言诗体在一定程度上的认同。参见周远斌《论三言诗》，《文学评论》2007 年第 4 期。
② （汉）司马迁：《史记》卷一百一十七《司马相如列传》，中华书局，1959，第 3012～3013 页。

是时间平面的视觉性刻画。动觉视感，交替而行。读后令人拍案叫绝，叹为观止。"①

葛晓音《论汉魏三言体的发展及其与七言的关系》一文指出："从汉魏的三言体的内容和功能来看，基本上是分别走着大雅和大俗两条相反的道路。雅者，是按着古乐府题目的体裁传统在乐府郊庙、鼓吹、舞乐中传承下来，但汉代尚有极少数反映民间思想感情的三言乐府，到魏晋则变成清一色的歌颂庙堂的雅音。俗者，是在民间按其固有的表现方式刺时评人。"② 六朝骈文走的则是大雅的道路。文中的三言对句基本上连用四句以上，如：

> 天瑞降，地符升，泽马来，器车出；紫脱华，朱英秀；佞枝植，历草孳。（王融《三月三日曲水诗序》）

> 结朱实，包绿裹。朹白蒂，抽紫茎。（刘峻《东阳金华山栖志序》）

相较两汉的三言句式，对仗更为精工。

六朝骈体颂文一般讲究典雅清铄③，以四言为主，但也有通篇以三言写成的。如萧纲《马宝颂》云：

> 帝广运，德钦明。仪郊升，道形声。德为轨，仁作经。璇玑正，太阶平。割五礼，和六英。开四摄，行八政。转轮皇，飞行圣。愍含识，资惠命。引苍生，归法性。菩提真，般若净。七宝均，万邦宁。遵悖史，观陈诗。域中大，唯圣期。闻玄妙，复孝慈。解流泽，随因时。刑已措，绩咸熙。三农盛，九谷滋。万祇悦，八神怡。律有节，

---

① 冯胜利：《汉语韵律诗体学论稿》，商务印书馆，2015，第180页。
② 葛晓音：《论汉魏三言体的发展及其与七言的关系》，《上海大学学报》（社会科学版）2006年第3期，第60页。后收入其《先秦汉魏六朝诗歌体式研究》，北京大学出版社，2012，第176页。
③ 刘勰《文心雕龙·颂赞》曰："颂惟典雅，辞必清铄。敷写似赋，而不入华侈之区；敬慎如铭，而异乎规戒之域。"

历得天。景星曜，庆云连。珠为月，醴为泉。民何幸，值皇年。乾道
应，坤马来。度玉关，升玉台。镂锡焕，鸾镳回。盘云转，堞尘开。
千天驷，百龙媒。永伏皂，扫驹骎。秫瑶粟，委芳刍。九夷款，四表
清。氓胥乐，舆颂兴。①

萧纲以三言作颂，并不影响该文的典重。文中的三字句对仗工整，注
重二一节奏和一二节奏的参差变换，错落有致，再加上多次换韵，更具有
声韵之美。

总的来说，三言对句短促有力，在六朝骈文中主要起调剂节奏的作
用，最多可以通篇运用于礼仪类的颂体。三言对句之所以没有成为主要句
型，原因则如日本学者松浦友久所说："以三字一句为意义表达单位是过
于短小了，在重要的表达功能上缺乏畅达感。"② 另外，其在表现丰富多变
的感情方面也捉襟见肘。

（二）四言对句

挚虞《文章流别论》云："雅音之韵，四言为正，其余虽备曲折之体，
而非音之正也。"刘勰《文心雕龙·章句》说："至于诗颂大体，以四言为
正。"遍照金刚《文镜秘府论》也认为："七言已去，伤于大缓，三言已
还，失于至促；准可以间其文势，时时有之。至于四言，最为平正，词章
之内，在用宜多，凡所结言，必据之为述。"③ 他们不仅在理论上这样表述，
在实际创作方面也是这样做的。据王毓红《言者我也——〈文心雕龙〉批评
话语分析》一书统计④，刘勰《文心雕龙》是以四言句式为主体的，具体列表
如下：

篇章	总句子（个）	四字句（个）
《原道第一》	126	99

① （清）严可均校辑《全上古三代秦汉三国六朝文》，中华书局，1958，第3020页。
② 〔日〕松浦友久：《中国诗歌原理》，孙昌武、郑天刚译，辽宁教育出版社，1990，第121页。
③ 〔日〕遍照金刚著，周维德校点《文镜秘府论》，人民文学出版社，1975，第158～159页。
④ 王毓红：《言者我也——〈文心雕龙〉批评话语分析》，商务印书馆，2011，第17～19页。

篇章	总句子（个）	四字句（个）
《征圣第二》	100	72
《宗经第三》	133	96
《正纬第四》	117	92
《辨骚第五》	150	93
《明诗第六》	192	147
《乐府第七》	156	117
《诠赋第八》	148	110
《颂赞第九》	140	109
《祝盟第十》	163	123
《铭箴第十一》	145	106
《诔碑第十二》	164	132
《哀吊第十三》	141	109
《杂文第十四》	144	110
《谐隐第十五》	136	93
《史传第十六》	284	171
《诸子第十七》	175	127
《论说第十八》	207	159
《诏策第十九》	195	128
《檄移第二十》	150	104
《封禅第二十一》	135	93
《章表第二十二》	164	124
《奏启第二十三》	184	143
《议对第二十四》	197	137
《书记第二十五》	345	244
《神思第二十六》	136	87
《体性第二十七》	125	114
《风骨第二十八》	121	99
《通变第二十九》	137	94
《定势第三十》	143	97
《情采第三十一》	131	93
《镕裁第三十二》	114	107
《声律第三十三》	130	114
《章句第三十四》	139	113

篇章	总句子（个）	四字句（个）
《丽辞第三十五》	128	100
《比兴第三十六》	121	75
《夸饰第三十七》	101	63
《事类第三十八》	166	98
《练字第三十九》	177	142
《隐秀第四十》	134	97
《指瑕第四十一》	142	110
《养气第四十二》	101	70
《附会第四十三》	118	91
《总术第四十四》	124	94
《时序第四十五》	305	210
《物色第四十六》	123	88
《才略第四十七》	282	197
《知音第四十八》	142	89
《程器第四十九》	117	74
《序志第五十》	171	115

六朝骈文在四言单对的基础上，又丰富发展了四四隔对。四四隔对在《诗经》中就已出现，如：

昔我往矣，杨柳依依。今我来思，雨雪霏霏。（《诗经·小雅·采薇》）

凤凰鸣矣，于彼高冈。梧桐生矣，于彼朝阳。菶菶萋萋，雍雍喈喈。君子之车，既庶且多。君子之马，既闲且驰。（《诗经·大雅·卷阿》）

魏晋时期，嵇康的四言诗也多用四四隔对，如：

穆穆惠风，扇彼轻尘，奕奕素波，转此游鳞。（《赠兄秀才入军诗》之五）

虽有好音，谁与清歌，虽有姝颜，谁与发华。（《赠兄秀才入军诗》之十一）

但只有到了六朝骈文中，四言隔对才真正蔚然成风，成为骈文最基本的句式之一。

（三）五言对句

钟嵘在《诗品序》中说："五言居文词之要，是众作之有滋味者也，故云会于流俗。岂不以指事造形，穷情写物，最为详切者耶？"所言甚是。五言由于比四言诗具有更加灵活的音步构成，为单音字灵活存在和自由组合提供了多种可能，不用过多地使用虚字来填补音节，在对称艺术方面有很大的拓展空间。五言诗发展迅猛，而且多有对句，所以骈文不能再以五言对句作为主要句式，否则就彰显不出骈文的文体特征，与诗没有什么区别了。六朝骈文的五言对句主要集中在赋、赞等文体中。如颜测《栀子赞》、江淹《云山赞》、常景《四君赞》① 均通篇五言，近似于诗。② 更有甚者，一些骈赋通篇以五、七言诗句组成，如萧悫《春赋》云：

落花无限数，飞鸟排花度。禁苑至饶风，吹花春满路。岩前片石迥如楼，水里连沙聚作洲。二月莺声才欲断，三月春风已复流。分流绕小渡，堑水还相注。山头望水云，水底看山树。舞余香尚在，歌尽声犹住。麦垄一惊翚，菱潭两飞鹭。③

---

① 按：《魏书·常景传》记载："（常）景淹滞门下积岁，不至显官，以蜀司马相如、王褒、严君平、扬子云等四贤，皆有高才而无重位，乃托意以赞之。"［（北齐）魏收：《魏书》，中华书局，1984，第1802页。］

② 按：如常景《四君赞》第一首："长卿有艳才，直致不群性。郁若春烟举，皎如秋月映。游梁虽好仁，仕汉常称病。清贞非我事，穷达委天命。"除了第四联与第三联不粘、押仄声韵外，声律、对仗都很接近五言律诗。严可均《全上古三代秦汉三国六朝文》虽然早已收录常景的这四篇赞文，但逯钦立先生仍把这些赞文收入《先秦汉魏晋南北朝诗》，可见常景的赞文确实是介于诗与文之间。

③ （清）严可均校辑《全上古三代秦汉三国六朝文》，中华书局，1958，第4094页。按：萧悫《春赋》虽然被收入《全隋文》，但其应作于梁朝。

　　该赋纯用五、七言诗句，描写细腻，形象生动。前四句已是一首平仄合律、押仄声韵的古绝①，后八句除最后一联外，已注意到平仄的对仗，只是还不相粘，押仄声韵，近似于永明诗体。这样无疑打破了六朝时期诗与赋的界限。许多在《艺文类聚》中被视为赋的作品，也被逯钦立收入其辑校的《先秦汉魏晋南北朝诗》中。清人王芑孙站在辨体的立场上，对六朝骈赋的诗化倾向颇为不满，指责道："七言、五言，最坏赋体，或谐或奥，皆难斗接；用散用对，悉碍经营。"② 因此，骈文的主要句式不可能是五言。

　　值得注意的是，六朝骈文中虽有一些五言对句，但不同于当时五言诗的对句。五言诗句的节奏一般是二二一或二一二，而骈文中的一些五言对句的节奏则是一二二，如：

　　　　召南分陕，流甘棠之德；平阳好道，深狱市之寄。（谢朓《为录公拜扬州恩教》）

　　　　摧蚩尤之阵，破寻邑之师。（邢邵《为潘司徒乐让表》）

　　　　虽住在域中，而神游方外。（邢邵《献武皇帝寺铭》）

　　即使骈文中一些五言对句是二一二节奏，如"美终则诔发，图像则赞兴"（萧统《文选序》），"鸣鞭则汗赭，入埒则尘红"（庾信《三月三日华林园马射赋并序》），但它们是在四言句的中间加一个虚字，不同于五言诗句。

　　六朝其他骈体文类也出现类似五言诗体的对句。如孙德谦《六朝丽指》云：

---

① 按：王力《诗词格律》认为凡有下面两种情况者，就应该认为是古绝：一是用仄声韵；二是不用律诗的平仄，有时还不粘、不对。

② （清）王芑孙：《读赋卮言·审体》，何沛雄编著《赋话六种》，生活·读书·新知三联书店香港分店，1982，第4页。

魏应休琏《与满炳书》：“高树翳朝云，文禽蔽绿水。”此于骈文之中，而有五言诗句，岂不异哉？今观六朝，如任彦升《为庾杲之与刘居士书》：“妙域筵山河，虚馆带川涘。”王元长《三月三日曲水诗序》：“引镜皆明目，临池无洗耳。”又如孔稚珪《北山移文》：“希踪三辅豪，驰声九州牧。”王僧孺《与何炯书》：“俯眉事妻子，举手谢宾游。”徐孝穆《在北齐与杨仆射书》：“盛旱坼山川，长波含五岳。”皆有此体。若以之入诗，亦斐然成章也。至《移文》中所谓“涧户摧绝无与归，石径荒凉徒延伫”，则又为七言诗矣。此文通篇用韵，固为赋体，宜其多有诗语也。①

但五言对句在这些骈体中并不占主体，只是起到点缀的作用。

（四）六言对句

两汉，尤其是东汉文章，已开始大量地使用六言对句，如：

逮汉祖之龙兴，荷天符而用师。曜神武于幽冀，遇白登之重围。何猃狁之桀虐，自弛放而不羁？哀昏庚之习性，阻广汉之荒垂。命窦侯之征讨，蹑卫霍之遗风。奉圣皇之明策，奋无前之严锋。采伊吾之城壁，蹈天山而遥降。曝名烈于禹迹，奉旗鼓而来旋。圣上嘉而褒宠，典禁旅之戎兵。内雍容以询谟，外折冲于无形。惟倜傥以弘远，委精虑于朝廷。②（傅毅《窦将军北征颂》）

女辞家而适人，臣出身而事主。彼贤哲之逢患，犹栖迟以羁旅。矧禽鸟之微物，能驯扰以安处！眷西路而长怀，望故乡而延伫。忖陋体之腥臊，亦何劳于鼎俎？嗟禄命之衰薄，奚遭时之险巇？岂言语以阶乱，将不密以致危？痛母子之永隔，哀伉俪之生离。匪余年之足惜，愍众雏之无知。背蛮夷之下国，侍君子之光仪。惧名实之不副，

---

① 孙德谦：《六朝丽指》，四益宦刊本，第62条。

② （清）严可均校辑《全上古三代秦汉三国六朝文》，中华书局，1958，第707页。

耻才能之无奇。羡西都之沃壤，识苦乐之异宜。①（祢衡《鹦鹉赋》）

魏晋时期出现了一些完整的六言诗②，但这些六言诗中对句很少，只有庾信在北周创作的《羽调曲》五首几乎全为六言对句，如：

树君所以牧人，立法所以静乱。首恶既其南巢，元凶于是北窜。居休气而四塞，在光华而两旦。是以雨施作《解》，是以风行惟《涣》。周之文武洪基，光宅天下文思。千载克圣咸熙，七百在我应期。实昊天有成命，惟四方其训之。（《羽调曲》之一）

运平后亲之俗，时乱先疏之雄。逾桂林而驱象，济弱水而承鸿。既浮千吕之气，还吹八律之风。钱则都内贯朽，仓则常平粟红。火中乃寒乃暑；年和一风一雨。听钟磬，念封疆；闻笙竽，思畜聚。瑶琨筱荡既从，怪石铅松即序。长乐善马成厩，水衡黄金为府。③（《羽调曲》之二）

六言诗在中国古代始终没有大的发展。如宋人洪迈编选唐人绝句，"得七言七千五百首，五言二千五百首，合为万首。而六言不满四十，信乎其难也"④。之所以六言对句在骈文中成为主要句式，是因为骈文丰富了

---

① （清）严可均校辑《全上古三代秦汉三国六朝文》，中华书局，1958，第942页。

② 按：关于六言诗的起源，赵翼《陔余丛考》论之甚详，该书卷二十三曰："任昉云：六言始于谷永。然刘勰云：六言、七言，杂出《诗》《骚》。今按《毛诗》'谓尔迁于王都'，'曰予未有室家'等句，已开其端，则不始于谷永矣。或谷永本此体创为全篇，遂自成一家。然永六言诗今不传。《后汉书·孔融传》：融所著诗、颂、碑文、六言、策文、表檄。其曰六言者，盖即六言诗也，今亦不传。……盖此体本非天地自然之音节，故虽工而终不入大方之家耳。古六言诗间有可见者，《文选》注引董仲舒《琴歌》二句，又乐府'月穆穆以金波，日华耀以宣明'，边孝先《解嘲》'寐与周公通梦，静与孔子同意'，《满歌行》'命如凿石见火，居世竟能几时'。《三国志注》：曹丕答群臣劝进书，自述所作诗曰：'丧乱悠悠过纪，白骨纵横万里，哀哀下民靡恃，吾将佐时整理，复子明辟致仕。'"参见（清）赵翼撰《陔余丛考》，中华书局，1963，第452页。魏晋六言诗今存孔融3首、曹丕3首、曹植2首、嵇康10首、傅玄12首、陆机2首、庾阐6首。

③ （北周）庾信撰，（清）倪璠注，许逸民校点《庾子山集注》，中华书局，1980，第498～499页。

④ （宋）洪迈撰，孔凡礼点校《容斋随笔》，中华书局，2005，第611页。

六言句式的节奏。六言诗句的节奏较为单一，只有两种类型，或二二二节奏，如"丧乱悠悠过纪，白骨纵横万里。哀哀下民靡恃，吾将佐时整理，复子明辟致仕"（曹丕《令诗》）；或三三节奏，如"法令滋章寇生"（嵇康《六言诗》）。其实，这相当于两个三言句。正因如此，赵翼才会说："盖此体本非天地自然之音节，故虽工而终不入大方之家耳。"① 六朝骈文中六言对句的节奏除了二二二、三三节奏外，还有三一二节奏，如"歌大风以还沛，好清谈于暮年"（沈约《武帝集序》），即使是二二二节奏，其句中往往会加"以""于""而""之""则"等虚词，从而使对句虚实相间、节奏舒缓。

（五）七言对句

关于七言体的起源，至今尚无定论②。挚虞《文章流别论》认为七言始于"交交黄鸟止于桑"③，但《诗经·秦风·黄鸟》中的这句诗往往断句为"交交黄鸟，止于桑"。《诗经》中的七言句式很少，但也出现了七言对句，如"维昔之富不如时，维今之疚不如兹"（《大雅·召旻》）。《楚辞》中的七言句非常丰富。台湾学者李立信甚至认为"七言为骚体中之一体"，"都是从《国殇》和《山鬼》发展出来的"④。余冠英《七言诗起源新论》指出汉代有一种"七言"的称谓，不同于诗、赋等文体。他还推测说"七言不是向来所谓诗的形式"⑤。曹丕《燕歌行》被公认为现存最早、最完整的七言诗。到了齐梁时期，才有较多的文人从事七言诗的创作。

六朝骈文中的一些七言对句也与七言诗句的节奏不同。七言诗句的节奏一般是二二二一或二二一二，而骈文中七言句的节奏大多是三二二、三

---

① （清）赵翼：《陔余丛考》，中华书局，1963，第452页。
② 按：台湾学者李立信曾将学界各种观点总结为9种：源于《诗经》说；源于楚辞说；源于柏梁台诗说；源于曹丕《燕歌行》说；源于民间歌谣说；源于乐府说；源于字书说；源于镜铭说；源于张衡《四愁诗》说，参见李立信《七言诗之起源与发展》，台北：新文丰出版公司，2001，第5~26页。关于七言体的发展，可参见拙作《论六朝骈文四六化的原因》，《河南师范大学学报》（哲学社会科学版）2009年第1期。
③ 按：挚虞《文章流别论》云：古之诗，"有三言、四言、五言、六言、七言、九言。古诗率以四言为体，而时有一句两句，杂在四言之间，后世演之，遂以为篇。……七言者，'交交黄鸟止于桑'之属是也。"
④ 李立信：《七言诗之起源与发展》，台北：新文丰出版公司，2001，第55~56页。
⑤ 余冠英：《汉魏六朝诗论丛》，上海古典文学出版社，1956，第139页。

一三或二三二。如：

> 陆士衡闻而抚掌，是所甘心；张平子见而陋之，固其宜矣。（庾信《哀江南赋序》）

> 巡步檐而临蕙路，集重阳而望椒风。（谢庄《宋孝武宣贵妃诔序》）

> 灵源与积石争流，神基与极天比峻。（沈约《齐故安陆昭王碑文》）

这里值得注意的是第三类七言对句，学界一般称之为"落霞句式"[①]。"落霞句式"并非王勃首创，六朝人已开始使用。正如宋人王楙所说："《文选》及晋、宋间集，如刘孝标、王仲宝、陆士衡、任彦升、沈休文、江文通之流，往往多有此语。信知唐人句格，皆有自也。"[②] 其实，"落霞句式"在六朝骈文中的运用要比王楙所说的更为普遍。除李士彪等人所举的例子外，还有很多，如：

> 安忍与金石同固，戒行与宝珠等色。（沈约《内典序》）

> 醴泉与甘露同飞，赤雁与斑麟俱下。（庾信《贺新乐表》）

> 雅操与孟光俱邈，渊意与文姬共远。（《杨无丑墓志》）

> 素骨逐玄泉而尽，清风与白日俱扬。（《穆君墓志之铭》）

---

① 按：此处袭用李士彪《魏晋南北朝文体学》的说法，将这种句式称为"落霞句式"。参见李士彪《魏晋南北朝文体学》第三章"篇体学"第二节"落霞句式"，上海古籍出版社，2004。相关论述可参见拙作《论六朝文章中的"落霞句式"》，《湖南社会科学》2009年第5期。

② （宋）王楙：《野客丛书》，中华书局，1987，第147~148页。

扶疏共邓林等茂，芬芳与兰桂俱生。(《□子犇墓志》)

据古代笔记所载："王勃死后，常于湖滨风月之下，自吟《滕王阁序》中'落霞与孤鹜齐飞，秋水共长天一色'。后有士人泊舟于此，闻之辄曰：易不去'与''共'，乃更佳。自尔绝响，不复吟矣。"① 其实，"落霞句式"的妙处就在于这两个虚字，正如台湾学者张仁青所说："(王勃)原句之美，端赖'与''共'两虚字旋转其间，文气乃畅，曼声吟哦，尤饶佳趣。若删去二虚字，则韵味尽失。"②

（六）八言对句

赵翼《陔余丛考》云："世罕有八言诗。《汉书·东方朔传》：'朔有八言七言上下。'晋灼曰：'八言、七言诗，各有上下篇。'③ 然今已不传。毛诗中惟'我不敢效我友自逸'④ 一句。顾宁人以'胡瞻尔庭有县狟兮'⑤ 为八言，然'兮'字尚是语助。非诗中字也。此外亦不经见。"⑥ 赵翼所论甚是。挚虞《文章流别论》、任昉《文章缘起》、刘勰《文心雕龙》都未论及八言。明人李之用编撰《诗家全体》，首立八言诗一体，并说："'我不敢效我友自逸'，此八言诗之祖，然亦未有成章，而庾开府则创见者矣。"⑦ 庾信创作有《角调曲》二首：

止戈见于绝辔之野，称伐闻于丹水之征。信义俱存，乃先忘食。五材并用，谁能去兵。虽圣人之大宝曰位；实天地之大德曰生。泾渭同流，清浊异能；琴瑟并御，雅郑殊声。扰扰烝人，声教不一；茫茫禹迹，车轨未并。志在四海，而尚恭俭；心包宇宙，而无骄盈。言而

---

① 按：谭家健认为此则材料出自章藻功《思绮堂文集》卷六《陈叔毅遗集序》自注引"诗话曰"，高步瀛《唐宋文举要》下、张仁青《骈文学》皆引作见章氏《登滕王阁书王子安序后》，非是。参见谭家健《关于骈文研究的若干问题》，《文学评论》1996 年第 3 期。

② 张仁青：《骈文学》，台北：文史哲出版社，1984，第 166 页。

③ 按：颜师古注《汉书》引晋灼语。

④ 按：见《诗经·小雅·十月之交》。

⑤ 按：见《诗经·魏风·伐檀》。

⑥ （清）赵翼：《陔余丛考》，中华书局，1963，第 454 页。

⑦ （明）李之用：《诗家全体》卷八，明万历二十六年邵武府学刻本。

无文，行之不远；义而无立，勤则无成。恻隐其心，训以慈惠；流宥其过，哀矜典刑。①（《角调曲》之一）

匡赞之士，或从渔钓；云雨之才，乍叹幽谷。寻芳者追深径之兰，识韵者探穷山之竹。克明其德，贡以三事；树之风声，言于九牧。协用五纪，风若从事；农用八政，甘作其谷。殊风共轨，见之周南；异亩同颖，闻之康叔。祁寒暑雨，是无胥怨；天覆云油，滋焉渗漉。幸无谢上古之淳人，庶可以封之于比屋。②（《角调曲》之二）

正如李之用所论，八言"不免间流为四言对扇，故造句比九言为尤难"③。许逸民先生在校点时，往往把上文中李之用所谓的八言句断为两个四字句。六朝骈文中也有一些八言对句，如：

密亲离则手为心使，昆弟晏则墨以亲露。（萧统《答湘东王求〈文集〉及〈诗苑英华〉书》）

石牒神昌之瑞方臻，金缕飞光之征永固。（萧纲《南郊颂》）

总的来说，六朝骈文中的八言对句较少。这些对句中的第四字或第五字往往是虚词，使其不至于断为两个四字句。

（七）九言对句

挚虞《文章流别论》云："古诗之九言者，'洞酌彼行潦挹彼注兹'之属是也。不入歌谣之章，故世希为之。"挚虞所举的诗句见于《诗经·大雅·洞酌》，一般断句为"洞酌彼行潦，挹彼注兹"。任昉《文章缘起》列魏代高贵乡公曹髦所作为其始，但黄侃认为："九言诗全篇今所见者，

---

① （北周）庾信撰，（清）倪璠注，许逸民校点《庾子山集注》，中华书局，1980，第488页。
② （北周）庾信撰，（清）倪璠注，许逸民校点《庾子山集注》，中华书局，1980，第488~490页。
③ （明）李之用：《诗家全体》卷八，明万历二十六年邵武府学刻本。

宋谢庄《宋明堂乐歌白帝》一首为最先，高贵乡公九言则无考矣。"① 宋谢
庄《宋明堂乐歌白帝》云："百川如镜，天地爽且明。云冲气举，德盛在
素精。木叶初下，洞庭始扬波。夜光彻地，翻霜照悬河。庶类收成，岁功
行欲宁。浃地奉渥，馨宇承秋灵。"② 又庾信《商调曲》云：

> 君以宫唱，宽大而谟明。臣以商应，闻义则可行。有熊为政，访
> 道于容成。殷汤受命，委政于阿衡。忠其敬事，有罪不逃刑。诵其箴
> 谏，言之无隐情。有刚有断，四方可以宁。既颂既雅，天下乃升平。
> 专精一致，金石为之开。动其两心，妻子恩情乖。苟利社稷，无有不
> 尽怀。昊天降祐，元首惟康哉。③（《商调曲》之一）

但如同"洞酌彼行潦，挹彼注兹"一样，上文所谓九言也往往断为两个
四言、五言句式。诗中九言之罕见者，原因当如颜延之《庭诰》所说："九
言不见者，将由声度阐诞，不协金石。"六朝骈文中也有一些九言对句，如：

> 晔乎若朝日之开众华，霈乎若农夫之遇膏雨。（萧纲《大法颂》）

> 敝箄不能救盐池之咸，阿胶不能止黄河之浊。（庾信《哀江南赋》）

（八）四六隔对④

正如前文所论，四言对句是六朝骈文的基本句式之一，但四言句式的
节奏一般为二二节奏，过于单调。再加上骈体过于严格的对仗要求，使四

---

① 黄侃平点，黄焯编次《文选平点》，上海古籍出版社，1985，第3页。
② （南朝梁）沈约：《宋书》卷二十《乐志二》，中华书局，1974，第570页。
③ （北周）庾信撰，（清）倪璠注，许逸民校点《庾子山集注》，中华书局，1980，第483页。
④ 按：有些句式颇似四六隔对，而其实以十字为句。如："则有江鹅、海鸭、鱼鲛、水虎之
类；豚首、象鼻、芒须、针尾之族；石蟹、土蚌、燕箕、雀蛤之俦；折甲、曲牙、逆鳞、
反舌之属"（鲍照《登大雷岸与妹书》）；"褰帷断裳，危冠空履之吏；影摇武猛，扛鼎揭
旗之士"（王融《三月三日曲水诗序》）；"《鹿鸣》《四牡》，《皇华》《棠棣》之歌，《伐
木》《采薇》，《出车》《杕杜》之宴"（沈约《梁武帝集序》）；"倾天灭地，污宫潴社之
罪；拔本塞源，裂冠毁冕之衅"（萧绎《忠臣传·谏争篇序》）。因为这些语句并不能以
四六句读之，只是两个并列的十字句而已，所以并不在本节的考察范围之内。

言对句少了变化之美，"每苦文繁而意少"（钟嵘《诗品序》）。近代学者林纾曾以颂赞之体为例，论述以四言句为基本句式的文体写作的难度："颂赞之词，非泽于子书，精于小学者，万不能佳。二体大率为四言句，不能自镇则近佻；不能自敛则近纤；累句相同，不自变换则近沓；前后隔阂，不相照应则近赛；过艰恶涩，过险恶怪，过深恶晦，过易恶俚；必运以散文之抒轴，就中变化，文既古雅，体不板滞；自非发源于葩经，则选词不韵，赋色于子书，则取材不精；下字必严，撰言必巧，近之矣。"① 葛晓音先生也说："四言句虽然具有散文的性质，但它在诗化过程中形成的典型诗行和句序因其天生的重叠反复性而只适宜于抒情和描写。"②

清人沈德潜《说诗晬语》云："《三百篇》中，四言自是正体。然诗有一言，如《缁衣》篇'敝'字、'还'字，可顿住作句是也。有二言，如'鳣鲔''祈父''肇禋'是也。有三言，如'蝛斯羽''振振鹭'是也。有五言，如'谁谓雀无角''胡为乎泥中'是也。有六言，如'我姑酌彼金罍''嘉宾式燕以敖'是也。至'父曰嗟予子行役''以燕乐嘉宾之心'，则为七言。'我不敢效我友自逸'，则为八言。短以取劲，长以取妍，疏密错综，最是文章妙境。"③ 正如沈德潜所论，《诗经》就注意长句与短句的疏密错综。如《齐风·还》：

> 子之还兮，遭我乎猫之间兮。并驱从两肩兮，揖我谓我儇兮。
> 子之茂兮，遭我乎猫之道兮。并驱从两牡兮，揖我谓我好兮。
> 子之昌兮，遭我乎猫之阳兮。并驱从两狼兮，揖我谓我臧兮。

章潢曰："寥寥数语，自具分合变化之妙。猎固便捷，诗亦轻利，神乎技矣！"④ 此评述还较为笼统。程俊英进而具体分析这首诗的好处为何在于轻利，即"第一句四言，第二句七言，后两句六言，长短错杂，短以取

① 林纾撰，舒芜校点《春觉斋论文》，人民文学出版社，1959，第51页。
② 葛晓音：《四言体的形成及其与辞赋的关系》，《中国社会科学》2002年第6期，第158页。
③ （清）沈德潜撰，王宏林笺注《说诗晬语笺注》，人民文学出版社，2013，第25页。
④ （清）方玉润撰，李先耕点校《诗经原始》，中华书局，1986，第230页。

劲，长以取妍，一种不受束缚的豪爽之气脱口而出"①，可谓精到绝妙。

　　六朝诗文在长短对句的组合方面逐渐形成诗歌以三七言结合为主②、骈文以四六言为主的特征。关于诗歌为何选择以三七言结合为主，葛晓音《论汉魏三言体的发展及其与七言的关系》［《上海大学学报》（科学科学版）2006 年第 3 期］一文已有深入论述③。关于六朝骈文为何以四六对句为主，笔者曾撰文专门就这个问题进行深入探讨④，这里不再展开论述。

　　四六句式在六朝后期骈文中的比例越来越高，尤其是连珠、谢物小启等文体中甚至通篇为四六对句。据笔者统计，庾信的 44 首《拟连珠》中有 33 首通篇全由四六对句组成，如：

　　　　盖闻名高八俊，伤于阉竖之党；智周三杰，毙于妇女之计。是以洪泽之蛟，遂挫长饥之虎；平皋之蚁，能摧失水之龙。⑤ （《拟连珠》之二十一）

　　　　盖闻吴艘蜀艇，不能无水而浮；以红间绿，不能无弦而射。是以樊笼之鹤，宁有六翮之期；骯脏之马，无复千金之价。⑥ （《拟连珠》之二十二）

　　这些连珠多用四四隔对、四六隔对、六四隔对，对仗谨严，这种效果

---

① 程俊英、蒋见元：《诗经注析》，中华书局，1991，第 266 页。

② 按：如陆机在《鞠歌行》序中说："三言七言，虽奇宝名器，不遇知己，终不见重。"该诗歌云："朝云升，应龙攀，乘风远游腾云端。鼓钟歇，岂自欢，急弦高张思和弹。时希值，年夙愆，循己虽易人知难。王阳登，贡公欢，罕生既没国子叹。嗟千载，岂虚言，邈矣远念情忾然。"可见这类句式组合已正式名为"三言七言"。

③ 葛晓音：《论汉魏三言体的发展及其与七言的关系》，《上海大学学报》（社会科学版）2006 年第 3 期。

④ 参见拙作《论六朝骈文四六化的进程》［《广西师范大学学报》（哲学社会科学版）2009 年第 2 期］、《论六朝骈文四六化的原因》［《河南师范大学学报》（哲学社会科学版）2009 年第 1 期］。

⑤ （北周）庾信撰，（清）倪璠注，许逸民校点《庾子山集注》，中华书局，1980，第 607 页。

⑥ （北周）庾信撰，（清）倪璠注，许逸民校点《庾子山集注》，中华书局，1980，第 607 页。

是其他文体很难达到的。相对于其他句式，四六句式节奏互补，能增强节奏的丰富性和舒缓性，更能达到"历历如贯珠"的艺术效果。

六朝骈文中的四六隔对不仅在数量上占有很大比例，而且越来越讲究艺术性，往往被放在篇首醒目位置。如：

> 经纶大业，必以教养为先；咸秩九畴，亦由文德成务。（高允《承诏议兴学校表》）

> 窃惟皇王统天，必以穷幽为美；尽理作圣，亦假广采成明。（张彝《上采诗表》）

> 昔者云师火帝，非无战阵之风；尧誓汤征，咸用干戈之道。（徐陵《与王僧辩书》）

> 夫一言所感，凝晖照于鲁阳；一志冥通，飞泉涌于疏勒。（徐陵《与齐尚书仆射杨遵彦书》）

> 臣闻尧分四岳，是以望秩山川；舜命九官，是以光华日月。（庾信《为杞公让宗师表》）

即使被置于篇中，也往往起到警句的作用。如刘劭《赵都赋》"公子之客，叱劲楚令歃盟；管库隶臣，呵强秦使鼓缶"[①]，被刘勰誉为"用事如斯，可谓理得而义要矣"（《文心雕龙·事类》）。据《南史·王伟传》记载：萧绎平定侯景之乱后，爱惜侯景最重要的谋士王伟的才华，准备赦免他，"朝士多忌，乃请曰：'前日伟作檄文，有异辞句。'元帝求而视之，檄云：'项羽重瞳，尚有乌江之败；湘东一目，宁为赤县

---

① 按：刘勰《文心雕龙·事类》范文澜注曰："《三国魏志·刘劭传》：劭字孔才。劭尝作《赵都赋》，明帝美之。严可均《全三国文》卷三十二辑《赵都赋》佚文，漏辑此条。"参见刘勰著，范文澜注《文心雕龙注》，人民文学出版社，1958，第621页。

所归。'① 帝大怒，使以钉钉其舌于柱，剜其肠。"② 可见这一联四六隔对在王伟檄文中的重要地位。

宋人洪迈认为四六骈俪，"属辞比事，宜警策精切，使人读之激昂，讽咏不厌"③。他所撷"前辈及近时缀缉工致者十数联"，很多就是四六隔对。六朝骈文除了四六隔对，还有六四隔对、四七隔对、七四隔对，大都是四六隔对的变体，这里就不再一一论述了④。

黄宗羲曾说："余观古文，自唐以后为一大变：唐以前字华，唐以后字质；唐以前句短，唐以后句长；唐以前如高山深谷，唐以后如平原旷野，盖画然若界限矣。"⑤（《庚戌集自序》）其实骈文亦是如此。六朝骈文虽然偶尔也使用一些较长的单对或隔对，如：

于是沉辞怫悦，若游鱼衔钩，而出重渊之深；浮藻联翩，若翰鸟缨缴，而坠曾云之峻。（陆机《文赋》）

凄戾辛酸，嘤嘤关关，若离鸿之鸣子也；含嗉嗺谐，雍雍喈喈，若群雏之从母也。（潘岳《笙赋》）

非夫遗世玩道、绝粒茹芝者，乌能轻举而宅之？非夫远寄冥搜、笃信通神者，何肯遥想而存之？（孙绰《游天台山赋》）

禁童子之暴谑，则师友之诚，不如傅婢之指挥；止凡人之斗阋，则尧舜之道，不如寡妻之诲谕。（颜之推《颜氏家训·序致》）

---

① 按：这一四六隔对既指出了萧绎生理上的缺陷，不配君临天下，又说明项羽一代豪杰仍不免兵败自刎于乌江，更何况不能与之相提并论的萧绎。"重瞳"与"一目"相对，带有极强的讽刺色彩。

② （唐）李延寿：《南史》，中华书局，1975，第 2018 页。

③ （宋）洪迈撰，孔凡礼点校《容斋随笔》，中华书局，2005，第 517 页。

④ 关于六朝骈文中对句的组合艺术，可参见拙作《论六朝骈文的行文之气》，《济南大学学报》（社会科学版）2009 年第 2 期。

⑤ （清）黄宗羲著，陈乃乾编《黄梨洲文集》，中华书局，1959，第 385 页。

甚至还出现了类似后来八股文中经常出现的扇对①，如：

> 和神气，惩思虑，避风湿，节饮食，适嗜欲，此寿考之方也；不幸而有疾，则针石汤药之所去也。肃礼容，居中正，康道德，履仁义，敬天地，恪宗庙，此吉祥之术也：不幸而有灾，则克己责躬之所复也。（仲长统《昌言》）

> 袒裼徒搏，拔距投石之部，猿臂骈胁，狂趭犷猤，鹰瞵鹗视，趌趩疯瘰，若离若合者，相与腾跃乎莽罻之野。干卤殳铤，旸夷勃卢之旅，长殳短兵，直发驰骋，儇佻坌并，衔枚无声，悠悠旆旗者，相与聊浪乎昧莫之坰。（左思《吴都赋》）

> 人或交天下之士，皆有欢爱，而失敬于兄者，何其能多而不能少也！人或将数万之师，得其死力，而失恩于弟者，何其能疏而不能亲也。（颜之推《颜氏家训·兄弟》）

但这些长句对在六朝骈文中所占的比例甚小，但到晚唐以后，则逐渐成增长之势。

宋代楼钥就认识到这些长句对的弊端："作者争名，恐无以大相过，则又习为长句，全引古语以为奇崛，反累正气。况本以文从字顺，便于宣读，而一联或至数十言，识者不以为善也。"② 顾炎武认为："长则意多冗，字多懈，其于文也，亦难之矣。"③ 孙梅《四六丛话》也说："义山之文，隔句不过通篇一二见；若浮溪，非隔句不能警矣。甚至长联至数句，长句至数十字者，以为裁对之巧，不知古意浸失，遂成习气。"④

---

① 参见钱锺书《管锥编》，中华书局，1979，第 955～956 页。
② 祝尚书编《宋集序跋汇编》，中华书局，2010，第 1117 页。
③ （清）顾炎武著，黄汝成集释，栾保群、吕宗力校点《日知录集释》（下），上海古籍出版社，2014，第 469 页。
④ （清）孙梅著，李金松校点《四六丛话》，人民文学出版社，2010，第 696 页。

二 六朝骈文的对仗艺术

罗大经《鹤林玉露》卷六曾说："作诗要健字撑柱，要活字斡旋。"①中国古代诗学把动词或形容词比喻成"健字"，就是说它能像立柱一般撑起诗意来。所以，古代诗人都注意在动词或形容词上下功夫。六朝骈文对仗也很注重对动词和形容词的运用。

据史书记载：

> （王）诞少有才藻，晋孝武帝崩，从叔尚书令珣为哀策文，久而未就，谓诞曰："犹少序节物一句。"因出本示诞。诞揽笔便益之，接其秋冬代变后云，"霜繁广除，风回高殿"。珣嗟叹清拔，因而用之。②（《宋书·王诞传》）

联系全文："太山颓沟，洪渎竭津。何殃之甚，何酷之殷。自罹旻凶，二气代变。霜繁广除，风回高殿。帷幕空张，肴俎虚荐。极听无闻，详视罔见。"③王珣之所以对"霜繁广除，风回高殿"大为赞赏，除对仗工稳外，"繁""回"两个动词很好地烘托出了浓郁的悲痛氛围。又如颜延之《赭白马赋》："旦刷幽燕，昼秣荆越。"钱锺书先生认为这两句非常精彩，"前人写马之迅疾，辄揣称其驰骤之状，追风绝尘。谢庄《舞马赋》：'朝送日于西版，夕归风于北都。'亦仍旧贯，增'朝'、'夕'为衬托。颜氏之'旦''昼'，犹'朝''夕'也，而一破窠臼，不写马之行路，只写马之在厩，顾其过都历块，万里一息，不言可喻。文思新巧，宜李白、杜甫见而心喜。"④其实，不仅"旦""昼"新颖轻灵，"刷""秣"也形象生动，功不可没。

六朝骈文像这样的例子还有很多，孙德谦《六朝丽指》论之甚详，兹

---

① （宋）罗大经撰，王瑞来点校《鹤林玉露》，中华书局，1983，第108页。
② （南朝梁）沈约：《宋书》，中华书局，1974，第1491页。
③ （清）严可均校辑《全上古三代秦汉三国六朝文》，中华书局，1958，第1567页。
④ 钱锺书：《管锥编》，中华书局，1979，1306～1307页。

录如下:

> 六朝工于炼字。沈休文《为武帝与谢朏敕》:"纤贤之愧。""纤",《说文》:"诎也。"用"纤"则炼。江文通《为萧拜太尉扬州牧表》:"静民绍乱。""绍",《广雅》:"擘也。""擘"者,《礼·内则》:"涂皆干,擘之。"《疏》:"擘,去干涂也。"用"绍"则炼。王褒《与周宏让书》"铲迹幽溪",李善《海赋》"铲临崖之阜陆",注引《仓颉篇》曰:"铲,削平也。"用"铲"则炼。王僧达《祭颜光禄文》:"娥月寝耀。""寝",《汉书·刑法志》:"兵,寝刑措。"注:"寝,息也。"用"寝"则炼。凡其善于炼字者,必深通字义,倘字义不明,敢轻下一字乎?然此犹为虚实两字也。又有一句之内,皆施以冶炼之法者。试以文通为证:《为萧公三让扬州表》所谓"魂祈梦请,驻心挂气,""无使匹概血诚,不谅于璇扆;宏芬英猷,遂芜于里听",又《为萧骠骑让太尉增封第二表》所谓"铉司崇贵,衮位渊严,血祈旦亮,慊志夕满",此等辞句中,每安置一字,几经陶炼而出,真有夏夏独造之妙。文通而外,作者类然,不备载也。若思考其出处,以为或有所本,则泥矣。①

所谓"活字斡旋"是指副词、连词等虚词是句子和词语之间语意转换、承接的枢纽。它们在诗句中虽然不占核心位置,但能使诗意流动而富有生气,所以说它们是"活字"。六朝骈文由于对句的密度远远超过诗歌,再加上还要讲究用典和声律,所以也很重视活字的应用,使其能在诸名词和动词、形容词中斡旋,从而使文气灵动疏宕。关于这一点,孙德谦《六朝丽指》也有精彩的论述:

> 作骈文而全用排偶,文气易致窒塞。即对句之中,亦当少加虚字,使之动宕。六朝文如傅季友《为宋公求加赠刘前军表》:"倬忠贞

---

① 孙德谦:《六朝丽指》,四益宦刊本,第70条。

之烈，不泯于身后；大赉所及，永秩于后人。"任彦昇《宣德皇后令》："客游梁朝，则声华藉甚；荐名宰府，则延誉自高。"丘希范《永嘉郡教》："才异相如，而四壁徒立；高惭仲蔚，而三径没人。"或用"于"字，或用"则"字，或用"而"字，其句法乃栩栩欲活。至庾子山《谢滕王集序启》："譬其毫翰，则风雨争飞；论其文采，则鱼龙百变。"更觉跃然纸上矣。然使去此虚字，将"譬其""论其"易为藻丽之字，则必平板而不能如此流利矣。于是知文章贵有虚字旋转其间，不可落入滞相也。①

这些活字可以化解实字对偶过于繁密的凝重感，使节奏疏密得宜、文气畅达。

值得注意的是，自从刘宋以来，极力提高语言表达技巧，追趋新奇对句成为六朝骈文创作的一大风尚，文家为此甚至不惜颠倒文句，刻意使用奇词僻字和代字。《文心雕龙·通变》云："宋初讹而新。"《文心雕龙·定势》又云："自近代辞人，率好诡巧，原其为体，讹势所变，厌黩旧式，故穿凿取新……效奇之法，必颠倒文句。"②孙德谦《六朝丽指》对六朝骈文"新奇制胜"之法多有阐述③。这在鲍照、江淹等人的骈文创作中皆有体现。鲍照《石帆铭》中有"君子彼想"一语，本应为"想彼君子"，显然是故意颠倒语序以求新意④。即使到六朝后期，骈文为追趋新奇而不惜颠倒文句者亦屡见不鲜，如庾信《梁东宫行雨山铭》中对句"草绿衫同，花红面似"，其句法本应作"衫同草绿，面似花红"。

六朝后期骈文在对仗方面趋新求奇，刻意雕琢，有时甚至出现文句不通或语义欠妥的现象。如《恨赋》中有"孤臣危涕，孽子坠心"对句，本应为"孤臣危心，孽子坠涕"，为追求新奇而故意颠倒词序，直接导致语

① 孙德谦：《六朝丽指》，四益宦刊本，第16条。
② （南朝梁）刘勰著，范文澜注《文心雕龙注》，人民文学出版社，1958，第531页。
③ 参见孙德谦《六朝丽指》，四益宦刊本，第37条。
④ 按：曹道衡、沈玉成《南北朝文学史》说："这种句法的出现可能受佛经翻译的影响，也可能有追求新奇的用意，下开了江淹、庾信一些作品的先例，不过还不像江淹、庾信那样有时会严重到不顾文义是否通顺的程度。"（人民文学出版社，1991，第95页。）

178

义含混不明。又如《别赋》中对句"意夺神骇，心折骨惊"，或应为"意夺神骇，心惊骨折"，即使如此，文义仍有欠妥之处。离别之情虽能造成内心的不舍与痛苦，但显然无法产生"骨折"的严重后果。又如庾信《哀江南赋》"崩于巨鹿之沙，碎于长平之瓦"，被金人王若虚《文辨》讥为"此何等语"？"申包胥之顿地，碎之以首"被嘲为"尤不成文也"①。

至如六朝骈文对仗的种类则众说纷纭，无一定之标准。刘勰《文心雕龙·丽辞》云："丽辞之体，凡有四对：言对为易，事对为难，反对为优，正对为劣。"唐上官仪有六对说、八对说②。后人于对偶之名目，则愈析愈详、愈分愈细，遍照金刚《文镜秘府论》掇集唐人不同之对仗名目，共分二十九种之多。王力先生在前人的基础上，归纳整理，将对仗分为十一类二十八门③。其实，从不同的角度出发，对句可分为不同的类别。关于六朝骈文对仗的种类，学界研究得较为充分，这里略举数例，以窥其一斑。

（一）双声对、叠韵对、重言对

宛转附物，怊怅切情。（刘勰《文心雕龙·明诗》）

载金翠之婉婵。珥瑶珰之陆离。芬芳于梧春之苑。灼烁于长州之中。（萧纲《七励》）

---

① 王水照编《历代文话》（第二册），复旦大学出版社，2007，第1132页。

② 按：上官仪语见魏庆之《诗人玉屑》引《诗苑类格》曰："诗有六对：一曰正名对，天地日月是也；二曰同类对，花叶草芽是也；三曰连珠对，萧萧赫赫是也；四曰双声对，黄槐绿柳是也；五曰叠韵对，彷徨放旷是也；六曰双拟对，春树秋池是也。"又曰："诗有八对：一曰的名对，送酒东南去，迎琴西北来是也；二曰异类对，风织池间树，虫穿草上文是也；三曰双声对，秋露香佳菊，春风馥丽兰是也；四曰叠韵对，放荡千般意，迁延一介心是也；五曰联绵对，残河若带，初月如眉是也；六曰双拟对，议月眉欺月，谕花颊胜花是也；七曰回文对，情新因意得，意得逐情新是也；八曰隔句对，相思复相忆，夜夜泪沾衣，空叹复空泣，朝朝君未归是也。"［（宋）魏庆之著，王仲闻点校《诗人玉屑》，中华书局，2007，第229页。］

③ 参见王力《汉语诗律学》第一章第十四节"对仗的种类"，上海教育出版社，2005，第160～171页。

琉璃砚匣，终日随身；翡翠笔床，无时离手。清文满箧，非惟芍药之花；新制连篇，宁止蒲萄之树。（徐陵《玉台新咏序》）

圣容穆穆，侍讲闾闾……济济二宫，蔼蔼庶僚……莘莘胄子，祁祁学生。（潘尼《释奠颂》）

何大厦之耽耽，而斯干之秩秩。（邢邵《新宫赋》）

清人周春《杜诗双声叠韵谱括略》云："双声叠韵，分而言之，三百篇所早有。沿及西汉、魏晋，莫不皆然。但尔时音韵之学未兴，并无所谓双声叠韵名目，故散见而不必属对也。自沈约创四声切韵，有'前浮声，后切响'之说，于是始尚对者，或各相对，或互相对，调高律谐，最称精细。"① "叠韵如两玉相叩，取其铿锵；双声如贯珠相联，取其宛转。"② 重言对的作用与之类似，皆是"借声音的繁富增进语感的繁富"，或"借声音的和谐增进语调的和谐"③。

（二）数字对

方将受任三九，追踪二八，弘大道以事一人，数至理以安百姓。（邢邵《太尉韩公墓志铭》）

且平阳、蒲阪，贤臣则二十五人；颛顼、高辛，才子则一十六族。（庾信《贺传位于皇太子表》）

---

① 按：周春《杜诗双声叠韵谱括略》，《丛书集成新编》第 79 册，台北：新文丰出版公司，1986，第 431 页。按：《南史·谢庄传》云："王玄谟问庄何为双声，何者为叠韵。答曰：'玄护为双声，碻磝为叠韵。'其捷速若此。"《北齐书·魏收传》云："收外兄博陵崔岩尝以双声嘲收曰：'愚魏衰收。'收答曰：'颜岩腥瘦，是谁所生，羊颐狗颊，头团鼻平，饭房笿笼，着孔嘲玎。'"从这些记载可看出宋齐以后，文人对于双声、叠韵的娴熟程度。
② （清）李重华：《贞一斋诗说》，王夫之等撰《清诗话》，上海古籍出版社，1978，第 935 页。
③ 陈望道：《修辞学发凡·文法简论》，复旦大学出版社，2015，第 144 页。

一寸二寸之鱼，三竿两竿之竹。（庾信《小园赋》）

万灵翘首，应三台以西巡，两仪贞观，乘六气而东指。卿云既出，还闻百辟之歌，河清可俟，实骅万人之叹。（卢思道《在齐为百官贺甘露表》）

（三）人名对

似临淄之借书，类东武之飞翰。轸工迟于长卿，逾巧速于王粲。固乃度平子而越孟坚，何论孔璋而与公干。（陆倕《感知己赋赠任昉》）

然桓冲称谢安无将略，文靖公遂破符坚，山涛谓羊祜不强，建成侯卒平孙皓。（刘孝绰《求豫北伐启》）

昔马游志气，为马援所知，班嗣才学，为班彪见赏。（庾信《周大将军闻嘉公柳遐墓志》）

不言财利，王夷甫之为德；不谈人物，阮嗣宗之为人……张衡浑仪之后，即赋《归田》；杜预沉碑已来，遂停乡里。王仲宣有读书之楼，诸葛亮有弹琴之宅。（庾信《周大将军闻嘉公柳遐墓志》）

（四）地名对

刘跃进指出："在永明诗歌中，地名所占比例很大。这可能有两个重要原因。其一，与晋宋以来地理学的深入研究有关系。这些地理学著述往往要涉及许许多多的地名，比如范晔《后汉书·郡国志》记载地名四千多，沈约《宋书·郡州志》亦记两千多地名。诗人们采用地名入诗，特别是使之形成对仗，易于拓展诗的空间。其二，中国古代地名很多包含丰富的历史内容，采之入诗，也便于增加意蕴的深度。"[①] 其实，六朝骈文对句

---

①　刘跃进：《门阀士族与永明文学》，生活·读书·新知三联书店，1996，第 141 页。

中也多用地名，如：

> 直以五溪辽远，马伏波之思归；三湘卑湿，贾长沙之不愿。（庾信《周大将军闻嘉公柳遐墓志》）

甚至有些连用多个地名，如：

> 宜春苑中春已归，披香殿里作春衣。……河阳一县并是花，金谷从来满园树……开上林而竞入，拥河桥而争渡。（庾信《春赋》）

> 河阳北临，空思巩县。霸陵南望，还见长安。（王褒《与周弘让书》）

（五）当句对

洪迈《容斋随笔》云："于一句中自成对偶，谓之当句对。盖起于楚辞'蕙烝兰藉''桂酒椒浆''桂棹兰枻''斫冰积雪'。自齐、梁以来，江文通、庾子山诸人亦如此。"[1] 所言甚是，如江淹《别赋》"负羽从军""意夺神骇""心折骨惊"，《恨赋》"吊影惭魂""裂帛系书"，卢元明《剧鼠赋》"跖实排虚，巢居穴处""登机缘柜，荡扉动帘"，等等。

（六）借对

王融《永明九年策秀才文》云："金汤非粟而不守，水旱有待而无迁。""金汤"本指金城汤池，但在文中却按字面意思与"水旱"构成对偶。这便是所谓的借对。

六朝骈文对句种类的丰富以及艺术的精工从以上数例可见一斑。仇兆鳌注杜甫《江陵望幸》引葛常之语曰："近时论诗，皆谓对偶不切则失之粗，太切则失之俗。"[2] 宋人陈骙《文则》也说：

---

① （宋）洪迈撰，孔凡礼点校《容斋随笔》，中华书局，2005，第250页。
② （唐）杜甫著，仇兆鳌注《杜诗详注》，中华书局，1979，第1053页。

文有意相属而对偶者。如："发彼小豝，殪此大兕""诲尔谆谆，听我藐藐""故谋用是作，而兵由此起"。有事相类而对偶者，如："威侮五行，怠弃三正""佑贤辅德，显忠遂良"。此皆浑然而成，初非有意媲配。凡文之对偶者，若此则工矣。[①]

六朝骈文中也有一些不求工对者。如傅亮《为宋公修楚元王墓教》以"甘棠且犹勿翦"对"信陵尚或不泯"，即以人、物作对，非如后世骈文所讲求的严格意义上的对偶。即使到了六朝后期，也有不甚求工者，如庾信《周柱国长孙俭神道碑》"思皇多士，既成西伯之功；俊德克明，乃定南巢之伐"。《孟子·离娄上》云："吾闻西伯善养老者。"焦循正义曰："西伯，即文王也。"《古文尚书·仲虺之诰》曰："成汤放桀于南巢，惟有惭德。"南巢在今安徽巢县。以"西伯"对"南巢"是以地对人。孙德谦《六朝丽指》就感慨道："夫骈文之难，往往有一事可举，而贫于作对者，于是上为古人，或借地名、物名，强为之对。此则庄子所谓'无可如何'耳。"[②] 这种不求工对的对仗有时反而能救熟滥之弊，给人以生机勃勃的美感。

另外，六朝文人以骈体议论时往往多用反对。刘勰《文心雕龙·丽辞》云："反对者，理殊趣合者也。……仲宣《登楼》云：'钟仪幽而楚奏，庄舄显而越吟。'此反对之类也。"《文镜秘府论》北卷《论对属》则对反对论述较详：

> 凡为文章，皆须对属，诚以事不孤立，必有配匹而成。至若上与下，尊与卑，有与无，同与异，去与来，虚与实，出与入，是与非，贤与愚，悲与乐，明与暗，浊与清，存与亡，进与退，如此等状，名为反对者也。[③]

钱锺书《管锥编》认为反对最适宜表现事理的不同性能与正反两个方

---

① （宋）陈骙撰，刘彦成注译《文则注译》，书目文献出版社，1988，第19页。
② 孙德谦：《六朝丽指》，四益宦刊本，第14条。
③ 〔日〕遍照金刚著，周维德校点《文镜秘府论》，人民文学出版社，1975，第225页。

面，相反而相成，"世间事理，每具双边二柄，正反仇合；倘求义赅词达，对仗攸宜"①。他以徐陵《与齐尚书仆射杨遵彦书》为例，书中如"何彼途甚易，非劳于五丁②，我路为难，如登于九折"③ "据图刿首，愚者不为④，运斧全身⑤，庸流所鉴""宫闱秘事，皆若云霄，英俊盱谟，宁非帷幄；……朝廷之士，犹难参预，羁旅之人，何阶耳目"，均为"反对"之例，"非以两当一，而是兼顾两面、不偏一向"⑥。瞿兑之《骈文概论》也说："这种说事理的书札，几乎古今无第二手。惟有唐朝的李商隐，学他可算到家。而陆贽也能运用他的长处，而不袭取他的形式。此外宋明人固然赶不上，清人虽然善于学古，也从不见有能学他的。"⑦

总之，六朝骈文在对仗方面的尝试和探索是唐代对偶理论和艺术向前发展的基础。如初唐上官仪《笔札华梁》云"凡为文章，皆须对属。诚以事不孤立，必有匹配而成"⑧，并以六朝骈文中常用的四四隔对"轩辕握图，丹凤巢阁；唐尧秉历，玄龟跃渊"为例进行阐述。⑨ 另外，唐代诗歌有时也使用隔对，如杜甫《哭台州郑司户苏少监》云："得罪台州去，时危弃硕儒。移官蓬阁后，谷贵殁潜夫。"这些或多或少都受到六朝骈文对仗艺术的启发。

---

① 钱锺书：《管锥编》，中华书局，1979，第 1474~1475 页。

② 按：《艺文类聚》卷九四引《蜀王本纪》："秦惠王欲伐蜀，乃刻五石牛，置金其后。蜀人见之，以为牛能大便金。牛下有养卒，以为此天牛也，能便金。蜀王以为然，即发卒千人，使五丁力士拖牛成道，致三枚于成都。秦得道通，石牛力也。后遣丞相张仪等，随石牛道伐蜀。"

③ 按：《汉书·王尊传》："先是，琅邪王阳为益州刺史，行部至邛崃九折阪，叹曰：'奉先人遗体，奈何数乘此险！'后以病去。及尊为刺史，至其阪，问吏曰：'此非王阳所畏道邪？'吏对曰：'是。'尊叱其驭曰：'驱之！王阳为孝子，王尊为忠臣。'"

④ 按：《淮南子·精神训》："尊势厚利，人之所贪也。使之左据天下图，而右手刿其喉，愚夫不为。"

⑤ 按：《庄子·徐无鬼》："庄子送葬，过惠子之墓，顾谓从者曰：'郢人垩慢其鼻端若蝇翼，使匠石斫之。匠石运斤成风，听而斫之，尽垩而鼻不伤，郢人立不失容。宋元君闻之，召匠石曰：'尝试为寡人为之。'匠石曰：'臣则尝能斫之。虽然，臣之质死久矣。'自夫子之死也，吾无以为质矣，吾无与言之矣。'"

⑥ 钱锺书：《管锥编》，中华书局，1979，第 1475 页。

⑦ 瞿兑之：《骈文概论》，海南出版社，1994，第 52 页。

⑧ 张伯伟：《全唐五代诗格汇考》，江苏古籍出版社，2002，第 65 页。

⑨ 张伯伟：《全唐五代诗格汇考》，江苏古籍出版社，2002，第 65 页。

第二节　用典

一　六朝骈文用典的社会文化背景

用典是用古代故事或有来历的词语来说写的一种修辞手法①。六朝时期还没有使用这个概念。当时使用较多的术语是用事、事类。如：

古诗之赋，以情义为主，以事类为佐。（挚虞《文章流别论》）

事类者，盖文章之外，据事以类义，援古以证今者也。（刘勰《文心雕龙·事类》）

邢子才常曰："沈侯文章，用事不使人觉，若胸臆语也。"深以此服之。祖孝征亦尝谓吾曰："沈诗云：'崖倾护石髓。'②此岂似用事邪？"（颜之推《颜氏家训·文章》）

以事类为例，其原指根据事物之性质，以类相从。如《后汉书·陈宠传》曰："宠为（鲍）昱撰《辞讼比》七卷，决事科条，皆以事类相从。"刘勰用来指诗文的修辞手法，即征引古事成辞，以类推事理。正如台湾学者李曰刚《文心雕龙斠诠》所说："用典其所以必证之于史实先例，或诉之于权威舆论者，乃利用世人对史实先例之尊重，及对权威舆论之崇奉心

---

① 按：罗积勇《用典研究》一书的定义是："为了一定的修辞目的，在自己的言语作品中明引或暗引古代故事或有来历的现成话，这种修辞手法就是用典。"（武汉大学出版社，2005，第 2 页。）

② 按：王利器案：此诗今不见沈集，沈《游沈道士馆》诗有云："朋来握石髓。"见《文选》，李善注云："袁彦伯竹林名士传曰：'王烈服养性，嵇康甚敬之，随入山。烈尝得石髓，柔滑如饴，即自服半，余半取以与康，皆凝而为石。'"不知为此诗异文，抑别是一诗。参见（北齐）颜之推撰，王利器集解《颜氏家训集解》，上海古籍出版社，1980，第 272 页。

理，以加强自己言论之说服力耳。"① 所以用典这种语用策略和修辞手法起源很早。刘勰《文心雕龙·事类》云："昔文王繇易，剖判爻位，既济九三，远引高宗之伐；明夷六五，近书箕子之贞：斯略举人事以征义者也。至若胤征羲和，陈政典之训；盘庚诰民，叙迟任之言：此全引成辞以明理者也。"其实，刘勰所举的有些只是直接引用前代典籍中的成辞，还不能算是用典，只能算是引用。正如黄侃先生所论："降及百家，其风弥盛。词人有作，援古尤多。夫《沧浪》之歌，一见于《孟子》，'素餐'之咏，远本于诗人。彦和以为屈宋莫取旧辞，斯以未为诚论也。"②

清人赵翼《廿二史札记》"汉时以经义断事"条称："汉初法制未备，每有大事，朝臣得援经义以折衷是非。如张汤为廷尉，每决大狱，欲傅古义，乃请博士弟子治尚书、春秋者，补廷尉史，亭疑奏谳；……此皆无成例可援，而引经义以断事者也。"③ 再加上后来汉武帝"罢黜百家，独尊儒术"，儒家信而好古，提倡以古为鉴，这些都导致了汉代诗文多引述传达儒家经典，所以刘勰《文心雕龙·事类》云："夫经典沉深，载籍浩瀚，实群言之奥区，而才思之神皋也。扬班以下，莫不取资。"黄侃指出："逮及汉魏以下，文士撰述，必本旧言，始则资于训诂，继而引录成言，终则综辑故事。……质文之变，华实之疏，事有相因，非由人力。"④ 汉魏以来用事风气的盛行与六朝时期重视书籍的编纂、收藏以及对博学之风的推崇有着密切的关系。

据史书记载，魏国初建，袁涣言于太祖曰："今天下大难已除，文武并用，长久之道也。以为可大收篇籍，明先圣之教，以易民视听，使海内斐然向风，则远人不服可以文德来之。"⑤ 限于当时的战争形势，曹操只是"善其言"，未必采取实质性的行动。魏文帝曹丕则"以著述为务，自所勒成垂百篇。又使诸儒撰集经传，随类相从，凡千余篇，号曰《皇览》"⑥。

① （南朝梁）刘勰著，詹锳义证《文心雕龙义证》，上海古籍出版社，1989，第1406页。
② 黄侃：《文心雕龙札记》，上海古籍出版社，2000，第187~188页。
③ （清）赵翼著，王树民校证《廿二史札记校证》，中华书局，1984，第43页。
④ 黄侃：《文心雕龙札记》，上海古籍出版社，2000，第188页。
⑤ （晋）陈寿撰，陈乃乾校点《三国志》，中华书局，1959，第335页。
⑥ （晋）陈寿撰，陈乃乾校点《三国志》，中华书局，1959，第88页。

从曹魏时期一直到隋统一天下的这段时间，虽然动乱不断，但图书的编纂
一直没有停断。曹之曾对这一时期著名图书编撰家进行列表统计①，其中
三国 4 人，晋 14 人，南朝宋 4 人，南齐 3 人，梁 15 人，陈 4 人，北魏 6
人，北齐 5 人，周 2 人，共计 57 人。再加上纸张的普及，传抄书籍变得更
为容易，所以六朝时期的官私藏书的数量远远超过汉代。到了晋武帝时
期，荀勖编著《中经新簿》，图书已合二万九千九百四十五卷。"宋元嘉八
年，秘书监谢灵运造四部目录，大凡六万四千五百八十二卷。"（《隋书·
经籍志》序）到了梁代，梁武帝萧衍"敦悦诗书，下化其上，四境之内，
家有文史"。梁元帝萧绎平定侯景之乱后，"收文德之书及公私经籍，归于
江陵，大凡七万余卷"（《隋书·经籍志》序）。北朝的官府藏书相对少一
些。据《隋书·经籍志》记载：

　　其中原则战争相寻，干戈是务，文教之盛，符、姚而已。宋武入
关，收其图籍，府藏所有，才四千卷。赤轴青纸，文字古拙。后魏始
都燕、代，南略中原，粗收经史，未能全具。孝文徙都洛邑，借书于
齐，秘府之中，稍以充实。暨于尔朱之乱，散落人间。后齐迁邺，颇
更搜聚，迄于天统、武平，校写不辍。后周始基关右，外逼强邻，戎
马生郊，日不暇给。保定之始，书止八千，后稍加增，方盈万卷。周
武平齐，先封书府，所加旧本，才至五千。②

六朝时期私家藏书的数量也很可观，以藏书博学为荣已成为一种社会
风气。如：

　　（任）昉坟籍无所不见，家虽贫，聚书至万余卷，率多异本。
（《梁书·任昉传》）

---

① 曹之：《中国古籍编撰史》，武汉大学出版社，2006，第 67~68 页。
② （唐）魏徵等：《隋书》，中华书局，1973，第 907~908 页。

（沈约）好坟籍，聚书至二万卷，京师莫比。（《梁书·沈约传》）

（张）缅性爱坟籍，聚书至万余卷。抄后汉、晋书众家异同。（《梁书·张缅传》）

（萧劢）聚书至三万卷，披玩不倦，尤好《东观汉记》，略皆诵忆。刘显执卷策劢，酬应如流，乃至卷次行数亦不差失。（《南史·萧劢传》）

（崔儦）每以读书为务，负恃才地，大署其户曰："不读五千卷书者，无得入此室。"（《北史·崔儦传》）

典籍的丰厚积累为文士博览群书、广用典故提供了最基本的保障。当然，不是所有的藏书博学都与诗文用典有关，但有些是有着必然联系的。如：

（王僧孺）好坟籍，聚书至万余卷，率多异本，……其文丽逸，多用新事，人所未见者，世重其富。（《梁书·王僧孺传》）

（姚察）终日恬静，唯以书记为乐，于坟籍无所不睹。每有制述，多用新奇，人所未见，咸重富博。（《陈书·姚察传》）

闻一多《类书与诗》指出："若想明白唐初五十年的文学，最好的方法也是拿文学和类书排在一起打量。"① 这一观点在后世激起了热烈的回响。其实，要想真正深入探讨六朝诗文也应有如此的视角②。

---

① 闻一多：《唐诗杂论》，北京出版社，2014，第 2 页。
② 按：侯体健《四六类书的知识世界与晚宋骈文程式化》（《文艺研究》2018 年第 8 期）、东方乔《骈文与类书之关系论略》［《北京大学学报》（哲学社会科学版）2018 年第 1 期］对这一问题已做了较为深入的探讨。

　　六朝类书的编纂与传播与诗文用典也有着密切的关系。袁枚《历代赋话序》："古无志书，又无类书，是以《三都》《两京》，欲叙风土物产之美，山则某某，水则某某，草木、鸟兽、虫鱼则某某，必加穷搜博访，精心致思之功，是以三年乃成，十年乃成。而一成之后，传播远迩，至于纸贵洛阳。盖不徒震其才藻之华，而藏之巾笥，作志书、类书读故也。"①"赋者，言事类之所附也。"（曹丕《答卞兰教》）可见，汉赋创作与后代类书编纂有类似之处。"我国古代第一部类书《皇览》，正编于曹魏之初，而曹丕以'事类'言赋，其间联系自明。也因'事类'言赋，暗含赋代类书之功用。"②

　　据张涤华《类书流别》一书统计，魏晋南北朝共产生了十八种类书③。钱汝平《魏晋南北朝的类书编撰》一文除了指出张涤华忽视的宗教类书外，还增补了北魏元晖《科录》、北齐宋士素《御览》等类书。综合二人的统计，六朝时期的类书自《皇览》至刘宋时期的二百余年间，只有《旧唐书·经籍志》著录的陆机《要览》三卷，《隋书·经籍志》著录的宋何承天《合皇览》一百二十三卷，徐爰《合皇览》五十卷、《皇览目》四卷。严格来说，何承天、徐爰《合皇览》只是对《皇览》的抄录，并不能算是另撰。其他类书大多编纂于齐梁年间，尤其是梁代。这与齐梁年间的诗文创作紧密相关。

　　在六朝之前，有些著名的文人文思缓慢，如司马相如"为《上林》《子虚》赋""几百日而后成"④。正因如此，刘勰才会说"相如含笔而腐毫"（《文心雕龙·神思》）。虽然才思迟速与文章工拙并无必然的联系，但到了齐梁年间，诗文创作讲究敏速。许多世族文士更是如此，如琅琊王氏：

---

①　（清）浦铣著，何新文、路成文校证《历代赋话校证》，上海古籍出版社，2007，第3页。

②　许结：《论汉赋"类书说"及其文学史意义》，《社会科学研究》2008年第5期。

③　按：学界对类书概念的界定至今尚不统一，正如台湾学者王三庆《敦煌类书》所说："后代修史者或目录学家编目时，对这类书籍的归类认定，往往宽严不一，定义也有广狭之别。"（高雄：台湾丽文文化事业股份有限公司，1993，第1页）有学者认为像《文选》之类的总集也应归入类书。本书采取的是狭义的界定："凡荟萃成言，裒次故实，兼收众籍，不主一家，而区以部类，条分件系，利寻检，资采掇，以待应时取给者。"参见张涤华《类书流别》（修订本），商务印书馆，1985，第4页。

④　（汉）刘歆等撰，吕壮译注《西京杂记译注》，上海三联书店，2013，第99页。

（王）融文辞辩捷，尤善仓卒属缀，有所造作，援笔可待。（《南齐书·王融传》）

（王泰）每预朝宴，刻烛赋诗，文不加点，帝深赏叹。沈约常曰："王有养、炬，谢有览、举。"（《南史·王泰传》）

六年，高祖于文德殿饯广州刺史元景隆，诏群臣赋诗，同用五十韵，（王）规援笔立奏，其文又美。高祖嘉焉，即日诏为侍中。（《梁书·王规传》）

其他世族亦是如此，如：

（刘）孺少好文章，性又敏速，尝于御坐为李赋，受诏便成，文不加点，高祖甚称赏之。后侍宴寿光殿，诏群臣赋诗，时孺与张率并醉，未及成，高祖取孺手板题戏之曰："张率东南美，刘孺雒阳才，揽笔便应就，何事久迟回？"其见亲爱如此。（《梁书·刘孺传》）

中大通五年，高祖宴群臣乐游苑，别诏翔与王训为二十韵诗，限三刻成①。翔于坐立奏，高祖异焉，即日转宣城王文学，俄迁为友。（《梁书·褚翔传》）

时魏中山王元略还北，高祖饯于武德殿，赋诗三十韵，限三刻成。征二刻便就，其辞甚美，高祖再览焉。（《梁书·谢征传》）

六朝时期的许多骈体公文，尤其是骈体军事公文（如檄、露布），迫于瞬息万变的军事形势，要在很短的时间内创作完成，所以对创作者提出了很高的要求，史书也有这方面的记载：

---

① 按：限三刻成诗，为当时通例。

（司马）越省书，榜道以求之，惠乃出见。越即以为记室参军，专职文疏，豫参谋议。除散骑郎、太子中庶子，复请补司空从事中郎。越诛周穆等，夜召参军王廙造表，廙战惧，坏数纸不成。时惠不在，越叹曰："孙中郎在，表久就矣。"越迁太傅，以惠为军咨祭酒，数咨访得失。每造书檄，越或驿马催之，应命立成，皆有文采。①（《晋书·孙惠传》）

高祖将讨王僧辩，独与侯安都等数人谋之，景历弗之知也。部分既毕，召令草檄，景历援笔立成，辞义感激，事皆称旨。②（《陈书·蔡景历传》）

会高祖西讨，登风陵，命中外府司马李义深、相府城局李士略共作檄文，二人皆辞，请以搴自代。高祖引搴入帐，自为吹火，催促之。搴援笔立成，其文甚美。高祖大悦，即署相府主簿，专典文笔。③（《北齐书·孙搴传》）

（任）昉雅善属文，尤长载笔，才思无穷，当世王公表奏，莫不请焉。昉起草即成，不加点窜。沈约一代词宗，深所推挹。（《梁书·任昉传》）

（颜晃）表奏诏诰，下笔立成，便得事理，而雅有气质。有集二十卷。（《陈书·颜晃传》）

不是所有的文士都具有高超的记忆力和联想力，以及博学强识的天赋，更多人在创作时要依靠类书的记忆训练④。所以当时文士经常进行隶

---

① （唐）房玄龄等：《晋书》，中华书局，1974，第1883~1884页。
② （唐）姚思廉：《陈书》，中华书局，1972，第226页。
③ （唐）李百药：《北齐书》，中华书局，1972，第341页。
④ 按：《四库全书总目》云："此体一兴，而操觚者易于检寻，注书者利于剽窃，转辗裨贩，实学颇荒。"（中华书局，1965，第1141页）提要对于类书的弊端论述得很深刻。

事的游戏，一则为矜才逞博，二则是以备不时之需。如：

> 尚书令王俭尝集才学之士，总校虚实，类物隶之，谓之隶事，自此始也。俭尝使宾客隶事多者赏之。①

明人胡应麟将这类隶事游戏分为征事和策事两种。"征者，共举一物，各疏见闻，多者为胜""策者，暗举所知，令人射复，中者为优"②。齐梁时期，此风愈演愈烈，梁武帝萧衍甚至还为此与自己的臣子闹得不和，据史书记载：

> 武帝每集文士策经史事，时范云、沈约之徒皆引短推长③，帝乃悦，加其赏赍。会策锦被事，咸言已罄，帝试呼问峻，峻时贫悴冗散，忽请纸笔，疏十余事，坐客皆惊，帝不觉失色。自是恶之，不复引见。及峻《类苑》成，凡一百二十卷，帝即命诸学士撰《华林遍略》以高之，竟不见用。④

另据史书记载：南方商人到北齐售卖《华林遍略》，北齐文襄帝高洋"多集书人，一日一夜写毕"，退其本曰："不须也。"⑤ 可见北朝对类书的重视程度。

正如张仁青所论："按隶事与类书乃互为因果，用典多，则类书必应运而生，类书多，则用典之风愈盛，作者不复以自铸新词为高，而以多用事典为博矣。"⑥ 六朝类书的繁荣发展，主要为适应诗文用典的需要，而它

---

① （唐）李延寿：《南史》，中华书局，1975，第1213页。
② （明）胡应麟：《少室山房笔丛》，上海书店出版社，2001，第401页。
③ 按：《梁书·沈约传》记载："约尝侍宴，值豫州献栗，径寸半，帝奇之，问曰：'栗事多少？'与约各疏所忆，少帝三事。出谓人曰：'此公护前，不让即羞死。'帝以其言不逊，欲抵其罪，徐勉固谏乃止。"
④ （唐）李延寿：《南史》卷四十九《刘峻传》，中华书局，1975，第1219～1220页。
⑤ （唐）李百药：《北齐书》卷三十九《祖珽传》，中华书局，1972，第515页。
⑥ 张仁青：《骈文学》，台北：文史哲出版社，1984，第143页。

反过来又对诗文用典的普及和精巧产生促进作用。

六朝骈文的产生发展与用典风气基本上是同步的①。张仁青指出："爰逮建安，始刻意经营，渐趋美备，……太康以后，用典益繁，潘陆二子，导其先路。潘岳之《西征赋》几于一字一典，《金谷集作》《悼亡》《在怀县作》诸诗，亦古事盈篇。而陆机之《豪士赋序》《五等诸侯论》《吊蔡邕文》《吊魏武帝文》以至短篇之连珠笺启，隶事之多，匪惟汉魏所无，抑亦晋文中有数之作。"②刘宋颜延之、谢庄，"将古诗比兴之法，纯以用典代之，变其本而新其貌者，则任昉、王融也"，"因而造成用典隶事风气之全盛"③。上述张仁青所举的例子很多都是骈文。尽管用典并不是骈文的本质特征，并非骈文所专有，但它已逐渐成为骈文重要的修辞手段之一。刘勰《文心雕龙》未明言骈文与用典的关系，但其论无韵之"笔"时也认识到用典的重要性，如"强志足以成务，博见足以穷理，酌古御今，治繁总要，此其体也"（《文心雕龙·奏启》）。钟嵘只是反对诗歌用典，称"至乎吟咏情性，亦何贵于用事""若乃经国文符，应资博古，撰德驳奏；宜穷往烈"（《诗品序》）。"经国文符"自然包含较多骈体公文，可见钟嵘对于骈体用典的态度。六朝以后，宋人谢伋《四六谈麈》云："四六全在编类古语。"金人刘祁《归潜志》云"古文不宜蹈袭前人成语"，"四六宜用前人成语"④。清人袁枚《胡稚威骈体文序》曰："散行可蹈空，而骈文必征典。骈文废则悦学者少，为文者多，文乃日敝。"⑤由于骈文受对仗的限制，必然要"以少字明多意"，就不得不用典，或"援古事以证今情"，或"引彼语以明此义"⑥。用典已成为骈文不可分割的一部分。

---

① 按：关于骈文产生的时代，学术界有西汉说、东汉说、魏晋说、宋齐说，骈文始于何时与骈文的界定其实是一个问题，它可以随骈文标准的设置而有不同的结论。笔者认为骈文始于曹魏时期。

② 张仁青：《六朝唯美文学》，台北：文史哲出版社，1980，第56页。

③ 张仁青：《六朝唯美文学》，台北：文史哲出版社，1980，第58页

④ （金）刘祁撰，崔文印点校《归潜志》，中华书局，1983，第138页。

⑤ （清）袁枚著，周本淳标校《小仓山房诗文集》，上海古籍出版社，1988，第1398页。

⑥ （南朝梁）刘勰著，刘永济校释《文心雕龙校释》，中华书局，1962，第146页。

二 六朝骈文用典艺术

关于六朝骈文用典的方式与技巧，刘勰等人并未深入探讨，只是简要地说"是以综学在博，取事贵约，校练务精，捃理须核""凡用旧合机，不啻自其口出，引事乖谬，虽千载而为瑕"（《文心雕龙·事类》）。元陈绎曾《文说》才开始对"用事"进行较为全面的探讨。他将用事概括为以下九类：

> 正用：故事与题事正用者也。
>
> 反用：故事与题事反用者也。
>
> 借用：故事与题事绝不类，以一端相近而借用之者也。
>
> 暗用：用故事之语意，而不显其名迹。
>
> 对用：经题用经事，子题用子事，史题用史事；汉题用汉事，三国题用三国事；韩柳题用韩柳事；佛老题用佛老事。此正法也。
>
> 扳用：子史百家题用经事，三国题用周汉事。此扳前证后，亦正法也。
>
> 比用：庄子题用列子，柳文题用韩文，亦正用之变也。
>
> 倒用：经题用子史；汉题用三国。此有笔力者能之也。
>
> 泛用：于正题中乃用裨官、小说、俗说、戏谈、异端、鄙事为证，非大笔力不敢用，变之又变也。①

明人高琦《文章一贯》在陈绎曾分类的基础上把用事分为十四法：

> 正用：本题的正必用之事。历用：历用故事，排比先后。列用：广引故事，铺陈整齐。衍用：以一事衍为一节而用之。援用：顺引故事，以原本题之所始。评用：引故事，因而评论之。反用：引故事，反其意而用之。活用：借故事于语中，以顺道今事。设用：以古之人

---

① 王水照编《历代文话》（第二册），复旦大学出版社，2007，第 1343 ~ 1344 页。

物而设言今事。借用：事与本说不相干，取其一端近似者而借之。假用：故事不尽如此，因取其根，别生枝叶。藏用：用事而不显其名，使人思而自得之。暗用：用古事古论暗藏其中，若出诸己。有逐段引证者：如东坡《祭韩魏公文》之类是也。今变其法，或上、或下、或错综，皆不拘。①

他们的分类一则标准不统一，二则有些琐碎。为了避免逻辑的混乱，用典应该根据不同层面进行分类，如据所引用典故的性质可分为引言和用事②，即刘永济先生所说的用古事与用成辞；根据引用标志的显晦分为明引和暗用；根据典故在文中的使用义跟典故原义的关系分为正用和反用。③总的来说，六朝骈文在用典方面还没有元明人总结得那么全面，但也探索出了丰富的艺术技巧以启迪后人。

（一）引言

引言应是用典中出现得最早的方式之一，如刘勰《文心雕龙·事类》曰："至若胤征羲和，陈《政典》之训；盘庚诰民，叙迟任之言，此全引成辞以明理者也。"六朝骈文中也有一些直接引用前代典籍中的成辞④，这主要表现在四言、三言等句式，很多直接引用《诗》《书》，也有一些引用其他先秦两汉典籍。如王融《三月三日曲水诗序》"天瑞降，地符升"，李善注引《诗纬》曰："天下和同，天瑞降，地符升。"有些是集句式的引用。如《三月三日曲水诗序》"四方无拂，五戎不距"，李善注引《周书》⑤曰："四方无拂，奄有天下。"又曰："五戎不距，加用师旅。"

总的来说，六朝骈文直接引用成辞的比例较小，更多地是将前代典籍

---

① 王水照编《历代文话》（第二册），复旦大学出版社，2007，第2177~2178页。
② 按：引言与用事有时并不能截然分开，因为很多言语发生在具体事件的情景中，由引言自然而然地带出了某件事。
③ 参见罗积勇《用典研究》，武汉大学出版社，2005，第32页。
④ 按：这里需要说明的是，有些如刘孝标《辨命论》"《诗》云：'风雨如晦，鸡鸣不已。'故善人为善，焉有息哉"只能算是引用，不能说是用典。
⑤ 按：《周书》即《逸周书》。李善注引文见《逸周书》第二十六《柔武解》"五者不距，自生戎旅""四方无拂，奄有天下"。参见黄怀信、张懋镕、田旭东《逸周书汇校集注》（修订本），上海古籍出版社，2007，第254~256页。

中的成辞变化用之。如刘勰《文心雕龙·夸饰》云:"是以言峻则嵩高极天,论狭则河不容舠,说多则子孙千亿,称少则民靡孑遗;襄陵举滔天之目,倒戈立漂杵之论。"这六句依次出自《诗经·大雅·崧高》"崧高维岳,骏极于天",《诗经·卫风·河广》"谁谓河广?曾不容舠",《诗经·大雅·假乐》"干禄百福,子孙千亿",《诗经·大雅·云汉》"周余黎民,靡有孑遗",《尚书·尧典》"汤汤洪水方割,荡荡怀山襄陵,浩浩滔天",《尚书·武成》"前徒倒戈,攻于后以北,血流漂杵"。之所以稍加变化,其原因一是对仗的需要,二是如刘永济所说:"大抵以全用成语,嫌于抄书,有同集句。"① 关于这一点,孙德谦《六朝丽指》论述得较为详尽:

> 六朝文士引前人成语,必易一二字,不欲有同钞袭。沈休文《梁武帝与谢朏敕》:"不降其身,不屈其志。"此用《论语》"不降其志,不辱其身。""志""身"既互易,而"辱"又易以"屈"字矣。梁简文《与刘孝仪令》:"酒阑耳热,言志赋诗。"此用魏文帝《与吴质书》"酒酣耳热,仰而赋诗"。"酣"易为"阑","仰而"则易"言志"矣。梁武帝《请征补谢朏何胤表》:"穷则独善,达以兼济。"此用孟子"穷则独善其身,达则兼善天下","其身""天下"直为删去,而"以""济"二字,乃以易"则""善"矣。又休文《修竹弹甘蕉文》:"每叨天功,以为己力。"此用《国语》"贪天之功,以为己力",而"贪""之"两字,又易以"每叨"矣。陈后主《与詹事江总书》:"言不写意。"此用《易》"书不尽言,言不尽意"。今"尽"则易为"写"字矣。王孝籍《上牛宏书》:"乏强兄之亲。"此用李密《陈情表》"外无期功强近之亲",其省字不必言,"强近"之"近"则易以"兄"字矣。凡若此者,悉数难终,盖引成语而加以剪裁,以见文之不苟作,斯亦六朝所长耳,彼宋人则异是。②

---

① (南朝梁)刘勰著,刘永济校释《文心雕龙校释》,中华书局,1962,第151页。
② 孙德谦:《六朝丽指》,四益宦刊本,第31条。

如果将六朝骈文的变化成辞进行归纳的话，又可以分为缩略、藏词等类型。所谓缩略是将经典成辞一句或两句中不影响意义表达的起修饰或语法意义的非主要成分删去，节缩成一个双音词。如：

> 位班三槐，秩穷五等，怀音靡闻，奸回屡构。（齐武帝《诛张敬儿诏》）

> 年驰玉节之使，岁降银车之恩，庶使怀音，微悟知感。（徐陵《檄周文》）

《诗·鲁颂·泮水》云："翩彼飞鸮，集于泮林，食我桑黮，怀我好音。"郑玄笺曰："怀，归也。言鸮恒恶鸣，今来止于泮水之木上，食其桑黮，为此之故，故改其鸣，归就我以善音，喻人感于恩则化也。"孔颖达疏曰："恶声之鸟食桑黮而变音，喻不善之人感恩惠而从化。"上举两个例子将"怀我好音"缩略成怀音，意义没有变化，表示怀恩感化之意。又如：

> 陈谋谟之启沃，宣政刑之福威。（萧纲《围城赋》）

> 非谓谋猷，宁云启沃。（贺琛《条奏时务封事》）

《书·说命》："启乃心，沃朕心。"孔颖达疏："当开汝心所有，以灌沃我心。欲令以彼所见，教己未知故也。"上举两个例子将"启乃心，沃朕心"缩略成启沃，意义仍表示竭诚开导、辅佐君王。

所谓藏词，就是藏去经典成辞的本词，用该句剩余的其他双音词来表达相关之意。不同于缩略不改变成辞的意义，藏词则以剩余的其他双音词表示所藏本词的意义。颜之推《颜氏家训》卷三《勉学》已论及：

> 谈说制文，援引古昔，必须眼学，勿信耳受。江南闾里间，士大

夫或不学问，羞为鄙朴，道听涂说，强事饰辞：呼征质为周郑，谓霍乱为博陆，上荆州必称陕西，下扬都言去海郡，言食则糊口，道钱则孔方，问移则楚丘，论婚则宴尔，及王则无不仲宣，语刘则无不公干。凡有一二百件，传相祖述，寻问莫知原由，施安时复失所。①

颜氏所举的例子大多是藏词用法。《左传·隐公三年》："周郑交质。"后以"周郑"表示所藏本词"交质"的意义。《诗·邶风·谷风》："宴尔新昏，如兄如弟。"后以"宴尔"表示所藏本词"新婚"的意义。孙德谦《六朝丽指》对六朝骈文中藏词用法论述得较为完备：

> 《颜氏家训·文章篇》："《诗》云：'孔怀兄弟②。'孔，甚也。怀，思也。言甚可思也。陆机《与长沙顾母书》述从祖弟士璜死，乃言：'痛心拔脑，有如孔怀。'心既痛矣，即为甚思，何故言'有如'也？观其此意，当谓亲兄弟为孔怀。"……惟六朝文中，如此者颇多。以"友于"为兄弟，陶诗"再喜见友于"，且亦用之。推"友于"之例，士衡孔怀之说，指亲兄弟言，夫岂不可？任彦升《为范尚书让吏部封侯第一表》："远惟则哲，在帝犹难。"《书》："知人则哲。"盖以"则哲"为知人矣。谢玄晖《谢随王赐〈左传〉启》："簏金遗其贻厥。"王仲宝《褚渊碑文》："贻厥之寄。"《诗》："贻厥孙谋。"是又以"贻厥"作孙谋解矣。彦升《又为庾杲之与刘居士虬书》："实望贲然。"《诗》："贲然来思。"盖望其来也。而"贲然"二字，即作来字用之。盖断章取义，古人有焉。而课虚成实，则始于魏晋。六朝人触类引申之。然读其文者，必达此意。苟未明乎运用之故，语将有不可通者矣。③

其实除了孙氏所举外，六朝骈文中还有很多例子。如"大魏得一居

---

① （北齐）颜之推撰，王利器集解《颜氏家训集解》，上海古籍出版社，1980，第202页。
② 按：《诗经》中无"孔怀兄弟"，颜之推误记，应为"兄弟孔怀"。
③ 孙德谦：《六朝丽指》，四益宧刊本，第60条。

宸，乘六驭宇"（孝武帝元修《南征诏》），《易·乾卦》"时乘六龙以御天"，王弼注"乘变化而御大器"，孔颖达疏"乘变化而御大器者，乘变化则乘潜龙飞龙之属是也，而御大器，大器谓天也，乘此潜龙飞龙而控御天体，所以运动不息，故云而御大器也"，这里用乘六表示御天，与驭宇同义，即登基而拥有天下。

还有一些六朝骈文在对句中连续使用藏词，如"亡兄道被如仁，功深微管"（任昉《追封丞相长沙王诏》），"故以迹冥殆庶，理契如仁"（周武帝宇文邕《赐晋公护乐舞诏》）。《论语·宪问》："子曰'桓公九合诸侯，不以兵车，管仲之力也。如其仁，如其仁！'"《论语·宪问》："微管仲，吾其被发左衽矣。"《易·系辞下》："子曰'颜氏之子，其殆庶几乎！'"孔颖达疏曰："言圣人知几，颜子亚圣，未能知几，但殆近庶慕而已，故云。"[1] "如仁""微管"皆代指管仲。"殆庶"代指颜回，以与"如仁"即管仲相对。孙德谦批评这种用法："六朝文人"不言'庶几'而言'殆庶'，已似讹谬；管仲为人名，截去'仲'字，反以'微管'缀用。如不知其句多生造，岂非等于歇后语乎？"[2] 六朝骈文甚至还有在一句之内连用藏词，如"如仁夕惕之志"（沈约《齐故安陆昭王碑文》）。"如仁"已如上文所论，出自《论语·宪问》，赞誉碑主具有管仲那样佐君强国的志向；"夕惕"源出《易·乾》"九三，君子终日乾乾，夕惕若厉。无咎"，颂美碑主进取不懈、仍怀忧惧的精神。宋人王铚《四六话》云："四六尤欲取古人妙语以见工耳。"[3] 从上举例子可以看出六朝骈文在这方面所做出的不懈探索。

六朝骈文藏词用法当然也有一些弊端。如任昉《天监三年策秀才文》三首写梁武帝勤于读书治学："朕本自诸生，弱龄有志，闭户自精，开卷独得。九流《七略》，颇常观览；六艺百家，庶非墙面。"近人骆鸿凯《文选学》说："六朝文琢句最工。然如此文'朕本自诸生，弱龄有志'，谓弱

---

① （魏）王弼、（晋）韩康伯注，（唐）孔颖达疏《周易正义》卷八，《十三经注疏》本，中华书局，1980，第88页。

② 孙德谦：《六朝丽指》，四益宦刊本，第61条。

③ 王水照编《历代文话》（第一册），复旦大学出版社，2007，第7页。

龄有志于学也。省略于学二字，文义未明，读者若不就其上下语气细为推绎，几于索解不得矣。"①

（二）用事

相较引言，六朝骈文的用事不论在数量还是在艺术方面都丰富得多。骈文用事到了晋宋时期变得密集起来。清李兆洛认为"隶事之富，始于士衡"②。如"陆机之《豪士赋序》《五等诸侯论》《吊蔡邕文》《吊魏武帝文》以至短篇之连珠笺启，隶事之多，匪惟汉魏所无，抑亦晋文中有数之作"③。"大明泰始中，文章殆同书钞"（钟嵘《诗品序》），有些甚至一句一事。据钟涛先生统计，颜延年《三月三日曲水诗序》总句数142句，用典达102句，《阳给事诔》总句数151句，用典达60句，《陶征士诔》总句数195句，用典达104句，《宋文元皇后哀策文》总句数103句，用典达32句，《祭屈原文》总句数33句，用典达22句。④ 又如颜延之《陶征士诔》"灌畦鬻蔬，为供鱼菽之祭；织絇纬萧，以充粮粒之费"。上联李善注引潘岳《闲居赋》曰："灌园鬻蔬，供朝夕之膳。"《公羊传》曰："齐大夫陈乞曰：常之母有鱼菽之祭。"下联注引《谷梁传》曰："寘喜出奔晋，织絇邯郸，终身不言卫。"《庄子》曰："河上有家贫恃纬萧而食者。"⑤ 用典可谓繁富。

到了六朝后期，有些骈文"句无虚语，语无虚字"（钟嵘《诗品序》），甚至一句连用两事，如庾信《哀江南赋》"硎谷折拉"。倪璠注引卫宏《诏定古文官书序》曰："秦既焚书，患苦天下不从所改更。而诸生到者拜为郎中，前后七百人。密令冬月种瓜于骊山硎谷中温处，瓜实，诏

---

① 骆鸿凯：《文选学》，中华书局，1989，第561页。按：这种弊病也影响了后来的诗歌创作。如宋严有翼《艺苑雌黄》曰："昔人文章中，多以兄弟为友于，以日月为居诸，以黎民为周余，以子孙为诒厥，以新婚为燕尔，类皆不成文理。虽杜子美、韩退之亦有此病，岂非徇俗之过邪！子美云：'山鸟山花吾友于。'又云：'友于皆挺拔。'退之云：'岂谓诒厥无基址？'又云：'为尔惜居诸。'"〔（宋）胡仔纂集，廖德明校点《苕溪渔隐丛话》，人民文学出版社，1962，第49页。〕
② （清）李兆洛选辑《骈体文钞》，上海书店出版社，1988，第64页。
③ 张仁青：《六朝唯美文学》，台北：文史哲出版社，1980，第56页。
④ 钟涛：《六朝骈文形式及其文化意蕴》，东方出版社，1997，第83页。
⑤ （南朝梁）萧统编，（唐）李善注《文选》，中华书局，1977，第791页。

博士说之，人人不同。乃令就视，先为伏机。诸生贤儒皆至焉，方相难不已，发机填之以土，皆压之，终乃无声。"又引《史记·范雎传》曰："魏齐使舍人笞击雎，拉胁折齿。"① 庾信连用秦始皇坑儒及范雎被殴之事。

如果说这是单句用数典，六朝后期骈文还出现以对句形式连用数典，如江淹《别赋》"韩国赵厕，吴宫燕市"，上句胡之骥注引《史记》"聂政者，轵深井里人也。濮阳严仲子事韩哀侯，与韩相侠累有隙。严仲子告聂政而言：'臣有雠，闻足下高义，故进百金，以交足下之欢。'聂政拔剑，至韩，直入上阶，刺杀侠累"。又曰："豫让者，晋人也，事智伯，智伯甚尊宠之。赵襄子灭智伯，让乃变姓名为刑人，入宫涂厕，欲刺襄子。"② 下句胡之骥注引《史记》："专诸者，棠邑人也。吴公子光具酒请王僚，酒既酣，使专诸置匕首鱼炙之腹中而进。既至王前，专诸以匕首刺王僚，王僚立死。"又曰："荆轲者，卫人也。至燕，与高渐离饮于燕市。后荆轲为燕太子丹献燕地图，图穷匕首见，因以匕首揕秦王。"其他如任昉《为萧扬州荐士表》："集萤映雪，编蒲缉柳"，连用了四个古人勤学的典故③，萧纲《大法颂》"龙颜日角，参漏重瞳"，连用四个明主贤君不同常人的相貌特征，给人以目不暇给之感，可见作者用典之娴熟。

清朱庭珍《筱园诗话》卷一说："大抵用典之法，在融化剪裁，运古语若己出，毫无费力之痕，斯不受古人束缚矣。正用不如反用，明用不如暗用。或借宾以定主，或托虚以衬实。死事则用之使活，熟事则用之使生。渲染则波澜叠翻，熔铸则炉锤在握。驱之以笔力，驭之以才情，行之以气韵，俾自在流出，如鬼斧神工，不可思议，而一归于天然，斯大方家

① （北周）庾信撰，（清）倪璠注，许逸民校点《庾子山集注》，中华书局，1980，第161页。
② （南朝）江淹撰，（明）胡之骥注，李长路、赵威点校《江文通集汇注》，中华书局，1984，第36~37页。
③ 按：《文选》李善注引檀道鸾《晋阳春秋》曰："车胤，字武子，学而不倦。贫不常得油，夏月则练囊盛数十萤火，以夜继日焉。"又引《孙氏世录》曰："孙康家贫，常映雪读书，清介，交游不杂。"又引《汉书》曰："路温舒取泽中蒲，截为牒，编用写书。"又引《楚国先贤传》曰："孙敬到洛，在太学左右一小屋，安止母，然后入学，编杨柳简以为经。"参见（南朝梁）萧统编，（唐）李善注《文选》卷三十八，中华书局，1977，第540页。

手笔矣。"① 正如朱庭珍所论，有些熟典由于反复使用，已经使人产生审美疲劳，如果反用典故，哪怕是部分相反，与原来的熟典也构成强烈对比，从而产生陌生化的艺术效果，达到特定的修辞目的。六朝骈文在反用方面成就最高的当数徐陵和庾信。

徐陵《让五兵尚书表》有云：

> 参闻秘计，弗解单于之兵；飞箭驰书，未动聊城之将。不期枚乘老叟，忽降时恩；冯唐暮年，见申明主。擢宰京邑，朝坐棘林。遂致洛阳无雨，非止长安多盗。②

"参闻秘计"典出《汉书·高帝纪下》："上从晋阳连战，乘胜逐北，至楼烦，会大寒，士卒堕指者什二三。遂至平城，为匈奴所围，七日，用陈平秘计得出。"颜师古引应劭注曰："陈平使画工图美女，间道入遗阏氏，云汉有美女如此，今皇帝困厄，欲献之。阏氏畏其夺己宠，因谓单于曰：'汉天子亦有神灵，得其土地，非能有也。'于是匈奴开其一角，得突出。"又《汉书·陈平传》曰："平从击韩王信于代。至平城，为匈奴围，七日不得食。高帝用平奇计，使单于阏氏解，围得以开。高帝既出，其计秘，世莫得闻。""飞箭驰书"典出《史记·鲁仲连列传》"齐田单攻聊城，岁余，士卒多死，而聊城不下。鲁连乃为书，约之矢以射城中，遗燕将"，"齐将见鲁连书，泣三日，犹豫不能自决。欲归燕，已有隙，恐诛；欲降齐，所杀虏于齐甚众，恐已降而后见辱。喟然叹曰：'与人刃我，宁自刃。'乃自杀。聊城乱，田单遂屠聊城"。本来陈平的秘计解了平城之围，鲁仲连的书信也导致聊城不攻自破，但徐陵反用其事，表达自己无陈平、鲁仲连之才能，理应让贤。

"遂致洛阳无雨"典出《后汉书·和帝纪》："（永元六年）秋七月，京师旱。诏中都官徒各除半刑，谪其未竟，五月以下皆免遣。丁巳，幸洛

---

① 郭绍虞编选，富寿荪校点《清诗话续编》（四），上海古籍出版社，1983，第2333页。
② （南朝陈）徐陵撰，许逸民校笺《徐陵集校笺》，中华书局，2008，第337~338页。

阳寺，录囚徒，举冤狱。收洛阳令下狱抵罪，司隶校尉、河南尹皆左降。未及还宫而澍雨。""非止长安多盗"典出《汉书·张敞传》："是时颍川太守黄霸以治行第一入守京兆尹。霸视事数月，不称，罢归颍川。于是制诏御史：'其以胶东相敞守京兆尹。'自赵广汉诛后，比更守尹，如霸等数人，皆不称职。京师浸废，长安市偷盗尤多，百贾苦之。上以问敞，敞以为可禁。"这也是反用其典，表达自己尸位素餐，不堪重任。明屠隆评点"参闻秘计"以下八句曰"于五兵贴切，绝不枝蔓"①，的确看到徐陵反用典故的艺术魅力。

庾信《哀江南赋》及序文长达四千余字，为了表达兴亡之感与乡关之思，作者大量反用典故。如"荆璧睨柱，受连城而见欺；载书横阶，捧珠盘而不定"等。上联倪璠注引《史记》："赵惠文王得和氏之璧。秦昭王闻之，使人遗赵王书：'愿以十五城易璧。'赵王遂使蔺相如奉璧入秦。秦王坐章台，见相如。相如奉璧奏上。相如视秦王无意偿赵城，乃前曰：'璧有瑕，请指之。'王授相如，相如持璧倚柱，怒发上冲冠，曰：'观大王无意偿赵城邑，故臣复取璧。大王必欲杀臣，臣头与璧俱碎于柱矣！'因持璧睨柱。秦王恐破璧，乃谢相如。"② 庾信奉命出使西魏，与蔺相如出使秦国相同，不同的是庾信没有完成外交使命，不仅国破家亡，而且自己也留滞西魏，所以说是"见欺"，把典故的结局改变。下联倪璠注引《史记·平原君传》："平原君与楚合从，日中不决。毛遂按剑历阶而上，责楚王。楚王曰：'唯唯。'遂曰：'从定乎？'王曰：'定矣。'毛遂捧铜盘而跪进之楚王，遂定从而归。"③ 庾信出使西魏，也承担着类似会盟这样的重任，但自己却没有毛遂的果敢和能力，回狂澜于既倒，有辱使命，所以反用典故，说是"捧珠盘而不定"。

又如庾信《谢赵王赉白罗袍袴启》云"白龟报主，终自无期；黄雀谢恩，竟知何日？""白龟报主"典出《幽明录》："晋咸康中，豫州刺史毛宝戍邾城。有一军人于武昌市得一白龟，长四五寸。置瓮中养之，渐大，

① （南朝陈）徐陵撰，许逸民校笺《徐陵集校笺》，中华书局，2008，第 347 页。

② （北周）庾信撰，（清）倪璠注，许逸民校点《庾子山集注》，中华书局，1980，第 99 页。

③ （北周）庾信撰，（清）倪璠注，许逸民校点《庾子山集注》，中华书局，1980，第 99 页。

放江中。后邾城遭石氏败，赴江者莫不沉溺。所养人被甲入水中，觉如堕一石上。须臾视之，乃是先放白龟。既得至岸，回顾而去。""黄雀谢恩"典出吴均《续齐谐记》："弘农杨宝至华阴山，见一黄雀，伤瘢甚多，宝怀之以归，置巾箱中，啖以黄花。积年乃去。是夕，宝三更读书，有黄衣童子曰：'我，王母使者。昔使蓬莱，为鸱枭所搏，蒙君之仁爱见救，今当受赐南海。'别，以四玉环与之，曰：'令君子孙洁白，从登三公事，如此环矣。'宝名位日隆。子震，震生秉，秉生彪，四世名公。"① 这两个典故是古代动物报恩故事的典型，但庾信在后面紧接着说了"终自无期""竟知何日"这类反转的话，表达赵王的恩情是自己永远无以回报的。

孙德谦《六朝丽指》云：

> 作文必须用典，骈文中尤当引证故实，为之敷佐。然上下四句，如每句各自一事，既不联属，则失之太易，几同杂凑，应两句为一意。试观梁元帝《次建业诏》："爰始居亳，不废先王之都；受命于周，无改旧邦之颂。"又《答劝进群下令》："赤泉未赏，刘邦尚曰汉王；白旗弗悬，周发犹称太子。"沈炯《劝进梁元帝第二表》："比以周旦，则文王之子；方之放勋，则帝挚之季。"王融《上北伐图疏》："桓公志在伐莒，郭牙审其幽趣；魏后心存去汉，德祖究其深言。"昭明太子《谢敕赉地图启》："匹之长乐，唯画古贤；侔之未央，止图将帅。"又《答湘东王求文集诗苑书》："不追子晋，而事似洛滨之游；多愧子桓，而兴同漳川之赏。"张缵《谢东宫赉园启》："徙居好畤，必待使越之装，别馆河阳，亦资牧荆之富。"诸如此类，不胜枚举。盖上为一事，下自为一事，两句必使连缀，非两句之内，别援事实而不相关涉者也。倘不相关涉，而率率以来，为例过宽，征之梁元数篇，当不如是。虽法用谨严，固有难于属对者。然宁隘毋泛，则方见骈文之可贵。②

① 参见（北周）庾信撰，（清）倪璠注，许逸民校点《庾子山集注》，中华书局，1980，第573～574页。
② 孙德谦：《六朝丽指》，四益宦刊本，第55条。

孙德谦虽然强调骈文上下联用典，必须联属，不能不相关涉，但所举例证基本为正用典故，"两句为一意"。对于六朝骈文上下联用典艺术的探讨还较为浅显笼统。宋人王铚《四六话》云：

> 四六有伐山语，有伐材语。伐材语者，如已成之柱桷，略加绳削而已。伐山语者，则搜山开荒，自我取之。伐材谓熟事也，伐山谓生事也。生事必对熟事，熟事必对生事。若两联皆生事，则伤于奥涩；若两联皆熟事，则无工。盖生事必用熟事对出也。①

六朝骈文还没有意识地追求生事与熟事之间的相对互济，但正用和反用连用有时也能达到类似的艺术效果。如庾信《哀江南赋》："畏南山之雨，忽践秦庭；让东海之滨，遂餐周粟。"上联倪璠分别注引《列女传》："陶答子妻曰：'妾闻南山有玄豹，雾雨七日而不下食者，何也？欲以泽其毛而成文章，故藏而远害。'"《淮南子》曰："申包胥累茧重胝，七日七夜，至于秦庭，以见秦王，曰：'使下臣告急。'秦王乃发军击吴，果大破之，以存楚国。"秦庭指当时建都于古秦都的西魏。这里用这两个典故，比喻自己来到西魏，避免了江陵之祸。下联倪璠注曰："让东海之滨者，盖指魏、周禅受也。《史记》：'田大公和迁齐康公于海上。'云'让'者，微词也。遂餐周粟者，宇文氏国号曰周，故假夷齐、周粟为比。言元帝畏秦兵之下，使己聘魏，忽践秦庭也。及江陵既陷，身留长安，见周受魏禅，遂终仕于周也。"②伯夷、叔齐拒绝与新政权合作，不食周粟，饿死在首阳山，作者反其意而用之，表达了他在西魏为官的屈辱痛苦。

又如庾信《哀江南赋》："况复舟楫路穷，星汉非乘槎可上；风飙道阻，蓬莱无可到之期"。上联倪璠注引《博物志》："旧说天河与海通。近世有人居海滨者，年年八月有浮槎去来，不失期。人有奇志，立飞阁于槎上，多赍粮，乘槎而去。千余日中，犹观日月星辰，自后茫茫忽忽，亦不

---

① 王水照编《历代文话》（第一册），复旦大学出版社，2007，第8页。
② （北周）庾信撰，（清）倪璠注，许逸民校点《庾子山集注》，中华书局，1980，第97~98页。

觉昼夜。去十余日，奄至一处，有城郭状，屋室甚严。遥望宫中，多织妇。见一丈夫牵牛渚饮之。牵牛人惊问曰：'何由至此？'此人具说来意，并问：'此是何处？'答曰：'君还，至蜀郡访严君平则知之。'竟不上岸。因还，如期。后至蜀，问君平，曰：'某年月日，有客星犯牵牛宿。'计年月，正是此人到天河时也。"下联倪璠注引《汉书·郊祀志》："自威、宣、燕昭使人入海求蓬莱、方丈、瀛洲。此三神山者，其传在渤海中，去人不远。盖有至者，诸仙人及不死之药皆在焉。其物禽兽尽白，而黄金银为宫阙。未至，望之如云；及到，三神山反居水下。临之，患且至，则风辄引船而去，终莫能至云。"① 上联反用，下联正用，表达自己思念故国但又道路阻绝的悲愤心境。清蒋士铨对庾信这种用典技巧倍加推崇："隶事之法，以虚活反侧为上，平正者下矣；谋篇之法，以离纵开宕为上，铺叙者下矣。试观庾氏之文，类皆一虚一实，一反一侧，而正用者绝少。甫合即开，乍即旋离，而顺叙者寡。是以向背往来，潆回取势，夷犹荡漾，曲折生姿。后人非信手搬演类书，即随笔自成首尾，又曷怪其拳屈臃肿，直白鄙俚，去古万里耶？"②

　　六朝骈文在连用典故时往往采取的是活用的手法，即使把两个不相干的典故合用以表达一个意思，也能达到朱庭珍所说的"死事则用之使活，熟事则用之使生"的效果。如徐陵《〈玉台新咏〉序》云："飞燕长裾，宜结陈王之佩。"曹植《洛神赋》曰："愿诚素之先达兮，解玉佩以要之。"作者用一"宜"字将本不相关的赵飞燕与曹植的故事相绾合，翻新出奇。又如庾信《连珠》之十七云"章华之下，必有思子之台"，合用《左传》昭公十三年楚灵王筑章华台事及汉武帝为归来望思之台事③，灵活生动。

　　颜之推《颜氏家训·文章》曾记载了沈约关于用典的理论与实践：

---

① （北周）庾信撰，（清）倪璠注，许逸民校点《庾子山集注》，中华书局，1980，第103页。

② （清）蒋士铨：《忠雅堂评选四六法海·总论》，光绪乙亥年重刊寄螺斋藏版本。

③ 按：倪璠注引《左氏传》曰："楚灵王成章华之台。及干溪之辱，蔡公使杀太子禄及公子罢敌。王闻群公子之死也，自投于车下，曰：'人之爱其子也，亦如余乎！'"《汉书庆太子·刘据传》："上怜太子无辜，乃作思子宫，为归来望思之台于湖。"

沈隐侯曰："文章当从三易：易见事，一也；易识字，二也；易读诵，三也。"邢子才常曰："沈侯文章，用事不使人觉，若胸臆语也。"深以此服之。祖孝征亦尝谓吾曰："沈诗云'崖倾护石髓'，此岂似用事耶？"①

沈约他们所说的就类似于暗用典故。如庾信《哀江南赋》云："日暮途远，人间何世！将军一去，大树飘零。"《吴越春秋》："子胥谢申包胥曰：'吾日暮途远，吾故倒行而逆施之。'"《庄子》有《人间世》篇。《后汉书·冯异传》曰："每所止舍，诸将并坐论功，异常独屏树下，故军中号'大树将军'。"虽文中暗含典故，但能融化使之不露痕迹，实为用典之更高境界。这样用典的好处是如水中着盐，溶化无迹，不使人觉。又如庾信《伤心赋》云："龙门之桐，其枝已折；卷施之草，其心实伤。"枚乘《七发》云："龙门之桐，高百尺而无枝，中郁结之轮菌，根扶疏以分离。"作者以龙门桐喻自己虽华贵而无子女。"卷施"句典出《尔雅》："卷施草，拔心不死。"这表面上是说卷施草，其实是双关作者自己。作者用典极其精切，但又浑然无迹，对于看不出它在用典的，同样可以欣赏领会作者的伤心之情；对于看出它是用典的，就觉得这两句的意味更为深厚。又如任昉《为范尚书让吏部封侯第一表》《为褚谘议蓁让代兄袭封表》《为萧扬州荐士表》等，皆活用典故，意蕴深刻。孙月峰对这三篇表文用事的艺术评价很高，"合璧多，贯珠少，然风度固自胜。大约撮得句巧，炼得意秀，点得明，应得响，其趣味全埋在用事中。所以不觉其堆铺，但觉其圆妙。此乃是笔端天机，良不易及""以用事见姿态，然亦是活用，不是板用""以造语胜，其用事却俱不显，故自妙"②。蒋士铨《评选四六法海》卷一评《为萧扬州荐士表》云"专以隶事见长""愚谓用事不显是彦昇长处，专以用事见长是其短处，得使事之妙而不得不使事妙，方之诗

---

① （北齐）颜之推撰，王利器集解《颜氏家训集解》，上海古籍出版社，1980，第253页。
② （清）于光华辑《重订文选集评》卷九，乾隆四十三年锡山启秀堂重刻本。具体用典手法可参见第二章第二节相关论述。

家，如李玉谿"①。

刘永济曾对用典的艺术效果进行精要的论述："用典所贵，在于切意。切意之典，约有三美，一则意婉而尽，二则藻丽而富，三则气畅而凝。"②"藻丽而富"笔者放在下一节论述，这里主要谈第一点"意婉而尽"与第三点"气畅而凝"。

庾信《哀江南赋》云："小人则将及水火，君子则方成猿鹤。"这两句出自《抱朴子·释滞》："周穆王南征，一军尽化，君子为猿为鹤，小人为虫为沙。"作者言侯景将至，祸乱江南。之所以不直接说江南士民多死于侯景之乱，是出于古人的忌讳心理，有些则是政治的原因。以庾信《周大将军闻嘉公柳遐③墓志》为例。墓主柳霞与庾信有类似的经历，都是由梁入周。文中有云："既而言从梁国，服政鄷都。"鄷都即指代宇文氏政权，如西周之都鄷镐也。关于墓主柳霞仕周的这段经历，史书记载甚详④，但庾信只是一笔带过，个中原因，当是涉及王朝更替的政治敏感问题。"谁登九折，不入朝歌"用典分别出自《汉书》"王阳不登九折坂"和邹阳《狱中上梁王书》"邑号朝歌，墨子回车"。庾信运用这两个典故"言梁王誓不足仕，故辞归也。时襄阳已入北朝，惟资江陵一州之地。言其危如九坂，陋若朝歌也"⑤。因为萧詧的后梁小朝廷是西魏、北周政权的附庸。如果直接批评无疑会触怒当权者，而用典的委婉则降低了政治的风险。庾信《哀江南赋》也采取了类似的用典手法。这种用古典述今事的手法"在显示出古典作家试图把时间上的'过去'拉向'现在'的一种自觉，使得'过去'能与作家当下所属的'现在'具有一种'同时代性'（contempo-

---

① （清）蒋士铨：《忠雅堂评选四六法海》卷一，光绪乙亥年重刊寄螺斋藏版本
② （南朝梁）刘勰著，刘永济校释《文心雕龙校释》，中华书局，1962，第 140 页。
③ 按：《周书》《北史》并作"霞"。
④ 按：《周书·柳霞传》云："及萧詧践帝位于江陵，以襄阳归于我。霞乃辞詧曰：'陛下中兴鼎运，龙飞旧楚。臣昔因幸会，早奉名节，理当以身许国，期之始终。自晋氏南迁，臣宗族盖寡。从祖太尉、世父仪同、从父司空，并以位望隆重，遂家于金陵。唯留先臣，独守坟柏。常诫臣等，使不违此志。今襄阳既入北朝，臣若陪随銮跸，进则无益尘露，退则有亏先旨。伏愿曲垂照鉴，亮臣此心。'詧重违其志，遂许之。因留乡里，以经籍自娱。太祖、世宗频有征命，霞固辞以疾。及詧殂，霞举哀，行旧君之服。保定中又征之，霞始入朝。"
⑤ （北周）庾信撰，（清）倪璠注，许逸民校点《庾子山集注》，中华书局，1980，第 999 页。

raneousness），并且以此唤起造就一种文化上的集体意识"①。

　　关于"气畅而凝"，如任昉《为萧扬州荐士表》②赞扬王暕云："岂徒荀令可想，李公不亡而已哉？"以汉魏名士荀颉、李固③作衬托，凸显王暕实为"东序之秘宝，瑚琏之茂器"，增强文章的说服力。这种对比式用典的方法，再加上虚字的斡旋，避免了用典易流于板滞的弊端，起到贯通文气的作用。又如萧纲《叙南康简王薨上东宫启》云："伏惟殿下，爱睦恩深，常棣天笃。北海云亡，骑传余稿。东平告尽，驿问留书。""北海云亡，骑传余稿"出自《后汉书·北海靖王兴传》："（刘）睦能属文，作《春秋旨义终始论》及赋颂数十篇。又善史书，当世以为楷则。及寝病，帝驿马令作草书尺牍十首。""东平告尽，驿问留书"出自《后汉书·东平宪王苍传》，刘苍"疾病，帝驰遣名医，小黄门侍疾，使者冠盖不绝于道。又置驿马千里，传问起居。明年正月薨，诏告中傅，封上苍自建武以来章奏及所作书、记、赋、颂、七言、别字、歌诗，并集览焉"。正如孙德谦《六朝丽指》所评："倘无北海两人故事，文至爱睦二语，不将穷尽于辞乎？故古典不可不谙习也。有此古典，籍以收束，而文气亦充满矣。"④"爱睦恩深"二句已用虚词称美南康王萧绩的才望，接下来如不用刘睦、刘苍相拟，则"文气流而不凝"⑤，如此疏密相间，则文气畅达，收放自如。

　　不可否认，六朝骈文也有引用过于深奥之典以矜才博之作，使读者无法了解，自然也无法引起共鸣。如庾信《谢赵王赍丝布启》"张超之壁，

①　蔡英俊：《"拟古"与"用事"：试论六朝文学现象中"经验"的借代与解释》，李丰楙主编《文学、文化与世变》，台北："中央研究院"中国文哲研究所，2002，第75页。
②　按：严可均《全上古三代秦汉三国六朝文》又从《梁书·王暕传》《梁书·王僧孺传》合辑为一篇文章，即萧遥光《上明帝表荐王暕王僧孺》。两文大同小异。《文选》李善注引刘璠《梁典》曰："齐建武初，有诏举士，始安王表荐琅邪王暕及王僧孺。"《南齐书》之《明帝纪》及《萧遥光传》，皆云建武元年十一月，以始安王遥光为扬州刺史，所以笔者认为此表当是任昉代萧遥光所作。
③　按：《文选》李善注引臧荣绪《晋书》曰："荀颉，字景倩，颍阳人也。魏太尉彧之第六子。黄初末，除中郎。高祖辅政，见颉，异之，曰：'颉，令君之子也。近见袁侃，亦曜卿之子也。皆有父风。'"又引范晔《后汉书》曰："李固，字子坚，汉中郡南郑人，司徒合之子。少好学，四方有志之士，皆慕其风而来学。京师咸叹曰：'是复为李公矣。'"参见（南朝梁）萧统编，（唐）李善注《文选》卷三十八，中华书局，1977，第540页。
④　孙德谦：《六朝丽指》，四益宧刊本，第35条。
⑤　（南朝梁）刘勰著，刘永济校释《文心雕龙校释》，中华书局，1962，第140页。

未足郭风"两句，连博学广识的倪璠也未详所出，只是引《后汉书·文苑传》"张超字文并，河间鄚人也。有文才。又善于草书"，揣测地说"疑即是人，或其家贫，不足郭风耶?"① 又如徐陵的骈文也用了很多僻典。笔者查阅许逸民《徐陵集校笺》，发现至今仍有许多典故仍然未详所出。如《与王吴郡僧智书》"政差边张"②"朝览希道之疏"③，《为陈武帝与周宰相书》"银洞珠宫"④，《东阳双林寺傅大士碑》"岂惟更盈毁璧"，《答李颙之书》"陈汤之疾"，《晋陵太守王劢德政碑》"脱貂救厄"⑤"济北移树"⑥，等等，皆未详所指。北宋僧人惠洪《冷斋夜话》曾将"用事僻涩"称为"文章一厄"⑦，虽有夸大之嫌，但也的确指出了六朝骈文用生僻之典之弊端。

总的来说，用典造就了骈文独特的审美意蕴，正如著名学者孙康宜所说："诗赋的意义不是阅读一遍就会消耗殆尽;阅读的经验实则为不断的解码过程，把作品的象征意涵挖掘出来。诗赋的意象稠度，会不断激励我们去做抽丝剥茧的工作，以便为作品复杂的意义网路理出头绪。"⑧

第三节　声律

中国传统语言文字学的研究分为文字、音韵、训诂三个门类。《汉

---

① （北周）庾信撰，（清）倪璠注，许逸民校点《庾子山集注》，中华书局，1980，第568页。
② 按：清吴兆宜注疑为"赵、张"。《汉书·赵尹韩张两王传》："自孝武置左冯翊、右扶风、京兆尹，而吏民为之语曰:'前有赵、张，后有三王。'"
③ 按：清吴兆宜注："《南史》:'谢庄字希逸。制木方丈，图山川土地，各有分理。离之则州郡殊别，合之则字内为一。''道''逸'字画相近，或致误耳。"
④ 按：清吴兆宜注改"珠宫"为珠官，以今广东徐闻当之。
⑤ 按：许逸民认为疑晋阮孚以金貂换酒事，言其任诞。《晋书·阮籍传》附阮孚传:"（孚）迁黄门侍郎、散骑常侍。尝以金貂挽酒，复为所司弹劾，帝宥之。"
⑥ 按：许逸民认为疑用郑浑事。《三国志·魏书·郑浑传》:"文帝即位，为侍御史，加驸马都尉，迁阳平、沛郡二太守。郡界下湿，患水涝，百姓饥乏。浑于萧、相二县界，兴陂遏，开稻田。郡人皆以为不便，浑曰:'地势洿下，宜溉灌，终有鱼稻经之利，此丰民之本也。'遂躬率吏民，兴立功夫，一冬间皆成。比年大收，顷亩岁增，租入倍常，民赖其利，刻石颂之，号曰郑陂。转为山阳、魏郡太守，其治放此。又以郡下百姓，苦乏材木，乃课树榆为篱，并益树五果，榆皆成藩，五果丰实。入魏郡界，村落齐整如一，民得财足用饶。"
⑦ 〔清〕何文焕辑《历代诗话》，中华书局，1981，第388页。
⑧ 〔美〕孙康宜:《陈子龙柳如是诗词情缘》，李奭学译，陕西师范大学出版社，1998，第66页。

书·艺文志》指出西汉"凡小学十家，四十五篇"，都是后世所谓字书，没有一篇音书。从汉人所谓小学还看不出含有音韵学的内容。秦汉学者热衷于对文字的搜集、整理和文字意义的解释，对于字音反而不大注意。正如段玉裁所论："圣人之制字，有义而后有音，有音而后有形。学者之考字，因形以得其音，因音以得其义。治经莫重于得义，得义莫切于得音。"①（《广雅疏证》序）汉字形、音、义三位一体，对汉字字形、字义的研究离不开语音，形、音、义三者的结合才能更好地研究汉字及其发展。

清人皮锡瑞说："汉人无无师之学，训诂句读皆由口授；非若后世之书，音训备具，可视简而诵也。"② 日本学者平田昌司指出由口耳相传到阅读文本这一巨变给中国语言研究带来的重大影响之一就是反切、音韵学的出现。③

关于反切法的产生时间，学术界还有较大的争议。颜之推《颜氏家训·音辞》说："孙叔言创《尔雅音义》，是汉末人独知反语。至于魏世，此事大行。高贵乡公不解反语，以为怪异。自兹厥后，音韵锋出，各有土风，递相非笑，指马之谕，未知孰是。"④ 孙炎，字叔然，乐安（今山东博兴）人，是郑玄的学生，当时有"东州大儒"之称。他的《尔雅音义》大概是第一部较多地使用反切注音的著作。但是从陆德明《经典释文》引用孙炎《尔雅音义》中反切可知，孙炎用的反切上下字很不统一，可见当时的反切并不是他的独创⑤，反切的使用也不仅限于孙炎。与他同时代的服虔、应劭也都已用反切注音。只是反切注音法在当时并没有引起多大的

---

① （清）王念孙著，钟宇讯点校《广雅疏证》，中华书局，2004，第 1 页。
② （清）皮锡瑞著，周予同注释《经学历史》，中华书局，1959，第 131 页。
③ 〔日〕平田昌司：《文化制度和汉语史》，北京大学出版社，2016，第 8 页。
④ （北齐）颜之推撰，王利器集解《颜氏家训集解》，上海古籍出版社，1980，第 473 页。
⑤ 按：周祖谟《〈颜氏家训·音辞篇·注〉补》一文认为："反切之兴，前人多谓创自孙炎。然反切之事，决非一人所能独创，其渊源必有所自。章太炎《国故论衡·音理论》，即谓造反语者非始于孙叔然，其言曰：'案《经典释文·序例》，谓汉人不作音，而王肃《周易音》，则序例无疑辞，所录肃音用反语者十余条。寻《魏志·肃传》云：'肃不好郑氏，时乐安孙叔然授学郑玄之门人，肃集圣证论以讥短玄，叔然驳而释之。'假令反语始于叔然，子雍岂肯承用其术乎？又寻汉《地理志》广汉郡梓潼下，应劭注：'潼水所出，南入垫江。垫江徒浃反。'辽东郡沓氏下应劭注：'沓水也，音长答反。'是应劭时已有反语，则起于汉末也。'由是可知反语之用，实不始于孙炎。"（《周祖谟语言学论文集》，商务印书馆，2001，第 202～203 页。）

关注，一直到了曹魏时期才风行起来。反切产生的一个重要原因是佛教的传入与兴盛。

梁释慧皎《高僧传》云："始有魏陈思王曹植，深爱声律，属意经音。既通般遮之瑞响，又感鱼山之神制。于是删治《瑞应本起》，以为学者之宗。传声则三千有余，在契则四十有二。其后帛桥、支钥亦云祖述陈思，而爱好通灵，别感神制，裁变古声，所存止一十而已。"[①] 梵音促使反切之法风行于世，对音韵学产生的另一个攸关因素，即四声的明确，也具有重要的影响。

汉语是有声调的语言，反切要想准确标记汉字读音，必须考虑声调因素。汉语的声调在南北朝以前有实而无名。据《隋书·经籍志》著录：魏左校令李登撰《声类》十卷，晋安复令吕静撰《韵集》六卷。这两部书虽为韵书，但正如隋人潘徽所论："李登声类、吕静韵集，始判清浊，才分宫羽，而全无引据，过伤浅局，诗赋所须，卒难为用"[②] （《韵纂》序），而且不论述诗文四声调配之法，存在着音韵学与诗律学的区别。范文澜曾根据曹植诗歌中一些对仗工整、声韵谐畅的诗句，认为"作文始用声律，实当推原于陈王也"[③]，未免溯源过早。

刘宋时期，范晔、谢庄精通声律[④]。范晔曾说："性别宫商，识清浊，斯自然也。观古今文人，多不全了此处，纵有会此者，不必从根本中来。言之皆有实证，非为空谈。年少中谢庄最有其分，手笔差易，文不拘韵故也。吾思乃无定方，特能济难适轻重，所禀之分，犹当未尽。"[⑤] （《狱中与诸甥侄书》） 范文澜认为："观蔚宗此辞，似调声之术，已得于胸怀，特深自秘异，未肯告人。左碍而寻右，末滞而讨前，即所谓济艰难，适轻重矣。"[⑥] 只可惜范晔因卷入当时的政治斗争被杀，否则，四声的发明有可能

---

① （南朝梁）释慧皎撰，汤用彤校注，汤一玄整理《高僧传》，中华书局，1992，第 507 页。
② （唐）魏徵等：《隋书》，中华书局，1973，第 1745 页。
③ （南朝梁）刘勰著，范文澜注《文心雕龙注》卷七《声律》注［一］，人民文学出版社，1958，第 555 页。
④ 按：钟嵘《诗品序》记载王融说："宫商与二仪俱生，自古词人不知之。唯颜宪子乃云'律吕音调'，而其实大谬。唯见范晔、谢庄颇识之耳。"
⑤ （清）严可均校辑《全上古三代秦汉三国六朝文》，中华书局，1958，第 2519 页。
⑥ （南朝梁）刘勰著，范文澜《文心雕龙注》卷七《声律》注［一］，人民文学出版社，1958，第 555 页。

提前数十年。

关于汉语四声的发明时间及创始者，《文镜秘府论》天卷《四声论》所引隋刘善经《四声指归》首次提出："宋末以来，始有四声之目。沈氏乃著其谱、论，云起自周颙。"① 此后，这一问题引起了后来学者的浓厚兴趣和旷日持久的争议。目前学界多认为四声的发明在南齐永明年间②。据梁萧子显载："永明末，盛为文章。吴兴沈约、陈郡谢朓、琅邪王融以气类相推毂。汝南周颙善识声韵。约等文皆用宫商，以平上去入为四声，以此制韵，不可增减，世呼为'永明体'。"③ （《南齐书·陆厥传》）周颙、沈约等人精于审音，发明了四声④，但不同于周颙致力于文字上的四声，沈约侧重的为文学上的音律。

沈约《宋书·谢灵运传论》云："欲使宫羽相变，低昂互节，若前有浮声，则后须切响。一简之内，音韵尽殊。两句之中，轻重悉异。妙达此旨，始可言文。"⑤ 学界对"宫羽相变，低昂互节"两句，往往阐释为宫声指平声，羽声指仄声。如何焯说："浮声切响即是轻重，今曲家犹讲阴阳清浊。"⑥ 黄侃认为这两句与刘勰《文心雕龙·声律》"声有飞沉"意思一样，"飞则平清，沉则仄浊"⑦。启功《诗文声律论稿》曰："沈约提倡四声之说，而在所提的具体办法中，却只说了宫与羽，低与昂，浮声与切

---

① 〔日〕遍照金刚撰，卢盛江校考《文镜秘府论汇校汇考》（修订本），中华书局，2015，第201页。按：后两句之断句，各家稍有不同，理解也有一定的差异。

② 按：也有学者将"四声之目"的发明时间提早到刘宋之末，提出"王斌首创四声"新说。如高华平《"四声之目"的发明时间及创始人再议》（《文学遗产》2005年第5期）一文认为"殆南朝有两王斌，一为宋齐时人，一为齐梁时人"。宋齐时的王斌堪称中国音韵"四声之目"的发明者或创始人。杜晓勤《"王斌首创四声说"辨误》（《文学遗产》2012年第3期）一文则认为："齐梁时期至少有三个王斌"，"此三人都不可能早于沈约提出四声之目"。

③ （南朝梁）萧子显：《南齐书》，中华书局，1972，第898页。

④ 按：1934年，陈寅恪先生于《清华学报》第9卷第2期发表了《四声三问》一文，认为汉语四声之说来自古印度之梵文，其媒介是佛经转读，此论一出，引起学术界的广泛争议，有赞同者，如罗常培、张世禄、王昆吾等；有反对者，如饶宗颐、俞敏等。时至今日，仍无定论。本书论述的重点不是探讨四声的来源，所以对此不展开论述。

⑤ （南朝梁）沈约：《宋书》卷六十七《谢灵运传论》，中华书局，1974，第1779页。

⑥ （清）何焯著，崔高维点校《义门读书记》，中华书局，1987，第968页。

⑦ 黄侃：《文心雕龙札记》，上海古籍出版社，2000，第120页。

响，轻与重，都是相对的两个方面，简单说，即是扬与抑，事实上也就是平与仄。"① 这样的理解多出于后人的"以今律古"，不合乎声律说发展的实际，即沈约根本没有提出四声二元化的声律理论。正如郭绍虞《声律说续考——关于声类韵集的问题》所说："后人习惯于平仄之分，于是对于这一时期的理论，也往往引入了歧途，常以后人的平仄观念去解释当时的理论。似乎沈约已知有平仄之分，差以毫厘，谬以千里。……假使沈约当时早知平仄之分，那就不必讲什么八病了。历史上任何一种学术的演变，都有一个发展过程的。"② "即是那时假使要使四声二元化，只能以平上为一类，去入为一类，这是当时语音的制约所决定的（参阅《蜂腰鹤膝解》）。事实所限，只能这样二元化，决不能分为平仄二类。"③ 何伟棠也认为"宫与羽作为相对的两个方面，跟平与仄是不同的"。"讲声调的对立可以'宫羽'对举，也可以'宫商'对举，'角徵'对举，正好说明这种对立的用声法是四声律而不是平仄律，因为平仄律是二元的，平与仄之外不能再举出别的什么声调的对立。"④

《文镜秘府论》西卷《文二十八种病》引刘滔语曰："又第二字与第四字同声，亦不能善。此虽世无的目，而甚于蜂腰。如魏武帝《乐府歌》云：'冬节南食稻，春日复北翔'是也。"⑤ 刘滔又云：

> 四声之中，入声最少，余声有两，总归一入，如征整政只、遮者柘只是也。平声赊缓，有用处最多，参彼三声，殆为大半。且五言之内，非两则三，如班婕妤诗云："常恐秋节至，凉风夺炎热。"此其常也。亦得用一用四。若四，平声无居第四，如古诗云"连城高且长"

---

① 启功：《诗文声律论稿》，中华书局，1977，第 109 ~ 110 页。
② 郭绍虞：《声律说续考——关于声类韵集的问题》，《古代文学理论研究》（第三辑），上海古籍出版社，1981，第 18 页。
③ 郭绍虞：《声律说续考——关于声类韵集的问题》，《古代文学理论研究》（第三辑），上海古籍出版社，1981，第 16 页。
④ 何伟棠：《永明体向律体衍变过程中的四声二元化问题》，《韩山师专学报》（社会科学版）1987 年第 1 期，第 102 页。
⑤ 〔日〕遍照金刚撰，卢盛江校考《文镜秘府论汇校汇考》（修订本），中华书局，2015，第 908 页。

是也。用一，多在第二，如古诗云"九州不足步"，此谓居其要也。①

　　王利器、卢盛江等学者认为刘滔即萧梁之刘滔。据《南史·刘昭传》记载，刘滔出身于平原刘氏。其父刘昭"集后汉同异以注范晔书，世称博悉"。刘滔"亦好学，通三礼"，与弟刘缓②、刘绥"并为名器"（《颜氏家训·风操》）。刘滔大同年间曾为尚书祠部郎。结合其父、弟等人的生平，刘滔的四声理论当是大同年间或前后不数年提出。从现有文献来看，刘滔最早提出二四异声的调声法则。"余声有两，总归一入"，指的是上声和去声应与入声聚合成一个声调类别，从而与平声的声调类别相对应。刘滔之所以特别重视平声，其原因之一大概也是如此，可以对平声而言仄声，把平仄分为两类。正如郭绍虞所说："这样，四声的二元化向平仄方面演进，已成为无可否认的事实了。"③

　　萧梁中后期文人的诗文创作与刘滔的四声二元化声律理论大致同步。据《梁书·庾肩吾》记载：

　　　　初，太宗在藩，雅好文章士，时肩吾与东海徐摛，吴郡陆杲，彭城刘遵、刘孝仪，仪弟孝威，同被赏接。及居东宫，又开文德省，置学士，肩吾子信、摛子陵、吴郡张长公、北地傅弘、东海鲍至等充其选。齐永明中，文士王融、谢朓、沈约文章始用四声，以为新变④，至是转拘声韵，弥尚丽靡，复逾于往时。⑤

---

① 〔日〕遍照金刚撰，卢盛江校考《文镜秘府论汇校汇考》（修订本），中华书局，2015，第908页。

② 按：《南史·刘昭传》云："（刘缓）字含度，少知名。历官安西湘东王记室，时西府盛集文学，缓居其首。"

③ 郭绍虞：《文镜秘府论·前言》，〔日〕遍照金刚著，周维德校点《文镜秘府论》，人民文学出版社，1975，第4页。

④ 按：刘永济《十四朝文学要略》（武汉大学出版社，2013，第162页）引录时此处用句号，大家眼光，的确不同，因为这样标点，下句的"至是"才能明确指到梁大同年间，而非齐永明年间，不会产生歧义。

⑤ （唐）姚思廉：《梁书》，中华书局，1973，第690页。

杜晓勤《大同句律形成过程及与五言诗单句韵律结构变化之关系》一文精心制作有《齐梁陈重要作家五言诗句律统计表》《中古五言诗单句韵律结构分析数据统计表》《汉至梁代"二二一"句式韵律结构分析统计表》等表格，在全面统计齐梁陈重要作家五言诗句律的基础上[1]，认为"从永明体的二五异声到近体的二四异声，是五言诗单句律化进程中的一个重要环节，这一变化的转折点就是在大同年间"[2]。大同以后的文人，大都遵守以第二字和第四字平仄交替，对于近体诗的形成起了很大的推动作用。

《文镜秘府论》天卷《四声论》云：

> 永明元年，即魏高祖孝文皇帝太和之六年也。昔永嘉之末，天下分崩，关、河之地，文章殄灭。魏昭成、道武之世，明元、太武之时，经营四方，所未遑也。虽复网罗俊民，献纳左右；而文多古质，来营声调耳。及太和任运，志在辞彩，上之化下，风俗俄移。[3]

《四声论》所言不谬，在太和之前，北朝文人的确还没有声律的自觉意识。太和之后，受南朝的影响，北方也有学者开始探讨四声问题。《四声论》就收有甄琛的《磔四声》和常景的《四声赞》。从中可以看出，南朝永明声律的理论在北朝的传播速度与广度远超我们的想象。

据史书记载："（甄）琛性轻简，好嘲谑，故少风望。然明解有干具，在官清白。自高祖、世宗咸相知待，肃宗以师傅之义而加礼焉。所著文章，鄙碎无大体，时有理诣，《磔四声》……颇行于世。"[4] 甄琛《磔四声》是驳难沈约《四声谱》的，"以为沈约《四声谱》，不依古典，妄自

---

① 按：该文附有《齐梁陈重要作家五言诗句律统计表》《中古五言诗单句韵律结构分析数据统计表》《汉至梁代"二二一"句式韵律结构分析统计表》，可见作者用力之勤。

② 葛晓音：《六朝隋唐诗歌格律、体式演进问题及其研究进展——兼评杜晓勤〈六朝声律和唐诗体格〉》，《安徽大学学报》（哲学社会科学版）2016 年第 1 期。

③ 〔日〕遍照金刚撰，卢盛江校考《文镜秘府论汇校汇考》（修订本），中华书局，2015，第 235~236 页。

④ （北齐）魏收：《魏书》，中华书局，1974，第 1516~1517 页。

穿凿，乃取沈君少时文咏犯声处以诘难之"①。这是对沈约《四声谱》的最早记录。

与甄琛不同，常景对四声是持赞美态度的。《四声赞》云："龙图写象，鸟迹摛光。辞溢流徵，气靡轻商。四声发彩，八体含章。浮景玉充，妙响金锵。"② 常景不仅能以四言八句③形象描写出四声的声律特点，而且文本本身就注重四声的调配，音韵谐畅，斐然成章，正如刘善经《四声指归》所评："虽章句短局，而气调清远。故知变风俗下④，岂虚也哉。"⑤南朝的声律理论与创作已波及北魏的文化中心洛阳。

刘善经《四声指归》云："齐仆射阳休之，当世之文匠也。乃以音有楚夏，韵有讹切，辞人代用，今古不同。遂辨其尤相涉者五十六韵，科以四声，名曰《韵略》。制作之士，咸取则焉。后生晚学，所赖多矣。"⑥"科以四声"是该书的重要特点。宫、商、角、徵、羽原本是古乐中的名词术语，代表汉语音乐中的五个音阶，后借用来标注声调。阳休之之前的韵书是用宫、商、角、徵、羽来标注汉语声调的。如最早的韵书李登《声类》"凡一万一千五百二十字，以五声命字，不立诸部"⑦。吕静撰《韵集》则是"别放故左校令李登《声类》之法，作《韵集》五卷，使宫、商、角、徵、羽各为一篇"⑧（《魏书·江式传》）。因此，太和中，崔光曾"依宫商角徵羽本音而为五韵诗，以赠李彪"⑨（《魏书·崔光传》）。阳休

① 〔日〕遍照金刚撰，卢盛江校考《文镜秘府论汇校汇考》（修订本），中华书局，2015，第 270 页。

② 〔日〕遍照金刚撰，卢盛江校考《文镜秘府论汇校汇考》（修订本），中华书局，2015，第 299 页。按：常景《四声赞》未被《魏书》《北史》言及，也未被严可均《全上古三代秦汉三国六朝文》辑收。

③ 按：常景《四声赞》当仅有此 8 句。《魏书·常景传》载其赞司马相如、王褒、严君平、扬子云等四贤赞亦是 8 句，只不过《四声赞》为四言，《四君赞》为五言。

④ 按：结合上下文语境，"俗下"当为"洛下"之讹。

⑤ 〔日〕遍照金刚撰，卢盛江校考《文镜秘府论汇校汇考》（修订本），中华书局，2015，第 299 页。

⑥ 〔日〕遍照金刚撰，卢盛江校考《文镜秘府论汇校汇考》（修订本），中华书局，2015，第 299 ~ 300 页。

⑦ （唐）封演撰，赵贞信校注《封氏闻见记校注》，中华书局，2005，第 7 页。

⑧ （北齐）魏收：《魏书》，中华书局，1974，第 1963 页。

⑨ （北齐）魏收：《魏书》，中华书局，1974，第 1499 页。

之《韵略》不仅对当时人的诗文创作起到"取则"指导作用，而且对北朝后期的诗文创作影响很大，"后生晚学，所赖多矣"①。

卢盛江、叶秀清《论北朝诗歌声律的发展》一文对北齐以魏收、邢邵、阳休之、颜之推为代表的 22 位诗人和以王褒、庾信为代表的 10 位北周诗人的五言诗歌创作进行统计，发现"北齐二十二人四句至十二句五言诗 60 首 456 句有律句 392 句，占 86%；律对 232 句，占 50.8%；律粘 46 处，应粘 168 处，占 27.4%；完整律诗 35 首，占 58.3%。北周十人 252 首 1952 句中，律句 1606 句，占 82.3%；律对 1010 句，占 51.7%；律粘 265 处，应粘 724 处，占 36.6%；完整律诗 166 首，占 65.9%。这个数字，不仅超过永明，而且超过梁代，与陈代相当，与后来初唐的情况也相差不大"②。从中可以看出，北朝声律的发展已与南朝基本同步。

六朝骈文的声律要求③也是一联之中平仄相间，联与联之间的平仄相对，但相对没有诗歌那样谨严。遍照金刚《文镜秘府论·文二十八种病》列举谢朓、王融、任昉等人的骈文多犯声病，可见骈文声律在六朝时期还不严格，而且不同文体也有着程度不同的差异。在梁代前期，已出现通篇或接近通篇合乎平仄的骈文，但只是极少数，且集中在"辞丽而言约""历历如贯珠，易看而可悦"的连珠文体。如：

> 臣闻髦俊之才，世所希之；
> | — | |
> 丘园之秀，因时则扬。
>   — | —   —
> 是以大人基命，不擢才于后土；
>   — | — |

---

① 〔日〕遍照金刚撰，卢盛江校考《文镜秘府论汇校汇考》（修订本），中华书局，2015，第 316～317 页。

② 卢盛江、叶秀清：《论北朝诗歌声律的发展》，《吉林大学社会科学学报》2011 年第 6 期。

③ 按：六朝骈文中还有一种声律规则被后人称为"马蹄韵"。最早使用"马蹄韵"这一名称的可能是清代的曾国藩，其《求阙斋读书录》卷七云：陆贽骈文"则无一句不对，无一字不谐平仄，无一联不调马蹄"。"马蹄韵"虽以"韵"相称，却并不是用于韵而是用于平仄的一种声律规则。相关论述可参见拙文《论六朝骈文中的"马蹄韵"》，《徐州师范大学学报》（哲学社会科学版）2009 年第 4 期。

明主聿兴，不降佐于昊苍。①（陆机《演连珠》之三）

臣闻倾耳求音，视优听苦；

澄心徇物，形逸神劳。

是以天殊其数，虽同方不能分其戚；

理塞其通，则并质不能共其休。②

（陆机《演连珠》之三十）

这两首连珠使用的都是隔对，一联之间基本上都做到平仄相间，联与联之间则完全平仄相对。但在齐梁之前，符合平仄的连珠除上举陆机的《演连珠》外，只有颜延之《范连珠》1首。

到了梁代大同以后，连珠完全符合平仄的也不多，据笔者统计，只有简文帝《连珠》1首，庾信《拟连珠》5首，但值得注意的是，那些通篇不完全符合平仄的连珠，有些也只有一两处不合平仄。如：

吾闻道行则五福俱凑，

运闭则六极所钟。

是以麟出而悲，岂唯孔子；

途穷则恸，宁止嗣宗。③

（简文帝《连珠》）

只是第二句"极"字不合平仄，不能与上联的"福"相对。又如：

盖闻江黄戎马之徼，

---

①　（清）严可均校辑《全上古三代秦汉三国六朝文》，中华书局，1958，第 2026 页。
②　（清）严可均校辑《全上古三代秦汉三国六朝文》，中华书局，1958，第 2027 页。
③　（清）严可均校辑《全上古三代秦汉三国六朝文》，中华书局，1958，第 3025 页。

鄢郢风飙之格，
　｜　　　—

乍有去而不归，
　｜　　　—

或无期而远客。
　—　　　｜

是以章华之下，必有思子之台；
　—　　　｜　　　　—　　　｜

云梦之傍，应多望夫之石。①
　｜　—　　　—　｜　｜

（庾信《拟连珠》之十七）

　　只是首联的"微"字不合平仄。像这样的例子还有很多，这表明梁代以后的文人在创作连珠时已自觉地追求音韵的谐美，但同时不因追求声律的完美，而以辞害意。

　　到了梁代以后，其他一些篇幅短小的文体（如谢物小启、碑志铭文）也出现通篇或接近通篇合乎平仄的骈体。刘勰《文心雕龙·奏启》论述启体时说："必敛饬入规，促其音节，辨要轻清，文而不侈，亦启之大略也。"② 正因为启文（尤其是谢物小启）的特点是篇体短小、音节紧凑，所以较连珠以外的其他文体更为讲究声律。钟涛《六朝骈文形式及其文化意蕴》曾对庾信启文的对句平仄情况进行分析统计，兹引录如下③：

篇名	总联数	平仄相协联	不尽协律联
《谢滕王集序启》	33	14	19
《谢赵王赉马并伞启》	5	3	2
《谢明帝赐丝布等启》	10	8	2
《谢赵王赉息丝布启》	6	4	2
《谢赵王赉丝布启》	9	5	4
《谢赵王示新诗启》	8	7	1
《谢赵王赉白罗裤启》	6	3	3

---

① （北周）庾信撰，（清）倪璠注，许逸民校点《庾子山集注》，中华书局，1980，第605页。
② （南朝梁）刘勰著，范文澜注《文心雕龙注》，人民文学出版社，1958，第424页。
③ 参见钟涛《六朝骈文形式及其文化意蕴》，东方出版社，1997，第114页。

篇名	总联数	平仄相协联	不尽协律联
《谢赵王赉马启》	3	3	0 *
《谢赵王赉犀带启》	6	5	1
《谢赵王赉米启》	7	6	1
《谢赵王赉干鱼启》	8	6	2

* 钟涛《六朝骈文形式及其文化意蕴》此处可能是由于印刷错误，误为"3"，笔者改正为"0"。

表中所列几乎全为谢物小启，可见谢物小启的声律谐美可与连珠相媲美。

梁代以后碑志铭文也很注重平仄声律，如萧绎《太常卿陆倕墓志铭》云：

如金有矿，如竹有筠。
— | | —

体二方拟，知十可邻。
| | |

两升凤诏，三侍龙楼。
| — | —

南皮朝宴，西园夜游。
— — | —

词峰飙竖，逸气云浮。
| — | —

日往月来，暑流寒袭。
| | — |

东耀方远，北芒已及。
| | | |

坠露晓团，悲风暮急。
| — — |

从中可以看出，这首铭文都是四言单对，基本上能做到一句之内平仄相间，两句之间平仄相对。

南北朝后期的长篇骈文，只有部分段落能够合乎平仄，如简文帝《大法颂序》有云：

于是璧日扬精，景云丽色；薰风徐动，渊露微垂。

后距屯威，前茅警列；武较星连，鸿钟吐响。

运天宫之法驾，启天路之威神。

百灵扶持，千乘雷动；六虬齐轸，七斗垂晖。

云罕乘空，勾陈翼驾；超光蹑景，日被天回。

金盖玉舆，豹服鼍鼓。骥骊沃若，天马半汉；绿弓黄弩，象饰鱼文。

伙飞案节，不劳斩蛟之剑；虎贲弢羽，岂假鸣乌之射。①

这段文字也基本能做到同联之间，平仄相对，音韵和谐。

孙德谦《六朝丽指》曰：

> 近人以平仄不谐，对切不式为古，余谓不然……又文之有声律，自休文而后，遂益精密。然江文通《建平王聘隐逸教》："周惠之富，犹有渔潭之士；汉教之隆，亦见栖山之夫。"谢朓《辞随王子隆笺》："横污之水，愿朝宗而每竭；驽蹇之乘，希沃若而中疲。"姑举此两篇，并不谐协，此足征古人为文，本不拘拘于音律也。乃后人明知有韵书而故使之平仄不调，则失之易矣。故余论骈文，平仄欲其谐，对切欲其工。苟有志乎古，所贵取法六朝者，在通篇气局耳。往尝作一篇成，取六朝文涵咏之，观能否合其神韵。有不善者，则应时改定。②

孙德谦所举皆为梁代之前的例子，其实梁陈时期的四六隔对仍不尽合乎平仄。笔者以徐陵、庾信代表作品中的四六隔对为例进行统计分析，列表如下：

---

① （清）严可均校辑《全上古三代秦汉三国六朝文》，中华书局，1958，第3023页。
② 孙德谦：《六朝丽指》，四益宧刊本，第98条。

篇名	四六隔对联数	平仄合律联数	平仄不尽合律联数
徐陵《玉台新咏序》	16	9	7
徐陵《与齐尚书仆射杨遵彦书》	9	7	2
徐陵《劝进梁元帝表》	7	5	2
徐陵《与王僧辩书》	7	6	1
徐陵《与李那书》	3	2	1
徐陵《册陈公九锡文》	8	0	8
庾信《哀江南赋》序	6	0	6
庾信《周大将军怀德公吴明彻墓志铭》	5	2	3
庾信《思旧铭》序	7	2	5
庾信《贺平邺都表》	7	0	7
庾信《谢滕王集序启》	6	1	5
庾信《赵国公集序》	3	0	3

由上表可以得知，不合律的四六隔对和六四隔对仍占据主体。尽管四六隔对和六四隔对并不能代表全文，但作为六朝骈文中的精工警策之句，能大致反映出二人骈文创作的整体声律面貌。

徐陵《玉台新咏序》被清人许梿誉为"声偶兼到之作，炼格炼词，绮缋绣错，几于赤城千里霞矣"[1]。因此，笔者就以其为例，分析长篇骈文的全篇平仄声律[2]。

夫凌云概日，由**余**[3]之所未窥；
— | — |
万户千门[4]，张衡之所曾赋。
| — | —
周王璧台之上，汉帝金屋之中，
— — | — | —

---

① （清）许梿评选，（清）黎经诰笺注《六朝文絜笺注》，上海古籍出版社，1982，第142页。

② 参见作者本人2007年的博士学位论文《六朝骈文研究》，武汉大学，第153~158页。

③ 按：为了方便，笔者把不合平仄的字用黑体标出来，下同。

④ 按：有些版本作"千门万户"，则不合马蹄韵，当为传写之误。

玉树以珊瑚作枝，珠帘以玳瑁为柙，

其中有丽人焉。

其人五陵豪族，充选掖庭；

四姓良家，驰名永巷。

亦有颍川新市，河间观津，

本号娇娥，曾名巧笑。

楚王宫里，无不推其细腰；

卫国佳人，俱言讶其纤手。

阅诗敦礼，岂东邻之自媒；

婉约风流，异西施之被教。

弟兄协律，生小学歌，

少长河阳，由来能舞。

琵琶新曲，无待石崇；

箜篌杂引，非关曹植。

传鼓瑟于杨家，得吹箫于秦女。[①]

至若宠闻长乐，陈后知而不平；

画出天仙，阏氏览而遥妒。

至如东邻巧笑，来侍寝于更衣；

西子微颦，得横陈于甲帐。

陪游馺娑，骋纤腰于结风；

长乐鸳鸯，奏新声于度曲。

---

① （清）严可均校辑《全上古三代秦汉三国六朝文》卷十，中华书局，1958，第 3456 页。

妆鸣蝉之薄鬓，照堕马之垂鬟。

反插金钿，横抽宝树。

南都石黛，最发双蛾；

北地燕支，偏开两靥。

亦有岭上仙童，分丸魏帝；

腰中宝凤，授历轩辕，

金星将婺女争华，麝月与嫦娥竞爽，

惊鸾冶袖，时飘韩掾之香；

飞燕长裾，宜结陈王之佩。

虽非图画，入甘泉而不分；

言异神仙，戏阳台而无别。

真可谓倾国倾城，无对无双者也。

加以天时开朗，逸思雕华，

妙解文章，尤工诗赋。

琉璃砚匣，终日随身；

翡翠笔床，无时离手。

清文满箧，非惟芍药之花；

新制连篇，宁止蒲萄之树。

九日登高，时有缘情之作；

万年公主，非无累德之辞。

其佳丽也如彼，其才情也如此。

既而椒宫苑转，柘馆阴岑，

绛鹤晨严，铜蠡昼静。

三星未夕，不事怀衾；

五日犹余，谁能理曲。

优游少托，寂寞多闲。

厌长乐之疏钟，劳中宫之缓箭，

纤腰无力，怯南**阳**之捣衣；

生长深宫，笑扶风之织锦。

虽复投壶玉女，为欢尽于百娇；

争博齐姬，心赏穷于六箸。

无怡神于暇景，惟属意于新诗，

庶得代彼皋苏，蠲兹愁疾。

但往世名篇，当今巧制，

分诸麟阁，散在鸿都。

不藉篇章，无由披览。

于是然脂暝写，弄笔晨书。

撰录艳歌，凡为十卷。

曾无参于雅颂，亦靡滥于风人。

泾渭之间，若斯而已。

于是丽以金箱，装之宝轴，

三台妙迹，龙伸蠖屈之书；

五色华笺，河北胶东之纸。

高楼红粉，仍定鲁**鱼**之文；

辟恶生香，聊防羽陵之蠹。
∣　　—　　　　　—∣

灵飞太甲，高擅玉函。
—　∣　　　　—　∣

鸿烈仙方，长推丹枕。
∣　—　　　　—　∣

至如青牛帐里，余曲既终；
　　∣　—　∣　　　　∣

朱鸟窗前，新妆已竟。
∣　—　　　　—　∣

方当开兹缥帙，散此缥绳。

永对玩于书帏，长循环于纤手，
—　∣　—　　　—　∣　—

岂如邓学春秋，儒者之功难习；
∣　—　∣　—

窦专黄老，金丹之术不成。

因胜西蜀豪家，托情穷于鲁殿；
—　∣　—　∣　　　—　∣

东储甲馆，流咏止于洞箫。
—　∣　　　—　∣

娈彼诸姬，聊同弃日，
∣　—　∣　　—　∣

狩欱彤管，无或讥焉。①
∣　—　∣　　—　∣

这篇长达近千字的鸿作，有多联不合平仄规则。清人许梿说："骈语至徐庾，五色相宣，八音迭奏，可谓六朝之渤澥，唐代之津梁。"② 钟涛认为："具有诗歌之音乐美的典型骈文，到徐庾是完全成熟了。"其实并不是很准确。正如孙德谦、孙梅所论，徐陵、庾信的骈文并"不拘拘于音律"③，"固非古音之洋洋，亦未如律体之靡靡"④。唐宋以来，骈文在声律方面不过是在他们的基础上进一步完善，更为音韵谐美。

---

① （清）严可均校辑《全上古三代秦汉三国六朝文》，中华书局，1958，第3456~3457页。

② （清）许梿评选，（清）黎经诰笺注《六朝文絜笺注》，上海古籍出版社，1982，第142页。

③ 孙德谦：《六朝丽指》，四益宧刊本，第98条。

④ （清）孙梅著，李金松校点《四六丛话》，人民文学出版社，2010，第69页。

第四节　藻饰

孙德谦《六朝丽指》云：

> 昔人谓王摩诘诗中有画，以吾观之，六朝骈文能得画理者极多。陶弘景《答谢中书书》云："山川之美，古来共谈。高峰入云，清流见底。两岸石壁，五色交辉。青林翠竹，四时俱备。晓雾将歇，猿鸟乱鸣。夕日欲颓，沉鳞竞跃。实是欲界之仙都。"观其状写山水，非绝妙一幅画图乎？至祖鸿勋《与阳休之书》云："家先有野舍于斯，而遭乱荒废。今复经始，即石成基，凭林起栋。萝生映宇，泉流绕阶。月松风草，缘庭绮合；日华云实，傍沼星罗。檐下流烟，共霄气而舒卷；园中桃李，杂椿柏而葱蒨。时一褰裳涉涧，负杖登峰，心悠悠以孤上，身飘飘而将逝，杳然不复自知在天地间矣。若此者久之，乃还所住，孤坐危石，抚琴对水；独咏山阿，举酒望月。"书写闲居之乐，深入画境，使后人读之，犹若见其身在画中也。《晋书·顾恺之传》："传神写照，正在阿堵中。"如此等文，以画家求之，真可谓"传神写照"矣！①

六朝骈文之所以"能得画理者极多"，是因为六朝文人很多兼擅众长，精通书画。据张克锋《魏晋南北朝文学与书画的会通》一书统计，在一百五十位六朝文人中，"兼善书法的有一百三十八人，兼善绘画的有三十五人，其中书、画艺术都擅长的有二十三人"②。在这个书画艺术繁荣的时代，六朝文人对景物往往较为敏感，并能通过生花妙笔表现出来。如六朝骈体碑文常用较多篇幅描绘其所处形胜之地的自然风光③，甚至庄重的诏书、檄文中也穿插一些风物描写，如萧绎《驰檄告四方》"偃师南望，无

---

① 孙德谦：《六朝丽指》，四益宧刊本，第8条.
② 张克锋：《魏晋南北朝文学与书画的会通》，中国社会科学出版社，2010，第37页.
③ 按：参见第二章第六节相关论述。

复储胥露寒；河阳北临，或有穹庐毡帐”等句，被萧贲批为“非为过似，如体目朝廷，非关序贼”①（《南史·萧贲传》），即指有些轻佻失体。李谔批评江左齐梁文风，“竞一韵之奇，争一字之巧。连篇累牍，不出月露之形，积案盈箱，唯是风云之状”②（《隋书·李谔传》），也并不是毫无依据的。

　　六朝文人在用骈体描写景物方面最具有个人风格的当数鲍照。钟嵘《诗品》评鲍诗曰：“善制形状写物之词，……贵尚巧似，不避危仄，颇伤清雅之调。故言险俗者，多以附照。”③萧子显《南齐书·文学传论》亦云：“次则发唱惊挺，操调险急，雕藻淫艳，倾炫心魂。……斯鲍照之遗烈也。”④他们都独具只眼地指出鲍照诗文新颖奇险的词句和别开生面的意境。如其《芜城赋》描摹兵燹给对广陵故城的屠残，“白杨早落，塞草前衰。棱棱霜气，蔌蔌风威。孤蓬自振，惊沙坐飞”等句，“俯仰苍茫，满目悲凉之状，溢于纸上，真足以惊心动魄矣”⑤。又其《登大雷岸与妹书》“尽态极妍，即使李思训数月之功，亦恐画所难到”⑥。钱基博则称此文“运意深婉，融情于景，无句不锤炼，无句不俊逸，颇喜巧琢”⑦。再如《石帆铭》“奇突古兀，锤炼异常”，清人许梿感慨道：“昔人论鲍诗谓‘得景阳之俶诡，含茂先之靡嫚’，吾于斯铭亦云。”⑧

　　就艺术手法而言，笔者在前三节中所论述的对仗、用典、声律或多或少都与藻饰有关。钟涛指出，六朝骈文“还普遍选用色彩词来形成对偶，从而造成鲜明绚丽的色泽。并且，六朝人还喜欢用色型差别很大，对比强烈的色彩词作对，从而使色泽更为艳丽热烈”⑨。如：

---

①（唐）李延寿：《南史》，中华书局，1975，第1106页。
②（唐）魏徵等《隋书》，中华书局，1973，第1544页。
③（南朝梁）钟嵘著，（明）陈延杰注《诗品注》，人民文学出版社，1961，第47页。
④（南朝梁）萧子显：《南齐书》，中华书局，1972，第908页。
⑤林纾选评，慕容真点校《古文辞类纂》，浙江古籍出版社，1986，第486页。
⑥（清）许梿评选，（清）黎经诰笺注《六朝文絜笺注》，上海古籍出版社，1982，第100～102页。
⑦钱基博：《中国文学史》，中华书局，1993，第182页。
⑧（清）许梿评选，（清）黎经诰笺注《六朝文絜笺注》，上海古籍出版社，1982，第154页。
⑨钟涛：《六朝骈文形式及其文化意蕴》，东方出版社，1997，第128页。

> 绿炬怀翠，朱烛含丹。（萧纲《对烛赋》）

> 树息金乌，檐依银乌。……旭日晨临，同迎若华之色；夕阳斜影，俱成拂镜之晖。（萧纲《招真馆碑》）

> 素骨逐玄泉而尽，清风与白日俱扬。（《穆君墓志之铭》）

在六朝后期，一些骈文中的色彩对句丽辞云簇，藻采纷呈，如：

> 于是丽以金箱，装之宝轴。三台妙迹，龙伸蠖屈之书；五色花笺，河北胶东之纸。高楼红粉，仍定鱼鲁之文；辟恶生香，聊防羽陵之蠹。灵飞太甲，高擅玉函；鸿烈仙方，长推丹枕。至如青牛帐里，余曲既终；朱鸟窗前，新妆已竟。方当开兹缥帙，散此绨绳。（徐陵《玉台新咏》）

正因如此，唐人柳宗元才会批评骈文"眩耀为文，琐碎排偶，抽黄对白"[1]（《乞巧文》）。

又如刘永济认为"切意之典，约有三美"[2]，其中之一就是"藻丽而富"。关于这一点，姜书阁阐述得较为全面，称用典和雕藻虽然是两回事，但又密切相关，甚至可以当作一条来说。这是由于"骈文为美文、为丽辞，为排偶对仗之作，故襞积典事，炼词铸句，不但较写散体文章之可以用白描者不同，而且必须为了适合上下联长短、平仄、虚实等属对的要求，在用典的方法上和造辞的技巧上也因而有所不同。散文用事，可详举某一旧典，不限字数，亦不须另取一事与之对称；骈文则往往一句一典，若其事甚繁，则裁剪为难，遂不免意晦辞艰……故炼字雕辞，造句琢章，以求炜炜煜煜，声采俱茂"[3]。如果魏晋骈文用典，"往往还是侧重典故的

---

① （唐）柳宗元撰，尹占华、韩文奇校注《柳宗元集校注》，中华书局，2013，第1220页。
② （南朝梁）刘勰著，刘永济校释《文心雕龙校释》，中华书局，1962，第140页。
③ 姜书阁：《骈文史论》，人民文学出版社，1986，第11~12页。

内容方面，目的更多是为了文章内容的表达"，那么六朝后期骈文用典更多强调的是"形式的装饰性的效果"①。如江总《为陈六宫谢表》云：

> 鹤钥晨启，雀钗晓映。恭承盛典，肃荷徽章。步动云袿，香飘雾縠。愧缠艳粉，无情拂镜；愁萦巧黛，息意临窗。妾闻汉水赠珠，人间绝世；洛川拾翠，仙处无双。或有风流行雨，窈窕初日，声高一笑，价起两环，乃可桂殿迎春，兰房侍宠。借班姬之扇，未掩惊羞；假蔡琰之文，宁披悚戴。②

该文用典工丽，"一意雕绘"③，典故能指的繁富密丽已超过了所指具备的吸引力。

使用代字也是六朝骈文藻饰中重要的艺术技巧。孙德谦《六朝丽指》较早论述这个问题："夫文之有假借，即代字诀也，吾试取江文通文言之。其《齐太祖诔》云：'誉馥区中，道蔆氓外。'《为萧拜太尉扬州牧表》云：'礼蔼前英，宠华昔典'，'馥''蔆''蔼''华'，皆代字也。使非代字，而曰'誉播区中，道高氓外'，有能如是之研炼乎？'蔼'之训为'茂'，'华'之训为'盛'，如谓'礼茂前英，宠盛昔典'，即用其字本义，未尝不善，究不若'蔼''华'代字之艳丽也。……凡文用代字诀，均是避陈取新之道，六朝文中类此者至多，吾亦不能殚述。从事骈文而不识代字之诀，则遣辞造句何能古雅？此六朝作者所以多通小学也。"④

骆鸿凯《文选学》对六朝用代字的现象论述得更为全面："六代好用代语，触手纷纶。举'日'义言之，曰曜灵，曰灵晖，曰悬景，曰飞辔，曰阳乌，皆替代之词也。此外言'月'则曰素娥，曰望舒，曰玄兔，曰蟾魄，此以典故代也。言山则曰峦、岑、岩、冈、陵；言舟则曰航、舫、舸、舻；言池塘则曰涿、沼；言车则曰轺、辕，此以训诂代也。而溯其缘

---

① 钟涛：《六朝骈文形式及其文化意蕴》，东方出版社，1997，第76页。
② （清）严可均校辑《全上古三代秦汉三国六朝文》，中华书局，1958，第4070页。
③ （清）许梿评选，（清）黎经诰笺注《六朝文絜笺注》，上海古籍出版社，1982，第80页。
④ 孙德谦：《六朝丽指》，四益宦刊本，第24条。

起，大抵由文人厌黩旧语，欲避陈而趋新，故课虚以成实。抑或嫌文辞之坦率，故用替代之词，以期化直为曲，易迳成迂。虽非文章之常轨，然亦修辞之妙诀也，安可轻议乎？"①

颜延之是较早引领这种风尚的代表人物，如其《三月三日曲水诗序》云"赫荎素蚝，并柯共穗之瑞"，李善注曰："赫荎，朱草也。素蚝，白虎也。并轲，连理也。共穗，嘉禾也。"可见这是典型的运用代字的例子，开骈文雕绘之习。

著名词学研究专家杨海明《唐宋词中的"富贵气"》一文指出："唐宋词（主要指婉约词）的一个显著的文体特色就在于它的具有'富贵气'。"② 这种富贵气的具体表现就是本为普通的物品在词人的笔下一定要加以藻饰美化，如蜡烛写成银釭，木船写成兰舟，"瓦片写成鸳瓦，帘子写成珠帘，被褥写成香衾，毛笔写成象管"③ 等等。其实，唐宋词营造这种富贵气的艺术手法有些就是使用代字。借用杨海明先生的观点，六朝骈文，尤其是与宫廷有关的文体，也具备这种富贵气。

颜延之之所以开用代字之风气，并不是没有原因的。清人陈仅就指出，虽然颜延之与谢灵运并称，"然谢工于山水，至庙堂大手笔，不能不推颜擅场""大抵山林、廊庙两种，诗家作者，每分道而驰"④。颜延之擅长的是宫廷文学，就必然要使用代字，错彩镂金，雕缋满眼，来凸显刘宋王朝的雍容华贵。在某种程度上，颜延之"确立了南朝宫廷文学的范型，规定了南朝宫廷文学的走向"⑤，其他擅长宫廷文学的王融、江淹、徐陵等人或多或少地受到其风格的影响。如王融《三月三日曲水诗序》之所以被"当世称之"，重要的原因就是"文藻富丽"⑥。

孙德谦《六朝丽指》探讨代字的使用时强调"亦须全体相称，不可仅

---

① 骆鸿凯：《文选学》，中华书局，1989，第 356 页。

② 杨海明：《唐宋词中的"富贵气"》，《文学遗产》1995 年第 5 期，第 75 页。

③ 杨海明：《唐宋词中的"富贵气"》，《文学遗产》1995 年第 5 期，第 76 页。

④ （清）陈仅：《竹林答问》，王士禛等著，周维德笺注《诗问四种》，齐鲁书社，1985，第 338 页。

⑤ 孙明君：《颜延之与刘宋宫廷文学》，《文学遗产》2012 年第 2 期，第 58 页。

⑥ （南朝梁）萧子显：《南齐书》卷四十七《王融传》，中华书局，1972，第 821 页。

施之一二字,庶为完美"①。其实,就六朝宫廷骈文而言,代字的使用与文章的风格是浑然一体的。林晓光非常形象而准确地将南齐宫廷骈文的典范之作——王融的《三月三日曲水诗序》视为金缕玉衣式的文学。"在很多时候'意义'本身的意义已经不再是那么重要,包裹在外面的那层金缕玉衣才是我们欣赏的对象。"②

尽管如此,六朝骈文追求丽字密藻也导致了一些问题。陆时雍《诗镜总论》称:"诗至于宋,古之终而律之始也。体制一变,便觉声色俱开。……颜延年代大匠斫而伤其手也。寸草茎,能争三春色秀,乃知天然之趣远矣。"③ 沈德潜也批评颜诗"镂刻太甚,填缀求工,转伤真气"④。他们虽是评颜诗,但用来评其文也很恰当。

又如六朝时期的许多骈体哀祭文。刘师培说:"夫诔主述哀,贵乎情文相生。而情文相生之作法,或以缠绵传神,轻描淡写,哀思自寓其中;或以侧艳表哀,情愈哀则词愈艳,词愈艳音节亦愈悲。古乐府之悲调,齐梁间之哀文,率皆类此。"⑤ 这些骈体诔文、哀策文、墓志文大都辞藻繁盛,雅赡密丽,甚至发展到晚清王闿运《采芬女子墓志》亦是此种风格:

> 出郊而望,但见紫玉之烟;舞鹤还来,俱入泉台之镜。春寒南陇,鹧鸪始啼;水下西州,伯劳空去。留野棠于荒寺,拾落叶于前山。其中有丽人焉,其人也,生于南海,命曰东娥;雪肌以杨柳为腰,玉色以芙蓉作骨。身娇阿那,非关石尉之珠;颊薄分明,略比萧宫之醉。蛾眉胜于粉黛;秀质弱于罗纨。邻宋玉而三岁无窥,问罗敷而长年未满。喜教鹦鹉,似有怨而无情;常嗔蛱蝶,每春轻而艳重。

---

① 孙德谦:《六朝丽指》,四益宦刊本,第 24 条。
② 林晓光、陈引驰:《金缕玉衣式的文学:王融〈三月三日曲水诗序〉》,《华东师范大学学报》(哲学社会科学版)2011 年第 2 期,第 129 页。
③ 丁福保辑《历代诗话续编》,中华书局,1983,第 1406 页。
④ (清)沈德潜选《古诗源》,中华书局,1963,第 224 页。
⑤ 刘师培《〈文心雕龙〉讲录二种》,陈引驰编校《刘师培中古文学论集》,中国社会科学出版社,1997,第 158 页。按:关于六朝诔文的藻饰艺术可参见拙文《论六朝诔文的骈化及其艺术成就》,《嘉兴学院学报》2008 年第 4 期。

至于青瑶窗里，明月初回；白玉房前，垂杨自见。桂旗习礼，花纸能书。凭浅媚以题笺，倚宿妆而弄简。玉台清制，非惟芍药之文；太甲仙函，即擅《灵飞》之字。①

不过，像这样绮丽哀艳的作品还是难得一见的，更多的作品往往并没有达到刘师培所说的"情文相生"，而是"辞丽寡哀，风人致短"，正如明人张溥所评："东汉以来，文尚声华，渐爽情实，诔死之篇，应诏公庭，尤矜组练。即颜延年哀宋元后，谢玄晖哀齐敬后，一代名作，皆文过其质。何怪后生学步者哉？"② 孙梅《四六丛话》亦云："六朝以来，风格相承，妍华务益，其间刻镂之精，昔疏而今密，声韵之功，旧涩而新谐，非不共欣于斧藻之工，而亦微伤于酒醴之薄矣"③，其对六朝骈文藻饰的总体评价还是比较客观公允的。

① （清）王闿运：《湘绮楼诗文集》，岳麓书社，1996，第 267～268 页。
② （明）张溥著，殷孟伦注《汉魏六朝百三家集题辞注》，人民文学出版社，1984，第 308 页。
③ （清）孙梅著，李金松校点《四六丛话》，人民文学出版，2010，第 532 页。

第四章
六 朝 骈 文 文 体 功 能 研 究

    由于六朝骈文带有较强的美文色彩，自初唐以后，长期被视为言之无物、绮靡华丽的"颓废"文体。如宋人洪迈称："四六骈俪，于文章家为至浅。"① 叶适也说："自词科之兴，其最贵者四六之文，然其文最为陋而无用。士大夫以对偶亲切用事精的相夸，至有以一联之工而遂擅终身之官爵者。此风炽而不可遏，七八十年矣；前后居卿相显人，祖父子孙相望于要地者，率词科之人也。其人未尝知义也，其学未尝知方也，其才未尝中器也，操纸援笔以为比偶之词，又未尝取成于心而本其源流于古人也，是何所取，而以卿相显人待之，相承而不能革哉？"②（《宏词》）正因叶适认为骈文"最为陋而无用"，所以坚决反对"以此取天下士而用之于朝廷"，反对用文来来选拔人才。

    这种骈文无用的论调在明清时期依旧盛行，如"散文多适用，骈体多无用，《文选》不足学"③。梅曾亮也认为骈文如同俳优，无实用价值。他在《复陈伯游书》中说："盖骈体之文，如俳优登场，非丝竹金鼓佐之，则手足无措矣，其周旋揖让，非无可观，然以之酬接，则非人情也。"④ 现

---

① （宋）洪迈撰，孔凡礼点校《容斋随笔》，中华书局，2005，第517页。
② （宋）叶适撰，刘公纯、王孝鱼、李哲夫点校《叶适集》，中华书局，1961，第803页。
③ （清）袁枚：《答友人论文第二书》，周本淳标校《小仓山房诗文集》，上海古籍出版社，1988，第1546页。按：这是袁枚所驳斥的论调。
④ （清）梅曾亮著，彭国忠、胡晓明校点《柏枧山房诗文集》，上海古籍出版社，2005，第20～21页。

当代学者多认为六朝是一个文学自觉的时代①，这一时期的代表文体骈文自然也是"以文章本身之美，即为文章之价值"，"以文章为抒写性灵之工具也"②。

正如钱穆先生所论："大凡文体之变，莫不以应一时之用，特为一种境界与情意而产生"③，六朝骈文的兴起和繁盛都与其在当时社会生活各个层面的应用有着密切的关系。

第一节 六朝骈文的政治军事功能

中国古代特殊的政治体制和文化环境，决定了文人的创作不可避免地带有功利的因素。作为文学创作的主体，中国传统文人要想实现自己治国、平天下的志向，没有别的出路，只有"学而优则仕"，在政治的旋涡中沉浮，这就使他们的许多创作都带有政治的因素。这是中国传统文人无法摆脱的宿命。尤其是在改朝换代之际，政治野心家往往要利用文人为其服务。作为文人，其名气越大，也就越容易成为政治角逐中所争取的对象。以徐陵为例，他少年时已有文名，"出入禁闼，恩礼莫与比隆。既有盛才，文并绮艳"，与庾信并称，"世号为徐、庾体"④。王僧辩接纳萧渊明，"得陵大喜，接待馈遗，其礼甚优"⑤。后来，陈霸先打败了王僧辩，对追随王僧辩、反对自己的徐陵，不但不问罪，反而不久即以之为贞威将军、尚书左丞。陈霸先代梁自立时的诏册等，均出自徐陵之手。梁、陈之

---

① 按：据孙明君教授考证，鲁迅《魏晋风度及文章与药及酒之关系》"不同于那些爬梳史料，精心推敲的科学论文，其间渗杂了许多讥讽时事的成份"。参见孙明君《建安时代"文的自觉"说再审视》，《北京大学学报》（哲学社会科学版）1996年第6期，第44页。
② 张仁青：《骈文学》，台北：文史哲出版社，1984，第44~45页。按：张仁青在论述具体作家时又说他们的骈文在当时的政治生活中具有重要的功用，如江淹"历仕三代，位列鼎司，诏诰教令，多出其手，而章表笺启，亦累牍盈篇，故今本《江文通集》凡百余篇，庙堂巨制即占十之六七"。（张仁青：《中国骈文发展史》，浙江大学出版社，2009，第268页。）
③ 钱穆：《中国民族之文字与文学》，《中国文学论丛》，生活·读书·新知三联书店，2002，第19页。
④ （唐）令狐德棻等：《周书》卷四十一《庾信传》，中华书局，1971，第733页。
⑤ （唐）姚思廉：《陈书》卷二十六《徐陵传》，中华书局，1972，第332页。

际，各派政治力量，都要利用徐陵的骈文来为自己服务。在陈代，徐陵德高位重，名满天下。"自有陈创业，文檄军书及禅授诏策，皆陵所制，而九锡尤美，为一代文宗。……世祖、高宗之世，国家有大手笔，皆陵草之。其文颇变旧体，缉裁巧密，多有新意。每一文出手，好事者已传写成诵，遂被之华夷，家藏其本。"① 六朝骈文中，像徐陵这样，从创作缘由到使用文体等都和政治有着相当紧密的关系，是当时普遍的现象。其他如：

　　（傅亮）博涉经史，尤善文词，……高祖登庸之始，文笔皆是记室参军滕演；北征广固，悉委长史王诞；自此后至于受命，表策文诰，皆亮辞也。②

　　（刘祥）幼而聪慧，占对俊辩，宾客见者，皆号神童……江陵平，随例入国。齐公宪以其善于词令，召为记室。府中书记，皆令掌之。寻授都督，封汉安县子，食邑七百户，转从事中郎。宪进爵为王，以休征③为王友。俄除内史上士。高祖东征，休征陪侍帷幄。平齐露布，即休征之文也。④

　　（萧）宝夤雅知重（苏）亮，凡有文檄谋议，皆以委之。……及长孙稚、尔朱天光等西讨，并以亮为郎中，专典文翰。⑤

以文体而论，笔者在第二章所论述的诏令、表奏等大都与政治密不可分。孙德谦《六朝丽指》云：

　　人多斥六朝浮靡，以为文无实用，要知不然。梁武帝《申饬选人表》，论选举也；孔德璋《上法律表》，言刑法也。牛宏《请开献书之路表》，尊经籍也；王融《上北伐图疏》，崇武备也。诸如此类，凡有

---

① （唐）姚思廉：《陈书》卷二十六《徐陵传》，中华书局，1972，第335页。有关论述参看钟涛《试论徐陵骈文与其政治生活的关系》，《柳州师专学报》1999年第2期。
② （南朝梁）沈约：《宋书》卷四十三《傅亮传》，中华书局，1974，第1335～1336页。
③ 按：刘祥字休征。
④ （唐）令狐德棻等：《周书》卷四十二《刘祥传》，中华书局，1971，第765页。
⑤ （唐）令狐德棻等：《周书》卷三十八《苏亮传》，中华书局，1971，第677页。

涉于朝章国典，勒成一书，名曰《六朝经世文录》。彼菲薄六朝者，庶可以关其口矣。唐贤有云："古人因事立文，后人为文造事。"窃谓六朝之文，……况大而经世者乎？乌得以文用骈体，而一概鄙夷之哉？①

再以策体为例。策体分为两种，一为策问②，是朝廷选拔人才时所出的试题，多涉及治国方略。二为对策，是应试者的书面对答。明徐师曾《文体明辨序说》说："按古者选士，询事考言而已，未有问之以策者也。汉文中年，始策贤良，其后有司亦以策试士，盖欲观其博古之学，通今之才，与夫抟剧解纷之识也。然策者存乎士子，而策问发于上人，尤必通达古今，善为疑难者，而后能之。不然，其不反为士子所笑者几希矣。"③《文选》没有选对策文，所选全是六朝策问，即王融《永明九年策秀才文》、《永明十一年策秀才文》，任昉《天监三年策秀才文》三首，可见当时人们普遍认为策问比对策更为重要。通过对策最终入选者，很多都是优异人才，其中也不乏治世之良才。如《南史·萧暎传》记载："天监十七年，诏诸生答策，宗室则否。帝知暎聪解，特令问策，又口对，并见奇。谓祭酒袁昂曰：'吾家千里驹也。'"④

后人认为两汉策文切于政务，晁错、董仲舒等人的对策是"前代之明范也"，而"魏晋以来，稍务文丽，以文纪实，所失已多"（刘勰《文心雕龙·议对》）。尤其是南北朝骈体策文被看作"雕虫小道，非关理功得失"⑤，"浮言满篇"⑥。阎步克以王融《永明九年策秀才文》和北齐樊逊的对策为例，批评前者"骈四骊六，典雅精巧。君主所问如此，秀才之对，

---

① 孙德谦：《六朝丽指》，四益宧刊本，第39条。

② 按：策问在汉代也称"册"，"策"与"册"二字可以相通。

③ （明）徐师曾著，罗根泽校点《文体明辨序说》，人民文学出版社，1962，第130页。

④ （唐）李延寿：《南史》，中华书局，1975，第1302页。

⑤ 按：沈约天监年间《上疏论选举》云："秀才自别是一种任官，非若汉代取人之例也。假使秀才对五问可称，孝廉答一策能过，此乃雕虫小道，非关理功得失。以此求才，徒虚语耳。"北魏刘景安也批评说："朝廷贡秀才，止求其文，不取其理；察孝廉唯论章句，不及治道。"（《魏书·崔亮传》）

⑥ 阎步克：《察举制度变迁史稿》，辽宁大学出版社，1991，第292页。

自然也近乎此类了"①，后者"五百余字一段对策，不过说了一个'刑以助礼'的道理，却几乎句句用典，极雕琢藻饰之能事。策题虽关乎政务，答策全在显示文采"②。其实，阎步克的批评有失公允。六朝骈体策文时政性很强，所关注的大都是当时社会政治的重大问题，如农业、法律、货币、吏治、兴学、历法等，有很强的现实针对性，如王融《永明九年策秀才文》五首、《永明十一年策秀才文》。甚至有些对策是直接批评最高统治者的。如大明六年，顾法对策说："源清则流洁，神圣③则刑全。"据胡三省的注释，其用意当是"欲帝谨厥身于宫帏、衽席之间，则可以化天下"④，结果触怒了孝武帝，"恶其谅也，投策于地"⑤。后来阎步克修正了自己的观点，称：

> 南北朝特别是南朝的察举对策……绝不是与政务全然无涉。在其浮丽辞藻之下，仍有沉实的音符时或可闻。……即使是这些一般性的议论，也至少具有如下一种政治功效：通过不断重申着某些政治原则，如富国强兵、举贤任能、平政裕民等等，从而在一个帝国衰微而士族浮华虚诞之风弥漫于时的时代，传承着专制官僚政治传统，系一缕于不绝。⑥

---

① 阎步克：《察举制度变迁史稿》，辽宁大学出版社，1991，第292页。
② 阎步克：《察举制度变迁史稿》，辽宁大学出版社，1991，第293页。
③ （元）李治撰，刘德权点校《敬斋古今黈》卷十一认为"神圣"当作"神胜"，中华书局，1995，第147页。
④ （宋）司马光编著，（元）胡三省音注《资治通鉴》，中华书局，1956，第5039页。按：赵翼在《廿二史札记》"宋世闺门无礼"云："宋武起自乡豪，以诈力得天下，其于家庭之教，固未暇及也，是以宫闱之乱，无复伦理。……孝武闺庭无礼，有所御幸，尝留止其母路太后房内，故人间咸有丑声。宫掖事秘，莫能辨也。帝又与南郡王义宣诸女淫乱，义宣因此发怒，遂举兵反。义宣败后，帝又密取其女入宫，假姓殷氏，拜为淑仪，左右宣泄者多死。殷卒，帝命谢庄作哀册文。前废帝子业以文帝女新蔡公主为贵嫔，改姓谢氏，杀一宫婢代之，诡言主薨，以武贲钑戟鸾辂龙旗送还其家。"[（清）赵翼著，王树民校证《廿二史札记校证》，中华书局，1984，第238页。]
⑤ （宋）司马光编著，（元）胡三省音注《资治通鉴》，中华书局，1956，第4059页。
⑥ 阎步克：《南齐秀才策题中之法家论调考析》，《北京大学学报》（哲学社会科学版）1997年第2期，第135页。

又如赋、颂等文体常用来歌颂功德、溢美时政，有着为现实政权寻求合法性的政治目的。尽管六朝赋作已从汉代经学政治的束缚中解脱出来，但仍然不能完全与现实政治分离。据龚世学《赋体"用瑞"与汉唐赋体观念的演变》一文统计：现存魏晋六朝"用瑞"赋体有三十五篇：

> 魏：曹丕《玉玦赋》。毌丘俭《承露盘赋》。刘劭《嘉瑞赋》《龙瑞赋》。缪袭《青龙赋》。傅玄《正都赋》。
>
> 西晋：成公绥《天地赋》《乌赋》。傅玄《雉赋》《相风赋》《蓍赋》。夏侯湛《玄鸟赋》。傅咸《玉赋》《桑树赋》《仪凤赋》《梧桐赋》。左棻《白鸠赋》。左思《三都赋》。陆机《浮云赋》。嵇含《长生树赋》。
>
> 东晋：郭璞《南郊赋》《江赋》。王虞《白兔赋》《中兴赋》。庾阐《扬都赋》。顾恺之《凤赋》。桓玄《凤凰赋》。
>
> 南朝宋：孝武帝《华林清暑殿赋》。颜延之《赭白马赋》《白鹦鹉赋》。江夏王义恭《桐树赋》《白马赋》。
>
> 南朝齐：萧子良《梧桐赋》。
>
> 南朝梁：陆云公《星赋》。
>
> 北朝魏：张渊《观象赋》①

仔细梳理就会发现，这些赋作与当时的政治时势有着紧密的关联，集中在曹魏明帝、西晋武帝与东晋元帝三个被历史学家认为国力相对昌盛的时期，赋体"用瑞"与政治时局的密切关联再次得到印证。由于颂文"美盛德"的性质，"用瑞"颂文创作较赋文更为兴盛，如：

> 季龙大悦曰："兽者，朕也。自平陵城北而东南者，天意将使朕平荡江南之征也。天命不可违，其敕诸州兵明年悉集。朕当亲董六

---

① 龚世学：《赋体"用瑞"与汉唐赋体观念的演变》，《南京师范大学文学院学报》2016 年第 3 期，第 16 页。

军，以副成路之祥。"群臣皆贺，上《皇德颂》者一百七人。①

建武初，（王寂）欲献《中兴颂》，兄志谓之曰："汝膏粱年少，何患不达，不镇之以静，将恐贻讥。"寂乃止。②

（祖珽）尝为冀州刺史万俟受洛制《清德颂》，其文典丽，由是神武闻之。③

（樊逊）为临漳小史，县令裴鉴莅官清苦，致白雀等瑞，逊上《清德颂》十首④。

可见六朝的骈体颂文多是主动献美⑤、粉饰太平、典雅精致，以求圣眷优渥。

清代历史学家赵翼《廿二史札记》"宋齐多荒主"条称："古来荒乱之君，何代蔑有，然未有如江左宋、齐两朝之多者。宋武以雄杰得天下，仅三年而即有义符。文帝元嘉三十年，号称治平，而末有元凶劭之悖逆。孝武仅八年而有子业。明帝亦八年而有昱。齐高、武父子仅十五年而有昭业。明帝五年而有宝卷。统计八九十年中，童昏狂暴，接踵继出，盖劫运之中，天方长乱，创业者不永年，继体者必败德，是以一朝甫兴，不转盼而辄覆灭，此固气运使然也。"⑥ 其实不仅南朝宋、齐，北齐、北周等王朝也有这样的君主，正如卢思道《后周兴亡论》所论："齐自天保受终，迄于武平丧国，孝昭之外，竟无令主。河清已后，国基渐坠。昏主慢游于上，黎民怨黩于下。逮于末叶，君弱臣愚，外崩内溃。周人取之，犹坂上走丸也。周武任数殖情，果敢雄断，拥三秦之锐，属攻昧之秋，削平天下，易同俯拾。未及三祀，宫车晚驾。嗣子披猖，肆其凶慝。真人革命，宗庙为墟。"⑦ 联系当时君主的个人素质，这些颂文无疑是誉美过甚。就连

---

① （唐）房玄龄等：《晋书》卷一百六《石季龙载记》，中华书局，1974，第2773页。
② （南朝梁）萧子显：《南齐书》卷三十三《王寂传》，中华书局，1972，第598页。
③ （唐）李百药：《北齐书》卷三十九《祖珽传》，中华书局，1972，第513页。
④ （唐）李百药：《北齐书》卷四十五《樊逊传》，中华书局，1972，第608页。
⑤ 按：如许多颂文都伴有表文，如程骏《上〈至德颂〉表》、陆云《上〈盛德颂〉表》。
⑥ （清）赵翼著，王树民校证《廿二史札记校证》，中华书局，1984，第231页。
⑦ （清）严可均校辑《全上古三代秦汉三国六朝文》，中华书局，1958，第4113页。

鲍照《河清颂》虽辞采壮丽、气势恢宏,六朝罕有其匹,但也不免"华腴害骨"[①]。或许越是荒乱之君,越需要华美的骈体赋颂粉饰妆点,从而彰显统治的合法性与合理性。

六朝骈文的政治功能不仅表现在某些具体的特定功能,还表现在政治仪式方面。西方学者大卫·科泽《仪式、政治与权力》一书认为仪式普遍存在于政治生活中,没有仪式和象征,就没有国家和政治。他非常关注政治仪式的重要性及其运作过程,即"仪式如何有助于建立政治组织,仪式如何用于构建政治合法性,仪式如何在缺乏政治共识的情形中创造出政治一致性,以及仪式如何形塑人们对政治世界的理解⋯⋯政治竞争者们如何使用仪式争夺权力,仪式如何被用于缓解或加剧危机"[②] 等。

在中国古代社会中,礼仪文化根本上是一种权力文化。礼仪之所以被历朝统治者强调,首先是帝王权力的需要。"三礼"之首的《周礼》"设官分职"的权力分布图,提供了一个完备的体制化权力谱系。皇帝的神圣主要是通过礼仪包装出来的。专制社会的礼仪文化根本在于要制定一种秩序,支撑专制权力,彰显皇帝权威。关于这一点,马敏《政治仪式:对帝制中国政治的解读》一文有精彩的论述:"在帝制中国时代,政治仪式承担了社会—政治秩序的生成、再造、反复确认、强化的基本性任务,从而达成维持现存权力关系、整合社会的目的。仪式的反复演练与儒家的礼治精神从理论到实践都是相辅相成、共融再生的关系。"[③]

与政治仪式有关的文体有很多,其中较为重要的有九锡文。所谓九锡,是古代天子以最高礼遇赐给诸侯、大臣的九种器物。东汉何休注《春秋公羊传》引《礼纬·含文嘉》曰:"一曰车马,二曰衣服,三曰乐则,四曰朱户,五曰纳陛,六曰虎贲,七曰弓矢,八曰鈇钺,九曰秬鬯。"九锡文就是配合这种政治仪式的文体。清赵翼《廿二史札记》对它的起源发展有简要的勾勒:

---

① (清)李兆洛选辑《骈体文钞》,上海书店出版社,1988,第25页。
② 〔美〕大卫·科泽:《仪式、政治与权力》,王海洲译,江苏人民出版社,2015,第19页。
③ 马敏:《政治仪式:对帝制中国政治的解读》,《社会科学论坛》2003年第4期,第18页。

　　每朝禅代之前，必先有九锡文，总叙其人之功绩，进爵封国，赐以殊礼，亦自曹操始，（按：王莽篡位已先受九锡，然其文不过五百余字，非如潘勖为曹操撰文格式也。勖所撰乃仿张竦颂莽功德之奏，逐件铺张至三五千字，勖文体裁正相同。）其后晋、宋、齐、梁、北齐、陈、隋皆用之。其文皆铺张典丽，为一时大著作，故各朝正史及南、北史俱全载之。①

　　潘勖《册魏公九锡文》不仅作为该文体的唯一典范被收入《文选》②，"以后各朝九锡文，皆仿其文为式"。刘勰誉之为"典雅逸群"（《文心雕龙·诏策》），"绝群于锡命"（《文心雕龙·才略》）。何焯赞其为"大手笔"，认为只有韩愈"《平淮西碑》与之角耳"，"此篇视《汉书》中张竦为陈崇称莽功德奏，精力不逮，而体之雅洁过之"③。孙月峰虽然从儒家道德上批评该文"全是褒奖篡逆"，但也不得不赞许它"平直敷畅，于文字家亦自得体面"④，符合政治仪式的需要。

　　据赵翼考证，六朝时期九锡文的作者皆为当时的知名文士⑤：

　　曹丕受禅时，以父已受九锡，故不复用，其一切诏诰，皆卫觊作。晋司马昭九锡文，未知何人所作，其让九锡表，则阮籍之词也⑥。刘裕九锡文，亦不详何人所作，据傅亮传，谓裕征广固以后，至于受命，表册文诰皆亮所作，则九锡文必是亮笔也。萧道成九锡文，据

①　（清）赵翼著，王树民校证《廿二史札记校证》，中华书局，1984，第148页。
②　按：清人也曾有说萧统选录此类文篇，殆为其父萧衍张目，显然是索隐太深。
③　（清）何焯著，崔高维点校《义门读书记》，中华书局，1987，第948页。
④　（清）于光华辑《重订文选集评》卷八，乾隆四十三年锡山启秀堂重刻本。
⑤　按：正因潘勖在当时文名不彰，《册魏公九锡文》的作者一度被认为是王粲。《太平御览》卷五百九十三引殷洪（芸）《小说》曰："魏国初建，潘勖字符茂，为策命文。自汉武已来未有此制，勖乃依商、周宪章，唐、虞辞义，温雅与典诰同风，于时朝士皆莫能措一字。勖亡后，王仲宣擅名于当时，时人见此策美，或疑是仲宣所为，论者纷纷。及晋王为太傅，腊日大会宾客，勖子蒲时亦在焉。宣王谓之曰：'尊君作封魏君策，高妙信不可及，吾曾闻仲宣亦以为不如。'朝廷之士乃知勖作也。"
⑥　按：此处有误。《晋书·阮籍传》云："帝让九锡，公卿将劝进，使籍为其词。"可见阮籍所作者，乃以公卿名义所上之劝进表，而非让九锡之表文。

《王俭传》，齐高为太尉，以至受禅，诏册皆俭所作，则九锡文是俭笔也。萧衍九锡文，据《任昉传》，梁台建，禅让文诰多昉所作；又《沈约传》，武帝与约谋禅代，命约草其事，约即出怀中诏书，帝初无所改；又《邱迟传》，梁初劝进及殊礼皆迟文，则九锡文总不外此三人也。陈霸先九锡文，据《徐陵传》，陈受禅诏策皆陵所为，而九锡文尤美，是陵作九锡文更无疑也。高洋九锡文，据《魏收传》，则收所作也。他如司马伦亦有九锡文，伦既败，齐王同疑出傅祗，将罪之，后检文草，非祗所为，乃免。又以陆机在中书，疑九锡文、禅位诏皆机所作，遂收机，成都王颖救之得免。而《邹湛传》谓赵王伦篡逆，湛子捷与机共作禅文，则九锡文必是机笔也。桓温病，求九锡文，朝廷命袁宏为文，以示王彪之，彪之叹其美，而戒勿示人，谢安又屡使改之，遂延引时日，及温死乃止。桓玄篡位，卞范之及殷仲文预撰诏策，其禅位诏范之之词也，九锡文则仲文之词也。此皆见于各史列传者。①

　　尽管今天看来，这些骈体九锡文皆"乱世贰臣献媚新主之谀辞"，"重重叠叠，实类骈拇枝指之无所用已"②，但在当时"篡乱相仍，动用殊礼，僭越冒滥"③，正是由于其"铺张典丽，为一时大著作"，更能凸显权臣的丰功伟绩，为其逼宫篡位披上合法的外衣，所以时人热衷于九锡文的创作④，"莫此为甚矣"⑤。

---

① （清）赵翼著，王树民校证《廿二史札记校证》，中华书局，1984，第148~149页。
② 金秬香：《骈文概论》，商务印书馆，1934，第55页。
③ （清）赵翼著，王树民校证《廿二史札记校证》，中华书局，1984，第148~149页。
④ 按：封建帝王为了笼络人心，在不危及皇权统治的前提下，有时也会将非人臣之常器的九锡赐予特殊对象。其动机无非是显示皇恩之浩荡，诚励臣工之忠心，以鼓舞其报效皇家。可见，九锡制度不仅是权臣逼宫篡位的工具，反过来，也可作为皇帝维护及巩固皇权统治的有效手段。如孙权加公孙渊九锡，冀图与其夹击曹魏，以一统华夏，曹丕赐孙权九锡，目的是进一步确立魏的正统地位，使东吴成为其藩属之国。
⑤ （清）赵翼著，王树民校证《廿二史札记校证》，中华书局，1984，第148~149页。按：值得注意的是，六朝也有一些文人故意戏仿这类文体，如袁淑《鸡九锡文》《驴山公九锡文》《大兰王九锡文》，从而解构了政治仪式的庄严神圣，使政治表演露出了真实丑陋的嘴脸。

经过了九锡的铺垫和预热，接下来配合权臣逼宫篡位的文体是禅位诏、策文、玺书与劝进表等。以南朝为例，史书记载得非常详细：

（元熙二年）晋帝禅位于王，诏曰……甲子，策曰……又玺书曰……王奉表陈让，晋帝已逊琅邪王第，表不获通。于是陈留王虔嗣等二百七十人，及宋台群臣，并上表劝进。上犹不许。太史令骆达陈天文符瑞数十条，群臣又固请，王乃从之。①（《宋书·武帝纪中》）

（升明三年）辛卯，宋帝禅位，下诏曰……壬辰，策命齐王曰……再命玺书曰……太祖三辞，宋帝王公以下固请。兼太史令、将作匠陈文建奏符命曰……二朝百辟又固请。尚书右仆射王俭奏："被宋诏逊位。臣等参议，宜克日舆驾受禅，撰立仪注。"太祖乃许焉。②（《南齐书·高帝纪上》）

（中兴二年）丙辰，齐帝禅位于梁王。诏曰……壬戌，策曰……又玺书曰……高祖抗表陈让，表不获通。于是，齐百官豫章王元琳等八百一十九人，及梁台侍中臣云等一百一十七人，并上表劝进，高祖谦让不受。是日，太史令蒋道秀陈天文符谶六十四条，事并明著；群臣重表固请，乃从之。③（《梁书·武帝纪上》）

（太平二年）辛未，梁帝禅位于陈，诏曰……策曰……又玺书曰……是日梁帝逊于别宫。高祖谦让再三，群臣固请，乃许。④（《陈书·高祖纪上》）

这些骈俪堂皇的禅位诏、策文、玺书与劝进表是严格按照服务于隆重

① （南朝梁）沈约：《宋书》，中华书局，1974，第45～48页。
② （南朝梁）萧子显：《南齐书》，中华书局，1972，第19～23页。
③ （唐）姚思廉：《梁书》，中华书局，1973，第25～29页。
④ （唐）姚思廉：《陈书》，中华书局，1972，第21～25页。

政治仪式写作的，从表面上维系摇摇欲坠的儒家传统政治伦理。它们已成为以禅位形式完成易代鼎革政治仪式的不可分割的一部分。

又如六朝时期的哀策文①。清人赵翼曰："周制，饰终之典以谥诔为重。汉景帝始增哀策。《汉书》本纪，中二年，令诸侯王薨，大鸿胪奏谥诔策。列侯薨，大行奏谥诔策。应劭注谓赐谥及诔文哀策也。沿及晋、宋，犹以谥诔为重。……至齐则专重哀策文，齐武裴后薨，群臣议立石志，王俭曰：'石志不出礼经，今既有哀策，不烦石志。'乃止。可见齐以后专以哀策为重也。今见于《齐》《梁》书各列传者，梁武丁贵嫔薨，张缵为哀策文；昭明太子薨，王筠为哀策文；简文为侯景所制，其后薨，萧子范为哀策文，简文读之曰，'今葬礼虽缺，此文犹不减于旧'是也。"②

刘涛《南朝哀祭文考论》一文认为："就使用对象来说，哀策文与朝廷典制之诔最相似，然典制之诔的使用范围大一些，而哀策文却主要用于帝王、后妃、太子。……刘宋时期，典礼之诔与哀策文并存，……由于哀策文能够很好地执行诔义所承担的职能，所以萧齐以后，诔文作为典礼的功能逐渐消退③，哀策文则走向兴盛，至此，南朝典制诔文基本为哀策文所取代。"④ 除赵翼所举处，南北朝哀策文还有王俭的《高帝哀策文》、谢朓的《齐敬皇后哀策文》、王融的《皇太子哀策文》、沈约的《齐明帝哀策文》、任昉的《王贵嫔哀策文》、徐陵的《陈文皇帝哀策文》、沈炯的《武帝哀策文》、邢邵的《文宣帝哀策文》。当时的知名文士之所以热衷于骈体哀策文的创作，主要是因为这种文体是皇室葬礼的有机组成部分。据史书记载：

---

① 按：萧统《文选》分文体为三十九类，有"诔"有"哀"。"哀"类又分上下，"哀上"收潘岳《哀永逝文》一篇，"哀下"收颜延之《宋文皇帝元皇后哀策文》、谢朓《齐敬皇后哀策文》两篇。显然，萧统以为哀辞有别于诔辞，而哀策文则为哀辞之一种。

② （清）赵翼著，王树民校证《廿二史札记校证》，中华书局，1984，第258页。

③ 按：黄金明认为诔文衰微的原因有三："一是朝廷不把诔作为典制，使诔作为典礼之文的功能丧失了。二是佛教的兴盛，个体生命的伤悼之情在很大程度被寄托在宗教上，诔作为抒发个体伤悼之情的职能也已式微。三是诔文文体的局限性及哀祭文体的拓展，也使得这一文体存在空间渐趋萎缩。"参见黄金明《汉魏晋南北朝诔碑文研究》，人民文学出版社，2005，第236页。

④ 刘涛：《南朝哀祭文考论》，《北方论丛》2013年第1期，第18页。

陈永定三年七月，武帝崩。新除尚书左丞庾持称："晋、宋以来，皇帝大行仪注，未祖一日，告南郊太庙，奏策奉谥。梓宫将登辒辌，侍中版奏，已称某谥皇帝。遣奠，出于陛阶下，方以此时，乃读哀策。①

可见，当时葬礼是要在出殡之前诵读哀策文的，相较散体，骈体哀策文在句式、声律方式上更为讲究，"取便于宣读"②，更适宜在这样的礼仪场合诵读，从而彰显其礼仪功能。六朝其他的一些文体看似与政治仪式无关，实则不然，如王融《三月三日曲水诗序》。关于该文的创作背景，青年学者林晓光等发现了一则被学界忽略的材料，即王融关于此文的上奏及齐武帝的敕答：

臣融言：奉司徒竟陵王臣子良所宣，敕使臣今年序曲水诗。臣少来挟策，颇好虫篆。文缺典丽，思惭沉郁。伏以至策熙明，玄功昭畅。一九皇之恒制，兼三代之独道。礼乐宪章之富，班马未敢□□□□□□□□武□□□□□□□□□□□□□使颜延之为序，遗□之美，□□有然。宋德之仰皇风，犹蚁垤之望（?）嵩霍。臣之才匹延之，亦牛宫之譬江海。化弥隆而人益贱，事逾泰而言更轻。虽沥丹愚，终谢神算。冒昧上闻。

敕答曰：卿所制三日诗序，言议廓落，可为大制作也。颜氏不（?）复专擅其美。迟见卿具□□□□□□□诸怀也。③

从中可见此文绝非普通的宴集序作，而是事关王朝礼仪的大制作。该文之所以引起北魏文士的极大关注，并非只是由于其文学性，而是此文的

① （唐）魏徵等：《隋书》卷八《礼仪志三》，中华书局，1973，第151页。
② （宋）谢伋：《四六谈麈序》，王水照编《历代文话》，复旦大学出版社，2007，第33页。
③ 按：《文选集注》卷九十一王融《三月三日曲水诗序》附《文选钞》所引《元长集》。参见林晓光、陈引驰《金缕玉衣式的文学：王融〈三月三日曲水诗序〉》，《华东师范大学学报》（哲学社会科学版）2011年第2期。

性质类似于当年司马相如《封禅文》，从中可见帝王之德与王朝之盛①。正如林晓光所论，此骈文的重要性"与基于特定礼仪场合、礼仪功能而造成的形态紧密结合在一起，是无法用今日的纯文学审美观念拆分开来的"②。

六朝时期是一个分裂割据、极为动荡的年代，从早期魏、蜀、吴三国鼎立，到后期的梁（陈）、东魏（北齐）、西魏（北周）后三国时代③，战乱不断。很多文人之所以备受赏识，其中一个重要的原因是他们擅长军事文体的写作。如：

> （陆）琼素有令名，深为世祖所赏。及讨周迪、陈宝应等，都官符及诸大手笔，并中敕付琼。④
>
> 元徽初，桂阳王休范在寻阳，以巨源有笔翰，遣船迎之，饷以钱物。巨源因太祖自启，敕板起巨源使留京都。桂阳事起，使于中书省撰符檄，事平，除奉朝请。⑤
>
> （沈）炯少有隽才，为当时所重。……京城陷，景将宋子仙据吴兴，遣使召炯，委以书记之任。炯固辞以疾，子仙怒，命斩之。……子仙爱其才，终逼之令掌书记。及子仙为王僧辩所败，僧辩素闻其名，于军中购得之，酬所获者铁钱十万，自是羽檄军书皆出于炯。⑥

另如侯景的重要谋臣王伟"学通《周易》，雅高辞采"。据史书载："（侯）景叛后，高澄以书招之，伟为景报澄书，其文甚美。澄览书曰：'谁所作也？'左右称伟之文。澄曰：'才如此，何由不早使知邪？'伟既协

---

① 按：萧子显《南齐书》卷四十七《王融传》记载，北使宋弁于瑶池堂谓王融曰："昔观相如《封禅》，以知汉武之德。今览王生《诗序》，用见齐王之盛。"答曰："皇家盛明，岂直比踪汉武，更惭鄘制，无以远匹相如。"

② 林晓光：《王融与永明文学时代：南朝贵族及贵族文学的个案研究》，上海古籍出版社，2014，第287页。

③ 按：唐人丘悦的史著《三国典略》最早以"三国"指称这一时期，学界也逐渐接受和使用这一概念，如洪卫中《后三国梁末北迁士人研究》，中国社会科学出版社，2014。

④ （唐）姚思廉：《陈书》，中华书局，1972，第396～397页。按：陆琼《下符讨周迪》《下符讨陈宝应》分别被收入《陈书·周迪传》和《陈书·陈宝应传》。

⑤ （南朝梁）萧子显：《南齐书》卷五十二《丘巨源传》，中华书局，1972，第894页。

⑥ （唐）姚思廉：《陈书》卷十九《沈炯传》，中华书局，1972，第253页。

景谋谟，其文檄并伟所制，及行篡逆，皆伟创谋也。"① 王伟的文檄为侯景的叛乱起到了推波助澜的作用。

以文体而论，本书在第二章所论述的骈体檄文、露布文都与军事密不可分。就连骈体书牍也并不都是单纯地抒发性情，而是另有军事目的。如丘迟《与陈伯之书》就是一个典型的例子。

据刘璠《梁典》载："帝（萧衍）使吕僧珍寓书于陈伯之，丘迟之辞也。伯之归于魏，为通散常侍。"② 吕僧珍是梁武帝萧衍的亲信大臣③，可见丘迟作此书是带有重要的政治使命的。文中"暮春三月"一段被视为全文的精华。其中"廉公之思赵将，吴子之泣西河"④ 两句用典非常精切。廉颇投魏而生悔恨，吴起归魏险遭不测，两个典故都暗含一个"魏"字，这当然是对在北魏统兵的陈伯之的警告，即前途凶险，要三思而后行。其最终用意不外乎使陈伯之认识到归降梁朝是他最好的选择。

据《梁书》记载："（陈）伯之不识书，……得文牒辞讼，惟作大诺而已。有事，典签传口语。"⑤ 由于陈伯之目不识丁，所以钱锺书先生认为："则（丘）迟文藻徒佳，虽宝非用，不啻明珠投暗，明眸卖瞽。"⑥ 其实钱先生的看法未必合理，丘迟未必不知陈伯之大字不识，他之所以还煞费苦心地讲究用典、对仗，是因为当时创作风气如此。文章的修辞艺术不但不会阻碍双方的交流，反而会起到不同寻常的感染力量。再加上陈伯之"幕中有人"，此书"正可使顽石点头"⑦。可见此书之功效可抵千军万马。

当然，我们也不能过于夸大这些骈文的军事功能。如梁敬帝绍泰元

---

① （唐）李延寿：《南史》卷八十《王伟传》，中华书局，1975，第 2017 页。
② 按：《文选》李善注引。参见（南朝梁）萧统编，李善注《文选》，中华书局，1977，第 608 页。
③ 按：《梁书·吕僧珍传》云："天监四年冬，大举北伐，自是军机多事，僧珍昼值中书省，夜还秘书。"
④ （清）严可均校辑《全上古三代秦汉三国六朝文》，中华书局，1958，第 3284 页。
⑤ （唐）姚思廉：《梁书》卷二十《陈伯之传》，中华书局，1973，第 312 页。
⑥ 钱锺书：《管锥编》（第四册），中华书局，1979，第 1452～1453 页。
⑦ （明）王志坚评《与陈伯之书》语，《四六法海》卷七，《景印文渊阁四库全书》本。

❖ 六朝骈文文体研究

年，北齐派兵护送被俘的梁宗室萧渊明①回到江南称帝，徐陵得以随还。当时，拥有重兵的太尉王僧辩已拥立了梁敬帝②，拒绝接纳贞阳侯萧渊明。于是"贞阳前后频与僧辩书，论还国继统之意"③，"渊明往复致书，皆（徐）陵词也"④。学界更多关注的是徐陵的骈体书信。其实王僧辩的答书也非常精彩。其《答贞阳侯书》⑤云：

> 僧辩顿首顿首白：席咸卿至，奉今月五日诲。披函伸纸，号耻交哀。天未悔祸，地维重绝，九县沸腾，四海悲愤。嗣主钦明睿哲，齐圣广渊，体自宸极，受命文祖。主梁祀者，非此而谁？且年倍汉昭，弗明上官之诈；德逾姬诵，弥昭周旦之诚。今海内衣冠，中朝卿士，或南阳旧吏，官成天监之初；代邸故臣，荣光承圣之始。莫不人竭其力，争求效命，输心嗣主，以报先帝之恩。今荆陕沦覆，正是江北数县，即东南藩翰，万里而遥。主甲治兵，舻舳相接，长波天限，方汉城池，修德绥民，中兴可待。
>
> 孤子本以庸懦，加复穷喘。且平生素蓄，志不在位，世蒙朝宠，身实许国。武皇擢之千里，先主申其三顾，因此逾滥，遂居端右。属天步艰难，寄深忧责，方欲询于髦杰，采之舆皂，共康时务，同赞皇猷。一彼车书，刷兹雠耻，然后守其侯服，归老赤松。
>
> 至如今日，使须白事，披奉来诲，承彼送还。今璇枝令戚，播越秦虏，明公倘能入朝，同奖王室，伊、吕之任，金曰仰归，宁不副兹反席，济扶匡救。若斯言不渝，更听后旨，便遣鹢舟弘舸，奉迎麾旆。但阅来朝，意在主盟，今江东所奉，彼属披图，未蒙朝意。郑拒

① 按：萧渊明为梁武帝之侄，年龄稍长。
② 按：梁敬帝为梁元帝第九子萧方智，被陈霸先与王僧辩拥立为帝时年仅十三。
③ （唐）姚思廉：《梁书》卷四十五《王僧辩传》，中华书局，1973，第633页。
④ （唐）姚思廉：《陈书》卷二十六《徐陵传》，中华书局，1972，第332页。
⑤ 按：《文苑英华》载此书紧接徐陵《为贞阳侯重与王太尉书》后，作者署"前人"，以为此亦徐陵代作。然《文苑英华》此前载《为王太尉僧辩答贞阳侯书》，篇末有注云："按，《陈书·徐陵传》：'齐送贞阳侯萧渊明为梁嗣，遣陵随还，僧辩不纳，往复致书，皆陵词。'今僧辩答书，恐非陵作。"其实，在当时的政治军事背景下，徐陵不可能为王僧辩代笔。

250

子忽，左史是之；汉背刘襄，班书称允。况属疏于昔，弥不敢闻命。谅期通识，赐亮此诚。王僧辩顿首顿首。①

　　这封书针对徐陵的致书一一进行驳斥，在说理艺术上丝毫不亚于徐陵之作。正如明人屠隆所评，"且年倍汉昭"以下四句"破贞阳年幼之说，词极玮烨"；"郑拒子忽"以下四句"引义严正，足令贞阳心折"②。由此可见，王僧辩之所以最终决定接纳萧渊明，并不完全因为徐陵的书信，最关键的因素还是军事形势。这一点史书记载得很清楚："贞阳前后频与僧辩书，论还国继统之意，僧辩不纳。及贞阳、高涣至于东关，散骑常侍裴之横率众拒战，败绩，僧辩因遂谋纳贞阳，仍定君臣之礼。"③

　　总的来说，这类骈体公文在六朝时期政治运行中所起的作用都是不容小觑的，时人对其既欣赏羡慕又指责批评的复杂态度也值得进一步深入分析。

第二节　六朝骈文的日常生活功能

　　陈寅恪曾说："东汉以后学术文化，其重心不在政治中心之首都，而分散于各地之名都大邑。是以地方之大族盛门乃为学术文化之所寄托。"④ 钱穆也认为，魏晋南北朝"一切学术文化，可谓莫不寄存于门第中，由于门第之护持而得传习不中断，亦因门第之培育，而得生长有发展"⑤。钱穆还指出："当时门第中人所以高自标置以示异于寒门庶姓之几项重要节目，内之如日常居家之风仪礼法，如对子女德性与学问方面之教养。外之如著作与文艺上之表现，如交际应酬场中之谈吐与情趣。……门第中人之生活，亦确然自成一风流。此种风流，则确乎非藉于权位与财富所能袭取而得。"⑥

① （南朝陈）徐陵撰，许逸民校笺《徐陵集校笺》，中华书局，2008，第632~633页。
② （南朝陈）徐陵撰，许逸民校笺《徐陵集校笺》，中华书局，2008，第633~634页。
③ （唐）姚思廉：《梁书》卷四十五《王僧辩传》，中华书局，1973，第633页。
④ 陈寅恪：《崔浩与寇谦之》，《金明馆丛稿初编》，生活·读书·新知三联书店，2001，第147~148页。
⑤ 钱穆：《略论魏晋南北朝学术文化与当时门第之关系》，《中国学术思想史论丛》（卷三），安徽教育出版社，2004，第184~185页。
⑥ 钱穆：《中国学术思想史论丛》（卷三），安徽教育出版社，2004，第181页。

台湾学者梅家玲曾对美国学者亚伯纳·柯恩（Abner Cohen）的"精英团体""仪式行为"等概念进行阐说：

> 根据亚伯纳·柯恩的说法，所谓"精英团体"意谓"盘据在社会的上层，且享有特权地位"的一批人。他们具有相同的价值观和相同的象征行为，有属于自己的社会基本文化，并藉着自己的生活方式，表现出他们的生活特征。其生活特征则包括了特殊的说话腔调、衣着服饰、仪表态度、交友方式，带着排外色彩的集会以及自别于一般平民的精英意识等。这种种的行为特征，实则皆可视为"象征符号"的展现，其作用无非是藉以证实他们的"精英"地位，而精英们彼此间的交际往来，便构成所谓的"仪式行为"。①

六朝士族无疑就是亚伯纳·柯恩所谓的"精英团体"。德国理论家哈贝马斯也认为在封建社会的"代表型公共领域"中，贵族们的交往带有仪式的特征：

> 代表型公共领域的出现和发展与个人的一些特殊标志是密切相关的：如权力象征物（徽章、武器）、生活习性（衣着、发型）、行为举止（问候形式、手势）以及修辞方式（称呼形式、整个正规用语），一言以蔽之，一整套关于"高贵"行为的繁文缛节。②

六朝士族社会，有些类似西方中世纪的贵族社会。正如上文钱穆先生所论，"著作与文艺上之表现"就是六朝士族的文化资本③。琅琊王氏家族中的王筠就在《与诸儿书论家门集》中颇为自豪地说："史传称安平崔氏

---

① 梅家玲：《汉魏六朝文学新论——拟代与赠答篇》，北京大学出版社，2004，第154～155页。
② 〔德〕哈贝马斯：《公共领域的结构转型》，曹卫东等译，学林出版社，1999，第7～8页。
③ 按：文化资本是法国社会学家布迪厄场域理念体系中的重要概念。文化资本能"有效而隐蔽地将支配与被支配的权力关系转换为社会成员甘心接受的自然现状，误认这一'幻象'为真实，完成文化的符号权力（symbolic power）功能"。参见张怡《布迪厄：实践的文化理论与除魅》，《外国文学》2003年第1期，第64～65页。

及汝南应氏并累叶有文才，所以范蔚宗云崔氏雕龙。然不过父子两三世耳，非有七叶之中，名德重光，爵位相继，人人有集，如吾门者也。”① 王筠本人就“以一官为一集，自洗马、中书、中庶、吏部、左佐、临海、太府各十卷，尚书三十卷，凡一百卷，行于世”②。正因如此，六朝士族在进行日常交往时，以诗文交游就成为他们某种“仪式行为”。如任昉出身乐安任氏，世为著姓。以其为中心的文士交游就有“龙门之游”“兰台聚”的美誉。

> 昉为中丞，簪裾辐凑，预其燕者，殷芸、到溉、刘苞、刘孺、刘显、刘孝绰及倕而已，号曰“龙门之游”，虽贵公子孙不得预也。③（《南史·陆倕传》）

> 梁天监初，昉出守义兴，要溉、洽之郡，为山泽之游。昉还为御史中丞，后进皆宗之。时有彭城刘孝绰、刘苞、刘孺，吴郡陆倕、张率，陈郡殷芸，沛国刘显及溉、洽，车轨日至，号曰兰台聚。④（《南史·到溉传》）

> 于是冠盖辐凑，衣裳云合，辎軿击轊，坐客恒满。蹈其阃阈，若升阙里之堂；入其奥隅，谓登龙门之坂。⑤（刘孝标《广绝交论》）

“龙门之游”“兰台聚”的成员基本上是士族文人。他们“带着排外色彩的集会以及自别于一般平民的精英意识”⑥，其中一项重要的表现就是以骈文酬答。因为骈文写作讲求对仗用典，要求创作者有丰富的知识

① （唐）李延寿：《南史》，中华书局，1975，第611页。
② （唐）李延寿：《南史》，中华书局，1975，第611页。
③ （唐）李延寿：《南史》，中华书局，1975，第1193页。
④ （唐）李延寿：《南史》，中华书局，1975，第678页。
⑤ （唐）李延寿：《南史》，中华书局，1975，第257页。
⑥ 梅家玲：《汉魏六朝文学新论——拟代与赠答篇》，北京大学出版社，2004，第154~155页。

积累，士族文人无疑有着这方面的优势①。如"梁天监初，为右军安成王主簿，与乐安任昉友，为《感知己赋》以赠昉，昉因此名以报之"②（《南史·陆倕传》）。难能可贵的是二人的赋作都流传了下来，其全文如下：

> 夜申旦而不寐，独匡坐而怨咨。命仆夫而凤驾，指南馆而为期。学穷书府，文究辞林。既耳闻而存口，又目见而登心。似临淄之借书，类东武之飞翰。轸工迟于长卿，逾巧速于王粲。固乃度平子而越孟坚，何论孔璋而与公干，或欲涉其涯涘，求其界畔。则浩港港，彪彪汧汧，譬长铗于鞘中，若龙渊与蜀汉。济济冠盖，祁祁隽逸。有窈风以味道，咸交臂以屈膝，或望路以窥门，空升堂而入室。彼春兰及秋菊，尚无绝于众芳。矧重仁与袭义，信辽辽兮未央。言追意而不逮，辞欲书而复忘，窃仰高而希骥，忽脂车而秣马。既一顾之我隆，亦东壁之余假。似延州之如旧，同伯喈之倒屣。附苍蝇于骥尾，托明镜于朝光。谓虚无而为有，布籍甚于游扬。于是柔条飒其成劲，白露变而为霜。岁忽忽而道尽，忧与爱兮未忘。聚落茎于虚室，听羁雀于枯杨。忳郁悒其谁语，独抚抱而增伤。托异人以蠲忧，类其文而愈疾。索黄琼之寄居，造安仁之狭室。车出门其已欢，无论衔杯与促膝。譬邹子之吟松，故未寒而能粟，徒纳壤以作高，陋吞舟而为冈。值墨子之爱兼，逢太丘之道广。陪九万以齐征，激三千而同上。识公沙于杵白，拔孝相于无名。非夫人之为感，孰云感于余情。指北芒以作誓，期郁郁于佳城。③（陆倕《感知己赋赠任昉》）

> 信伟人之世笃，本侯服于陆乡。缅风流与道素，袭衮衣与绣裳。

---

① 按：如《梁书·张率传》记载：吴郡张率"年十二，能属文，常日限为诗一篇，稍进作赋颂，至年十六，向二千许首"。张率的作品现仅存《绣赋》、《河南国献舞马赋应诏》（并序）两篇，已无法睹其创作全貌，但以常理推测，像张率之类缺乏足够的生活积累，日常创作只能摭拾典故敷凑成篇。其他例证可参见第三章第二节相关论述。
② （唐）李延寿：《南史》，中华书局，1975，第1193页。
③ （清）严可均校辑《全上古三代秦汉三国六朝文》，中华书局，1958，第3255页。

还伊人而世载，并三骏而龙光。过龙津而一息，望凤条而曾翔。彼白
玉之虽洁，此幽兰之信芳。思在物而取譬，非斗斛之能量。匹耸峙于
东岳，比凝厉于秋霜。不一饭以妄过，每三钱以投渭。匪蒙袂之敢
嗟，岂沟壑之能衣。既蕴藉其有余，又淡然而无味。得意同乎卷怀，
违方似乎仗气。类平叔而靡雕，似子云之不朴。冠众善而贻操，综
群言而名学。折高、戴于后台，异邹、颜乎董帷。采三诗于河间，
访九师于淮曲。术兼口传之书，艺广铿锵之乐。时坐睡而梁悬，裁
枝梧而锥握。既文过而意深，又理胜而辞缛。咨余生之荏苒，迫岁
暮而伤情。测徂阴于堂下，听鸣钟于洛城。唯忘年之陆子，定一遇
于班荆。余获田苏之价，尔得海上之名。信落魄而无产，终长对于
短生。饥虚表于徐步，逃责显于疾行。子比我于叔则，又方余于耀
卿。心照情交，流言靡惑。万类暗求，千里悬得。言象可废，蹄筌
自默。居非连栋，行则同车。冬日不足，夏日靡余。肴核非饵，丝
竹岂娱。我未舍驾，子已回舆。中饭相顾，怅然动色。邦壤既殊，
离会莫测。存异山阳之居，没非要离之侧。似胶投漆中，离娄岂能
识。①（《梁书·陆倕传》）

这两篇赋作均为骈体，六朝文士用骈文酬答的风气从中可见一斑。其
他如：

　　（谢）征与河东裴子野、沛国刘显同官友善，子野尝为《寒夜直
宿赋》以赠征，征为《感友赋》以酬之。②（《梁书·谢征传》）

　　（萧）范嗟人往物存，揽笔为咏，以示湘东王，王吟咏其辞，作
《琵琶赋》和之。③（《南史·萧范传》）

---

① （唐）姚思廉：《梁书》，中华书局，1973，第 401～402 页。
② （唐）姚思廉：《梁书》，中华书局，1973，第 718 页。
③ （唐）李延寿：《南史》，中华书局，1975，第 1296 页。

另据谢朓《酬德赋》序云:

> 右卫沈侯以冠世伟才,眷予以国士,以建武二年,予将南牧,见
> 赠五言。予时病,既以不堪莅职,又不获复诗。四年,予忝役朱方,
> 又致一首。迫东偏寇乱,良无暇日。其夏还京师,且事宴言,未遑篇
> 章之思。沈侯之丽藻天逸,固难以报章,且欲申之赋颂,得尽体物之
> 旨。《诗》不云乎:"无言不酬,无德不报。"言既未敢为酬,然所报
> 者寡于德耳。故称之《酬德赋》。①

从中可见谢朓作此赋当是答谢沈约之前的两次赠诗。在齐梁"时人的
心目中,诗赋二体是可以交叉唱酬赠答的。赋已打破自身的体裁界限,至
少在唱酬功能上已与诗合拢"②。

其实,真正表现六朝士族文人日常交往仪式行为的文体是骈体书启。
《四库全书总目·四六标准》提要云:

> 六代以来,笺启即多骈偶,然其时文体皆然,非以是别为一格
> 也。至宋而岁时通候、仕宦迁除、吉凶庆吊,无一事不用启,无一人
> 不用启,其启必以四六,遂于四六之内别有专门。南渡之始,古法犹
> 存,孙觌汪藻诸人,名篇不乏。迨刘晚出,惟以流丽稳贴为宗,无复
> 前人之典重,沿波不返,遂变为类书之外编,公牍之副本,而冗滥
> 极矣。③

六朝时期书启的应用没有宋代那样广泛,但已经形成程式化的骈体写
作模式。据《隋书·经籍志》著录:六朝有谢元《内外书仪》四卷,蔡超
《书仪》二卷,谢朓《书笔仪》二十一卷,王俭《吊答仪》十卷、《吉书
仪》二卷,周舍《书仪疏》一卷,唐瑾《书仪》十卷等十余家作品。可

---

① (清)严可均校辑《全上古三代秦汉三国六朝文》,中华书局,1958,第2919页。
② 程章灿:《魏晋南北朝赋史》,江苏古籍出版社,2001,第242页。
③ (清)永瑢等:《四库全书总目》,中华书局,1965,第1396页。

惜它们都已亡佚，但我们从萧统《锦带书十二月启》① 可以窥见当时骈体
书仪的格式：

> 伏以北斗周天，送玄冥之故节；东风拂地，启青阳之芳辰。梅花
> 舒两岁之装，柏叶泛三光之酒。飘飖余雪，人箫管以成歌；皎洁轻
> 冰，对蟾光而写镜。想足下神游书帐，性纵琴堂，谈丛发流水之源，
> 笔阵引崩云之势。昔时文会，长思风月之交；今日言离，永叹参辰之
> 隔。但某执鞭贱品，耕凿庸流，沉形南亩之闲，滞迹东皋之上。长怀
> 盛德，聊吐愚衷。谨凭黄耳之传，伫望白云之信。② （《太簇正月》）

> 伏以节应佳辰，时登令月。和风拂迴，淑气浮空。走野马于桃
> 源，飞少女于李径。花明丽月，光浮窦氏之机；鸟弄芳园，韵响王乔
> 之管。敬想足下，优游泉石，放旷烟霞。寻五柳之先生，琴尊雅兴；
> 谒孤松之君子，鸾凤腾翩。诚万世之良规，实百年之令范。但某席户
> 幽人，蓬门下客。三冬勤学，慕方朔之雄才；万卷长披，习郑玄之逸
> 气。既而风尘顿隔，仁智并乖。非无衰侣之忧，诚有离群之恨。谨伸
> 数字，用写寸诚。③ （《夹钟二月》）

---

① 按：四库馆臣认为该书可能是伪书。《四库全书总目·锦带》提要云："旧本题梁昭明太
子萧统撰。陈振孙书录解题又云：'梁元帝撰。比事俪语，在法帖中章草《月仪》之
类。'详其每篇自叙之词，皆山林之语，非帝胄所宜言。且词气不类六朝，亦复不类唐格。
疑宋人案月令集为骈句，以备笺启之用。后来附会，题为统作耳。今刻本昭明集中亦有之，
题曰《十二月启》。然《昭明集》乃后人所辑，非其原本，未可据以为信也。"又《四库全
书总目·锦带》提要云："又《锦带书十二月启》亦不类齐梁文体。其《姑洗三月启》中
有'啼莺出谷，争传求友'之声句。考唐人试莺出谷诗，李绰《尚书故实》讥其事无所
出。使昭明先有此启，绰岂不见乎。是亦作伪之明证也。"俞绍初《昭明太子集校注》将
《锦带书十二月启》列入附编，持存疑态度。曹道衡、傅刚《萧统评传》认为《锦带书十
二月启》"其风格确与昭明其它文字不类。萧统的文章，总体上崇尚淳雅，不事华辞，比如
他的《答晋安王书》和《与晋安王令》，都是萧统文章中的名作，但都不像《锦带书》那
样整饬藻丽。不过风格的认定来确定作者，总是十分危险的，由于年代久远，及判断上
的主观性等原因，往往与实际相差甚远，因此，在没有十分明确的证据时，我们还是把这
作品判给萧统"。笔者在此认同曹道衡、傅刚二人的观点。

② （南朝梁）萧统著，俞绍初校注《昭明太子集校注》，中州古籍出版社，2001，第234 页。

③ （南朝梁）萧统著，俞绍初校注《昭明太子集校注》，中州古籍出版社，2001，第234～235 页。

在此之前，已有西晋索靖《月仪贴》：

> 正月具书君白：大蔟布气，景风微发，顺变绥宁，无恙幸甚！隔限迳涂，莫因良话。引领托怀，情过采葛。企伫难将，故及表问。信李庶庶，俱蒙告音。君白。
>
> 君白：四表清通，俊乂濯景，山无由皓之隐，朝有二八之盛，斯诚明珠耀光之高会，鸾皇翻翥之良秋也。吾子怀英伟之才，而遇清升之祚，想已天飞，奋翼紫闼，使亲者有迩赖也。君白。
>
> 二月具书君白：侠钟应气，融风扇物，遥愿高宇，使时赞宜，山川攸远，限以成隔。自我不见，俯仰数年，看涂驰思，言存所亲，裁及告怀，怅焉。不具，君白。
>
> 君白：王路熙和，皇化洋溢，博采英儒，以恢时佐。辇无叩角之怨，门有缙绅之盛：斯乃潜龙逢九五之运，宝玉值卞氏之明；已委蓬室之陋，以妥金紫之荣，使亲契有拂冠之庆也。君白。①

两者进行比较就可发现，到了梁代，书启更为讲究用典、追求工整，骈化色彩愈加浓厚。其实，这种骈体书启范式是六朝士族文人日常交往的礼仪性工具，带有仪式的性质，目的是使这个特定群体的成员接受并参与创作，从而转化为他们的文化资本②。

现存的六朝骈体书牍虽然大都不是书仪式的作品，但也是六朝士族风度的文化符号，如王褒与周弘让的往复书信。据史书记载："初，褒与梁

---

① （清）严可均校辑《全上古三代秦汉三国六朝文》，中华书局，1958，第1946~1947页。

② 按：钱穆先生对建安时期的书牍评价甚高："窃谓当时新文佳构，尤秀出者，当推魏文陈思之书札。此等尤属眼前景色，口边谈吐，极平常，极直率，书札本非文，彼等亦若无意于为文，而遂成其为千古之至文焉。至是而文章与生活与心情，三者融浃合一，更不见隔阂所在。盖文章之新颖，首要在于题材之择取，而书札有文无题，无题乃无拘束，可以称心欲言也。古人书札，亦有上乘绝顶之作，如乐毅之《报燕惠王》、司马子长之《报任少卿》皆是也。然皆有事乃发，虽无题而有事。建安书牍，乃多并事无之，仅是有意为文耳。无事而仅为文，所以成其为文人之文。文人之文而臻于极境，乃所以成其为一种纯文艺作品也。"参见钱穆《读文选》，《中国学术思想史论丛》（卷三），安徽教育出版社，2004，第99页。六朝后期的这种日常交往的骈体书牍显然不同于之前的"有意为文"，自然也少了建安时期书信的潇散随意，逸气笔趣。

处士汝南周弘让相善。及弘让兄弘正自陈来聘，高祖许褒等通亲知音问。褒赠弘让诗，并致书。"① 该书全文如下：

> 嗣宗穷途，杨朱歧路。征蓬长逝，流水不归。舒惨殊方，炎凉异节，木皮春厚，桂树冬荣。想摄卫惟宜，动静多豫。贤兄入关，敬承款曲。犹依杜陵之水，尚保池阳之田，铲迹幽蹊，销声穷谷。何期愉乐，幸甚！幸甚！
>
> 弟昔因多疾，亟览九仙之方；晚涉世途，常怀五岳之举。同夫关令，物色异人；譬彼客卿，服膺高士。上经说道，屡听玄北之谈；中药养神，每禀丹沙之说。顷年事道尽，容发衰谢，芸其黄矣，零落无时。还念生涯，繁忧总集。视阴惕日，犹赵孟之徂年；负杖行吟，同刘琨之积惨。河阳北临，空思巩县；霸陵南望，还见长安。所冀书生之魂，来依旧壤；射声之鬼，无恨他乡。白云在天，长离别矣，会见之期，邈无日矣。援笔揽纸，龙钟横集。②

弥足珍贵的是，《周书》也收录了周弘让的复书，其文如下：

> 甚矣悲哉！此之为别也。云飞泥沉，金铄兰灭，玉音不嗣，瑶华莫因。家兄至自镐京，致书于穷谷。故人之迹，有如对面，开题申纸，流脸沾膝。江南燠热，橘柚冬青；渭北沍寒，杨榆晚叶。土风气候，各集所安，餐卫适时，寝兴多福。甚善！甚善！
>
> 与弟分袂西陕，言反东区，虽保周陵，还依蒋径，三姜离析，二仲不归。麋鹿为曹，更多悲绪。丹经在握，贫病莫谐；芝术可求，恒为采撷。昔吾壮日，及弟富年，俱值邕熙，并欢衡泌。南风雅操，清商妙曲，弦琴促坐，无乏名晨。玉沥金华，冀获难老。不虞一旦，翻覆波澜。吾已惕阴，弟非茂齿。禽、尚之契，各在天涯，永念生平，

---

① （唐）令狐德棻等：《周书》卷三十三《王褒传》，中华书局，1971，第731页。
② （唐）令狐德棻等：《周书》卷三十三《王褒传》，中华书局，1971，第731页。

难为胸臆。且当视阴数箭，排愁破涕。人生乐耳，忧戚何为。岂能遽悲次房，游魂不反。远伤金彦，骸枢无托。但愿爱玉体，珍金箱，保期颐，享黄发。犹冀苍雁赪鲤，时传尺素，清风朗月，俱寄相思。子渊，子渊，长为别矣！握管操觚，声泪俱咽。①

这两篇书信，对仗精工，用典贴切，情文相生，被高步瀛誉为"工力悉敌"②。台湾学者吕正惠认为这种精美典雅的骈体书牍让人感到"应对进退之间无不合乎中节"，是六朝士族雍容华贵风度的表现。"这样的风度，可以在王羲之的书法里看到，也可以在《世说新语》所记载的士大夫谈吐之中看到。在文学上，最重要的表现形式就是骈文了。"③

六朝后期日常交往仪式文体的代表是谢物小启④。笔者曾对六朝后期重要作家的启文创作进行统计，列表如下：

	启的数量	谢物小启的数量
王融	9	8
谢朓	3	2
萧统	13	8
萧纲	46	20
萧绎	25	18
刘孝仪	21	17①
沈约	18	12
刘孝威	12	11
庾肩吾	24	22
徐陵	8	6
庾信	16	13
王褒	2	2

注：①按：其中一些启文明显为残篇，如《谢东宫赐五色藤笙蹄一枚启》只存两句"炎州采藤，丽穷绮缛"，《又谢赉功德食一头启》只存两句"天厨净馔，庵罗法果"。下同。

① （唐）令狐德棻等：《周书》，中华书局，1971，第731～733页。
② 高步瀛选注，孙通海点校《南北朝文举要》，中华书局，1998，第530页。
③ 吕正惠：《抒情传统与政治现实》，华中师范大学出版社，2011，第36页。
④ 按：刘宋时期启文开始产生新变，出现了谢物小启，如刘义恭《谢敕赐华林园樱桃启》《谢敕赉华林园柿启》，鲍照《谢赐药启》，颜测《大司马江夏王赐绢葛启》。但这一时期相对于用兼表奏的启文，谢物小启的数量很少，与之不成比例。

从中可以看出，"用兼表奏"① 的启文开始衰落，作为日常交际的谢物小启在数量上占据主体。这些谢物小启都是用骈体写成的，带有很强的程式化色彩。以庾信《谢赵王赉丝布启》为例：

> 某启：奉教垂赉杂色丝布三十段。去冬凝闭，今春严劲，雪似琼田，凌如盐浦。张超之壁，未足鄣风；袁安之门，无人开雪。覆鸟毛而不暖，燃兽炭而逾寒。远降圣慈，曲垂矜贱。论其蚕月，殆罄桑车；津实秉杼，几空织室。遂令新市数钱，忽疑败彩；平陵月夜，惊闻捣衣。妾遇新缣，自然心伏；妻闻裂帛，方当含笑。庄周车辙，实有涸鱼；信陵鞭前，原非穷鸟。仰蒙经济，伏荷深慈。谨启。②

可见谢物小启都具有发端语和结束语③。正如倪璠所说："赵王赉信，下赉苟娘，其款至如此。"④ 面对赵王的关怀备至，庾信写作谢物小启的中心是表达感激之情。"去冬凝闭"等句极写严寒，铺垫蓄势。"覆鸟毛而不暖，燃兽炭而逾寒"两句衬出丝布的防寒保暖。"远降圣慈"等句既写赵王之厚赉，又处处切合丝布。接下来"妾遇新缣"以妻妾的反应来反衬自己的感激之情。最后将赵王与乐善好施的信陵君相提并论，再次强调自己的幸运与赵王的恩德。

有些赐物能真正解决受赠者的生活困难，起到雪中送炭的作用，而庾信虽也被封为抚军将军、大都督、车骑大将军等，但是这些都是虚衔，而非实职。明帝还封庾信临清县子，邑五百户。但是临清县子虽有爵位，却

---

① 按：《文心雕龙·奏启》云：启文"用兼表奏。陈政言事，既奏之异条；让爵谢恩，亦表之别干"。

② （北周）庾信撰，（清）倪璠注，许逸民校点《庾子山集注》，中华书局，1980，第568页。

③ 按：更多的结束语为"谨启事谢闻，谨启"，如萧纲《谢东宫赐裘启》《谢敕赉苦行像并佛迹启》"谨奉启谢闻，谨启"，如萧纲《谢敕使监善觉寺起》、徐勉《谢敕赐绢启》。敦煌写本中现存一些谢物小启的程式和范本，可参见赵和平辑校《敦煌表状笺启书仪辑校》，江苏古籍出版社，1997。

④ 按：庾信另作有《又谢赵王赉息丝布启》："某启：某息苟娘，昨蒙恩引，曲赐丝布等五段。南冠获宥，既预礼延；雉子胜衣，还蒙拜谒。关尹津梁之织，邺地双丝；扶风彩文之机，仙园独茧，青衿宜袭，书生无废学之诗，春服既成，童子得零沂之舞。况复栖乌挟子，同知桂树之恩；泽雉将雏，共喜行春之令。根株一润，枝叶俱荣。谨启。"

无实际俸禄收入。据鲁同群先生考证，庾信在 561 年，始在北朝得任司水下大夫一职，在此之前，只得空衔而无职事官①，所以庾信的生活并不是很宽裕。北周皇室的接济的确起到实质性的帮助作用，但更多的赠物只是一种象征性行为。所谓"投之以桃，报之以李"，这些施赠者所要求的也并非实际的报恩行为，有时所想得到的回报或许只是一首骈四俪六、形式精美的谢物小启而已，所以六朝谢物小启的创作者就要在较为短小的篇幅内充分描绘所赠物品的美好华贵②，进而真切表达自己的不胜感激之情。但这种感激之情又不能表达得过于直露，否则就会有损自己的士族身份和文化品位，也破坏了施授双方典雅的"仪式行为"。他们只有将这种程式化的写作在艺术技巧上更为精益求精。孙德谦《六朝丽指》精辟地将其总结为烘托与形容：

> 闻之画家有烘托法，于六朝骈文中则往往遇之。梁元帝《谢东宫赐白牙缕管笔启》云："昔伯喈致赠，才属友人；葛龚所酬，止闻通识。岂若远降鸿慈，曲覃庸陋。"盖其引伯喈两人事，以见今之所赐出于东宫，上四语即是烘托法也。刘孝仪《谢晋安王赐宜城酒启》云："岁暮不聊，在阴即惨，于斯二理，总萃一时。少府斗猴，莫能致笑；大夫落雉，不足解颜。忽值瓶泻椒芳，壶开玉液。""忽值"以上，所有"岁暮"云云，是竭力烘托，以彰赐酒之惠也。又张伯绪《谢东宫赉园启》去："性爱山泉，颇乐闲旷。虽复伏膺尧门，情存魏阙；至于一丘一壑，自谓出处无辨。常愿卜居幽僻，屏避喧尘，傍山临流，面郊负郭，依林结宇，憩桃李之夏阴；对镜开轩，采橘柚之秋实。而王畿陆海，亩号一金，泾渭土膏，豪杰所竞。徙居好畤，必待使越之装；别馆河阳，亦资牧荆之富。"自此以后乃叙述此园之美，

---

① 参见鲁同群《庾信传论》第四章"乡关之思的起伏消息与宦海沉浮的喜怒悲哀"，天津人民出版社，1997。

② 按：六朝咏物诗与谢物小启有着紧密的联系，当时写作咏物诗的文人大都创作有谢物小启。六朝时期萧纲、萧绎二人创作咏物诗最多，分别是 48 首、34 首，他们创作的谢物小启也是最多的，分别是 20 首、18 首。关于二者之间的关系，可参见拙作《论六朝咏物诗对谢物小启的影响》，《邢台学院学报》2009 年第 1 期。

则"性爱山泉"诸语，无非用烘托法也。六朝佳处，学者当善体之。①

吾谓夸饰者即是形容也。《诗经》而外，见于古人文字者，不可殚述。试举六朝骈文证之。梁简文帝《谢赉扇启》："肃肃清风，即令象簟非贵；依依散采，便觉夏室含霜。"庾子山《谢明帝赐丝布等启》："天帝赐年，无逾此乐；仙童赠药，未均斯喜。"又："是知青牛道士，更延将尽之年；白鹿真人，能生已枯之骨。"非皆刻意以形容者乎？子山又有《谢赵王赉丝布启》，其言云："妾遇新缣，自然心伏；妻闻裂帛，方当含笑。"则尤为形容尽致矣。②

除孙德谦所举的例证外，六朝谢物小启使用这两种艺术手法的还有很多。它们往往将正面颂美和侧面烘托虚实结合。如庾信《谢赵王赉干鱼启》云：

> 某启：蒙赉干鱼十番。醴水朝浮，光疑朱鳖；文鳐夜触，翼似青鸾。况复洞庭鲜鲋，温湖美鲫，波澜成雨，鳞甲防寒。某本吴人，常想江湖之味，及其饥也，惟资藜藿之余。兹赉渥恩，膏腴流灶，不劳狮子之亭，即胜雷池之长。翻惊河伯，独不爱人；足笑任公，终年垂钓。谨启。③

干鱼并非珍稀之物，但庾信却写得文辞华腴，典雅密丽。谭献评论说："应世之用书启最繁，情深为上，意足次之，修辞末矣"④，但对于谢物小启来说修辞反而成为最重要的。正如台湾学者郑毓瑜所论："当谢启写作变得如此大量而几近烦琐的地步，范围包括饮食、衣饰乃至居处闲游之物等生活各个必备层面，这些巨细靡遗的写记显然在特定事件的谢恩之外，更重要的作用已经是对整体生活面貌的宣扬与夸饰，……其实正可以

---

① 孙德谦：《六朝丽指》，四益宦刊本，第6条。
② 孙德谦：《六朝丽指》，四益宦刊本，第7条。
③ （北周）庾信撰，（清）倪璠注，许逸民校点《庾子山集注》，中华书局，1980，第583页。
④ （清）李兆洛选辑《骈体文钞》，上海书店出版社，1988，第708页。

视作是为了可以呈现或至少也是极力暗示着某种专属的生存场域——那是作者本身及作者与其他人在优渥物质条件下的经验关系网。"① 在当时的士族交际中，谢物小启写作着重强调的是体现文化品位和社会地位的仪式功能。后人批评谢物小启过于注重可操作的技艺规程，陈陈相因，缺乏艺术个性，就脱离了六朝士族文化这一历史语境。

总的来说，六朝谢物小启高度仪式化和模式化，但有一些文人即使戴着脚镣跳舞，也能跳出优美的舞姿，写出独出机杼之作。如庾肩吾《谢东宫赐宅启》：

> 肩吾居异道南，才非巷北，流寓建春之外，寄息灵台之下。岂望地无湫隘，里号乘轩，巷转幡旗，门容幰盖。况乃交垂五柳，若元亮之居，夹石双槐，似安仁之县。陈瞻钟阜，前枕洛桥，池通西舍之流，窗映东邻之枣，来归高里，翻成侍封之门。夜坐书台，非复通灯之壁；才下应王，礼加温阮，官成名立，无事非恩。②

宅第相比其他谢物小启常多表现的生活用品无疑要贵重的多，但作者并没有表现出太多诚惶诚恐、感激涕零之情，反而抒发了一种以陶潜生活为理想状态的闲淡自适之情。这在以藻绘夸饰为主流的六朝谢物小启中显得别具一格。正因如此，明人陈天定将其选入《古今小品》，并誉其为"清新俊逸、恍濯魄冰壶"③。

六朝后期还产生了送物小启。由于中国传统的礼仪文化强调的是报恩而非炫恩。相较谢物小启，赠物小启不能过于凸显赠物之华贵和馈送之情谊，所以没有得到六朝士族文人的青睐。在为数不多的送物小启中，较具有代表性的是刘峻《送橘启》：

---

① 郑毓瑜：《由话语建构权论宫体诗的写作意图与社会成因》，《汉学研究》1995 年第 2 期，第 273 页。
② （清）严可均校辑《全上古三代秦汉三国六朝文》，中华书局，1958，第 3341 页。
③ （明）陈天定：《古今小品》卷二，清道光九年刻本。

　　南中橙甘，青鸟所食，始霜之旦，采之风味照座，劈之香雾噀人。皮薄而味珍，脉不黏肤，食不留滓。甘逾萍实，冷亚冰壶。可以熏神，可以荐鲜，可以渍蜜。毯乡之果，宁有此邪。①

　　启文刻画甘橘，雕句琢字，极貌写物，声律谐美。遗憾的是不知此作赠予何人，对方是否有酬答。否则，这将对我们研究六朝士族日常交往的仪式行为提供绝好的范例。

　　六朝以降，中国逐渐进入庶民社会，骈体在普通士人的日常应用中也愈加广泛，骈文更多沦为一种程式化的写作，以适应唐宋以来士人广泛而普遍的社会交际，可以说这两者是互为因果的。"因为日常交际需要快捷行文，故而催生了以知识类聚为主体的四六类书；同样，由于四六类书的推广普及，创作又因此更陷格套。如果我们将此后的日用型类书加以比照，更可见所谓的知识在这些类书中已经是何等的泛滥。日用类书里面除了应用写作的材料，还包括礼仪音乐、绘画，乃至法律、烹饪、医药、种植，等等，五花八门，炫人眼目，是一种无所不包的知识类聚。"② 如明代的日用类书就有号称《天下通行文林聚宝万卷星罗》的，其序云：

　　《星罗》之编，采万家之要，撷万氏之英，萃为一书，诚文林之至宝也。展而阅之，三才已总，五行已悉，四序已彰，九州已备、万国已详，四海已周，八极已遍，五伦已阐，六艺已披，九流已演，百术已精，他如修真养生之方，劝谕侑将之策，谈笑风月之情，杂沓戏玩之意，靡所不载，靡所不照，信无异于星辰之罗列太虚也。君子而有心于斯，则内外有裨，隐显有益，夷险有藉，远近有资，巨细有补，两间内事，罗之胸臆，又何艰哉？③

　　序文虽然不无夸张之处，但却道出这类日常四六类书对骈体在日常生

①　（清）严可均校辑《全上古三代秦汉三国六朝文》，中华书局，1958，第3286页。
②　侯体健：《士人身份与南宋诗文研究》，复旦大学出版社，2019，第248页。
③　转引自侯体健《士人身份与南宋诗文研究》，复旦大学出版社，2019，第248页。

活中的运用起到的推波助澜作用。唐宋以来，应用范围最广且应用频率最高的骈体当数四六启文，"至宋而岁时通候、仕宦迁除、吉凶庆吊，无一事不用启，无一人不用启，其启必以四六，遂于四六之内别有专门"①。这类启文虽然文学价值不高，但在明清日常生活中发挥着难以取代的礼仪交际功能，这类骈体写作可以反映出中国传统礼法社会与骈体写作之间深层的微妙关系。

唐宋以后，中国虽然逐渐过渡为平民社会，但骈体启文的日常生活功能并没有弱化，到了明代万历年间反而愈演愈烈，明人王在晋在《〈车书楼选注名公新语满纸千金〉序》中说，四六启文"此非国家之用也，而世之用也"②。相较诏令表奏等文体，可见六朝骈文既有"国家之用"的政治军事功能，亦有"世之用"的日常生活功能。

---

① （清）永瑢等：《四库全书总目》，中华书局，1965，第1396页。
② 按：（明）李自荣、王世茂：《车书楼选注名公新语满纸千金》，明天启七年刻本卷首，转引自苗民《应俗的"礼文"：明代四六启的"礼文"属性及其价值探讨》，《湖南师范大学社会科学学报》2020年第1期，第103页。

附录：

论中国古代骈体小说的文体互参与叙事特征

"文体互参是中国古代文学创作中的一个习见现象……在诗词曲之间，在古文和时文、辞赋和史传之间，甚至在韵文和散文两大文类之间，普遍都存在互参现象。"① 中国古代小说从唐传奇开始便不断地融合史传、诗歌、辞赋等诸多文体丰富自身，从而形成了"文备众体"的民族特色。功用广泛的骈文与兼容并包的小说相互渗透，便形成了中国古代一种独特的文体——骈体小说，其中的代表作即为清代陈球的《燕山外史》。

《燕山外史》是中国古代的一部奇书，长达 31000 多言，通篇用骈体写成。这不仅在小说史上是稀见的，而且在骈文史上也罕有其匹。据潘建国统计，该书"存世之清代版本，竟多达二十余种，覆盖了清稿本、传抄本、木刻本、石印本及铅印本等文本形态"②。其种数之繁多、形态之丰富，即便在我国古代小说史上亦不多见，堪称古代小说研究的典型案例。该书甚至还东传日本，由大乡穆氏为其训诂，可见其受众之多、流传之广。但学界对该书却缺乏足够的重视，相关论著寥寥无几。本文将在前人研究的基础上，以此书为中心来探讨中国古代骈体小说的文体特征。

---

① 蒋寅：《中国古代文体互参中"以高行卑"的体位定势》，《中国社会科学》2008 年第 5 期。

② 潘建国：《〈燕史外史〉小说版本考》，《中国古代小说研究》（第三辑），人民文学出版社，2008，第 223 页。

一 骈体小说的名称辨析与内涵界定

近年来，骈体小说逐渐得到学界的关注。如袁进《鸳鸯蝴蝶派》、陈平原《中国现代小说的起点——清末民初小说研究》等论著都论及了民国盛行一时的骈体小说，但他们使用的都是"骈文小说"这个概念。郭战涛《民国初年骈体小说研究》一书虽然使用"骈体小说"这个概念，但却认为骈文与骈体"在内涵与外延方面并无区别，属于异词而同意，也即二者实际上通用"①，即认为骈体小说等同于骈文小说。笔者认为骈文与骈体这两个概念并不完全等同。骈文是一种从对仗的修辞手法发展形成的介于散文和韵文之间的文类，涉及很多文体。尽管骈体可以作为骈体文的简称（如清代骈文总集《国朝骈体正宗》和《国朝常州骈体文录》等），但它还可以表示一种与散体相对的修辞方式。正因如此，骈体可以修饰其他文体，如骈体赋（亦简称为骈赋）、骈体表文、骈体檄文等，作为文类的骈文却不可以。以此类推，骈文小说不能作为一个文体概念。

再者，骈体小说属于文言小说的类型，与白话小说无涉。日本学者盐谷温认为中国古代汉语"单音而孤立之特性"对于文学创作的影响，主要表现为三个方面："使文章简洁""便于作骈语""使音韵谐协"②。台湾学者李曰刚说："骈体散体语体，为中国文章之三大形态。前二者属于文言，后者为白话。"③可见，骈文是在中国古代汉语特质的基础上产生的一种独特文体，属于文言的范畴。尽管中国古代也有一些夹杂着白话的俳谐骈文，但是在这些作品中，文言仍占据绝对的主体地位。同样，在明清白话小说（如以四大名著为代表的章回小说和以"三言二拍"为代表的拟话本小说）中，也有一定篇幅的骈俪文字，但这些文字或是写人状物、铺排场景，或是情节所需的应用文体，只是寄生在白话小说之中，并不能改变白话小说的文体性质。正因骈体小说是古代文言小说的一种文体类型，所以在五四新文化运动以后，文言文逐渐被白话文取代，骈体小说也就不可避

①　郭战涛：《民国初年骈体小说研究》，广西师范大学出版社，2010，第4页。
②　〔日〕盐谷温：《中国文学概论》，陈彬龢译，朴社，1926，第4~5页。
③　转引自张仁青《中国骈文发展史》，浙江大学出版社，2009，第40页。

免地随之消亡了。

另外，骈体小说不能简单地以骈俪文字在文言小说中所占的比例来界定。郭战涛《民国初年骈体小说研究》将骈体小说分为"应用文类"和"综合类"两种。所谓"应用文类"骈体小说是指"小说中的骈文全部或者主要用于应用文体的表达"，"综合类"骈体小说是指"骈文在小说中承担多种功能的骈体小说"①。笔者认为该书所列举的民国之前的这两类小说很多都不能称为骈体小说。虽然骈俪文字在这些小说中占有一定的比例，但它在这些小说中所起的功用与其在白话小说中所起的功用基本上没有本质的区别。笔者认为，界定骈体小说的内涵应充分考虑到骈文的文体特征。关于骈文文体的界定，学界还有诸多争议。综合各家观点，骈文应是一种崇尚艺术美的文学，其最主要的标志是讲究骈偶属对，同时还注重用典精丽、辞藻华美、声韵和谐。所以，骈体小说应是指以对偶句式为主，并注重用典、藻饰、声律的文言小说。

二　古代骈体小说的审美风格

郭英德《中国古代文体学论稿》一书认为文体的基本结构可以分为"体制""语体""体式""体性"四个层次，它们之间"相互关联、相互作用，共同形成一种文体独特的审美规范"②。关于骈文的审美风格，台湾学者张仁青则说得简明扼要："散文主气势旺盛，则言无不达，辞无不举。骈文主气韵曼妙，则情致婉约，摇曳生姿。"③ 德国理论家威克纳格认为"风格是语言的表现形态"，主要为"表现者的心理特征"与"表现的内容和意图"所决定，具有主观和客观的方面。④ 中国古代骈体小说的题材主要集中于哀感缠绵的爱情故事，这无疑强化了骈体小说气韵优美、情致婉约的审美风格。

《燕山外史》的故事原本冯梦祯的《窦生传》，讲述明永乐年间燕山窦

---

① 郭战涛：《民国初年骈体小说研究》，广西师范大学出版社，2010，第36~41页。
② 郭英德：《中国古代文体学论稿》，北京大学出版社，2005，第2页。
③ 张仁青：《中国骈文发展史》，浙江大学出版社，2009，第18~19页。
④ 〔德〕歌德等：《文学风格论》，王元化译，上海译文出版社，1982，第18页。

生绳祖与绣州女子爱姑悲欢离合的爱情故事，沿袭的仍是才子佳人小说的模式。陈球之所以选择《窦生传》作为改写的对象，是因为"客有述其事于座中"，窦生与爱姑生死不渝的爱情深深打动了他。他在小说结尾自述创作动机时云：

> 球十年作赋，伤旧业之荒芜；三径论交，怅同侪之寥落。学书学剑，百事蹉跎；呼马呼牛，半生潦倒。兼之路历羊肠，雄心久耗；年加马齿，壮志都灰。骨自销余，见蝇飞而神悚；胆从破后，闻蚁斗而魂惊。嗟乎，桓温已逝，孰许猖狂；严武未逢，谁容傲岸。……浔江闻商妇之谈，青衫泪湿；阳关听故人之唱，苍鬓霜催。秀颊添毫，究向阿谁润色；枯肠搜句，总缘我辈钟情。此《燕山外史》之所由作也。①

从中可知其创作《燕山外史》时，已年岁老大，知交零落，穷困潦倒，但仍情缘未断，一往情深。这也表现在他在小说开篇时所论：

> 人非怀葛，畴安无欲之天；世异羲农，孰得忘情之地，……地老天荒，毕竟悲多欢少；海枯石烂，大都别易会难。积成万种深情，添出一番佳话。……何来骚客，言之瘝伤，竟使陈人，闻而怅触。无端技痒，妄求见技之方；讵是情痴，忽有言情之作。②

正所谓情之所钟，正在我辈。由于作者在写作时寄寓了万种深情，所以《燕山外史》一书大大发挥了骈体情致婉约、摇曳生姿、气韵曼妙的特色。相较于《窦生传》的简单质朴、有骨无肉，《燕山外史》对男女主人公的爱情描写血肉丰满、哀感缠绵。如窦生与爱姑初次相遇后，《窦生传》

---

① （清）陈球原著，（清）傅声谷注释，黄卫星校证《〈燕山外史〉傅注校证》，上海人民出版社，2015，第412~415页。
② （清）陈球原著，（清）傅声谷注释，黄卫星校证《〈燕山外史〉傅注校证》，上海人民出版社，2015，第1~8页。

叙述得很简略，只言窦生"积思成梦，积梦成疾"，但《燕山外史》却铺写了窦生梦中与爱姑幽会的场面。当窦生美梦惊醒时，残更未尽，感伤不已：

> 听渐零之蕉叶，雨响如珠；对黯淡之兰膏，灯光似豆。邻鸡未唱，睡鸭初销。辗转孤衾，才子独悲缘浅；寂聊客舍，愁人只苦夜长。从此意态彷徨，精神恍惚；不疼不痒，如醉如痴。对酒添愁，摊书益闷。恋隔宵之香梦，乍即乍离；寻半晌之幽欢，忽啼忽笑。①

情辞斐美，余音凄恻，形象地刻画出窦生的痴绝。作者接下来描写窦生虽因相思成疾，命悬一线，但仍情有独钟，无怨无悔：

> 既觏出群仙品，对脂铅尽若泥沙；曾逢压众天姿，视粉黛都无颜色。因是扫除俗艳，挺立芳标。非绛仙不可疗饥，非卓女无由解渴。非赵姊莫教漫舞，非韦娘讵使轻歌。独是缥缈巫峰，寓辞行雨；潺湲洛水，托想凌波。几回彤管空怀，令人凄绝；一切青楼薄幸，匪我思存。②

这种自知一息仅存、虽生不久但仍一往情深、至死方休的爱情，今天读来仍然让人感慨唏嘘。

再如窦生与爱姑经历艰难险阻，意外相逢，无疑有千言万语诉说衷肠，但《窦生传》只用了四个字"备述颠末"，未免过于简略，而《燕山外史》却让爱姑备陈苦志，历诉冤情：

> 苦则苦于母也不谅，屡起衅端；冤则冤夫妾本无辜，频遭变故。

---

① （清）陈球原著，（清）傅声谷注释，黄卫星校证《〈燕山外史〉傅注校证》，上海人民出版社，2015，第33～34页。
② （清）陈球原著，（清）傅声谷注释，黄卫星校证《〈燕山外史〉傅注校证》，上海人民出版社，2015，第61～62页。

翠钿堕落，珠粉飘零。好姻将作恶姻，佳偶几同怨偶。窃信莲生浊水，倍表清姿；菊傲严霜，素贞晚节。山移谷变，唯存心铁难磨；海竭河干，只有泪波未涸。如其不信，视妾容颜；何以若斯？为郎憔悴。①

语自心倾，泪随声出，具有很强的艺术感染力。相较原作，《燕山外史》无疑凸显了男女主人公执着无悔的真情。正因如此，吴展成在《燕山外史》序中将其与汤显祖《牡丹亭》"生者可以死，死者可以生"的爱情描写相媲美。

中国古代的散体文言小说受史书的影响很大，一般不怎么描写风景。即使有所涉及，往往要么非常简略，如"则嘉树列植，间以名花，其下绿芜，丰软如毯。清迥岑寂，杳然殊境"（《补江总白猿传》），要么用一些陈词滥调的骈语，如"千峰竞秀、万壑争流""柳绿花红、山明水秀"之类。正因如此，《窦生传》通篇没有涉及风景描写。骈体在描写风景方面有着较为悠久的传统，如六朝时期陶弘景《答谢中书书》、吴均《与宋元思书》描写山水，简澹高素，潇洒自然，成为一代名作。陈球"在总角时，即喜读六朝诸体"（《燕山外史·凡例》），自然得六朝骈文描写风景之神韵。因此，《燕山外史》绘事写景，天然清新，颇多佳句。如写爱姑为盐商和母亲合伙所骗，而误以为窦生相招，欣然佣舟前往：

波平似掌，帆饱如弓。两岸飞花，近映嫩红之靥；千山抹黛，遥迎澹翠之眉。棹入银塘，杨柳丝牵青雀舫；水连铁瓮，桃花片逐白鸥波。江色无边，春光如许。晴堤絮落，点点飘来；暮树鹃啼，声声催去。②

---

① （清）陈球原著，（清）傅声谷注释，黄卫星校证《〈燕山外史〉傅注校证》，上海人民出版社，2015，第61~62页。
② （清）陈球原著，（清）傅声谷注释，黄卫星校证《〈燕山外史〉傅注校证》，上海人民出版社，2015，第112~113页。

文笔优美，清空秀雅，为全书增添了几分诗情画意。又如写窦生守完父丧后，便急切去南京与爱姑相会，书中描绘了其途中所见的"一片江山入画图"：

> 斯时碧桃花下，宿雨初收；青粉墙头，斜阳未尽。白鹇飞处，蘋滩之橹响咿哑；黄犊归来，柳迳之笛声嘹亮。问牧儿分前路，知侠友之故居。谢家选胜之场，只在乌衣巷里；石氏藏娇之地，不离白鹭洲边。第见门庭整洁，竹树清幽，院锁碧烟，全遮蕉阴；帘垂红雨，半罩花枝。①

这些描写扫除浮艳，简澹高素，尽得江南山水之神韵，且能切合人物心境，绘影传神。所谓"流连宛转，自成文章"，信非虚誉。

《窦生传》写窦生相思成疾，卧床不起后，"有知其隐者，伪托能为昆仑事，醉生以酒，潜以村妓荐寝。生察知，患甚，病转剧"。陈球敏锐地发现其中所蕴含的喜剧意味，于是便戏仿六朝时期盛行的游戏嘲谑的骈体俳谐文：

> 悬秦镜于螭庭，奸形毕露；燃温犀于牛渚，怪状悉呈。绝非桃叶之名姝，却是杨花之下伎。始望许飞琼向蕊宫谪下，岂知鸠盘荼从鬼国飘来。历齿蓬头，备具非常之丑；涂唇抹靥，又加不洁之蒙。身住东施，音操北鄙，发何种种，口更期期。臃肿腰肢，分植金城之柳；蹒跚足样，移栽玉井之莲。年比季隈，长加一倍；貌同嫫母，寝过三分。嗟乎！睹此陋形，直可参居禹鼎；遭兹异事，殊堪续入《齐谐》。②

调侃取笑，诙谐讽刺，令人抚掌解颐。其他如描写轻薄儿"信口铺

---

① （清）陈球原著，（清）傅声谷注释，黄卫星校证《〈燕山外史〉傅注校证》，上海人民出版社，2015，第173~174页。
② （清）陈球原著，（清）傅声谷注释，黄卫星校证《〈燕山外史〉傅注校证》，上海人民出版社，2015，第47~49页。

张""任心造设","强其说鬼,鬼从车载而殊多;与之谈天,天向管窥而
不大。言皆不怍,未知于意云何;语尽无稽,动说我闻如是";写庸医
"妄解内经之旨,漫托杏林;初知本草之名,辄夸橘井";写盐商"罔知
欢,罔知忧,浑是无肠公子;亦善饭,亦善饮,竟为负腹将军"……这些
都是《窦生传》所无,作者独出机杼所平添的笔墨。

被孙德谦备加推崇的六朝骈文的气韵还表现在句式组合、虚词运用
等方面。《燕山外史》在这方面也得六朝骈文之精髓。陈球在行文时对
四六句式的组合极尽转换调配之能,并间以其他多种句式,句式整齐而
又灵活多变,同时还借助发端或转折虚词,使小说节奏随着人物的情感
变化而时起时伏、或急或缓。如写窦生的相思之苦:"謇尔如崩崖裂石,
凄然如楚雨酸风,如击筑而成变徵之音,如弹丝而起绝弦之响,如夜坐
而听闺人之泣寡,如晓行而闻边士之苦寒。"幽音呜咽,凄如飘风急雨
之骤至。又如写马生饮酒高歌:"醉余耳热,兴到髯张,泉涌云飞,音
殊激楚;雷辊电割,气甚沉雄。竟病独谐,曹景宗偏工险韵;汪洋自喜,
辛弃疾别著豪声。"意到笔来,疾如轻车骏马之奔驰,马生的豪放不羁
呼之欲出。

综上所论,正因为《燕山外史》深得六朝骈文的神韵,呈现独特的审
美风格,在清代才会流行众多的手抄本,并对民国时期盛行一时的骈体小
说创作产生了深远的影响。

三 古代骈体小说叙事的局限

徐岱《小说叙事学》一书认为:"叙事之于小说犹如旋律节奏之于音
乐、造型之于雕塑、姿态之于舞蹈、色彩线条之于绘画,以及意象之于诗
歌,是小说之为小说的形态学规定。"① 叙事在小说中的重要性可想而知,
但骈体小说在叙事方面却存在难以克服的局限。

六朝骈文被王国维誉为与楚辞、汉赋、唐诗、宋词、元曲并称的"一
代之文学"。六朝时期骈偶化的风气,几乎影响了当时所有的文体,以至

---

① 徐岱:《小说叙事学》,中国社会科学出版社,1992,第5页。

于"凡君上诰敕，人臣章奏，以及军团檄移与友朋往还书疏，无不袭用斯体（笔者按：即骈体）"①。然而就在六朝这个"一切韵文与散文骈偶化时代"里，叙事文学却几乎没有受到骈文的影响。如范晔《后汉书》和沈约《宋书》的传末论赞虽多用骈偶，但人物传记则用散体；又如干宝是六朝骈文名家，其《晋纪总论》带有浓厚的骈俪色彩，被收入《文选》，然而他的志怪小说《搜神记》却是用散体来写的。

初唐人修撰的六朝史书，如《晋书》《陈书》等，也夹杂有较多的骈俪文字，但多集中在史论部分。即使如此，唐代史学家刘知几仍批评这些史书杂用骈语是"加粉黛于壮夫，服绮纨于高士"。他认为杂用骈语叙事是"虚益散辞，广加闲说"，若"必取其所要，不过一言一句耳"②，对于骈体叙事的局限已经有了理论上的初步认识。虽然在唐初产生了著名的骈体小说《游仙窟》，但与其说《游仙窟》是叙事类的小说，还不如说它是《洛神赋》之类的辞赋。而且《游仙窟》在国内久已失传，清末才从日本传抄回来，对中国古代小说创作没有产生什么影响。骈体不适于叙事的观点在我国古代影响深远，直至近代，国学大师章太炎仍然强调"叙事者，止宜用散"③。

古人对叙事不宜用骈体的原因语焉不详。美国汉学家高友工《律诗美学》一文指出，律诗的对仗结构暂时延缓或中断了线性的阅读进程，就像"流水一样前进的运动过程停了下来，产生一种不断回顾和旁观的运动"④，从而营造出了律诗"空间性"和"循环性"的美学特征。这一观点同样可以用来阐发骈体拙于叙事的原因。一般说来，律诗中间两联对仗，首联、尾联无须对仗，而骈文的对仗密度远远超过律诗，同时还要更为注重用典、声律、藻饰，在线性叙事方面无疑有着明显的不足，不利于叙述的展开。

---

① 孙德谦：《六朝丽指》，四益宦刊本，第 4 条。
② （唐）刘知几撰，（清）浦起龙释《史通通释》，上海古籍出版社，1978，第 170 页。
③ 章太炎：《国学概述》，北京大学出版社，2009，第 22 页。
④ 乐黛云、陈珏编选《北美中国古典文学研究名家十年文选》，江苏人民出版社，1996，第 89 页。

中国古代也有一些文人力图克服骈体叙事的局限。如六朝庾信的碑志"述及行履，出之以散，每叙一事，多用单行，先将事略说明，然后援引故实，作成骈语，以接其下"①，并多用流水对，以疏通文气。但这种克服程度仍然是非常有限的。六朝骈体碑志的叙事往往相当概括笼统，以至被讥为"铺排郡望，藻饰官阶，殆于以人为赋，更无质实之意"②。

《燕山外史》所改写的《窦生传》本来只有 1500 字左右，陈球将其扩充为三万余字，但在主要情节上并无大的发展。陈球在《燕山外史》凡例中说："史体从无以四六成文，自我作古，极至僭妄，无所逃罪，第托于稗乘，尚希未减。"所谓"极至僭妄"不过是谦辞，"自我作古"才是其真正用心之所在，即欲借小说显其才华，以流传后世。

尽管《燕山外史》用骈体叙事有着先天的劣势，但陈球并没有尽力去弥补，反而放纵笔墨在小说的细枝末节上极尽铺陈之能事。如介绍爱姑的身世：

> 人系小家，姓推钜族。本二师之一脉，系出海西；同孟母而三迁，籍居城北。其父始为鬶器，既作饼师。早谐采梠之妻，晚丧纬萧之子。频年侫佛，熊不征祥；每岁祈神，蛇偏叶吉。绕膝之童乌才逝，投怀之彩燕旋来。聿生少艾于良辰，适采芳兰于上巳。……无何灵椿秋冷，大树先飘；铜雀春深，小乔未嫁。痛乃翁之长逝，愈觉家贫；随阿母而孤居，连遭岁歉。③

这段文字骈四俪六，使事用典，长达上百字，可见作者用力颇深，然远不如《窦生传》"李姓嫠妇，无食无儿。有女名爱姑，年十五，殊色也"简洁明快。

受史书的影响，散体文言小说一般不在文中发表议论，因为这样容易

---

① 孙德谦：《六朝丽指》，四益宦刊本，第 34 条。
② 章学诚：《墓铭辨体》，《章学诚遗书》，文物出版社，1985，第 76 页。
③ （清）陈球原著，（清）傅声谷注释，黄卫星校证《〈燕山外史〉傅注校证》，上海人民出版社，2015，第 9~12 页。

打断线型叙事的进程。如果作者要发表识见，往往要么寓褒贬于行文之中（即古人所推崇的春秋笔法），要么在篇末采取类似"太史公曰"这样的形式展开议论。陈球却经常在行文中发表议论，中断叙事进程。如写窦生为相思所苦、卧床不起时，作者不禁感慨名士淑女相得之难：

> 至于名士择妻，诚非容易。欲结同心之果，必栽称意之花。试以裙笄，譬诸草木，有如桃生瑶岛，子结千年；莲植华峰，香飘十丈。日边则栽红杏，天上只种白榆。要难夸述夫仙葩，兹且略言乎众卉。乃若三湘撷秀，蓉堪集以为裳；九畹滋芳，兰可纫而作佩。离间菊放，寻向雨中；岭上梅开，探从雪后。洵托雅人深致，以抒君子遥情。①

又如写窦生经历唐赛儿之乱后，家业萧条，大妇不甘贫困，卷财与人私奔，陈球又遏制不住自己的愤怒展开议论：

> 是知失贞每在名门，丧节半归豪族，少则养娇习懒，长而恃色矜才。专工咏柳吟桃，而独未娴蘋藻；素善裁鸾刺凤，而偏欠解睢麟。外弛防闲，内疏检束。美孟姜于淇上，岂避嫌疑；留子国于邱中，宁知廉耻。②

作者有意识地将出身贫贱的爱姑与娇养富贵的大妇形成鲜明的对比，从而强化了小说的主旨，即发乎至情的私奔比父母之命的婚嫁更为神圣可贵。如果说上述这些议论还和全书主旨相关，那么有些议论却或多或少游离于全书的主要线索之外，平添枝蔓，如：

> 天下本无难事，只在工夫。谋利谋名，弗求胡获；学仙学佛，有

---

① （清）陈球原著，（清）傅声谷注释，黄卫星校证《〈燕山外史〉傅注校证》，上海人民出版社，2015，第56~58页。

② （清）陈球原著，（清）傅声谷注释，黄卫星校证《〈燕山外史〉傅注校证》，上海人民出版社，2015，第269~270页。

志竟成。果能发愤为雄，将相何曾有种；苟不因循自误，富贵未必在天。竭力磨砖，尚期作镜；诚心点石，直欲成金。贤豪刻苦之功，类皆如是；士女交欢之事，何独不然？①

这些议论并无新颖之处，根本无须大费笔墨。更有甚者，书中写到马生反对窦生携爱姑归妻家，而窦生执意要行，正当读者为他们的命运担忧时，作者却插入了一段长达近五百字的议论：

岂不知丈夫之志，壮托桑蓬，而顾使男子之身，老死户牖耶？良以事不深谋，祸将旋踵；人无远虑，灾必逮身。今窦生牵小妇而居大妇之家，牵旧人而入新人之室。无论拖云带雨，一时未便轻投；即令簇锦团花，两美岂能骤合？常疑好事皆虚事，未必他心似我心。……乃且剧谈千古，武断一乡，啧有烦言，强为解事；卑无高论，妄作通人。辄为马子间此姻缘，议其有干天理；阻兹完聚，只为不近人情。噫嘻！下里浮谈，识同篱鷃；庸流鲜见，局等井蛙。②

这段洋洋洒洒的议论虽然也能起到预叙叙事的作用，但由于一味铺陈，未免繁略失当。

有人建议陈球将不分卷数的《燕山外史》析为八卷，以避免“阅者苦其冗长，目力不继”（《燕山外史·凡例》），陈球却不以为然。虽然他最终不得不“聊徇阅者之意”，将全书析为八卷，但实非本意。由此可见，陈球的用心并不是努力克服骈体小说的叙事局限，而是注重铺排场景和抒发情志，延缓或中断读者的阅读进程，使其流连于骈体所营造的审美共时性空间。

英国著名小说家福斯特《小说面面观》引述了一个小说定义：“小说

---

① （清）陈球原著，（清）傅声谷注释，黄卫星校证《〈燕山外史〉傅注校证》，上海人民出版社，2015，第71～72页。

② （清）陈球原著，（清）傅声谷注释，黄卫星校证《〈燕山外史〉傅注校证》，上海人民出版社，2015，第187～191页。

是用散文写成的具有某种长度的虚构故事。"[①] 中国古代的骈体小说显然不符合这个定义。如果用西方的小说理论来认知中国古代小说，无疑会遮蔽其许多丰富和独特的文体特征。虽然我们不用保守地拒绝西方的文学理论，但必须将中国古代小说还原到中国古代的文化语境中，以求得对研究对象的了解与同情。同时，我们也应认识到中国古代小说有着不同的类型以及相应的文体规范和局限性，要避免以一种小说类型的文体标准去衡量规范另一种小说类型，如避免以散体小说的文体观念责备骈体小说"语必四六，随处拘牵，状物叙情，俱失生气"[②]，这样才能充分认识到以《燕山外史》为代表的骈体小说对中国古代小说文体类型和美学风格的丰富和创新，才有助于推动对中国古代小说的深入研究和理论建构。

---

① 〔英〕爱·摩·福斯特：《小说面面观》，苏炳文译，花城出版社，1984，第3页。
② 鲁迅：《中国小说史略》，上海古籍出版社，1998，第178页。

参考文献

一　骈文类专著：

（清）陈球原著，（清）傅声谷注释，黄卫星校证《〈燕山外史〉傅注校证》，上海人民出版社，2015。

丁红旗：《魏晋南北朝骈文史论》，巴蜀书社，2012。

姜书阁：《骈文史论》，人民文学出版社，1986。

蒋伯潜、蒋祖怡：《骈文与散文》，上海书店出版社，1997。

（清）蒋士铨：《忠雅堂评选四六法海》，光绪乙亥年重刊寄螺斋藏版本。

金秬香：《骈文概论》，商务印书馆，1934。

（清）李兆洛选辑《骈体文钞》，上海书店出版社，1988。

刘麟生编《骈文学》，商务印书馆，1934。

刘麟生：《中国骈文史》，东方出版社，1996。

吕双伟：《清代骈文理论研究》，人民出版社，2011。

吕双伟：《清代骈文研究》，上海古籍出版社，2018。

莫道才主编《骈文观止》，文化艺术出版社，1997。

莫道才：《骈文通论》，广西教育出版社，1994。

钱基博：《骈文通义》，大华书局，1934。

钱基博：《近百年湖南学风骈文通义》，上海古籍出版社，2012。

瞿兑之：《骈文概论》，海南出版社，1994。

瞿兑之：《中国骈文概论》，世界书局，1934。

孙德谦：《六朝丽指》，四益宧刊本。

（清）孙梅著，李金松校点《四六丛话》，人民文学出版社，2010。

王文濡编《南北朝文评注读本》，上海文明书局，1916。

（清）王先谦编《骈文类纂》，浙江古籍出版社，1998。，

（明）王志坚编《四六法海》，《景印文渊阁四库全书》本。

谢无量：《骈文指南》，中华书局，1919。

尹恭弘：《骈文》，人民文学出版社，1994。

于景祥：《中国骈文通史》，吉林人民出版社，2002。

张仁青：《骈文学》，台北：文史哲出版社，1984。

张仁青：《中国骈文发展史》，浙江大学出版社，2009。

钟涛：《六朝骈文形式及其文化意蕴》，东方出版社，1997。

二　其他类专著

〔美〕浦安迪讲演《中国叙事学》，北京大学出版社，1996。

〔日〕遍照金刚撰，卢盛江校考《文镜秘府论汇校汇考》（修订本），中华书局，2015。

〔日〕弘法大师原撰，王利器校注《文镜秘府论校注》，中国社会科学出版社，1983。

〔日〕遍照金刚著，周维德校点《文镜秘府论》，人民文学出版社，1975。

〔日〕古田敬一：《中国文学的对句艺术》，李淼译，吉林文史出版社，1989。

〔日〕平田昌司：《文化制度和汉语史》，北京大学出版社，2016。

〔日〕松浦友久：《节奏的美学——日中诗歌论》，石观海、赵德玉、赖辛译，辽宁大学出版社，1995。

〔日〕松浦友久：《中国诗歌原理》，孙昌武、郑天刚译，辽宁教育出版社，1990。

（汉）班固撰，（唐）颜师古注《汉书》，中华书局，1962。

（南朝宋）鲍照著，丁福林、丛玲玲校注《鲍照集校注》，中华书局，2012。

蔡邕：《独断》，《景印文渊阁四库全书》本。

曹道衡、傅刚：《萧统评传》，南京大学出版社，2001。

曹道衡、刘跃进：《南北朝文学编年史》，人民文学出版社，2000。

曹道衡、沈玉成编著《南北朝文学史》，人民文学出版社，1991。

曹道衡：《南朝文学与北朝文学研究》，江苏古籍出版社，1998。

曹道衡：《中古文史丛稿》，河北大学出版社，2003。

曹道衡：《中古文学史论文集》，中华书局，1986。

曹明纲：《赋学概论》，上海古籍出版社，1998。

（三国魏）曹植著，赵幼文校注《曹植集校注》，人民文学出版社，1984。

（晋）陈寿撰，陈乃乾校点《三国志》，中华书局，1959。

（宋）陈振孙著，徐小蛮、顾美华点校《直斋书录解题》，上海古籍出版
　　社，1987。

程俊英、蒋见元：《诗经注析》，中华书局，1991。

程章灿：《魏晋南北朝赋史》，江苏古籍出版社，2001。

褚斌杰：《中国古代文体概论》（增订本），北京大学出版社，1990。

邓国光：《文章体统——中国文体学的正变与流别》，上海古籍出版社，
　　2013。

丁福保辑《历代诗话续编》，中华书局，1983。

（清）董诰等编《全唐文》，中华书局，1983。

杜晓勤：《六朝声律与唐诗体格》，北京大学出版社，2017。

（南朝宋）范晔撰，（唐）李贤等注《后汉书》，中华书局，1965。

（唐）房玄龄等：《晋书》，中华书局，1974。

（唐）封演撰，赵贞信校注《封氏闻见记校注》，中华书局，2005。

冯胜利：《汉语韵律诗体学论稿》，商务印书馆，2015。

傅刚：《〈昭明文选〉研究》，中国社会科学出版社，2000。

高步瀛选注，陈新点校《两汉文举要》，中华书局，1990。

高步瀛选注，孙通海点校《南北朝文举要》，中华书局，1998。

（晋）葛洪撰，杨明照校笺《抱朴子外篇校笺》，中华书局，1991。

葛晓音：《先秦汉魏六朝诗歌体式研究》，北京大学出版社，2012。

郭英德：《中国古代文体学论稿》，北京大学出版社，2005。

郭预衡：《中国散文史》，上海古籍出版社，2000。

（清）何焯著，崔高维点校《义门读书记》，中华书局，1987。

何沛雄编著《赋话六种》，生活·读书·新知三联书店香港分店，1982。

何伟棠：《永明体到近体》，广东高等教育出版社，1994。

（清）洪亮吉撰，刘德权点校《洪亮吉集》，中华书局，2001。

（宋）洪迈撰，孔凡礼点校《容斋随笔》，中华书局，2005。

（明）胡应麟撰《诗薮》，上海古籍出版社，1979。

（宋）胡仔纂集，廖德明校点《苕溪渔隐丛话》，人民文学出版社，1962。

黄侃：《文心雕龙札记》，上海古籍出版社，2000。

黄霖编著《文心雕龙汇评》，上海古籍出版社，2005。

（南朝梁）释慧皎撰，汤用彤校注，汤一玄整理《高僧传》，中华书局，
　　1992。

（三国魏）嵇康著，戴明扬校注《嵇康集校注》，中华书局，1962。

（南朝梁）江淹撰，（明）胡之骥注，李长路、赵威点校《江文通集汇
　　注》，中华书局，1984。

乐黛云、陈珏编选《北美中国古典文学研究名家十年文选》，江苏人民出
　　版社，1996。

（唐）李百药：《北齐书》，中华书局，1972。

李乃龙：《文选文研究》，广西师范大学出版社，2013。

李士彪：《魏晋南北朝文体学》，上海古籍出版社，2004。

（清）李调元：《赋话》，《丛书集成初编》本，中华书局，1985。

（唐）李延寿：《北史》，中华书局，1974。

（唐）李延寿：《南史》，中华书局，1975。

林杉：《文心雕龙文体论今疏》，内蒙古教育出版社，2000。

林纾选评，慕容真点校《古文辞类纂》，浙江古籍出版社，1986。

林纾著，舒芜校点《春觉斋论文》，人民文学出版社，1959。

林晓光：《王融与永明文学时代：南朝贵族及贵族文学的个案研究》，上海
　　古籍出版社，2014。

〔日〕铃木虎雄：《赋史大要》，殷石臞译，正中书局，1947。

（唐）令狐德棻等：《周书》，中华书局，1971。

刘师培著，陈引驰编校《刘师培中古文学论集》，中国社会科学出版社，
　　1997。

（清）刘熙载撰，袁津琥校注《艺概注稿》，中华书局，2009。

（汉）刘熙撰，（清）毕沅疏证，（清）王先谦补《释名疏证补》，中华书
　　局，2008。

（南朝梁）刘勰著，黄叔琳注，李详补注，杨明照校注拾遗《增订文心雕
　　龙校注》，中华书局，2012。

（南朝梁）刘勰著，范文澜注《文心雕龙注》，人民文学出版社，1958。

（南朝梁）刘勰著，刘永济校释《文心雕龙校释》，中华书局，1962。

（南朝梁）刘勰著，詹锳义证《文心雕龙义证》，上海古籍出版社，1989。

（南朝梁）刘勰撰，周振甫注《文心雕龙注释》，人民文学出版社，1981。

（南朝宋）刘义庆撰，（南朝梁）刘孝标注，余嘉锡笺疏《世说新语笺疏》，上
　　海古籍出版社，1993。

刘永济：《十四朝文学要略》，武汉大学出版社，2013。

刘跃进：《门阀士族与永明文学》，生活·读书·新知三联书店，1996。

（唐）刘知几撰，（清）浦起龙释《史通通释》，上海古籍出版社，1978。

卢盛江：《文镜秘府论研究》，人民文学出版社，2013。

鲁同群：《庾信传论》，天津人民出版社，1997。

（晋）陆机著，刘运好校注整理《陆士衡文集校注》，凤凰出版社，2007。

逯钦立辑校《先秦汉魏晋南北朝诗》，中华书局，1983。

（宋）罗大经撰，王瑞来点校《鹤林玉露》，中华书局，1983。

罗根泽：《中国文学批评史》，上海书店出版社，2003。

罗积勇：《用典研究》，武汉大学出版社，2005。

罗新、叶炜：《新出魏晋南北朝墓志疏证》，中华书局，2005。

骆鸿凯：《文选学》，中华书局，1989。

吕正惠：《抒情传统与政治现实》，华中师范大学出版社，2011。

马衡：《马衡讲金石学》，凤凰出版社，2010。

毛远明编著《汉魏六朝碑刻校注》，线装书局，2008。

（宋）欧阳修、宋祁：《新唐书》，中华书局，1975。

（唐）欧阳询撰，汪绍楹校《艺文类聚》，上海古籍出版社，1982。

（晋）潘岳撰，董志广校注《潘岳集校注》（修订版），天津古籍出版社，
　　2005。

（清）皮锡瑞著，周予同注释《经学历史》，中华书局，1959。

（清）浦铣著，何新文、路成文校证《历代赋话校证》，上海古籍出版社，
　　2007。

启功：《诗文声律论稿》，中华书局，1977。

钱基博：《中国文学史》，中华书局，1993。

钱锺书：《管锥编》，中华书局，1986。

仇海平：《中国古代奏议文研究——以秦汉魏晋南北朝为中心》，中国社会
　　科学出版社，2017。

仇海平：《秦汉汉魏晋南北朝奏议文史》，中国社会科学出版社，2014。

（三国魏）阮籍著，陈伯君校注《阮籍集校注》，中华书局，2012。

（清）阮葵生撰，李保民校点《茶余客话》，上海古籍出版社，2012。

（明）沈德符：《万历野获编》，中华书局，1959。

（清）沈德潜选《古诗源》，中华书局，1963。

（清）沈德潜撰，王宏林笺注《说诗晬语笺注》，人民文学出版社，2013。

（南朝梁）沈约：《宋书》，中华书局，1974。

（南朝梁）沈约著，陈庆元校笺《沈约集校笺》，浙江古籍出版社，1995。

施懿超：《宋四六论稿》，上海古籍出版社，2005。

（南朝梁）僧祐撰，李小荣校笺《弘明集校笺》，上海古籍出版社，2013。

（宋）司马光编著，（元）胡三省音注《资治通鉴》，中华书局，1956。

（汉）司马迁：《史记》，中华书局，1959。

（宋）苏轼撰，孔凡礼点校《苏轼文集》，中华书局，1986。

孙宝：《儒学嬗变与魏晋文风建构》，人民文学出版社，2014。

陶秋英：《汉赋研究》，浙江古籍出版社，1986。

（清）王闿运：《湘绮楼诗文集》，岳麓书社，1996。

王力：《汉语史稿》，中华书局，1980。

王立群：《〈文选〉成书研究》，商务印书馆，2005。

（清）王士禛等著，周维德笺注《诗问四种》，齐鲁书社，1985。

（明）王世贞著，罗仲鼎校注《艺苑卮言校注》，齐鲁书社，1992。

王水照、吴鸿春编选《日本学者中国文章学论著选》，吴鸿春译，上海古
籍出版社，1994。

王水照编《历代文话》，复旦大学出版社，2007。

王瑶：《中古文学史论》，北京大学出版社，1986。

（南朝梁）王筠撰，黄大宏校注《王筠集校注》，中华书局，2013。

王毓红：《言者我也——〈文心雕龙〉批评话语分析》，商务印书馆，
2011。

王运熙、杨明：《魏晋南北朝文学批评史》，上海古籍出版社，1989。

王运熙：《汉魏六朝唐代文学论丛》（增补本），复旦大学出版社，2002。

王仲陵：《中国中古诗歌史——四百年民族心灵的展示》，人民出版社，
2005。

（北齐）魏收：《魏书》，中华书局，1974。

（唐）魏徵等：《隋书》，中华书局，1973。

（北魏）温子昇撰，康金声注译《温子昇集笺校全译》，山西古籍出版社，
2000。

吴曾祺编《涵芬楼古今文钞》，商务印书馆，1910。

吴曾祺：《涵芬楼文谈》，金城出版社，2011。

吴承学：《中国古代文体学研究》，人民出版社，2011。

（明）吴讷著，于北山校点《文章辨体序说》，人民文学出版社，1962。

吴云主编《建安七子集校注》（修订版），天津古籍出版社，2005。

（南朝梁）萧纲著，肖占鹏、董志广校注《梁简文帝集校注》，南开大学出
版社，2015。

（南朝梁）萧统编，（唐）李善注《文选》，中华书局，1977。

（南朝梁）萧统著，俞绍初校注《昭明太子集校注》，中州古籍出版社，
2001。

（南朝梁）萧绎撰，许逸民校笺《金楼子校笺》，中华书局，2011。

（南朝梁）萧子显：《南齐书》，中华书局，1972。

（北朝）邢邵撰，康金声、唐海静注译《邢邵集笺校全译》，山西古籍出版社，2006。

熊礼汇：《先唐散文艺术论》，学苑出版社，1999。

徐公持编著《魏晋文学史》，人民文学出版社，1999。

（南朝陈）徐陵编，（清）吴兆宜注，（清）程琰删补，穆克宏点校《玉台新咏笺注》，中华书局，1985。

（南朝陈）徐陵撰，许逸民校笺《徐陵集校笺》，中华书局，2008。

（明）徐师曾著，罗根泽校点《文体明辨序说》，人民文学出版社，1962。

（南朝宋）刘义庆撰，徐震堮校笺《世说新语校笺》，中华书局，1984。

（清）许梿评选，（清）黎经诰笺注《六朝文絜笺注》，上海古籍出版社，1982。

（汉）许慎撰，（清）段玉裁注《说文解字注》，上海古籍出版社，1981。

许学夷著，杜维沫校点《诗源辩体》，人民文学出版社，1987。

（清）严可均校辑《全上古三代秦汉三国六朝文》，中华书局，1958。

（北齐）颜之推撰，王利器集解《颜氏家训集解》，上海古籍出版社，1980。

杨明：《欣然斋笔记》，东方出版中心，2010。

（北魏）杨衒之撰，范祥雍校注《洛阳伽蓝记校注》，上海古籍出版社，1978。

（清）姚鼐、王先谦选编《正续古文辞类纂》，浙江古籍出版社，1998。

（唐）姚思廉：《陈书》，中华书局，1972。

（唐）姚思廉：《梁书》，中华书局，1973。

姚永朴著，许结讲评《文学研究法》，凤凰出版社，2009。

（清）姚振宗撰，刘克东、董建国、尹承整理《隋书经籍志考证》，清华大学出版社，2014。

（清）叶昌炽撰，柯昌泗评，陈公柔、张明善点校《语石 语石异同评》，中华书局，1994。

（清）永瑢等：《四库全书总目》，中华书局，1965。

（清）于光华辑《重订文选集评》，乾隆四十三年锡山启秀堂重刻本。

余嘉锡：《目录学发微 古书通例》，中华书局，2009。

余祖坤编《历代文话续编》，凤凰出版社，2013。

（北周）庾信撰，（清）倪璠注，许逸民校点《庾子山集注》，中华书局，1980。

（清）袁枚著，周本淳标校《小仓山房诗文集》，上海古籍出版社，1988。

张涤华：《类书流别》（修订本），商务印书馆，1985。

张克锋：《魏晋南北朝文学与书画的会通》，中国社会科学出版社，2010。

张静：《北宋书序文研究》，中国社会科学出版社，2014。

（明）张溥著，殷孟伦注《汉魏六朝百三家集题辞注》，人民文学出版社，1984。

（清）章学诚著，叶瑛校注《文史通义校注》，中华书局，1985。

赵超：《汉魏南北朝墓志汇编》，天津古籍出版社，1992。

（清）赵翼：《陔余丛考》，中华书局，1963。

（清）赵翼著，王树民校证《廿二史札记校证》，中华书局，1984。

（南朝梁）钟嵘著，曹旭集注《诗品集注》（增订本），上海古籍出版社，2011。

（南朝梁）钟嵘著，（明）陈延杰注《诗品注》，人民文学出版社，1961。

（南朝梁）钟嵘撰，吕德申校释《钟嵘诗品校释》，北京大学出版社，2000。

《周祖谟语言学论文集》，商务印书馆，2001。

朱光潜：《诗论》，上海古籍出版社，2001。

祝尚书编《宋集序跋汇编》，中华书局，2010。

祝尧：《古赋辨体》，《景印文渊阁四库全书》本。

三　论文

蔡德龙：《清文话中的文体分类观》，《南京大学学报》（哲学·人文科学·社会科学版）2012年第1期。

陈庆元：《明代作家徐𤏳生卒年详考——兼谈作家生卒年考证方法》，《文学遗产》2011 年第 2 期。

程章灿:《墓志文体起源新论》,《学术研究》2005 年第 6 期。

慈波:《身份、媒介及场域:出版时代与张相〈古今文综〉的文章评选》,
《斯文》(第 5 辑),社会科学文献出版社,2020。

杜晓勤:《"王斌首创四声说"辨误》,《文学遗产》2012 年第 3 期。

高华平:《"四声之目"的发明时间及创始人再议》,《文学遗产》2005 年
第 5 期。

葛晓音:《四言体的形成及其与辞赋的关系》,《中国社会科学》2002 年第
6 期。

龚世学:《赋体"用瑞"与汉唐赋体观念的演变》,《南京师范大学文学院
学报》2016 年第 3 期。

谷曙光:《论中国古代的露布文体及其文学价值》,《北京大学学报》(哲
学社会科学版)2014 年第 4 期。

郭建勋:《楚辞的文体学意义——兼论楚辞与几种主要的中国古代韵文》,
《中国文学研究》2001 年第 4 期。

何诗海:《"文体备于战国"说平议》,《文学评论》2010 年第 6 期。

胡大雷:《"文笔之辨"与中古政治、文化——中古"文""笔"地位升降
起伏论》,《文学评论》2015 年第 6 期。

胡耀震:《任昉代褚蓁表和相关的〈文选〉旧注》,《山东大学学报》(哲
学社会科学版)1998 年第 4 期。

李慧芳:《论屈骚句式在汉赋中的流变》,《中南大学学报》(社会科学版)
2010 年第 3 期。

李生龙:《论对偶在古代文体中的审美效果》,《中国文学研究》,1999 年
第 1 期。

林晓光、陈引驰:《金缕玉衣式的文学:王融〈三月三日曲水诗序〉》,
《华东师范大学学报》(哲学社会科学版)2011 年第 2 期。

刘林魁:《佛教檄魔文的文体价值》,《山西师大学报》(社会科学版)
2010 年第 5 期。

刘湘兰:《论赋的叙事性》,《学术研究》2007 年第 6 期。

卢盛江、叶秀清：《论北朝诗歌声律的发展》，《吉林大学社会科学学报》
　　2011 年第 6 期。

马立军：《论北朝墓志的演变及其文体史意义——从永嘉之乱前后墓志形
　　态的变化谈起》，《兰州大学学报》（社会科学版）2014 年第 6 期。

孟国栋：《墓志的起源与墓志文体的成立》，《浙江大学学报》（人文社会
　　科学版）2013 年 5 期。

莫道才：《近 20 年骈文研究述议》，《江海学刊》2001 年第 4 期。

莫道才：《论骈文的形态特征与文化内蕴》，《江海学刊》1994 年第 2 期。

彭玉平：《词学史上的“潜气内转”说》，《文学评论》2012 年 2 期。

普慧：《佛教对中古议论文的贡献和影响》，《文学评论》2007 年第 4 期。

沈如泉：《论宋代四六文的娱乐功能》，《西南交通大学学报》（社会科学版）
　　2013 年第 2 期。

孙明君：《颜延之与刘宋宫廷文学》，《文学遗产》2012 年第 2 期

谭家健：《关于骈文研究的若干问题》，《文学评论》1996 年第 3 期。

王德华：《骚体“兮”字表征作用及限度——兼论唐前骚体兼融多变的句
　　式特征》，《浙江大学学报》（人文社会科学版）2008 年第 5 期。

王水照、朱刚：《三个遮蔽：中国古代文章学遭遇“五四”》，《文学评论》
　　2010 年第 4 期。

王长英：《明代藏书家、文学家徐𤊟事略考证》，《福建师范大学学报》（哲
　　学社会科学版）2001 年第 1 期。

王兆鹏：《宋代的“润笔”与宋代文学的商品化》，《学术月刊》2006 年第
　　9 期。

邬国平：《〈文心雕龙〉是一部子书》，《上海大学学报》（社会科学版）
　　2013 年 5 期。

奚彤云：《清嘉庆至光绪时期沟通骈散的骈文理论》，《南京师范大学文学
　　院学报》2005 年第 3 期。

熊基权：《墓志起源新说》，《文物春秋》1994 年第 1 期。

徐宝余：《梁武帝“不知四声”辨》，《南阳师范学院学报》2008 年第 2 期。

许结：《论汉赋“类书说”及其文学史意义》，《社会科学研究》2008 年第

5 期。

阎步克:《南齐秀才策题中之法家论调考析》,《北京大学学报》(哲学社会科学版) 1997 年第 2 期。

杨明:《宛转相承:骈文文句的一种接续方式》,《文史哲》2007 年第 1 期。

昝亮:《清代骈文研究》,博士学位论文,杭州大学,1997。

赵宏祥:《自注与子注——兼论六朝赋的自注》,《文学遗产》2016 年第 2 期。

钟涛:《论汉魏六朝碑文的功能拓展和形式新变》,《青海社会科学》2012 年第 1 期。

钟涛:《试论徐陵骈文与其政治生活的关系》,《柳州师专学报》1999 年第 2 期。

周悦:《论骈文骈赋之异同》,《中国文学研究》2004 年第 1 期。

朱智武:《中国古代墓志起源新论——兼评诸种旧说》,《安徽史学》2008 年第 3 期。

图书在版编目（CIP）数据

六朝骈文文体研究／陈鹏著. —— 北京：社会科学
文献出版社，2023.1
ISBN 978 - 7 - 5228 - 1021 - 8

Ⅰ.①六… Ⅱ.①陈… Ⅲ.①骈文－文学研究－中国
－六朝时代 Ⅳ.①I207.225

中国版本图书馆 CIP 数据核字（2022）第 206609 号

六朝骈文文体研究

著　　者／陈　鹏

出 版 人／王利民
责任编辑／杜文婕
文稿编辑／李艳璐
责任印制／王京美

出　　版／社会科学文献出版社·人文分社（010）59367215
　　　　　　地址：北京市北三环中路甲29号院华龙大厦　邮编：100029
　　　　　　网址：www.ssap.com.cn
发　　行／社会科学文献出版社（010）59367028
印　　装／三河市龙林印务有限公司

规　　格／开　本：787mm×1092mm　1/16
　　　　　　印　张：18.75　字　数：288千字
版　　次／2023年1月第1版　2023年1月第1次印刷
书　　号／ISBN 978 - 7 - 5228 - 1021 - 8
定　　价／128.00元

读者服务电话：4008918866